Le donjon des mystères

Isabelle Allègre

Le donjon des mystères

Fantasy

Édition : BoD – Books on Demand, info@bod.fr
Impression : BoD – Books on Demand, In de Tarpen 42,
Norderstedt (Allemagne)

Impression à la demande

Illustration : AIIA

ISBN : 978-2-3225-3887-4
Dépôt légal : Juin 2024

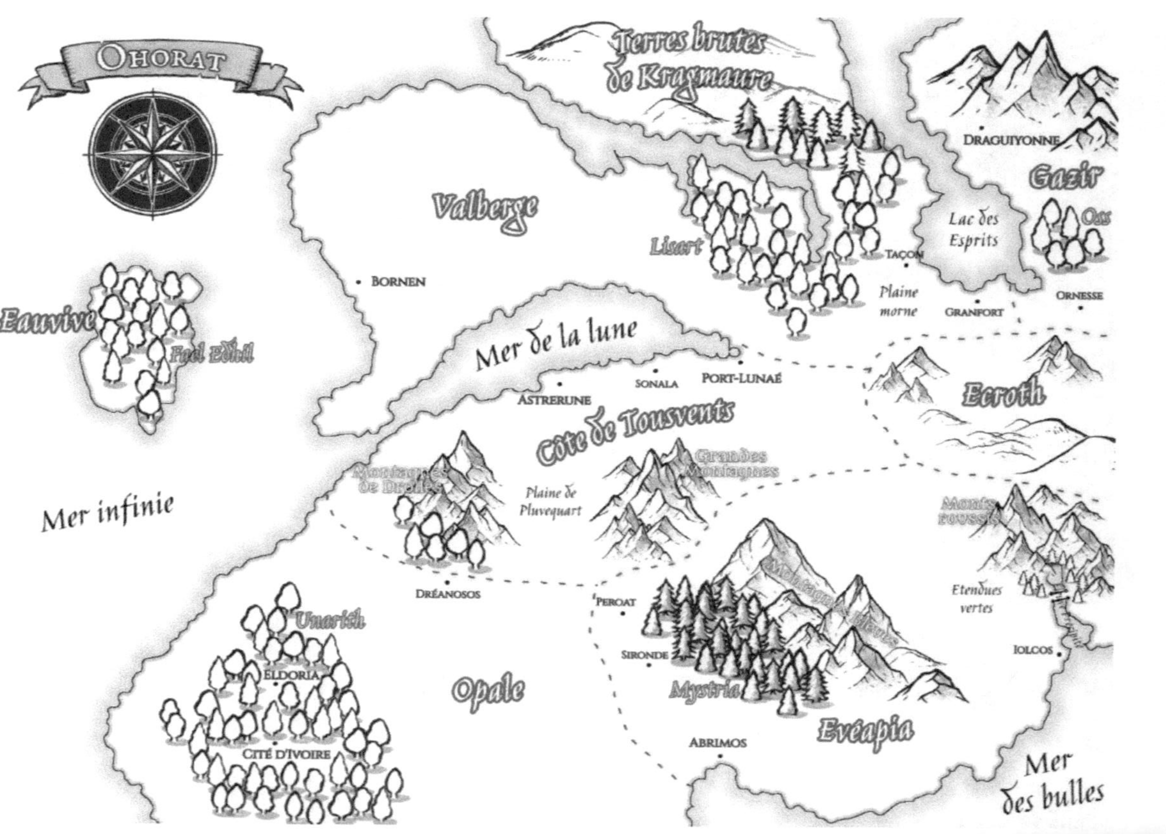
OHORAT
Valberge
Terres brutes de Kragmaure
DRAGUIYONNE
Gazir
Lac des Esprits
Oas
Lisart
TAÇON
Plaine morne
GRANFORT
ORNESSE
Eauvive
Fael Edhel
BORNEN
Mer de la lune
SONALA
PORT-LUNAÉ
ASTRERUNE
Ecroth
Côte de Tousvents
Grandes Montagnes
Mer infinie
Montagnes de Drelles
Plaine de Pluvequart
Monts Poussx
Etendues vertes
DRÉANOSOS
PEROAT
Montagnes Nuées
IOLCOS
Unarith
ELDORIA
Opale
SIRONDE
Mystria
CITÉ D'IVOIRE
ABRIMOS
Evéapia
Mer des bulles

ECROTH
EVÉAPIA
Monts Roussis
Etendues vertes
Fleuve Précipité
Iolcos
OHORAT
Mer des bulles

PROLOGUE

Ce soir-là, Azlan parcourait son donjon. L'édifice, une tour de près de vingt enjambées, comptait plusieurs étages. Pièges mortels, monstres féroces et objets merveilleux attendaient les aventuriers prêts à mettre leur vie en jeu. La bâtisse était récente. Il l'avait érigée dans un but précis : celui de protéger l'artefact magique suprême, qui pouvait tout à la fois apporter une puissance incommensurable à son détenteur, tout autant que le pouvoir de destruction ultime.

Le maître du donjon devait vérifier que chaque traquenard et chaque créature se trouvait en place, préparé pour accueillir les explorateurs qui oseraient se hasarder dans sa construction. Il s'était appliqué pour que son œuvre constitue un réel défi pour les visiteurs, avec des obstacles suffisamment difficiles pour leur permettre de tester leurs compétences. En même temps, il avait tout fait dans le but que jamais personne n'atteigne le dernier étage, et ne s'empare de son précieux trésor.

Homme énigmatique, Azlan présentait une touffe de cheveux grisonnants et des yeux perçants. Son visage apparaissait marqué par des cycles vernaux de voyage. C'était durant ceux-ci qu'il avait rencontré bon nombre d'êtres fantastiques, ceux-là mêmes qui arpentaient désormais les couloirs de son édifice.

Lui aussi avait parcouru de nombreux lieux remplis de monstres et de pièges. De ces derniers, il avait noté les plus ingénieux dans un coin de sa tête, pour le jour où à son tour il créerait son propre labyrinthe et deviendrait maître du donjon.

Azlan avait tout mis en place avec soin, veillant à ce que chaque trappe soit en parfait état de marche et que chaque créature soit affamée et résolue à combattre. Il savait que les aventuriers étaient en chemin, attirés par la promesse de richesses et de gloire qui les attendaient en haut de l'édifice. Et il était prêt à tout pour protéger ce qu'il avait érigé et ce que sa construction renfermait.

Mais alors qu'Azlan se tenait là, regardant avec satisfaction son œuvre, une question trottait dans sa tête : qui serait le prochain intrépide à tenter sa chance et entrer dans son donjon ?

CHAPITRE 1:
À L'AVENTURE COMPAGNONS !

Jason

« Je suis à la recherche de compagnons pour me rendre au donjon des mystères ! »

Les musiciens cessèrent de jouer, et les clients de la taverne se turent pour écouter attentivement.

Interloqué, je levai le nez de ma bière et jetai un œil à l'homme qui venait de parler. Au seul ton de sa voix, je m'étais imaginé un colosse de près de deux enjambées, musculeux et au regard torve. Au lieu de cela, je découvris un vieillard de taille moyenne et à la silhouette longiligne. Une interminable barbiche blanche suivait les mouvements de son menton et descendait jusqu'à son nombril. Son vêtement, bien que constitué d'une simple robe et d'un chapeau pointu, n'en restait pas moins de qualité. Des motifs ornementaux cabalistiques se trouvaient brodés par endroits. Le fil vert émeraude utilisé sur un tissu mauve faisait ressortir avec élégance ces signes à la signification obscure pour un non initié comme moi.

La voix de l'homme était calme et profonde. Tout autour, l'attention des gens s'intensifiait, comme s'ils se tenaient tous suspendus à ses lèvres. Dans la taverne, le silence régnait souverain, seul l'homme parlait.

« Qui parmi vous sera assez valeureux pour rejoindre mon groupe et braver les dangers de cette quête ? Parce que oui, cette aventure ne sera pas sans périls. Nous devrons prendre garde aux pièges, affronter des monstres ! Tout le monde ne reviendra pas... »

À nouveau, je fus frappé par ces paroles prononcées d'une puissante intonation, presque menaçante, venant de cet humain à l'apparence si frêle. Il possédait une prestance qui ne manquait pas de faire forte impression auprès des spectateurs alors même qu'il nous annonçait souffrance et mort. Qui pouvait se révéler assez fou pour accepter ce genre d'offre ? Et d'abord, c'était qui ce gars ?

Comme s'il avait lu dans mes pensées, il se présenta alors :

« Je me nomme Darken... »

À ces simples mots, des murmures de stupeur s'élevèrent. Parmi eux, je crus distinguer « l'empoisonneur ».

Derrière le bar, le tavernier fronça les sourcils. L'homme massif et ventripotent présentait une bedaine proéminente et un visage poupin. Ses yeux, petits et enfoncés sous des paupières grasses, semblaient disparaître, écrasés par des joues charnues. Une épaisse moustache poivre et sel ornait sa lèvre supérieure, tandis que son double menton s'agitait au rythme de ses mouvements. Il portait un tablier maculé de graisse et de bière. À la mention du nom du mage, son bras velu et constellé de taches de rousseur s'étira pour stopper la jeune serveuse qui repartait vers la salle avec une nouvelle tournée de boissons.

L'adolescente était sa fille ; elle ne lui ressemblait en rien. Mince et élancée, elle possédait un teint clair et des cheveux bruns qui encadraient délicatement son visage. Elle portait une blouse blanche et un tablier noir, qui mettaient en valeur sa taille fine et ses formes discrètes. Ses traits doux et expressifs entouraient de grands yeux verts en amande qui pétillaient d'intelligence et de malice. Au regard interrogateur qu'elle lança à son père, je compris qu'elle ne saisissait pas plus que moi la méfiance de tous à l'égard de ce Darken.

« … Certains d'entre vous ont sans doute entendu parler de moi, continua le mage sans prêter attention aux bavardages indiscrets. Vous devez ainsi savoir que je n'en suis pas à mon coup d'essai. J'ai déjà conquis bon nombre de donjons, non moins dangereux. J'ai vaincu des ennemis plus redoutables que vous ne pourriez l'imaginer. J'ai participé à l'émergence de royaumes ! »

Son long éloge dit, il scruta l'assemblée qui s'était tue.

« Alors, personne ? Je me serais attendu à plus de témérité de la part des Iolcosiens ! »

Les Iolcosiens avaient la réputation d'un peuple fort et résilient, forgé par les tumultes des eaux. Ils avaient appris à cohabiter avec les vicissitudes de l'océan, et ses résidants, et avaient développé une grande capacité d'adaptation devant les fléaux qui secouaient régulièrement leur ville portuaire. Malgré les épreuves, ils gardaient une certaine légèreté dans leur existence, une chaleur et une hospitalité qui étaient les fruits de leurs conditions de vie très préservées. Ils affichaient un profond respect pour la mer, qu'ils considéraient comme une de leurs protectrices et en même temps leur ennemie. Des marins exceptionnels et des pêcheurs des plus habiles y vivaient, prêts à tout pour défendre leur cité et leur communauté de l'agitation des flots. En somme, courageux, humbles et solidaires, ils se montraient aptes à faire face à toutes les situations imprévisibles… Sauf peut-être celles d'un donjon.

Dans sa main, son bâton de mage frappa le sol en signe de défi. Darken scruta chaque être présent, l'interrogeant du menton.

Je parcourus moi aussi la salle. Autour de moi siégeaient une douzaine de personnes de toutes origines. Tous conservaient leur attention tournée vers l'homme, mais aucun ne paraissait décidé à répondre à sa demande. Ils fuyaient d'ailleurs son regard lorsque celui-ci pointait sur eux.

Je détournai les yeux et les reportai sur la chope de bière largement entamée devant moi. Voilà plus d'un asthor que je la sirotais en silence. Je savourais chaque gorgée tandis que le liquide se trouvait chaud et s'était éventé. Quelle atrocité ! Mais je n'étais pas en mesure de me plaindre. Les dernières pièces de cuivre que mon père avait daigné m'octroyer, en même temps qu'un coup de pied au derrière ne représentaient plus que peau de chagrin. Je disposais bien encore de la bourse offerte par ma mère en cachette au moment de mon départ, mais j'espérais ne pas avoir à m'en servir. De fait, si je ne voulais pas rentrer chez mes parents honteux, je me voyais dans l'obligation de dénicher une occupation rémunératrice et digne.

« J'ai entendu dire que la tour renfermerait une salle remplie d'or et de pierres précieuses ! Relança le mage en guise d'appât. Évidemment, les richesses que nous pourrions trouver lors de notre périple seront réparties de façon égale entre ceux qui auront survécu. »

Je me retournai sur mon tabouret. Il avait fait mouche. L'assistance commençait à s'agiter sur son siège, avide de fortune. Le poisson était ferré.

« J'en suis ! »

Sans grand étonnement, plusieurs voix s'élevèrent alors pour signifier qu'elles feraient partie de l'aventure. Une surprise déclencha néanmoins une série de battements incontrôlables dans ma poitrine : je venais de me résoudre à participer ! Certes, je me trouvais au pied du mur. Sans ressource, je ne disposais pas d'autre choix que de me faire engager pour quelque mission que ce soit. De là à aller crapahuter dans les couloirs sombres et infestés de créatures hostiles d'un donjon…

À tout hasard, je regardai autour de moi. Peut-être qu'aucun son n'avait en réalité franchi mes lèvres ? Ou peut-être que personne n'avait entendu ? Hélas, devant les yeux moqueurs fixés sur moi, je compris que ma langue n'avait pas remué dans le vide.

« Bien ! Messieurs, madame, je vous propose que nous nous retrouvions demain matin ici même. Nous partirons avant l'aube. Ne soyez pas en retard, nous ne vous attendrons pas. »

Avec un sourire de contentement, l'homme finit par déserter les lieux, et les discussions et la musique interrompues un peu plus tôt purent reprendre bon train.

Un grand gaillard qui s'était levé avec convoitise à l'annonce de la récompense de quête et avait manifesté son adhésion à la mission au même titre que moi, ne me quittait pas des yeux. Sa musculature laissait peu de place au doute : c'était un combattant. Il mesurait pas loin de deux enjambées. Son visage oblong aux arêtes saillantes présentait des cicatrices d'anciennes blessures, dont l'une qui lui avait arraché une partie du nez. Cela lui donnait un aspect mauvais et le rendait particulièrement laid.

L'air narquois sur la figure, il délaissa sa tablée pour venir à ma rencontre. De ses larges épaules, il se fraya sans mal un passage entre la serveuse aux plateaux bien remplis et les clients, et s'approcha du bar où je me tenais accoudé. Je feignis l'ignorance tandis qu'il me toisait sans vergogne.

« Alors comme ça tu veux participer à l'aventure le nabot ? Finit-il par lâcher.

— J'suis pas un "nabot" !

— Quelqu'un qui fait quatre pieds, chez moi, on appelle ça un nabot !

— D'abord, je mesure cinq pieds ! Ça fait de moi un nain plus grand que la moyenne, dis-je fier. Et je ne suis pas un nain, je suis un elfe-nain !

— Un elfe-nain ? »

Contre toute attente, il s'esclaffa. Mes paroles ne me semblaient pourtant pas si drôles.

Durant des éphémérises qui me parurent une désagréable éternité, il pouffa. Les bruits qu'il émettait me firent penser à ceux d'un auroch poilu en train de cracher des bourres de laine. À cette image, je fus tenté de l'imiter, mais je m'abstins.

Pour l'obliger à cesser, mon côté nain s'apprêta à casser sur son crâne mon verre de bière. Tant pis pour le breuvage devenu de toute façon tout juste buvable. Mais, ma moitié elfe parvint à retenir son geste et je me contraignis à attendre impatient qu'il stoppe ses dérangeants vagissements.

« J'ai jamais rien entendu d'aussi ridicule ! reprit-il, de minuscules larmes aux coins des yeux. Quoiqu'il en soit, je veux pas apercevoir ta sale tête demain matin le minus ! aboya-t-il en me crachant au visage son haleine chargée d'alcool.

— Il ne me semble pas qu'il ait limité l'accès aux seuls humains écervelés, lançai-je en manière de défi.

— De quoi tu me traites le gnome ? répliqua-t-il en tapant du poing sur le comptoir.

— Il n'a rien à voir avec un gnome ! »

Il venait de poser sur mon torse un index menaçant quand il fut interrompu.

Cette voix ! Féminine, légèrement aiguë. Je l'avais déjà entendue. Elle avait accompagné les nôtres à l'instant de l'acceptation de la mission. Je me remémorai alors les dernières paroles du mage employeur : « messieurs, madame, je vous propose que nous nous retrouvions demain matin ici même… ». Elles suggéraient sans ambiguïté la présence d'une femme.

Tous deux nous tournâmes vers celle qui venait de parler. Je dus baisser le regard.

« Les gnomes sont des humanoïdes qui mesurent rarement plus de deux pieds. Ils ont des yeux ronds et expressifs, un nez et des oreilles pointues, et des cheveux bouclés… reprit la petite femme.

— C'est pas vrai, voilà qu'une naine s'en mêle ! railla l'homme.

— Je ne suis pas une naine, je suis une lutine, rectifia-t-elle sans animosité. Et maintenant, je crois que vous devez aller vous coucher. »

Elle effectua un étrange mouvement du poignet qui sembla hypnotiser le guerrier.

« Quoi ? Qu'est-ce que… oui, je commence à avoir sommeil ! »

L'homme, sans demander son reste, fit volte-face et retourna s'attabler avec ses compagnons de beuverie. Puis, sous leurs yeux grands ouverts, sa tête tomba comme une masse dans son assiette, et il se mit à ronfler.

Satisfaite, la lutine grimpa sur le tabouret à côté du mien et commanda un verre de lait…

Quelle curieuse créature ! Elle ne mesurait pas une enjambée et ressemblait à une jeune humaine d'à peine six ou sept ans. Son crâne apparaissait légèrement disproportionné par rapport à son corps, et affichait des traits plus âgés que ce que suggérait son gabarit. Sa peau présentait des tons dorés, et tranchait avec ses épais cheveux bruns.

Je m'aventurais rarement hors du domaine familiale, donc j'en rencontrais une pour la première fois.

« Je m'appelle Séraphine Mains fines, m'annonça-t-elle après avoir avalé une longue gorgée de sa boisson blanche.

— Ah, t'es tisserande ?

— Mais non, c'est mon nom : Séraphine Mains fines. Et toi ?

— Je suis Jaaranisson Tête d'enclume.

— Jaa…

— Jaaranisson Tête d'enclume !

— Jaaranisson, répéta-t-elle bredouillante. Quel drôle de prénom pour un nain !

— C'est parce que je ne suis pas un nain. »

Elle m'observa d'un œil dubitatif.

« Tu présentes pourtant de nombreux traits physiques caractéristiques de cette race. Tu es petit…

— Je suis plus grand que toi ! grognai-je.

— … Trapu…

— Je suis musclé, nuance !

— … Et irascible. En fait, il ne te manque que la barbe ! Comment se fait-il que tu n'en aies pas d'ailleurs ? Tous les nains ont une barbe !

— C'est ce que je me tue à vous expliquer ! Je ne suis pas un nain ! Tiens, regarde ! »

Je coinçai mes cheveux roux derrière mon oreille droite et lui présentai cet appendice.

« Ben quoi ? Dit-elle sans comprendre mon manège.

— Tu ne remarques rien ?

— Hormis que tu as plus de cire dans l'oreille qu'il n'y en a sur une bougie, non.

— Mais non, pas ça ! Elles sont pointues ! »

La lutine se pencha vers moi comme si cela pouvait faire une différence.

« Non, elles ne le sont pas.

— Mais bien sûr que si !

— Admettons… Qu'est-ce que ça fait ?

— Ça montre que je suis un elfe-nain.

— Un elfe-nain ? Ça existe ça ?

— Bah oui, la preuve, répondis-je en écartant les bras.

— Je pensais que les elfes et les nains ne s'entendaient pas très bien.

— Pourquoi ?

— Bah, sans vouloir te vexer, les elfes sont plutôt du genre hautain et les nains bourrus. Les deux ne font généralement pas bon ménage.

— Je ne sais pas… Hormis mon père et ma mère, je n'en ai pas rencontré beaucoup. Et eux ne se disputent jamais ! Faut dire que ma mère se montre très arrangeante en toute occasion… Au fait, c'est toi qui as fait ça ? »

D'un doigt potelé, je désignai le grand dadais désormais esseulé à sa table, la tête toujours dans son ragoût de sanglier.

« Je le trouvais un peu trop arrogant ! se justifia-t-elle.

— Comment t'as fait ? T'as versé un truc dans son assiette ?

— Ben non ! Je lui ai jeté un sort pour qu'il dorme !

— Parce que t'es magicienne ?

— Quoi, tu n'avais pas deviné ? »

Elle sauta à bas de son tabouret et tourna sur elle-même.

« Quoi ? T'as fait tomber quelque chose ? l'interrogeai-je sans comprendre à quoi tout cela rimait.

— Mais non, tu ne vois pas ma tenue ? »

Je la détaillai. Elle portait des bottes de cuir marron qui montaient jusqu'à ses genoux, une robe blanche qui elle descendait au-dessus, et une longue cape rouge maintenue par une broche en forme d'œil recouvrait ses épaules. Sur sa tête reposait un chapeau pointu de la même couleur.

« Alors ? insista-t-elle.

— J'sais pas moi, j'y connais rien en frusques ! J'suis pas tisserand moi !

— Et moi non plus ! explosa-t-elle. Je suis magicienne !

— Pas la peine de s'énerver, suffisait de le dire. Ça ne serait pas plutôt Séraphine la susceptible ? La chambrai-je.

— Bah et toi alors, qu'est-ce que t'es ? »

Tandis qu'elle s'installait à nouveau sur son siège, je descendis du mien. Moqueur, je reproduisis son petit manège.

« T'es un guerrier ?

— Bah non, pourquoi tu penses ça ?

— Tu portes une épée courte au côté.

— Oh, ça ? Rien à voir, c'est juste pour faire plaisir à mon paternel. Essaie encore ! »

Elle demeura silencieuse un moment, se tenant le menton en signe de grande réflexion.

« Je m'avoue vaincue, je ne sais pas, conclut-elle finalement.

— Quoi ? Cela me semble pourtant évident ! Annonçai-je en décrochant un trousseau de clefs de ma ceinture et en les faisant tinter sous son nez.

— Qu'est-ce que c'est ?

— Ben, des clefs !

— Oui, je vois bien que ce sont des clefs, mais en quoi sont-elles censées m'indiquer ton rôle dans la mission ?

— Je suis un voleur ! m'exclamai-je désappointé.

— Un voleur ?

— C'est bien ça m'dame.

— Avec des clefs ?

— Malin !

— Tu ne devrais pas plutôt avoir des limes, des griffes, des pinces ou des trucs du genre pour crocheter les serrures par exemple ?

— Pff, c'est de la perte de temps ! En plus, j'ai jamais réussi à me servir de tous ces trucs. Au moins avec une clef tu ne te prends pas la tête.

— OK, et ça fait longtemps que t'es un voleur ?

— Ce sera ma première mission !

— Tu m'en diras tant... Et toutes ces clefs, elles viennent d'où ? Ce sont des passe-partout universels qui permettent d'ouvrir toutes sortes de verrous ?

— Oh ça ? Non, ce sont toutes les clefs que j'ai récupérées chez mes parents ! Il y a celle du buffet, du coffre à bijoux de maman, de la forge de papa... révélai-je en les lui montrant une à une.

— Par la barbe de Sarouine, je crois qu'il me faut un verre ! Tavernier, une bière pour moi et remettez la même à mon ami l'elfe-nain. C'est moi qui régale ! »

À ces paroles si douces à mes oreilles, je me sentis revigoré.

« Alors, qu'est-ce qui amène une magicienne dans le coin ? repris-je après avoir dégusté une bonne rasade de ce nectar si suave sur mon palais.

— Sans doute comme tout le monde : la soif de l'aventure !

— Oui, bien sûr...

— Et toi ?

— Oh, pareil... Et sinon, tu en as déjà fait beaucoup des donjons comme ça ?

— Disons que j'ai pas mal étudié les ouvrages qui traitent de ce genre de constructions. C'est fascinant de découvrir tout ce qui est mis en œuvre pour attirer les badauds. Les concepteurs promettent fortune et gloire à ceux qui parviendront à franchir tous les obstacles et ressortir vivants...

— C'est ton premier ?

— Oui. Mais si tu crains pour ta vie, tu n'as aucun souci à te faire puisque nous voyagerons avec Darken.

— D'ailleurs, c'est qui lui ?

— Quoi, tu ne connais pas Darken l'empoisonneur ?

— Je devrais ?

— Bien sûr ! Il a conquis des donjons, vaincu des ennemis redoutables…

— … et participé à l'émergence de royaumes, oui, j'avais bien compris son laïus. Mais pourquoi on l'appelle l'empoisonneur ?

— C'est son domaine de prédilection en tant que practomancien.

— Quoi ?

— Les practomanciens sont des mages qui tirent leur magie de leur énergie interne, au contraire des éthériens qui utilisent le pouvoir de forces externes. Parmi eux, certains choisissent de se spécialiser. Par exemple, un nécromant est un practomancien, expert en manipulation des morts. Les élémentaux eux se servent en priorité de sortilèges liés à l'eau, au feu, etc. On trouve aussi des illusionnistes, comme moi, et des empoisonneurs comme Darken. J'ai entendu dire qu'il serait venu à bout d'une armée entière de gobelins juste avec un nuage toxique !

— Oh… Alors t'es une prestigi… Une prestita…

— Une prestidigitatrice, oui !

— Ça sert à quoi en fait ?

— Comment ça, ça sert à quoi ? s'emporta soudain Séraphine. Tu le sauras si tu survis suffisamment longtemps !

— Allez, faut pas s'énerver ! »

Je fis signe à l'aubergiste de remplir à nouveau nos verres. Puis, une fois nos gobelets pleins, je levai le mien :

« À une association qui je suis sûr, sera longue et fructueuse ! »

CHAPITRE 2 : LE RASSEMBLEMENT

Darken

Je me tenais debout dans la petite chambre sinistre de l'auberge. Une courte chandelle l'éclairait avec peine malgré son exiguïté. À la lueur vacillante, je distinguais la décrépitude avancée des murs en pierre. La peinture bien présente à l'origine, s'écaillait par endroits et révélait la maçonnerie en dessous. L'air était imprégné d'une odeur de moisissure et des toiles d'araignée pendaient des coins du plafond. Une couche pour une personne occupait la majeure partie de la pièce, cachée sous une couverture rêche et usée. À côté, les seuls meubles se constituaient du guéridon branlant sur lequel dansait la seule source lumineuse et d'une chaise dépareillée. Le sol apparaissait sous un dépôt de crasse en bois brut et craquait à chaque pas. Malgré l'ambiance misérable, la parure de lit était propre, et l'édredon et l'oreiller bien rembourrés de duvet.

Une unique ouverture étroite et équipée de barreaux donnait sur une vue déprimante de la ruelle en contrebas. Malgré la nuit, j'entendais au loin le cri des mouettes qui volaient au-dessus de la mer. Le bruit des vagues s'échouant sur la plage les accompagnait ainsi qu'une odeur qui mêlait le sel de l'océan, l'algue, le poisson frais, le bois mouillé et la brume marine.

Je regardai par la fenêtre vers les rues vides de la ville portuaire endormie. J'avais choisi cet établissement pour sa situation géographique. Construit dans un quartier pauvre de la localité et excentré, il n'attirait pas les foules. Les tavernes et lieux de vie nocturne se trouvaient plus loin, près de l'entrée de la cité et aux abords des quais. C'était là que se pressait la cohue, là que l'animation régnait à tout moment, car une fois les fêtards rentrés, les travailleurs s'activaient pour charger et décharger les cargaisons des navires amarrés. Or ce n'était pas ce que je recherchais.

J'avais besoin d'une bonne nuit de sommeil avant de partir. Mais un mauvais pressentiment me tourmentait. L'impression que quelque chose n'allait pas ne me quittait pas. Était-ce l'intuition d'un danger imminent, ou simplement l'excitation de l'aventure qui s'annonçait ? Je secouai la tête, chassant ces pensées de mon crâne. Je devais me concentrer sur le présent et les défis à venir.

Je vérifiai mon équipement une dernière fois. Mon bâton de thaumaturge se trouvait à portée de main, et la multitude de poches dans mon manteau était remplie de divers composants qui servaient à la réalisation de mes sortilèges. J'avais également prévu quelques parchemins pour les enchantements qui me coûtaient énormément d'énergie.

Je jetai un coup d'œil au lit, me demandant si je pourrais obtenir quelques asthors de repos avant le départ, mais je savais que mon esprit était trop agité pour m'endormir facilement. Je décidai donc de passer le temps en mémorisant de nouveaux sorts, comme je m'y adonnais chaque nuit.

Je m'assis en tailleur sur le sol poussiéreux de la chambre, fermai les paupières et commençai à réciter des incantations à voix basse. Le moment était idéal pour se concentrer sur ma magie et préparer mon mental aux épreuves qui nous attendaient.

La taverne des voyageurs à Iolcos était un endroit animé et bruyant, situé à l'entrée de la ville. Elle hébergeait une multitude variée d'êtres de toutes races et origines, qu'ils viennent par la terre ou par la mer. Ses murs en pierre étaient ornés de tentures épaisses, cachant les briques et ajoutant une certaine chaleur à la pièce. Des chandelles en étain illuminaient la pièce sombre, faisant danser les ombres sur les tables en bois robustes qui remplissaient la salle principale. Le sol de mâchefer était recouvert de paille écrasée, mais cela n'enlevait rien à l'atmosphère accueillante et conviviale de l'établissement.

Les habitués se pressaient d'ordinaire autour du bar, et hélaient le tavernier costaud pour obtenir leur boisson forte. Les discussions et les rires résonnaient dans la maison, tandis qu'une poignée de musiciens jouaient une mélodie entraînante sur un coin de la scène. Un chien errant rôdait sous les tables, cherchant des restes abandonnés, pendant que la jeune serveuse aguerrie s'efforçait de prendre les commandes des clients avec un sourire amical. Du moins, c'était ainsi que se déroulaient les soirées. Car à cet instant, la taverne des voyageurs se trouvait presque vide. Le soleil n'était pas encore levé, et seuls cinq individus hétéroclites s'y étaient rassemblés.

Sylorin se tenait dans la pénombre, sous l'escalier qui menait aux chambres de la maison. Ses yeux verts chassaient le moindre mouvement dans la salle tandis que, machinalement, il aiguisait ses poignards. À sa taille et sa corpulence similaires à celles d'un humain, s'ajoutaient des traits elfiques tels qu'un visage fin et des oreilles légèrement pointues. Ses cheveux noir-filasse tombaient sur ses épaules sveltes, mais musclées. Il portait des vêtements sombres dont une cape qui pouvait couvrir tout le haut de son corps et jusqu'à ses genoux. Parfois, lorsqu'il se déplaçait, on pouvait apercevoir dans les replis de sa tunique, une lame scintiller à la lumière.

Mallirk, lui, ne faisait pas dans la discrétion. Il avait installé son barda sur la table ronde au centre de la taverne et vérifiait son équipement avec minutie, et un entrain sonore. D'abord, il avait entreposé son impressionnant marteau. Façonné à partir d'un alliage de métaux rares, il était gravé de runes sacrées qui brillaient d'une lueur dorée sous la clarté des bougies de la pièce. La tête de l'arme apparaissait massive et épaisse, avec des arêtes vives qui avaient été aiguisées avec soin pour un maximum d'effet lorsqu'elles atteignaient une cible. La poignée en bois dur, polie à la perfection, assurait une prise en main confortable. Des inscriptions en langue naine ornaient également le manche, représentant des prières et des invocations à Adrin, le dieu nain des forgerons. Le marteau respirait la puissance et la détermination, prêt à être brandi lors de combats contre tout ennemi.

À côté, il avait aligné des herbes et plantes médicinales pour en effectuer l'inventaire. Là où un non averti n'aurait vu qu'un tas de verdure, Mallirk y décelait un véritable trésor. Il savait lesquelles possédaient des propriétés magiques ou surnaturelles et comment les mélanger pour obtenir soit, une potion de guérison, soit de vitalité. D'autres pouvaient aussi être utilisées pour octroyer des pouvoirs temporaires tels que la force, la vitesse ou l'invisibilité, mais ce genre de décoction ne l'intéressait pas. De la même manière, certaines plantes qui induisaient des effets négatifs, comme l'empoisonnement ou l'hallucination, ne faisaient pas partie de sa collection.

Mises en tas sur un coin de la table, ses provisions occupaient une place importante de ses affaires. Il ignorait combien de jours durerait notre expédition et préférait, à n'en pas douter, pallier toute éventualité. Il avait prévu à vue d'œil, un demi-cycle lunaire de viandes séchées, de fromages et d'un pain à la mie compacte pour se sustenter. Un petit couteau et un gobelet en métal complétaient sa panoplie pour le repas.

Enfin, appuyé contre la table, son pavois scintillait d'un éclat non moins vif que les runes de son arme. Plus ramassé que d'ordinaire, car conçu pour la morphologie de Mallirk, il avait été confectionné en acier forgé avec des bords renforcés. En son centre, un marteau et une enclume, symbole d'Adrin, ressortaient dans toute leur splendeur.

L'examen consciencieux de Mallirk se ponctuait tout à la fois de bonne humeur, d'étonnement, autant que de jurons amers. En ce sens, il était un digne représentant de son peuple, les nains. Son physique l'y rattachait de la même manière et sans doute possible. Petit et trapu, il affichait une barbe noire touffue, taillée et peignée à la perfection. Son regard profond et sombre lui donnait un air grave, à l'opposé de son caractère jovial. Il revêtait une armure de plates aux multiples bosses et rayures qui témoignaient d'une vie mouvementée.

Entre lui et Sylorin, Roldo aussi terminait de boucler son sac. Homme élancé et agile, il mesurait six pieds de haut. Ses cheveux bruns ébouriffés, qui descendaient jusqu'au bas de ses omoplates, encadraient un visage anguleux aux traits bien définis. Il affichait une expression calme et concentrée aux yeux bleu acier, perçants et alertes. Sa peau bronzée par le soleil témoignait d'une vie de nomade. Il était vêtu d'une tunique en daim souple et résistant, de couleur marron pour se fondre dans les paysages naturels, ainsi qu'une cape en fourrure de bêtes pour se protéger des intempéries. À ses pieds, il portait des bottes légères de cuir, qui lui permettaient de se déplacer rapidement et silencieusement dans les bois et les terrains accidentés. À sa ceinture, il avait accroché un assortiment d'outils de survie, tels qu'un couteau de chasse, une boussole et une gourde d'eau. Enfin, s'étalaient devant lui une élégante arbalète et une cartouchière de carreaux qu'il jeta dans son dos, ainsi qu'une dague pour le combat rapproché qu'il enfouit sous sa veste.

Tandis que tous finissaient leurs préparatifs, je pénétrai dans la grande salle :

« Nous devons être prêts à partir dès l'aube. »

Tous les yeux se tournèrent vers moi, et je perçus entre les lèvres du tenancier « l'empoisonneur ». Ce surnom venait de mon talent pour la création et l'utilisation de substances toxiques. Au fil des cycles vernaux, j'avais développé une forte expertise dans la sélection d'ingrédients a priori inoffensifs, que je transformais en mélanges mortels. Au-delà des potions qui avaient fait ma réputation, en magie, je m'étais spécialisé dans les sorts méphitiques. Ils s'avéraient très efficaces lors de combat, que ce soit pour affaiblir des ennemis jugés trop forts avant de les attaquer, ou pour éliminer simplement sans effusion de sang et à distance.

Malgré le poids des points vernaux qui marquait le coin de mes yeux, je me tenais droit, le menton légèrement levé. Ma longue barbe blanche tranchait sur ma robe mauve. Mon chapeau à la pointe cassée voilait mon regard d'une ombre inquiétante d'où ne ressortait qu'une forte détermination. J'avais revêtu en plus de mon habit de mage, une épaisse cape de couleur aubergine maintenue par deux larges épingles doubles.

Au contraire des divers membres du groupe, j'avançai sans autre matériel visible que mon bourdon. Celui-ci n'était à première vue qu'un simple bâton en bois d'ébène, courbé à son extrémité supérieure. Pourtant, l'ensemble de sa surface était ornée de gravures mystiques qui scintillaient même en l'absence d'éclairage. Seule une partie restée sans motifs était entourée d'une bande de cuir foncé, qui m'offrait une prise confortable lorsque j'étais amené à canaliser ma magie ou que je marchais. Du côté arqué du bourdon, il y avait un cristal noir étincelant qui semblait absorber la lumière autour de lui et les pensées de ceux qui osaient le regarder.

J'étais prêt. Je m'étais levé tôt, ou plutôt je n'avais pas dormi, pour méditer sur mes sorts à mémoriser. Chaque jour se révélait différent et chaque jour je devais m'astreindre à cette routine. Car la science que je pratiquais était basée sur une compréhension intellectuelle et spirituelle du monde. Les maléfices n'étaient pas de simples formules que je pouvais réciter sans réflexion ; le plus petit représentait une expression unique de mon entendement de la magie, de mon lien avec les forces de l'univers et de ma volonté de façonner la réalité à ma guise. Ainsi, pour conserver une maîtrise parfaite des procédés surnaturels, il fallait constamment que je les réapprenne. À force de pratique, certains étaient devenus automatiques, et ne nécessitaient plus de temps pour les mémoriser. C'était le cas pour ceux de ma spécialité. D'autres au contraire, me demandaient plus de concentration et de travail en amont pour pouvoir les jeter. Pour ceux-là, je devais étudier l'environnement dans lequel j'allais me retrouver. Un sortilège pour rendre à la poussière tous les cadavres ambulants pouvait se révéler utile dans une crypte. Détecter les pièges dans un labyrinthe pour les éviter aussi.

« Nous avons une longue route à parcourir pour atteindre le donjon ! »

En brisant le silence, j'avais en même temps sorti Broc de son sommeil. L'homme hébété dégagea la tête de son ragoût. Tout en se débarrassant des morceaux de sanglier qui collaient à sa joue, il observa la salle autour de lui. En dehors de nous quatre et de l'aubergiste en train d'amener de nouveaux tonneaux de bière derrière son comptoir, la foule avait déserté les lieux. D'un œil circonspect, il avisa de ma présence, et à son regard je compris que des bribes de la soirée de la veille lui revenaient en mémoire. Dans un délire alcoolisé, il s'était engagé à me suivre ainsi que mes acolytes. La promesse de gloire et de richesses lui avait tourné la tête, et il se rendait sans doute maintenant compte de sa bêtise. Je pouvais imaginer les pensées qui se bousculaient sous son crâne.

Broc chercha dans la pièce, mais ne vit aucune trace des deux autres aventuriers. Malgré leurs dires, le nain et la lutine avaient renoncé à se joindre au groupe. Je le sentis sourire intérieurement. Il pensait probablement à ces deux poltrons, mais se ravisa d'un coup. S'il se retirait à son tour et les croisait ensuite, ils ne manqueraient pas de le traiter de couard et il deviendrait la risée de la ville. Il n'avait donc pas le choix, il devait accepter la mission.

Son estomac se noua. Je doutais qu'il ait jamais quitté la ville d'Iolcos auparavant. Il ne savait pas non plus comment se comporter dans un groupe tel que le nôtre et il craignait que son absence d'expérience ne lui soit fatale.

L'homme fixa ses futurs coéquipiers l'un après l'autre. Tous apparaissaient rompus en matière d'aventure, ce qui sembla le ragaillardir. Avec eux, nous ne pouvions que réussir. Il reviendrait chez lui sous les honneurs. Il ne serait plus Broc, la petite teigne, mais Broc, le grand guerrier qui avait triomphé du donjon des mystères !

Tout en rêvant de sa renommée à venir, il se leva d'un air décidé. Il portait une tunique en lin épaisse, un pantalon de toile solide, quoique troué par endroits, et des bottes en peaux de qualité, mais qui avaient déjà bien vécu. Pour protéger son corps, son armure de cuir renforcée incorporait des plaques de métal qui couvraient ses épaules et ses bras. Il avait enfilé des bracelets du même matériau sur ses poignets et des anneaux d'un alliage à toute épreuve sur ses doigts pour préserver ses mains s'il venait à recevoir ou donner des coups puissants. Pour ses jambes et ses pieds, il avait ajouté à sa tenue un blindage composé de basane épais et de mailles en acier. Il avait également une cape en peau de bêtes pour le protéger des éléments, accrochée sur le dossier de sa chaise. Une ceinture large en cuir enserrait sa taille où il pouvait maintenir une petite sacoche contenant des pierres à aiguiser pour affûter ses lames. Son imposante hache, appuyée pour l'instant à la table à côté de lui, reposait d'ordinaire dans un fourreau qu'il portait en travers de son dos.

Broc attrapa son arme et la brandit devant lui en poussant un furieux et résolu « yaahh ! »

« Tiens, j'ai l'impression que "tête-de-sanglier" est réveillé ! » S'esclaffa Mallirk, aussitôt imité par Roldo.

À ces mots, Broc, tout honteux, se rassit, plongeant son regard dans le feu de la cheminée.

Je ne dis rien. Je n'avais pas prêté attention aux paroles du nain ; je le faisais rarement. De par sa nature, Mallirk présentait un tempérament très vif et expressif, pas toujours facile à suivre et souvent hors de propos.

Pour l'instant, je me trouvais plongé dans mes pensées. Nous n'étions que cinq. Malgré mon invitation de la veille, où trois volontaires s'étaient désignés, un seul avait finalement pointé son nez pour compléter son petit groupe. J'ignorais ce qui nous attendait durant notre périple. Personne n'en était jamais revenu pour témoigner de son contenu, d'où son appellation de « donjon des mystères ». Des aventuriers expérimentés y avaient pénétré, sans en ressortir. Cet unique fait attestait de la difficulté du lieu. Ma solution se révélait alors des plus simples : plus nombreux nous entrerions, plus nous aurions de chance de survivre. Et cinq, cela ne suffisait pas. Malheureusement, je ne pouvais plus perdre de temps pour recruter d'autres spécialistes. J'avais déjà trop attendu !

« Si tout le monde est prêt, allons-y ! » annonçai-je alors.

Sylorin, Mallirk, Roldo et Broc acquiescèrent silencieusement, chacun se préparant mentalement à la tâche qui allait bientôt leur incomber. Le nain frappa la table avec enthousiasme, lançant un regard exubérant à ses compagnons. Roldo sourit discrètement, tandis que Sylorin rangeait les lames à sa ceinture. Broc plus timoré réajusta son arme avec une détermination chancelante, mais ne souffla mot. Ils étaient parés pour l'aventure.

Ensemble, nous quittâmes la taverne et empruntâmes la grand-rue, nous dirigeant vers l'entrée de la ville. Les artères se révélèrent calmes, la plupart des gens encore endormis ou occupés à leurs affaires matinales. Notre groupe avançait déjà d'une allure décidée. Nos pas résonnaient sur les pavés, plus ou moins lourds. Nous atteignîmes la porte principale d'Iolcos où les gardes commençaient à remuer. Nous n'attendîmes pas longtemps son ouverture, et laissâmes derrière nous la cité.

Plusieurs asthors durant, notre petite troupe marcha d'un bon train. Les premiers rayons du soleil poignaient à l'horizon, embrasant le ciel d'une clinquante lueur orangée. Mais pour nous, c'était surtout un premier obstacle à surmonter. Même si nous nous dirigions vers le nord, l'aurore nous brûlait les yeux. Nous progressions tant bien que mal en plissant les paupières, cherchant un moyen de nous protéger de cette lumière aveuglante qui montait plus haut à chacun de nos pas.

CHAPITRE 3 :
SUR LA ROUTE

Jason

Un rayon lumineux orangé tapa soudain sur mes paupières closes.

« Par tous les dieux d'Ohorat, non ! »

Était-ce un rêve ?

« Jaa… son ! Réveille-toi, vite ! »

Une détestable petite voix hurlait, hystérique à mon oreille. Sans prendre la peine d'ouvrir un œil, j'optai pour un repli stratégique : je me retournai sur ma couche.

L'agréable chaleur du soleil déjà haut dans le ciel vint me chatouiller la nuque… Sans toujours daigner m'éveiller, je français les sourcils et réfléchis une éphémérise à cette simple pensée. Le soleil déjà haut dans le ciel… Cette fois-ci, je me réveillai.

De la station couchée, je me retrouvai d'un bond debout. Un léger étourdissement me prit, mais je réussis à conserver mon équilibre. Une soirée bien arrosée ne pouvait venir à bout d'un nain, même à demi !

Devant moi, Séraphine s'agitait comme un moustique que l'on cherche à écraser. Elle bondissait d'un coin à l'autre de l'étable où nous avions trouvé refuge pour la nuit. Elle rassemblait ses affaires qui se trouvaient éparpillées sur le sol. D'une main, elle ramassa son manteau, prenant tout juste le temps de l'épousseter pour retirer la paille qui s'y était accrochée avant de l'enfiler. De la seconde, elle récupéra son chapeau pour l'enfoncer sur son crâne. Ses cheveux ébouriffés témoignaient de la dure nuit passée dans le foin.

Toute cette effervescence me fit de nouveau tourner la tête.

Je tentai de me remémorer la soirée de la veille. En compagnie de ma nouvelle amie, nous avions veillé tard tout en partageant quelques chopes de bière…

« Mais dépêche-toi un peu ou ils vont partir sans nous ! »

« Le tavernier m'a confirmé : voilà deux bons asthors que le groupe est parti. Il y avait même l'autre abruti ! Mon sort de sommeil a cessé de faire effet juste quand Darken et sa troupe ont débarqué, grogna Séraphine. Alors, qu'est-ce qu'on fait ? »

L'esprit encore embrumé après un réveil précipité, je bâillai sans retenue.

« Ben, je crois qu'il ne nous reste qu'une chose à faire : retourner nous pieuter et attendre la prochaine mission !

— Tu ne parles quand même pas sérieusement ? Imagine ce que les gens vont dire s'ils nous voient rentrer à l'auberge maintenant ! Sans compter que je n'ai même plus de quoi nous offrir un petit-déjeuner. J'ai dépensé la quasi-totalité de mon pécule en boissons hier soir…

— Il était bien maigre, bougonnai-je, car je sentais déjà les effets de la gueule de bois se dissiper, et mon estomac réclamait sa pitance.

— Pour ton information, il représentait tout ce que j'avais économisé ces derniers cycles lunaires en me mettant au service d'un ensorceleur aux manières détestables ! Rien que d'y penser j'en ai la chair de poule, brrr… »

La lutine se pétrifia un instant, puis se secouant la tête pour la vider de ces sombres images, revint au présent.

« T'aurais dû lui demander plus, lui lançai-je sans le moindre tact. On n'a même pas pu coucher dans l'établissement !

— C'est normal ! Vu les litres de bière que tu as descendus, je n'avais plus assez pour payer une chambre. Le tavernier a d'ailleurs été bien gentil de nous autoriser à passer la nuit dans son écurie. Et estime-toi heureux que j'aie accepté que tu dormes avec moi !

— T'aurais pu prévoir le coup.

— Et comment je pouvais deviner qu'un nain au gosier plus profond que l'Abîme de Freth me dépouillerait jusqu'au dernier sou ?

— Tout le monde sait bien qu'il ne faut jamais inviter un nain à boire, à moins de posséder un royaume.

— J'espérais que ton côté elfe contrebalancerait ton penchant pour l'alcool… Tout ça pour dire que nous n'avons plus d'argent et que si nous restons ici, nous n'aurons bientôt plus de réputation non plus.

— Ah, parce que t'en avais une ?

— Façon de parler… Alors, qu'est-ce qu'on fait ? On retourne à la taverne voir s'ils n'auraient pas une autre mission pour nous ou on essaye de rattraper le groupe qui se dirige vers le donjon des mystères ?

— Ça ne peut pas attendre qu'on mange un bout ? Marmonnai-je la main sur le ventre.

— Bien sûr que non ! Plus on passe de temps ici, moins on a de chance de les rejoindre avant qu'ils n'atteignent la tour ! Et pour la dernière fois, on n'a plus un rond !

— Parle pour toi, révélai-je en dévoilant l'escarcelle bombée offerte par ma mère.

— Quoi ? Tu avais une bourse pleine et tu nous as laissés dormir dans la paille en compagnie de ces chevaux puants !

— Leur odeur ne me dérange pas à moi.

— Sans doute parce que tu as la même… Bien ! Cet argent change la donne… Songea alors Séraphine.

— S'cusez-moi mes p'tits amis ! » L'interrompit une voix que nous ne connaissions pas.

La lutine et moi nous tournâmes vers l'homme qui venait de parler. S'il mesurait sept pouces de plus, il possédait la même carrure que moi, la taille bedonnante en prime. Il présentait un crâne ovoïde avec des cheveux courts en bataille. Sa large mâchoire laissait entrevoir des chicots jaunâtres pour la plupart, noirs pour d'autres, dont l'alignement rappelait celui d'un orque qui aurait reçu une massue en pleine tête.

« J'pas pu m'empêcher d'entendre vot' conversation, reprit-il tandis que nous continuions à le dévisager. Vous v'lez vous rendre au donjon des mystères, c'bien ça ?

— Oui… confirma Séraphine dans l'expectative.

— Parce qu'avec ma carriole on passe juste d'vant. Donc si vous v'lez, j'peux vous y conduire ? »

D'un mouvement du bras, il nous désigna sa charrette. Constituée de deux roues, elle se trouvait attelée à un âne gris. Sur l'avant, une planche qui s'étendait sur toute la largeur du véhicule servait de siège au cocher. Elle pouvait accueillir au bas mot deux personnes. À l'arrière, malgré un chargement recouvert par une bâche qui occupait une bonne partie de l'espace, je pouvais sans difficulté imaginer qu'une troisième s'y installe.

Mon amie resta muette. Elle tourna son regard sur moi et exécuta un geste presque imperceptible du menton. Je ne répondis rien. Elle accentua ses mimiques.

« Ça ne va pas ? lui demandai-je sans comprendre.

— Bien sûr que si ! gronda-t-elle sans que j'en saisisse encore la raison. J'essayais de savoir ce que tu en penses !

— Ah ! C'était pour ça tes grimaces ?

— Mais oui ! Bon, laisse tomber. Qu'est-ce que tu en dis alors ?

— Ben, moi j'ai toujours faim !

— Non, mais je rêve ! Pourquoi a-t-il fallu que je m'acoquine avec un nain ?

— Un elfe-nain, rectifiai-je.

— Zut ! Conclut la lutine en me tirant la langue.

— Si vous v'lez, j'transporte quelques fromages… intervint le marchand.

— Ah ben pourquoi vous l'avez pas dit plus tôt ? Dans ce cas, allons-y ! m'exclamai-je en m'élançant vers la carriole.

— Vous ne savez pas dans quoi vous vous embarquez… » souffla à l'homme mon amie.

***

Notre petit convoi s'ébranla. Séraphine s'était vue inviter par Karl notre conducteur, à monter avec lui sur le siège avant. De mon côté, je me cramponnais à l'arrière dans une position pour le moins inconfortable. Car les cahots du véhicule manquaient de me jeter par-dessus bord à chaque fois, rendant le trajet des plus dangereux. La route n'était pas la seule à blâmer de cela. Si elle présentait nombre d'imperfections, je soupçonnais nos roues de ne pas afficher un diamètre semblable et l'essieu de n'être qu'une branche récupérée au hasard d'un bois et même pas rectiligne.

Je me trouvais donc ballotté de droite à gauche et je commençais à regretter ma décision de monter à bord. Faisant contre mauvaise fortune bon cœur, je glissai ma main sous la bâche qui dissimulait la cargaison du marchand. J'espérais y découvrir les fromages promis, et ainsi contenter mon estomac où tournaient encore des restes de boisson. Hélas, mes doigts ne rencontrèrent pas le mets escompté. À la place, je butai sur des objets métalliques. Agacé de ne rien trouver à me mettre sous la dent, je dégageai le tissu et fouillai du regard le tas de pièces d'armures et armes qui reposaient là.

« Dites donc vous, m'exclamai-je en soulevant une escarcelle remplie de bijoux dont certains présentaient des traces sanglantes. Vous ne vous payeriez pas notre tête par hasard ? »

L'apostrophe fit se retourner notre conducteur sur son siège. Il ouvrit de grands yeux en apercevant toute sa marchandise à l'air libre.

« Qu'est-ce que c'est que tout ça ? s'étonna à son tour Séraphine qui avait pivoté en même temps. On dirait que… »

Elle ne finit pas sa phrase. La lame d'un poignard venait d'apparaître et pressait avec malveillance sa jugulaire.

« Assez joué les deux marioles ! Toi l'nabot, t'vas descendre de là tout doucement !

— Non, mais pour la centième fois, je suis un elfe-nain ! m'emportai-je.

— Fais c'que j'te dis ! Et toi la magote, pas un mot ou ça va mal se passer !

— Comment vous savez que c'est une magicienne ? m'étonnai-je content de délaisser mon inconfortable siège.

— Quoi ? Ça se voit à sa tenue. »

Tandis qu'il m'expliquait cela, il poussa mon amie hors de la carriole et atterrit à sa suite. Il conservait sa lame levée, pointe entre les omoplates de la lutine.

« Ah, vous êtes tisserand vous aussi ? repris-je maintenant que nous nous trouvions face à face.

— Euh, non…

— Pourquoi tu dis "vous aussi" ? L'interrompit Séraphine oubliant au passage l'avertissement du marchand. J'espère que tu ne t'imagines pas encore que je suis tisserande ?

— Pff, bien sûr que non… bredouillai-je confus.

— Oh, je le crois pas ! Je pensais que le sort de sommeil t'aurait convaincu que j'étais une magicienne ?

— Ben, le gars paraissait pas très frais de base…

— Alors il aurait eu l'idée tout d'un coup d'aller faire un roupillon dans son assiette ?

— Bah, les humains peuvent se montrer bizarres parfois.

— Il n'y a pas qu'eux, je t'assure ! s'emporta mon amie.

— Hey, vous deux, nous coupa Karl. J'vous rappelle que j'suis là ! Allez, fini de discuter, vous allez m'donner tout vot' argent maintenant !

— Oh ! Un collègue-voleur ? me réjouis-je. Je me disais bien que vous n'aviez pas la tête d'un fromager. D'ailleurs, je voulais savoir, vous les avez cachés où vos fromages ?

— Non, mais je crois que tu n'as pas bien saisi, m'expliqua Séraphine. Notre ami Karl t'a raconté qu'il transportait des fromages, simplement pour te faire monter dans sa charrette. Et il n'a rien à voir avec un voleur. Ce n'est qu'un vulgaire malandrin de grand chemin.

— Ouais, c'est ça… Un quoi ? … Ça suffit maintenant, tu vas m'filer ta bourse ! s'énerva le brigand en appuyant un peu plus son arme dans le dos de la lutine.

— Vous allez être déçu, nous n'avons pas un rond !

— M'prends pas pour un demeuré ! Et la bourse que l'nabot exhibait à Iolcos ? T'crois p't-être que j'l'ai pas vue ?

— Ah, non ! Il n'est pas question que je vous la laisse ! Refusai-je d'emblée.

— Le blé ! insista le cocher.

— Donne-lui, gronda Séraphine qui sentait une piqûre de plus en plus marquée dans son dos.

— C'est ma maman qui me l'a offerte, tentai-je de protester.

— Donne-lui ! s'entêta-t-elle encore.

— Oui, bon ça va ! »

Bougonnant sans retenue, je fouillai dans mes braies à la recherche du seul argent qui subsistait des fonds obtenus auprès de mes parents. Je venais à peine de m'en saisir que Karl me l'attrapait des mains avec un sourire carnassier réjoui.

« Maintenant l'nabot, t'vas prendre la corde dans ma carriole et attacher mam'selle à c't'arbre. »

Je m'exécutai. Je dénichai comme indiqué un rouleau de corde de plusieurs enjambées de long et m'attelai à lier Séraphine. Une fois fait, ce fut au tour du marchand de me ligoter à son côté.

« J'préfère vous r'tenir au cas vous voudriez m'suivre.

— Vous n'allez tout de même pas nous abandonner là comme ça ? S'offusqua la lutine. On se trouve au milieu de nulle part et rien ne nous dit que quelqu'un d'autre passera nous délivrer avant la nuit !

— Y'a rien d'personnel, mais faut bien que j'vive moi aussi. Allez, j'vous laisse mes cocos.

— Non, attendez ! poursuivit Séraphine sur un ton de panique extrême. Et si des bêtes sauvages arrivent, comment pourra-t-on se défendre si vous nous abandonnez là ? »

Karl n'écoutait pas. Peu concerné par le sort qui nous était réservé, il remonta sur sa charrette et reprit sa course. Il démarrait à peine que déjà Séraphine s'acharnait à détacher mes liens.

« Hein ? Comment t'as fait pour te libérer ?

— Sans vouloir te vexer, tu n'es pas doué pour faire des nœuds non plus, me lança-t-elle.

— Alors tout ton petit numéro, c'était pour quoi ?

— Juste pour lui faire croire que nous étions désespérés. Allez, viens vite, nous devons le rattraper avant qu'il ne s'éloigne trop ! M'enjoignit-elle tandis qu'elle me débarrassait de mes entraves.

— Laisse tomber, pas moyen que je coure derrière ce chariot !

— Quoi ? Tu oserais renoncer à la bourse que ta mère t'a offerte ?

— C'est qu'un bout de tissu en fin de compte.

— Un bout de tissu qui renferme nos dernières économies ! s'emporta la lutine. Quel désastre cette première mission ! Non seulement je ne suis pas fichue de me lever à temps pour partir avec le groupe, mais en plus je n'ai plus un sou en poche…, se lamenta-t-elle. Mon maître avait raison, je ne suis pas taillée pour la vie d'aventurière… Je vais devoir retourner servir cet ensorceleur sans talent pour le restant de mes jours… »

Séraphine s'assit au pied de l'arbre où nous avions été ligotés, le menton sur les genoux.

« C'est bon, tu as fini ?

— Laisse-moi déprimer toute seule ! ronchonna-t-elle.

— Et si je te dis que nous n'avons pas tout perdu dans l'histoire.

— Qu'est-ce que tu veux dire ? Et elle leva vers moi des yeux pleins d'espoir.

— Contemple un peu ça ! »

Sous son regard sidéré, je sortis de ma veste une escarcelle plus bombée encore que celle cédée. Je l'ouvris. Des bijoux de toutes sortes apparurent alors : colliers, chevalières, bagues aux pierres étincelantes, un bracelet gravé aux motifs floraux, une clef argentée avec un point d'interrogation sur la tête.

« Je le crois pas ! s'extasia Séraphine. Tu lui as subtilisé son butin ! En fin de compte, tu n'es peut-être pas un si mauvais voleur que ça !

— Je ne sais pas comment je dois le prendre…

— Tiens, qu'est-ce que c'est ? »

La lutine fouilla parmi les divers joyaux et saisit une petite broche dorée.

« C'est quoi ? Un objet magique super puissant ?

— Non, je la trouve juste jolie, annonça-t-elle en l'accrochant à son vêtement.

— Hey ! C'est mon trésor !

— Quoi c'est ton trésor ? On forme une équipe maintenant, donc c'est notre trésor.

— Puisque c'est comme ça, je prends ça ! »

À mon tour, j'attrapai la clef aperçue dans le lot et l'intégrai à mon trousseau.

« Bien, on ferait peut-être mieux de déguerpir, suggéra la lutine en ramassant son bourdon que le brigand n'avait pas jugé bon d'emporter. Si Karl se rend compte qu'on l'a volé, il risque de faire demi-tour et nous tomber dessus.

— Sauf que je dois récupérer la bourse de ma mère, lançai-je alors en accrochant mon larcin à ma ceinture.

— Quoi ? Mais tu viens de dire que ça n'était qu'un bout de tissu.

— Peut-être, mais c'est ma maman qui me l'a donné. »

Comme si elle ne saisissait pas le lien sentimental qui m'unissait à l'objet en question, elle leva les mains en l'air, sourcils froncés.

« Alors, que proposes-tu ?

— On va lui tendre une embuscade ! révélai-je fier de mon idée.

— Et comment comptes-tu t'y prendre au juste ? Interrogea ma compagne sur un ton qui indiquait sans le moindre doute possible qu'elle se méfiait de mon plan d'attaque.

— On va commencer par creuser un trou au milieu de la route. Ensuite, on le recouvrira de branches et de feuilles pour le camoufler. Quand notre fromager passera, il tombera dedans et on pourra récupérer la bourse de ma mère.

— J'ai un peu peur de demander, mais tu as bien saisi qu'il n'était pas réellement fromager ?

— Évidemment ! Je n'ai pas trouvé le moindre morceau de fromage dans toute sa cargaison !

— Tu sais la taille que devrait faire ton trou pour que cela fonctionne ? Sans compter le temps nécessaire pour le creuser ?

— Je suis un nain, la tâche ne m'effraye pas !

— Ah, parce que tu caches une pelle dans tout ton barda ? »

Je réfléchis un instant à sa remarque…

« À supposer que tu aies le matériel, le temps et les capacités pour creuser le sol, reprit Séraphine qui avait vraisemblablement décidé de tuer dans l'œuf mon idée, il faudrait être demeuré pour ne pas voir un tel piège au beau milieu de la route ! Il est de plus probable que d'autres que notre détrousseur passent par ce chemin et tombent de façon malencontreuse dans ton trou…

Mais, imaginons tout de même que tu aies le matériel, le temps, les capacités…

— Oui bon, ça va ! m'emportai-je. On a compris que tu trouvais mon plan nul. Alors et toi, qu'est-ce que tu proposes ? »

Séraphine sourit.

*
**

Le crissement de roue de la charrette nous avertit du retour de Karl bien avant de l'apercevoir. Lorsqu'enfin il apparut au loin, son âne avançait à une faible allure. Il jetait des coups d'œil tout autour de lui, comme à la recherche de quelque chose.

« Qu'est-ce qu'il fabrique ? murmurai-je interloqué par son attitude.

— Ça se voit, non ? Il essaye de retrouver où il nous a abandonnés. Maintenant chut ! Il arrive…

— Alors les deux marioles, vous avez voulu jouer au plus malin, hein ? sourit-il en stoppant sa carriole. Vous pensiez m'voler et partir avec l'butin tranquillement, c'est bien ça ? Il sauta à terre et s'approcha de l'arbre où se tenaient ligotés la lutine et son acolyte elfe-nain. Sauf qu'vous êtes toujours attachés là comme deux bouseux…

— C'est le moment, m'annonça Séraphine dans un murmure.

— Alors, c'parce que vous avez raté vot' coup qu'vous restez silencieux ? poursuivait Karl tandis que Séraphine et moi nous élancions à pas de loup vers son véhicule. Oh ! J'vous cause les deux abrutis ! Vous allez me révéler où est-ce que vous avez caché mon larcin ! … »

La rage bouillonnait en notre cocher. Face à lui, ses deux interlocuteurs demeuraient figés et muets. Il dégaina sa dague qu'il leva, intimidante.

« J'vous préviens, si tu m'dis pas où c'que t'as planqué mon argent, j'plante ta copine ! » hurla-t-il.

Il n'attendit pas bien longtemps avant de mettre sa menace à exécution. Devant l'immobilité de l'elfe-nain, il pressa la pointe de sa lame sur l'épaule de la lutine dans l'espoir de faire réagir l'un ou l'autre. Quand d'un coup, ils s'évaporèrent.

« Qu'est-ce que c'est qu'ce bordel ? »

Médusé face à cette disparition imprévue, il demeura figé comme pétrifié par un sortilège de stupéfaction. Lorsqu'il comprit enfin qu'il venait de se faire avoir, sa charrette et son âne se trouvaient déjà loin.

CHAPITRE 4:
ÉVÉAPIA

Roldo

Darken et notre groupe marchions depuis plusieurs asthors. Si le mage ne connaissait pas la position exacte du donjon, il avait appris la direction à suivre à force de questions.

Comme il me raconta, tout était parti d'une simple visite à la bibliothèque de la cité royale d'Eldoria dans la région d'Opale. Il recherchait des données sur une relique divine. Il avait passé des cycles lunaires à fouiller les livres et les parchemins, sans succès. Frustré, il s'était finalement tourné vers le bibliothécaire pour lui demander s'il avait connaissance d'autres sources d'informations. Le vieux bibliothécaire était un elfe à l'air sévère, avec des sourcils épais et broussailleux et une barbe blanche et fournie. Il avait des yeux perçants, d'un bleu clair brillant, encadrés par des rides profondes qui attestaient du temps écoulé à lire et à écrire. Sa peau possédait la texture douce et délicate typique de ceux de son peuple, d'une teinte légèrement cuivrée. Il portait une tunique de laine vert forêt, ornée de broderies dorées, ainsi qu'une paire de lunettes rondes posées sur le bout de son nez. Sa démarche lente et mesurée témoignait d'une grande sagesse et d'une connaissance encyclopédique.

Après un moment de réflexion, le vieux bibliothécaire lui avait parlé d'une rumeur selon laquelle la relique qu'il cherchait se situerait dans un donjon, cachée au fin fond d'un labyrinthe aux pièges multiples. Darken intrigué avait aussitôt demandé des détails, mais l'elfe n'avait pas su lui en dire davantage. Il avait cependant conseillé au practomancien de se rendre dans une taverne de la ville où il dénicherait certainement d'autres informations.

L'endroit en question se trouvait dirigé par un humain et accueillait une clientèle qui n'avait rien d'elfique. De ce fait, l'établissement, unique dans la cité, se révélait très animé et bruyant, rempli de consommateurs qui discutaient et buvaient. Ici, pas de musiciens pour jouer des airs traditionnels du coin, ils n'étaient pas les bienvenus. Au milieu de l'agitation, des serveurs passaient entre les tables en portant des plateaux de nourriture et de boissons. Darken y avait repéré un groupe de mercenaires qui semblaient s'entretenir à voix basse, visiblement intéressés par quelque chose. Il s'était approché et avait entendu parler d'un certain donjon des mystères, qui abriterait une relique très convoitée. Il avait alors établi le lien avec ce que lui avait raconté le bibliothécaire.

« Dites-moi tout ce que vous savez sur ce donjon des mystères ! Je suis prêt à payer pour toute information utile. »

Malgré l'aspect peu avenant des soudards, Darken n'avait pas hésité à s'immiscer dans leur conversation. Il espérait obtenir plus d'éléments sur la localisation exacte de l'édifice et sur les dangers qu'il pourrait y rencontrer. Les mercenaires s'étaient montrés méfiants, mais en échange d'une bourse d'argent ils avaient fini par lui donner quelques indices. D'autres étaient par la suite venus s'y ajouter. Le practomancien avait prospecté dans de nombreuses autres tavernes, jusqu'à Port-Lunaé sur la Côte de Tousvents, où il avait enfin rassemblé toutes les pièces du puzzle. Désormais, il savait précisément où se diriger.

Après avoir choisi de longer le Précipité, nous nous en étions finalement écartés pour retrouver un terrain plus dégagé. Le cours d'eau, large et rapide, prenait sa source au nord, au cœur des Monts Roussis. Il dévalait ensuite ses pentes, serpentait entre ses rochers, avant de se jeter avec violence dans la Mer des Bulles au sud. L'étendue bleue tirait son nom des monstres qui y vivaient et qui remontaient à la surface pour attaquer les bateaux. Ces créatures gigantesques surgissaient avec une telle puissance qu'elles faisaient jaillir de l'eau en éclaboussant les navires, et produisaient alors de nombreuses bulles à la surface de la mer. Les récits des survivants décrivaient un animal serpentiforme aux écailles argentées et aux yeux brillants d'un rouge étincelant. De sa mâchoire immense et acérée, ce léviathan se montrait capable de broyer les bateaux les plus solides. Sa voix ressemblait à un rugissement sourd qui pouvait être entendu à des dizaines de pas de titan à la ronde, et son souffle projetait de l'eau en hauteur qui causait des tempêtes sur la mer. D'autres parlaient d'un calamar ou d'un poulpe démesuré aux tentacules gigantesques et puissants, apte à saisir des navires entiers pour les entraîner dans les profondeurs marines. Tous s'accordaient à dire que léviathans et krakens ne représentaient pas les seuls monstres qui peuplaient la mer. Les navigateurs avaient ainsi surnommé cette étendue d'eau dangereuse la « Mer des Bulles », en référence aux signes avant-coureurs de l'arrivée de ces terribles prédateurs.

Nous laissions derrière nous Iolcos. Entourée de murailles imposantes de pierre grise qui protégeaient les venelles étroites et sinueuses de la ville, la cité portuaire marquait l'embouchure entre le fleuve Précipité et la Mer des Bulles. Les toits des maisons étaient en ardoise sombre, penchés et usés par les tempêtes marines incessantes. Des lanternes en fer forgé éclairaient les rues la nuit, balayées par les vents salés de l'océan. Le port se remplissait de bateaux de toutes sortes, des navires marchands aux galions de guerre, et les cris des matelots se mêlaient à ceux des mouettes durant la journée. Malgré les assauts des vagues, les habitations construites en pierre et poutres de bois se maintenaient debout, comme si un sortilège ou une force mystique les protégeait de manière miraculeuse. C'était peut-être le cas.

Iolcos avait été érigé par un sorcier du nom d'Armand. Banni de sa terre natale pour avoir pratiqué la magie noire, il avait passé des cycles vernaux à chercher un endroit où il pourrait vivre en paix, et avait finalement trouvé refuge ici, à Évéapia. Pendant des cycles, Armand avait utilisé son art pour sculpter la roche et façonner des structures pour se protéger de la mer. Il avait creusé des canaux pour détourner les eaux de pluie et les collecter dans des réservoirs souterrains. Il avait créé des sortilèges pour préserver les quais des tempêtes et pour empêcher la houle de détruire les maisons. L'agglomération était devenue un lieu paisible et les habitants avaient commencé à s'y masser. Ils pouvaient pêcher, commercer et vivre leur vie en toute sécurité.

Cependant, un jour, Armand avait disparu. Certains affirmèrent qu'il avait été emporté par un ouragan, tandis que d'autres prétendaient qu'il avait quitté Iolcos pour trouver un nouvel endroit où séjourner. Mais quoi qu'il en fût, les enchantements qu'il avait posés disait-on, demeuraient dans la cité qu'il avait créée. Les bâtiments tenaient toujours debout, les canaux étaient toujours remplis d'eau. Les sorts de protection existaient toujours.

À l'extérieur de la ville, sur un promontoire qui s'avançait dans la mer, s'élevait le château d'Armand. Ses murs épais et charbonneux comme la nuit semblaient faits de pierres imprégnées de magie noire. Des créneaux et des tours s'érigeaient au-dessus des remparts, donnant l'impression que l'imposante forteresse avait été taillée directement dans la roche. Aujourd'hui inhabitée, elle surplombait le port et les environs de son aspect inquiétant.

D'entrée, j'avais pris la tête de la colonne. J'avais déjà exploré à maintes reprises la lande. Pourtant, lorsque Darken me sollicita pour rejoindre la mission, je fus surpris d'apprendre l'existence du donjon des mystères. Mais les quelques instructions sur la direction à suivre que le mage m'avait fournies suffisaient. Mes compétences de pistage et d'orientation étaient tellement développées que je ne doutais pas un instant de ma capacité à le dénicher. Une immense tour au milieu de nulle part ne pouvait échapper davantage à mes sens affûtés qu'une crypte au cœur de la forêt d'Unarith. Je savais que cette quête était en parfaite adéquation avec mes talents innés.

Au cœur du territoire d'Évéapia l'« étendue verte », s'étalait à perte de vue, avec une herbe de jade et rase qui ondulait sous la brise, vide et sauvage. Si la cité d'Iolcos abritait une population qui avoisinait les cinq mille êtres, en dehors d'elle, la région se révélait massivement inhabitée. Même Abrimos, pourtant capitale d'Évéapia, idéalement située sur la Mer des Bulles et à la frontière avec le royaume d'Opale, représentait tout au plus une petite ville. Car la saison humide voyait se développer quantité d'insectes et de parasites. Vecteurs de maladies pour les plus menus, amateurs de viande pour les plus gros, ils causaient des dégâts parmi les habitants. De plus, la sécheresse qui suivait rendait les cultures hasardeuses, et pouvait entraîner une pénurie de nourriture pour la population. À l'intérieur d'Iolcos, la magie d'Armand œuvrait et permettait d'échapper à tous ces désagréments.

La campagne d'Évéapia occupait près du tiers de la superficie de la région et était délimitée à l'est par les Monts Roussis, à l'ouest par les Montagnes Bleues. Ces dernières s'érigeaient au-dessus du royaume telles des sentinelles protectrices, majestueuses et imposantes. Leur sommet souvent caché dans les nuages ajoutait un effet spectaculaire à leur allure déjà grandiose. Ses flancs étaient couverts d'épaisses forêts de conifères, qui contrastaient avec les pics rocheux et enneigés, et la plaine. Des rivières cristallines serpentaient dans les vallées profondes, offrant une source de vie pour les habitants de la région, qu'ils résident à l'extérieur ou à l'intérieur de la montagne.

Encore plus à l'ouest, sur le versant opposé des Montagnes Bleues et marquant la frontière avec le royaume d'Opale, se trouvait la forêt de Mystria. Cette étendue boisée s'étirait sur des pas de titan, dense et impénétrable. Les arbres s'entrelaçaient dans un enchevêtrement mystérieux, formant des canopées qui bloquaient la lumière du jour et donnaient à la zone une aura ténébreuse. Les feuilles y bruissaient doucement sous le vent, engendrant un murmure timide et néanmoins inquiétant. Les rayons du soleil qui parvenaient à traverser les branches se reflétaient sur les rameaux avocats, ce qui créait une clarté étrange et fantomatique. S'y ajoutait une brume verdâtre et constante. Les rares êtres qui osaient s'aventurer en profondeur sous le couvert forestier ne pouvaient s'empêcher d'y ressentir une incompréhensible tension, comme si quelque chose de sinistre se cachait derrière chaque arbre.

Mes yeux que l'on disait aussi perçants que ceux d'un aigle, scrutaient les alentours à la recherche de tout signe de danger. Malgré mes trente points vernaux, j'avais acquis beaucoup d'expérience sur la plupart des terrains. J'avais parcouru la région d'Opale à l'est et pénétré dans la forêt d'Unarith à maintes reprises. Ma soif de découvertes m'avait également conduit le long de la Mer de la Lune au cœur des Royaumes d'Ohorat. De la même manière, l'appel du danger m'avait attiré dans le pays désertique d'Ecroth au centre-est et jusque dans les montagnes de Gazir au nord-est. Je connaissais la plaine de Valberge au nord-ouest, et Évéapia au sud-est n'avait presque aucun secret pour moi.

Je me déplaçais donc à bonne allure. Ce qui ne m'empêchait pas d'examiner en silence chaque brin d'herbe, chaque caillou, chaque arbre. Je prenais le temps d'écouter le vent et les bruits de la nature, tendant l'oreille pour détecter le moindre indice. Je vérifiais les traces sur le sol, les marques laissées par les animaux, les empreintes dans la boue. Parfois, je m'arrêtais brusquement pour observer une forme lointaine, un mouvement rapide, une silhouette cachée. J'attrapais alors ma longue-vue pour mieux examiner les détails, et scrutais chaque recoin avec attention. J'avais conscience que la moindre négligence pouvait s'avérer fatale dans la nature. Mon rôle consistait à protéger notre groupe et à repérer tout danger potentiel avant qu'il ne soit trop tard.

Plus nous nous éloignions de la ville d'Iolcos et de la Mer des Bulles, plus le sol aride et poussiéreux après une saison pluvieuse ressortait craquelé par endroits, témoignant de la rudesse du climat qui régnait ici. Des bosquets épars d'arbres rabougris offraient quelque ombre ténue, mais bienvenue lors des pauses. La période humide avec ses jours souvent nuageux et orageux, son atmosphère étouffante et ses typhons avait laissé place il y a peu à la saison sèche. Malgré des températures agréables durant la journée, les nuits se révélaient fraîches.

L'étendue se montrait plutôt vide, à l'exception de quelques animaux qui paissaient paisiblement. Des troupeaux de chèvres et de moutons s'éparpillaient de-ci, de-là, suivis par les bergers et les chiens de garde. Les oiseaux chantaient dans le ciel, offrant un concert naturel, tandis que les insectes bourdonnaient autour des fleurs qui poussaient dans les endroits les plus humides. Les coquelicots, ces fleurs rouges vibrantes aux pétales froissés et délicats qui se balançaient doucement au vent, apportaient une pointe colorée à cette mer de verdure. Parfois même, un tournesol isolé pointait son visage vers le soleil ardent. Mais moi seul semblais touché par la beauté de ce paysage. Dans ces situations, au-delà de l'émerveillement, je me sentais connecté à l'environnement, ce qui me procurait sérénité et calme intérieur. Au contraire, mes compagnons soufflaient, las de contempler ce panorama plat et monotone. Le moins sensible à cette beauté était Mallirk. Le nain traînait loin derrière. Ses courtes jambes l'empêchaient d'aller au même rythme que nous autres, et son armure ajoutait un poids supplémentaire qui le ralentissait encore et le faisait transpirer comme une pastèque juteuse sous un soleil brûlant.

Lors de notre périple, nous aperçûmes une petite ferme isolée, dont les murs de pierre disparaissaient presque sous les lianes qui les recouvraient. Le fermier travaillait dur malgré les rayons ardents. Il s'efforçait de cultiver ses terres arides et ingrates. Des lentilles poussaient en rangées régulières sur son terrain. Leurs tiges minces et leur feuillage vert clair ondulaient doucement dans la brise, tandis que le lutin sarclait le sol.

Plus loin, nous rencontrâmes un groupe d'humains nomades, avec leurs tentes en toile. Ils terminaient de les charger sur le dos de leurs chevaux, prêts à reprendre la route. À leur mine farouche et leurs armes nombreuses, je pensai à des marchands d'esclaves. Si je m'étais arrêté pour demander des informations au fermier sur le chemin à prendre, j'avais jugé bon de me tenir à l'écart de ces voyageurs.

Le royaume d'Évéapia se situait au sud-est d'Ohorat et proposait une succession de paysages variés. Quoique beau au premier regard, il se révélait d'ordinaire dur et âpre pour quiconque choisissait d'y séjourner. Confrontés à des conditions de vie difficile, les rares habitants développaient une piété exceptionnelle. Dans ces terres où le milieu s'avérait souvent impitoyable, ceux-ci s'en remettaient à leurs dieux pour leur protection et leur salut. Chaque foyer possédait ainsi son autel, et chaque hameau son temple. Les principales divinités révérées dans la région n'étaient autres que Nouraël, le dieu de l'aube et du renouveau, et Caliclyadia, la déesse de la nature. Le premier se trouvait associé à la lumière et au soleil levant, représentant la naissance de l'aurore et l'émergence de la chaleur et de la vie après la nuit froide et sombre, mais aussi à la régénération, symbolisant le début d'un nouveau cycle des saisons après le temps des pluies. La seconde était la déesse des moissons et des cultures, qui devait permettre aux agriculteurs de bénéficier de récoltes abondantes, même durant la période de sécheresse.

Je possédais une connaissance approfondie de la région. Je savais repérer les pièges naturels tels que les crevasses. Elles se manifestaient du fait des rares précipitations et des températures extrêmes qui causaient des fissures dans le sol. Grâce à mes nombreux voyages, j'avais appris à reconnaître les signes de danger et avais développé un sixième sens pour les détecter. Les changements subtils dans la couleur de la terre et la texture de la roche me révélaient leur emplacement caché sous la surface. Je surveillais également les zones où le sol apparaissait plus fragile ou instable, et esquivais les fentes qui semblaient s'être formées récemment. J'avançais avec prudence, en cherchant toujours les symptômes avant-coureurs qui pourraient signaler la présence de crevasses mortelles, et les évitais habilement. De cette manière, je pouvais indiquer à mes compagnons de route les invisibles fossés, et leur faisais contourner les collines dont l'ascension pouvait entraîner une trop grande perte d'énergie ; nous en aurions besoin pour affronter les dangers du donjon.

Le reste du groupe qui me suivait de près faisait confiance à mon instinct et à mon expérience pour les guider. Mais Mallirk, plus lourdaud et trop loin, ne pouvait plus entendre mes avertissements, et se retrouvait souvent dans des situations périlleuses du fait du terrain accidenté. S'il se plaignait beaucoup dans ces cas, il avait aussi appris à se débrouiller seul, et continuait à avancer, en sueur à cause de l'effort et de la température, mais résolu à ne pas ralentir le groupe.

Je marchais d'un pas déterminé, ma cape en peau de bêtes flottant derrière moi dans le vent. J'avais bifurqué vers l'est où se dressaient les Monts Roussis, une courte chaîne de montagnes de roche rouge qui offrait une couleur chaleureuse et ardente, presque enflammée. Imposants et majestueux, ses sommets apparaissaient encore couverts de neige éternelle malgré la canicule sur la plaine. Les pics s'élevaient comme un rempart. Ils protégeaient la région des violentes bourrasques qui soufflaient de l'autre côté, et donnaient un sentiment de sécurité aux voyageurs qui s'y aventuraient. Par endroits, des traînées de végétation ténue s'agrippaient aux pentes abruptes.

Au fur et à mesure que nous avancions, les montagnes semblaient grandir, leurs aiguilles blanches ressortant plus distinctement contre la voûte bleue.

À l'horizon, je pouvais apercevoir les premières dunes du désert d'Ecroth qui s'étalait sur des centaines de pas de titan. Immenses, elles paraissaient se fondre dans le ciel, dessinant des motifs délicats qui changeaient au gré des tempêtes de sable. Fascinant paysage, il n'en demeurait pas moins le plus hostile d'Ohorat.

Nous atteignîmes le pied des Monts Roussis lorsque le soleil se trouva sur le point de disparaître derrière les Montagnes Bleues. Là, une végétation dense nous attendait. Même si les arbres se montraient frêles et peu nombreux, leurs racines s'entrelaçaient et formaient un réseau complexe qui s'étendait sur le sol. Au contraire, les arbustes et les buissons poussaient en abondance ce qui créait des barrières naturelles qui obstruaient notre chemin. Des lianes brunes et des plantes grimpantes serpentaient autour et entre les troncs, ajoutant des obstacles à notre avancée. Les odeurs de terre, de poussière et de bois brûlé se mêlaient dans un parfum épicé qui enveloppait tout l'environnement et faisait éternuer le nain qui ne manquait pas de pester encore contre la nature. Enfin, la rareté des chants d'oiseaux, et le grondement au loin du Précipité, accentuaient l'ambiance étouffante et oppressante de cette forêt sèche.

Nous mîmes beaucoup de temps à nous extirper du taillis, surtout après la déclivité du soleil.

Au bout d'une longue journée de marche, qui dura jusque tard dans la nuit, nous arrivâmes en vue du donjon des mystères. Surplombant la bâtisse dont l'entrée apparaissait encadrée par deux flambeaux, le practomancien sourit. Il parvenait au terme d'une quête débutée il y avait plus de quinze points vernaux.

Je coupai Darken dans sa contemplation :

« Que fait-on ?

— Trouve-nous un coin pour nous reposer. Quelques asthors de répit ne seront pas de trop avant d'entamer l'exploration. Nous repartirons aux aurores. »

Je ne m'attardai pas. Tandis que le mage retournait à ses pensées, je m'éloignai et dénichai en moins de dix éclires une petite caverne naturelle, cachée entre les roches et accessible par une pente escarpée. Bien qu'un peu étroite, elle offrait suffisamment d'espace pour que tous nous nous installions confortablement et nous nous reposions. Les parois de la grotte se montraient rugueuses et le sol jonché de cailloux, mais cela n'avait pas d'importance pour les voyageurs endurcis que nous étions. De plus, le lieu était protégé des intempéries et des vents forts qui pouvaient déferler dans les montagnes. Nous allumâmes un feu de camp à l'entrée pour nous réchauffer et cuisiner notre dîner avant de nous fixer pour la nuit.

CHAPITRE 5 :
ÉTHÉRATION

Jason

« On l'a bien eu avec ton truc là ! m'exclamai-je ravi en apercevant au loin notre faux fromager lancer des imprécations à notre encontre. Comment t'as fait d'ailleurs ?

— Mon "truc" comme tu dis, s'appelle une illusion. J'ai créé une image de nous deux et lui ai fait croire que nous étions toujours attachés à cet arbre, sans défense.

— Brillant ! Je n'aurais pas fait mieux ! Il ne s'est douté de rien. On a eu juste le temps de monter dans sa charrette et de filer. À ce propos, je voulais savoir : comment on conduit un machin pareil ?

— Quoi, comment on conduit ? Si tu n'en as aucune idée, pourquoi c'est toi qui tiens les rênes ?

— Je trouvais ça stylé. Mais en fait, je n'y connais rien en canasson.

— C'est un âne.

— Qu'est-ce que je te disais ?

— Donne-moi ça ! S'emporta la lutine en m'arrachant la bride des mains.

— Hey ! Parce que tu sais faire avancer ce machin toi ?

— Ça ne doit pas être bien compliqué de mener une bourrique où l'on veut.

— Ah ? Donc tu as des talents de dressage maintenant ?

— Figure-toi que j'ai eu un chat à une époque !

— Et qu'est-ce qu'il est devenu ?

— Aucune idée. Un jour, il a disparu…

— Rends-moi ça ! »

Je tentai de lui récupérer la bride, mais elle s'écarta de moi, tirant de côté et contraignant l'âne à tourner la tête. Il stoppa sa marche et, se voyant ainsi maltraité, donna un violent coup d'encolure. Séraphine manquant tomber de la charrette, lâcha les rênes qui allèrent pendre libres sur le dos équin. Plus soumis à aucune tension, l'animal reprit sa route du même pas tranquille, mais assuré.

« En fait, ça sert à rien ces machins. Il avance tout seul !

— Peut-être, mais qui sait où il nous conduit ?

— Si ça se trouve, il nous emmène au donjon des mystères !

— Curieusement, j'en doute… »

« Ah ben c'est malin ! Cette bourrique nous a ramenés en ville ! gronda Séraphine en apercevant à un battement d'ailes de griffon devant nous, l'immense muraille entourant la cité d'Iolcos. Une matinée de perdue tout ça pour retourner à notre point de départ.

— Comme ça, on va peut-être pouvoir manger un bout ? J'ai toujours les crocs moi ! lançai-je de concert avec mon ventre.

— Tu crois vraiment que nous avons le temps pour ça ? Darken et son groupe ont pris une avance considérable, maintenant. Peut-être même qu'ils sont déjà arrivés au donjon !

— Et ta magie, elle ne peut pas nous aider par hasard ? »

Avais-je proféré une ineptie ? La lutine fixa ses grands yeux verts sur moi. De longues éphémérises durant elle resta immobile.

« Eh oh, il y a quelqu'un ? demandai-je en agitant ma main devant elle.

— Tu sais que ce que tu viens de dire n'est pas bête et pourrait bien nous sortir du pétrin, s'enflamma-t-elle soudain.

— Ah bon ?

— Mais oui, réfléchis ! Il suffit de s'éthériser jusqu'au donjon !

— Bien sûr ! Euh… Quoi ?

— Il faut tout t'expliquer… Une formule magique peut nous transporter instantanément à notre destination !

— D'accord… Et tu peux faire ça toi ?

— Euh, non. L'éthération est un sort d'un niveau un peu trop élevé pour moi, avoua-t-elle en se prenant le menton entre deux doigts à la recherche d'une solution. Mais on pourrait se servir d'un parchemin d'éthération !

— Et en quoi un bout de papier peut nous aider ?

— Ça n'est pas qu'un simple bout de papier. Les parchemins de magie s'avèrent très utiles pour les êtres dépourvus de pouvoirs.

— Et pour ceux qui n'ont pas le niveau, la raillai-je.

— Oui bah, je fais ce que je peux ! s'emporta-t-elle aussitôt. Tout ça pour dire que ces "bouts de papier" permettent à tous d'exécuter des sortilèges parfois très complexes.

— D'accord, mais alors où est-ce qu'on trouve ça ?

— Oh, toutes les boutiques de magie dignes de ce nom en vendent. Seul souci, ça n'est pas accessible à toutes les bourses…

— Pour ça, pas de problème. Il suffit d'aller écouler tout notre attirail.

— Il n'est pas question que je cède mes affaires à qui que ce soit ! S'offusqua aussitôt Séraphine.

— Mais non, pas les tiennes. Les siennes ! »

Du doigt, je pointai notre charrette remplie d'armes et pièces d'armure en tous genres.

« Tu ne comptes quand même pas vendre des objets volés ?

— Et pourquoi pas ? Après tout, je suis un voleur moi aussi !

— J'ai encore un peu de mal à y croire… De toute façon, nous n'avons pas trop le choix, finit par lâcher la lutine. Allons-y ! »

« Comment ? Cinquante pièces d'or seulement pour l'ensemble ? explosai-je hors de moi.

— En même temps, c'est qu'un tas de ferraille confirma Séraphine que le prix proposé par le marchand ne semblait pas offusquer.

— Assassin ! Vous savez le temps qu'il nous a fallu pour amasser tout cet équipement ? Tout ça pour quoi ? À peine de quoi nourrir les petiots !

— Euh, tu n'en fais pas un peu trop quand même ? Me murmura la lutine. Cinquante pièces d'or c'est déjà pas mal pour ces vieilleries. Surtout que ça ne nous a pas coûté grand-chose de nous les procurer.

— J'suis prêt à monter jusqu'à cent pièces d'or avec la charrette et l'âne, reprit le marchand fin négociateur.

— Ah non !

— Quoi, mais pourquoi ? s'étonna la lutine.

— Je commençais à m'y attacher à Karl.

— Karl ? Tu as donné un nom à l'âne ? Mais quand est-ce que… oh et puis zut ! Laisse-lui le tout, récupère l'argent et qu'on n'en parle plus ! » S'emporta mon amie.

Marmonnant dans mon absence de barbe, je tendis la bride au commerçant qui me remit une bourse bien pleine, et nous nous éloignâmes.

« Je crois que c'est la première fois que je tiens autant d'or dans mes mains ! m'exclamai-je ébloui par le métal jaune. Avec ça, et ce qu'on a obtenu en vendant les bijoux, on pourrait se la couler douce à l'auberge pendant plusieurs cycles lunaires !

— Range-moi ça tout de suite ! gronda soudain Séraphine en refermant à la hâte l'escarcelle. Tu ne devrais pas montrer nos richesses de façon aussi ostentatoire, poursuivit-elle en jetant des coups d'œil à la ronde pour s'assurer que personne ne faisait attention à nous. Notre mésaventure de ce matin ne t'a donc rien appris ?

— Si ! Qu'il ne faut jamais faire confiance à un fromager qui ne vend pas de fromage !

— … De toute façon, cet argent doit nous permettre d'acheter un parchemin d'éthération, pas de flemmarder pendant des jours ! Viens, la boutique de magie se trouve par là. »

L'illusionniste me traîna à travers plusieurs ruelles avant d'en rejoindre une où se croisait une foule d'êtres en robe. Ils entraient et sortaient des différents commerces représentés, dans un flot incessant de chapeaux pointus.

Après avoir pris le temps de détailler chaque devanture, Séraphine s'arrêta face à la plus sombre et poussiéreuse du quartier. Elle leva le nez en l'air pour s'assurer que nous nous trouvions à la bonne adresse, puis poussa la porte d'accès et pénétra dans le magasin. Je la talonnai, légèrement intimidé par tant de mages dans un périmètre si restreint.

« Atchoum ! »

À l'intérieur de l'échoppe, une violente odeur de renfermé assaillit mon nez et me fit éternuer. Aussitôt, les deux autres personnes présentes se retournèrent, l'air courroucé par mon infinie indélicatesse. À leur taille fine et leurs oreilles pointues, je reconnus d'emblée des elfes. Le premier, installé derrière son comptoir, du fait de ses traits tirés, m'apparut assez âgé. Il me dévisageait, montrant sans la moindre honte que je n'étais pas le bienvenu. Je ne réussis pas à détailler le second qui s'empressa de vider les lieux à mon approche.

« Vous désirez ? demanda sans entrain le vendeur-elfe.

— Nous voudrions acheter un parchemin d'éthération s'il vous plaît », lança Séraphine que les manières du marchand ne semblaient pas offusquer.

L'elfe nous toisa d'un air dédaigneux. Il observa ma tenue puis celle de ma compagne avant de reprendre :

« Un parchemin de sort n'est pas un jeu. Vous savez comment cela fonctionne ?

— Bien sûr, je suis moi-même versée dans les arcanes, affirma mon amie.

— Vous n'ignorez donc pas qu'un parchemin d'éthération coûte extrêmement cher ? poursuivit le vieux mage.

— Oui, je suis parfaitement au courant, confirma la lutine. Nous devons nous rendre rapidement dans un endroit.

— Si vous devez y aller tous les deux, reprit-il en pointant un doigt méprisant sur nous, il vous faudra plutôt un parchemin d'éthération de groupe.

— Oh ! S'étonna Séraphine ignorante visiblement de ce détail. Est-ce que cela change quelque chose ?

— Le prix. C'est plus cher. Après, vous pouvez toujours tenter avec un parchemin simple, mais il n'est pas dit que vous arriverez tous les deux entiers…

— Nous avons de l'argent pour payer, annonça Séraphine confiante en attrapant notre bourse rebondie. À combien cela revient-il ?

— Cela fera quinze mille.

— Quinze mille pièces de cuivre ? Cela équivaut à cent cinquante pièces d'or… C'est un peu plus que ce que j'espérais, mais on doit pouvoir s'arranger, réfléchit Séraphine tout haut.

— Non, je crois que vous n'avez pas compris. Je voulais dire quinze mille pièces d'or, la corrigea l'elfe.

— Quinze mille pièces d'or ? explosai-je en entendant le prix. C'est une blague, n'est-ce pas ?

— Pas du tout, dit le marchand sans broncher. Un parchemin d'éthération simple ne coûte pas moins de cinq mille pièces d'or. Pour éthérer tout un groupe, c'est quinze mille.

— Allez, pour un ami elfe, lui susurrai-je, vous ne pourriez pas faire un effort ?

— Non, répondit-il implacable sans prendre le temps de la réflexion.

— Tiens, je vous aime bien, ça me désolerait de devoir me rendre chez vos concurrents, tentai-je encore.

— Vous pouvez bien essayer dans toutes les boutiques, le prix sera le même. Maintenant, je vous demanderai de bien vouloir sortir. Vous faites fuir ma clientèle. »

Avant que je n'aie le temps de m'emporter, Séraphine m'attrapa par le col et me tira dehors. Nous visitâmes plusieurs autres magasins, mais comme nous l'avait annoncé l'elfe, le tarif restait dans des proportions similaires.

« C'est pas demain la veille qu'on pourra se payer un parchemin d'éthération ! Déclarai-je à mon amie qui n'avait pas ouvert la bouche depuis la déconvenue sur le prix. On ferait mieux de retourner à l'auberge se commander un bon repas ! …

— J'ai peut-être une solution… murmura Séraphine.

— Quoi ?

— Il y a un autre moyen d'obtenir ce que l'on souhaite.

— Un bon repas ?

— Mais non, le sort d'éthération !

— Oh. Et comment tu comptes t'y prendre sans tunes ?

— On va le voler !

— Quoi ? Tu veux cambrioler la boutique d'un de ces vieux enchanteurs ? Elles doivent être bourrées de protections magiques qui nous transformeront en poussière à peine le pied posé à l'intérieur !

— Mais non, on ne va pas s'introduire dans leur magasin. Tu te souviens, je t'ai raconté que j'avais bossé pendant un temps chez un ensorceleur ?

— Ça me dit vaguement quelque chose, déclarai-je alors que cela n'était absolument pas le cas.

— Il possède un grimoire dans lequel il note tous ses sorts. Une fois, il l'avait laissé ouvert et je crois bien y avoir lu une formule d'éthération. Si on parvient à pénétrer chez lui et si je peux la retranscrire, on n'aura alors plus qu'à s'en servir pour se rendre au donjon des mystères !

— Et comment tu vas rentrer chez lui ? Tu vas frapper à la porte pour lui dire de bien vouloir nous autoriser à recopier son bouquin ?

— C'est un peu l'idée. Mais nous ne lui demanderons pas la permission, car aucun être doté de pouvoirs n'accepterait de partager son savoir avec n'importe qui... Attends-moi là ! »

« Tu as bien compris ce que tu devais faire ? Me demanda Séraphine.

— Mais pourquoi c'est moi qui dois le distraire ? Lançai-je alors que nous arrivions devant la porte d'entrée de l'ensorceleur.

— Pour la dernière fois, parce que de nous deux je suis la seule à connaître les runes magiques et à pouvoir les retranscrire. Mais si tu veux t'en charger, libre à toi !

— Non, j'ai saisi. Et on peut savoir ce que tu as trafiqué dans cette boutique à l'instant ?

— J'ai été acheter des parchemins pour pouvoir recopier le sort plusieurs fois. Comme ça on en aura plusieurs exemplaires. Alors, tu as compris ?

— Oui, c'est bon », marmonnai-je.

Séraphine frappa. Nous attendîmes plusieurs éclires sans réponse et, alors que la magicienne s'apprêtait à donner un nouveau coup sur la porte, celle-ci s'ouvrit, laissant apparaître un être petit et trapu.

« Vous êtes un lutin ? m'étonnai-je.

— Comment ? »

Le lutin-ensorceleur leva vers nous son large crâne que des cheveux blancs en bataille recouvraient de façon sporadique. Dessous, son front semblait tomber devant ses yeux, les masquant à demi. Ses longs sourcils se chargeaient d'en camoufler le reste.

Il battit des paupières. Comme si cela lui avait rendu la vue, il discerna enfin mon amie. Aussitôt, il sourit.

« Séri ! exulta-t-il.

— Séri ? interrogeai-je la magicienne, amusé.

— Oui, bon ! Il trouvait ça plus "mignon"… » Grogna-t-elle à mon intention.

Puis, se retournant :

« Maître Firzin, comment allez-vous ?

— Oh, tu sais ce que c'est, la vieillesse ! »

Sa peau tannée par le soleil présentait des rides profondes gravées sur son visage qu'un large sourire illuminait. Il était vêtu d'une robe en laine brune passablement usée et portait une besace en cuir défraîchi à la ceinture.

« Mais, ne restez donc pas plantés dehors, entrez ! »

Maître Firzin s'écarta et nous invita à pénétrer dans sa demeure.

« Tu ne m'avais pas dit que c'était "un ensorceleur aux manières détestables" ? murmurai-je. Je le trouve tout à fait sympathique, moi.

— Ne te laisse pas berner par ses faux airs de lutin sénile… me répondit-elle dans un chuchotement.

— Comme je suis content que ma meilleure apprentie vienne me voir ! s'exclama maître Firzin en appuyant sa déclaration d'une claque sur les fesses de Séraphine.

— Tu comprends maintenant ? me murmura mon amie.

— Je crois bien, acquiesçai-je amusé.

— Alors tous les deux, reprit l'ensorceleur sans prêter attention à nos messes basses, que me vaut l'honneur de votre visite ?

— Et bien si vous voulez tout savoir maître Firzin, Jason est un…

— En fait, je m'appelle Jaaranisson…

— Jason est un nain, me coupa Séraphine, qui…

— Je suis un elfe-nain en réalité…

— Jason est un nain, gronda-t-elle sans tenir compte de mes remarques, qui affectionne les pierres. Je lui racontais que vous possédiez sans aucun doute la plus grande collection de cailloux de tout Ohorat, alors évidemment il a eu envie de venir la découvrir, si cela ne vous dérange pas ?

— Je comprends, malheureusement… »

À ce mot, je sentis la déception dans le regard de ma compagne. Son stratagème pour l'occuper tandis qu'elle se chargeait de recopier la formule du sort d'éthération n'avait pas pris et nous allions devoir trouver une autre ruse.

« … je n'ai pas préparé suffisamment de thé pour trois ! Et pour bien apprécier chaque détail de ma collection, il va nous en falloir ! Attendez-moi un instant, je reviens de suite ! »

Enjoué par la présence de mon amie et par celle d'un soi-disant amateur de cailloux, il quitta la pièce pour aller faire chauffer de l'eau chaude.

« Qu'est-ce que vous avez tous avec votre thé ? lâchai-je une fois qu'il eut disparu. Pour passer un agréable moment, rien de mieux qu'une bonne bière !

— Et avec ce genre de remarques, tu te dis toujours "elfe-nain" ? … Allez, profitons-en pour chercher la formule magique !

— Elle est où ?

— Elle doit se trouver dans un de ses grimoires… »

Je regardai autour de nous. Le domicile de maître Firzin s'étendait sur deux niveaux. Au rez-de-chaussée où nous nous tenions, en dehors d'une table centrale qui croulait sous les tubes à essai et autres fioles remplis de liquides aux couleurs douteuses, s'étalaient sur chaque pan de mur des étagères pleines de livres. Il y en avait de toutes les tailles, avec des dorures ou sans, aussi épais que ma cuisse ou plus fins que mon auriculaire…

« Il va falloir être un peu plus précise que ça ! lançai-je devant cette profusion livresque.

— C'est un énorme tome à la couverture rouge avec des pages en parchemin.

— Cela en élimine quelques-uns…

— Là ! »

La lutine s'empressa d'attraper l'ouvrage en question et le déposa au milieu des récipients sur la table. Puis, elle l'ouvrit et commença à le feuilleter.

« Alors, c'est lequel ? l'interrogeai-je avec curiosité.

— Un peu de patience ! Grogna-t-elle tout en continuant à lire. J'ai besoin de me concentrer pour déchiffrer ces runes.

— Quoi, mais tu m'as affirmé que tu maîtrisais ce charabia ?

— Pas du tout, j'ai simplement dit que de nous deux, j'étais la plus à même de recopier la formule…

— J'espère que je ne vous fais pas trop attendre ? cria soudain l'ensorceleur-lutin depuis la pièce attenante.

— Non, pas du tout, lui répondit Séraphine en levant le nez. Prenez votre temps surtout ! »

Elle replongea dans le grimoire, tourna une nouvelle page, mais ne trouvant pas ce qu'elle cherchait passa à la suivante…

« Là ! Je l'ai ! lâcha-t-elle d'un coup en pointant du doigt une série de signes au sens abscons pour moi.

— Voilà, j'arrive ! » Lança au même instant maître Firzin.

Séraphine se figea les yeux grands ouverts. Je décidai alors d'intervenir. Tandis que le lutin apparaissait dans la pièce, je me jetai au-devant de lui.

« Par hasard, est-ce que vous n'auriez pas pour accompagner ce thé, quelques biscuits aux graines de pavot et à la farine complète d'avoine ? demandai-je en entourant de mon bras ses épaules pour l'obliger à se retourner. Si nous voulons user de tout le temps nécessaire pour juger de la qualité de vos pierres, cela me semble indispensable. »

Maître Firzin s'arrêta. Il transportait un plateau avec trois tasses et une théière. Il fronça les sourcils et se mit à me dévisager.

« Mais bien sûr ! lâcha-t-il alors. Où avais-je la tête ? Je reviens tout de suite avec cela !

— Oui, ne vous pressez pas surtout ! »

Au petit trot, je retournai auprès de mon amie qui avait repris son travail de recopiage.

« Des biscuits aux graines de pavot et à la farine complète d'avoine ? m'interrogea-t-elle sans s'interrompre.

— Bah quoi ? J'ai simplement dit que je n'aimais pas le thé ! …

— Je m'excuse monsieur Jason, mais je n'ai que des fèves amères de Lisart » repartit le lutin.

Une nouvelle fois, la porte de la pièce s'ouvrit et il apparut, son plateau toujours en main, mais avec un bocal remplit de gros haricots verts en plus.

« Pas le temps de le recopier, tant pis ! »

Séraphine d'un geste sec arracha la page de sort du grimoire, vint se coller à moi et se mit à réciter la formule présente sur son bout de parchemin déchiré. Avant que maître Firzin n'ait eu le temps de lever les yeux vers nous, toute la pièce autour et lui avec, avaient disparu.

« Que s'est-il passé ? demandai-je après un long moment de silence.

— Je crois que je nous ai éthérés, annonça la magicienne d'un ton incertain.

— Regarde ! On est devant une porte ! J'ai l'impression que tu as réussi, nous sommes sûrement face à l'entrée du donjon des mystères ! jubilai-je.

— Bah, c'était pas si compliqué que ça, se contenta-t-elle de dire modeste.

— Tiens c'est bizarre, cette porte me rappelle quelque chose… »

Je m'approchai pour l'examiner, quand elle tourna sur ses gonds.

« Ah ! Vous êtes là. Si vous n'aimez pas les fèves amères, je peux aussi vous proposer du raisin de mer… »

CHAPITRE 6:
VOYAGE INITIATIQUE

Séraphine

« Pap', mam', je pars ! »

Lorsque j'avais annoncé mon départ à mes parents, leurs grands yeux, vert pour ma mère, noisette pour mon père, s'étaient élargis. Ils n'avaient pas prononcé un son, et avaient conservé une parfaite immobilité qui dura suffisamment pour me faire regretter de ne pas leur avoir simplement laissé un mot sur un bout de papier. Enfin, leurs commentaires, excessifs, fusèrent.

« Qu'est-ce que tu veux dire, Séraphine ? avait bredouillé ma mère au bord de l'évanouissement.

— Je vais rejoindre Eldoria et apprendre la magie !

— La magie ? Mais voyons, ma chérie, à quoi bon étudier cela dans notre commerce ? Nous pouvons tout à fait nous procurer des parchemins d'enchantements pour notre négoce, il n'est pas utile de perdre ton temps à te former pour les fabriquer.

— Je n'ai nullement l'intention de reprendre l'affaire familiale, je vais devenir practomancienne ! C'est mon rêve.

— Tu ne peux pas simplement partir et suivre tes rêves, rétorqua ma mère. Nous avons besoin de toi ici pour aider à faire fonctionner le magasin. Notre entreprise nécessite ta présence, Séraphine. Tu es notre héritière.

— Mais je ne veux pas travailler dans une boutique toute ma vie, répliquai-je. J'aimerais réaliser quelque chose de grand, quelque chose qui compte.

— Notre affaire a beaucoup d'importance. Elle rend service à beaucoup d'êtres. C'est notre gagne-pain, c'est ce qui nous permet de subsister et de faire en sorte que tu ne manques de rien. Et tu es notre fille, tu as une responsabilité envers ta famille.

— Je ne veux pas que mon existence se résume à ça, protestai-je. Je souhaite voyager, apprendre la magie, rencontrer des gens, vivre des aventures.

— Il n'en est pas question ! avait soudain tranché mon père. Nous confectionnons des vêtements enchantés depuis des générations, et tu en feras de même !

— Séraphine, tu es encore jeune, tempéra ma mère. Tu as le temps de voyager et de vivre des aventures plus tard. Pour l'instant, nous avons besoin de toi ici. Tu ne peux pas abandonner ta famille.

— Je ne vous abandonne pas, je veux juste suivre mes rêves. Pourquoi est-ce si difficile à comprendre ? … »

La discussion s'était conclue ainsi, sans qu'aucun des deux camps ne cède. Par la suite, ma mère avait tenté de me faire changer d'avis. Elle arguait que nous aussi pratiquions la magie. D'une part, nous possédions la capacité de transformer n'importe quelle créature. Le choix des matériaux, la coupe, les finitions, les détails de décoration d'un vêtement demandaient une expertise et une créativité, et concouraient à la métamorphose d'un vieillard au dos courbé, en un sorcier magnifique, d'un barbare couvert de cicatrices, en un guerrier civilisé et attirant, ou un nain bourru, en un être respectable.

D'autre part, produisant des habits ensorcelés, nous avions recours à des parchemins occultes réalisés par des practomanciens. Nous n'avions qu'à lire la formule écrite pour transmettre à la cape, l'armure, la veste ou tout autre accoutrement, un pouvoir spécifique. Protection contre le feu, ou les divers éléments, invisibilité, repoussement ou décharge électrique en cas de contact, accroissement de la vitesse, la force ou la résistance du porteur... Les possibilités se révélaient infinies, et elles attiraient nombre d'aventuriers. Mes échanges avec eux, en plus de la découverte de l'éventail de sortilèges existants, m'avaient convaincue de me tourner vers la profession de mage et de ne pas me cantonner à prononcer quelques obscures incantations sur des bouts de tissus.

Malgré les efforts de ma mère, mon projet demeurait bien présent dans mon esprit, et je ne comptais pas en rester à notre discussion houleuse et sans issue.

À l'époque, notre caravane longeait la forêt d'Unarith en Opale pour remonter vers le nord et la Côte de Tousvents. Alors une nuit, j'avais bouclé mes affaires et peu avant l'aube, je m'étais éclipsée en laissant cette fois-ci un simple mot. Plusieurs jours me furent nécessaires pour rallier la capitale royale d'Opale. Par chance, la région s'avérait relativement sûre. Des patrouilles régulières d'elfes parcouraient les sentiers. Leur mission principale résidait dans la capture de tout elfe des ténèbres.

Des temps immémoriaux plus tôt, lors de ce que l'Histoire avait nommé « La marche des ténèbres », des elfes demeurant en Endogène, la contrée souterraine d'Ohorat, s'étaient frayé un chemin jusqu'à la surface. Ils avaient ouvert une brèche au cœur de la forêt d'Unarith, près de la Cité d'Ivoire, l'ancienne capitale royale de la région, et avaient massacré tous les êtres vivants, et pillé les lieux. Les cycles passés avaient perdu le compte des victimes, mais il avait retenu l'horreur du conflit. Si les elfes de la surface avaient finalement réussi à repousser ceux de l'Endogène, ils avaient déménagé la Cour royale sur l'île d'Eauvive, loin de la zone sinistrée. Car des groupes d'elfes des ténèbres continuaient leurs incartades en dehors de leur domaine, et rendaient la cité dangereuse. Depuis lors, les elfes du dehors vouaient une haine aveugle à leurs cousins des profondeurs, et leur interdisaient l'entrée en Opale. En plus de s'assurer qu'aucun n'avait pénétré la région, les soldats sécurisaient les routes face aux brigands, mais aussi aux monstres qui pourraient surgir notamment de la forêt.

Même si j'atteignis Eldoria affamée, j'y arrivai sans rencontrer le moindre danger. Je me mis aussitôt à la recherche d'une école pour apprendre les sciences occultes.

Je n'avais pas choisi la cité royale par hasard. La ville représentait la nouvelle capitale de la région d'Opale, réputée pour être l'un des endroits les plus magiques et les plus envoûtants de tout Ohorat. Et pour cause, car il s'agissait du royaume des elfes, ces êtres considérés comme les maîtres dans les arts paranormaux et la manipulation des éléments naturels. Et il me paraissait évident de m'adresser aux meilleurs pour m'instruire.

J'espérais trouver à Eldoria une école de magie où je pourrais en étudier les bases. De plus, en tant que centre du commerce des sciences surnaturelles, elle offrait de multiples occasions pour acheter des livres et des outils magiques. Enfin, la culture elfique, leur mode de vie et leur artisanat me fascinaient, et je souhaitais en découvrir davantage dessus et sur leur histoire.

Au terme de plusieurs jours de recherche et de nombreux refus, un vieil elfe nommé Eryndor, connu pour être un puissant thaumaturge, avait accepté de me prendre pour disciple. Logée, nourrie, blanchie, j'entamai alors mon apprentissage.

Les premiers cycles de lune, je croulai sous les ouvrages à lire. Symboles et langages magiques, éléments, créatures diverses. Leur étude avait pour but de me faire comprendre le fonctionnement de la magie, et comment mieux la contrôler et la manipuler. Je m'initiai aux runes et formules spécifiques à utiliser pour renforcer ou diriger un sort, ou aux propriétés des composants à employer pour en produire de plus en plus complexes. Mais je me montrais toujours incapable de réaliser la moindre étincelle de magie.

Le vieux mage m'avait ensuite appris l'histoire de la magie, comment elle était née et comment elle avait évolué à travers le temps. Il me révéla que tous les êtres et toutes les choses renfermaient de la magie en eux, mais tous ne parvenaient pas à en faire usage. Les elfes, plus proches de l'environnement que la plupart des autres peuples, possédaient de ce fait un avantage qui expliquait leur plus grande maîtrise. De tout temps ils avaient en outre utilisé la méditation de pleine conscience qui leur permettait de puiser et façonner à leur convenance les pouvoirs cachés en eux. Les mages les plus redoutables étaient ceux qui, au-delà d'exploiter leur puissance interne, parvenaient à communier avec les esprits de la nature et s'approprier leur force. Ils étaient appelés les mages absolus.

Après la théorie vint le moment de la pratique. Eryndor m'enseigna l'art de la méditation.

« La méditation est un outil indispensable pour développer ton aptitude à manipuler la magie. Elle permet d'apaiser l'âme, de se centrer sur l'instant présent et de se connecter à ton énergie spirituelle qui peut être canalisée pour la mise en œuvre de la magie, disait Eryndor. Il est essentiel de la maîtriser pour espérer devenir practomancienne. Sans elle, tu seras incapable de te concentrer pour lancer un sort ou de te libérer des pensées et émotions négatives qui peuvent entraver leur bonne réalisation. »

Je passai de longs asthors à méditer, chaque jour, depuis mon arrivée chez Eryndor. Certes, cela apporta des bénéfices à mon esprit et mon corps, mais cette routine m'ennuya vite. Je désirais quelque chose de plus concret, d'une véritable utilisation de la magie. À de nombreuses reprises, j'en fis part à Eryndor, mais il se montrait insistant sur le fait que la méditation représentait la pierre angulaire de toute démarche magique.

Je n'en pus plus d'attendre. Les cycles de lune s'écoulaient et je méditais encore, je me concentrais toujours, mais je ne m'exerçais pas à la magie. Plus que tout, je désirais m'atteler à la pratique, et pas celle de la méditation. Je voulais apprendre des sorts et des incantations, et voir les effets de mes actions sur le monde qui m'entourait. Mais Eryndor continuait de me répéter que la méditation représentait une étape primordiale dans l'enseignement de la magie, et que je devais la maîtriser avant d'espérer passer à la suivante.

Un jour, alors que le mage s'était absenté, je me faufilai dans sa bibliothèque, en quête d'un grimoire qui me donnerait enfin l'occasion d'expérimenter l'art de la magie. Je cherchai un livre qui ne semblait pas trop compliqué et ne risquait pas d'entraîner une catastrophe en cas d'échec. En parcourant les étagères, je tombai sur un vieil ouvrage aux pages jaunies par le temps, intitulé *La magie pour les débutants* et rédigé par le practomancien-elfe Orlanor. Même si la présence d'un tel volume dans les rayons d'Eryndor me surprit, je décidai qu'il était parfait. Je le pris, le dépoussiérai et le feuilletai avec attention. Les sorts m'apparurent simples et sans danger à réaliser. Protection, guérison mineure, lévitation, lumière, communication à distance, ou encore pour concevoir des illusions ou pour influencer légèrement l'esprit d'une personne.

Je m'arrêtai sur une formule. Je ne savais pas vraiment à quoi je m'attendais, mais l'envie d'essayer se révélait pressante. En préambule, je lus sans trop d'intérêt, les instructions : « assurez-vous que l'environnement est propice à l'illusion, concentrez-vous sur l'image que vous souhaitez créer, énoncez clairement les mots du sort à voix haute, en vous focalisant sur leur signification, maintenez votre attention sur votre production jusqu'à ce qu'elle soit bien établie. »

Je m'assis en tailleur sur le sol de la pièce, le grimoire de magie pour débutants posé devant moi. Je fermai les yeux, inspirai profondément et respirai avec application, comme je m'y employais lors de mes séances de méditation. Je cherchais à apaiser mon esprit pour mieux canaliser ma magie. J'ouvris ensuite les yeux et fixai intensément le plancher où j'envisageais de faire apparaître une cruche. Enfin, je récitai à voix basse la formule magique. Rien.

Dépitée, je lus une deuxième fois la phrase, plus fort, mais le résultat s'avéra le même. Je soufflai d'exaspération et cherchai à me mettre dans un état méditatif comme me l'avait enseigné Eryndor. Mais rien n'y faisait, et je ressentais une frustration grandissante à chaque tentative ratée. J'avais suivi avec attention les instructions du livre, rassemblé mes pensées et mes émotions, prononcé la formule avec conviction, mais rien ne se produisait. Mon impatience m'avait peut-être amenée à brûler les étapes, négliger certains détails, ou simplement manquais-je de concentration.

Mais tout à coup, un bruit me fit sursauter. Eryndor venait de rentrer. Paniquée, j'essayai de cacher le grimoire derrière mon dos, mais trop tard. Le mage avait tout vu. Il me regarda droit dans les yeux, le visage fermé, et me dit avec calme :

« J'espère que cet échec t'aura permis de prendre conscience que la magie est une discipline exigeante. Tu ne pouvais pas t'attendre à maîtriser ces sortilèges en quelques tentatives, même s'ils paraissent élémentaires. Je vais t'enseigner la patience, car c'est une vertu primordiale dans notre art, tout comme la persévérance. »

Je soupirai, découragée, mais je ne m'avouai pas prête à abandonner pour autant. J'allais continuer à m'entraîner jusqu'à ce que je réussisse.

Je demeurai l'apprentie d'Eryndor durant cinq cycles vernaux. Les jours se ressemblaient. Levée tôt le matin, alors que le soleil l'était à peine, j'entamais ma journée en méditant, assise en tailleur sur un tapis de sol dans la petite pièce qui me servait de chambre. Après un asthor d'entraînement spirituel, je me lavais et m'habillais d'une robe longue et ample en tissu léger, ornée de motifs mystiques, enfilais mes bottes en cuir souple, et rejoignais Eryndor dans sa salle de travail. Là, le mage m'enseignait les rudiments de la magie, en commençant toujours par des exercices de concentration et de visualisation. Il me montrait comment me servir de mon esprit pour créer des images mentales, et comment les utiliser pour jeter des sorts. Après une pause pour le déjeuner, souvent composé de fruits frais et de pain grillé, nous nous lancions dans la confection de potions et parchemins, que j'étais ensuite chargée d'aller vendre sur le marché. Enfin le soir, nous partagions le repas, généralement un ragoût de légumes et de racines, et j'étais autorisée à me rendre dans la bibliothèque pour étudier les ouvrages et approfondir mes connaissances, avant un dernier temps de méditation pour apaiser mon être et me préparer pour le lendemain. Puis je m'endormais, épuisée, mais heureuse de vivre pour réaliser mon rêve.

« J'ai réussi ! »

Excitée, je fis un jour irruption dans le cabinet de travail d'Eryndor bien avant l'asthor habituel.

« Maître, ça y est, j'ai réussi ! »

Comme s'il le faisait exprès, mon maître leva avec une exaspérante lenteur un œil interrogateur. Je n'attendis pas qu'il me pose la question.

« La cruche, je l'ai faite apparaître ! »

Je ne lui laissai toujours pas l'occasion de parler et m'installai tout bonnement en tailleur sur le sol froid devant lui. Le dos droit, les mains sur les genoux, je fermai les yeux et pris une profonde inspiration. Une fois mon esprit agité, calmé, je les rouvris et récitai à voix haute l'incantation. Un récipient en terre rouge se matérialisa. Loin d'être parfait, la texture ressortait floue, les couleurs un peu déformées, la poignée tordue, mais il était là ! Très fière de mon travail, car c'était la première fois que je parvenais à créer une illusion, je la laissai disparaître et observai la réaction d'Eryndor.

Son visage resta de marbre. Il ne dit rien, et se contenta de reposer sa plume. Il se leva et quitta l'étude toujours sans un mot. Dépitée par ce silence et cette fuite, j'allais tourner les talons et retourner dans ma chambre, quand le mage refit son apparition. Il se planta devant moi et tendit le bras. Dans sa main, il serrait un bourdon de practomancien. Le bâton en bois de chêne, long d'environ deux pieds et demi et finement sculpté avec des motifs complexes évoquant des entrelacs et des fleurs, présentait à l'une des extrémités un cristal de quartz clair taillé en pointe, tandis que l'autre était ornée d'un embout en métal argenté façonné dans la forme d'une feuille.

Je l'attrapai. La canne était à la fois légère et solide, parfaitement équilibrée pour canaliser la magie.

« Qu'est-ce que… ?

— Tu as franchi une étape importante dans ton apprentissage de la magie. Prends ce bourdon et tiens-le toujours près de toi. Utilise-le comme un prolongement de ton être, un intermédiaire pour concentrer tes pouvoirs magiques et projeter tes sorts. Garde-le en sécurité et il te sera fidèle comme ton ami le plus proche. Maintenant, tu es prête à voler de tes propres ailes.

— Quoi ? Mais non, je ne suis pas encore prête ! Je viens tout juste de réussir à créer une illusion. Il y a tellement de choses que je ne sais pas encore !

— C'est vrai, il y a toujours plus à apprendre, mais tu as compris l'essence même de la magie et atteint un niveau satisfaisant pour poursuivre ta formation seule. C'est le moment pour toi de partir et de découvrir le monde.

— Mais où vais-je aller ? Que vais-je faire ? Je ne sais pas par où commencer !

— Tu trouveras ta voie, Séraphine. La magie se situe partout, il te suffit de regarder autour de toi. Tu as un don, une passion, et un bâton de mage. C'est tout ce dont tu as besoin pour débuter. Maintenant, prends tes affaires et pars ! Il est temps pour toi de voir le monde avec tes propres yeux, de rencontrer de nouveaux peuples, de découvrir la multitude des cultures et toutes les formes de magie. Tu vas grandir et t'épanouir en tant que magicienne. »

Quoiqu'heureuse d'avoir enfin atteint le terme de ma formation, l'idée de m'en aller explorer les royaumes pour développer ma magie m'inquiétait. J'avais déjà parcouru les vastes plaines, les montagnes majestueuses et les villes animées, mais toujours en compagnie de mes parents. Désormais, le moment était venu pour moi de me débrouiller seule, et les doutes m'assaillaient. En étais-je vraiment capable ? Comment allais-je affronter les dangers qui pourraient surgir sur ma route ?

Mes mains tremblaient légèrement en serrant le bourdon. C'était un cadeau magnifique, mais il ne me serait d'aucune aide si je ne savais pas comment l'utiliser correctement. Je me demandais si j'avais assez appris auprès de mon maître, si j'étais suffisamment préparée pour ce voyage. Mais j'avais aussi conscience que pour devenir une grande magicienne, je devais partir et relever des défis.

Je rassemblai mon courage, levai les yeux vers Eryndor et hochai la tête déterminée. J'étais parée à affronter tout ce que le monde avait à m'offrir, armée de mon bâton de mage et de ma volonté de réussir.

« Oh, une dernière chose ! »

Tandis que je quittai sa demeure, mon maître me tendit un livre que je reconnus de suite.

« La magie pour les débutants ?

— Oui, je me suis dit que cela pourrait t'être utile. »

Enfin, je laissai derrière moi Eryndor et bientôt Eldoria. Je partais en quête de savoirs et d'aventures qui m'aideraient à développer mes pouvoirs. Mais très vite je déchantai. La vie d'une magicienne novice n'avait rien d'enviable, et je me retrouvai rapidement sans le sou pour poursuivre mon voyage.

J'errais dans les rues de la ville d'Iolcos, mon sac sur l'épaule, mon bâton à la main, en quête d'un travail. Je m'étais arrêtée devant une boutique ornée d'un panneau sur lequel était inscrit « Firzin ensorcellements et talismans », et j'avais décidé d'y entrer. Un vieux lutin au visage pâle et émacié se tenait assis derrière le comptoir, plongé dans la lecture d'un livre ancien.

Je m'étais approché timidement.

« Bonjour, je suis en quête d'un emploi. Seriez-vous par hasard à la recherche d'une assistante en magie ? »

Le lutin m'avait regardée du haut de son tabouret et avait semblé hésiter un instant avant de répondre.

« Je ne sais pas si tu possèdes les compétences nécessaires, mais j'ai besoin de quelqu'un pour concocter des potions et des sortilèges. Tu peux commencer dès maintenant, le salaire s'élève à deux pièces d'or par jour. »

J'avais accepté avec empressement et m'étais attelé aussitôt à la tâche. J'étais chargée de recopier des formules, préparer des ingrédients et surveiller des chaudrons fumants. Malgré son comportement méprisable, je devais admettre que j'avais appris beaucoup en œuvrant aux côtés de l'ensorceleur, notamment comment confectionner des remèdes de guérison ou écrire des parchemins de protection. En parallèle, je continuais à pratiquer la méditation et expérimenter les sorts du grimoire pour débutants.

Bientôt, je repris la route et partis pour de nouvelles aventures, en compagnie d'un camarade pour le moins curieux…

CHAPITRE 7:
LE CHEVAL MULET

Jason

« Bon alors, est-ce que maintenant on pourrait retourner à l'auberge pour prendre un vrai repas ? Je me sens ballonné… En plus, ces fèves m'ont laissé un goût amer dans la bouche ! fis-je en tirant la langue.

— Je ne saisis pas ce qui a pu arriver…

— Je peux comprendre. En même temps, passer une après-midi complète à écouter un fanatique te parler de cailloux, ça en déboussolerait plus d'un !

— Mais non ! Pourquoi la formule a échoué ?

— Oh… Bah ! Elle n'a pas raté. C'est juste que tu t'es trompée de porte !

— Pourtant j'avais bien pensé au donjon… Ou peut-être que pour fonctionner il faut connaître au préalable la destination ?

— On pourra toujours réessayer après un bon dîner ! proposai-je.

— Malheureusement non, dit-elle dépitée en me présentant le bout de parchemin arraché.

— Ben, ils sont où tous les machins dessus ?

— Ils se sont effacés une fois la formule prononcée…

— Donc ça règle la question. Allons manger !

— C'est tout ce que ça te fait ? s'emporta la lutine. On a manqué notre ultime chance de rejoindre Darken et son groupe sans perdre complètement la face, et tout ce qui t'importe c'est ton ventre ? »

Je la fixai un instant sans rien dire. La journée touchait à son terme et elle n'avait pas été de tout repos. Cela se voyait sur mon amie. Son chapeau qui pointait droit aux premières lueurs de la matinée piquait désormais vers le sol. Ses cheveux qu'elle avait pris soin de nouer en natte à son réveil, ressortaient de plus en plus ébouriffés. L'exaspération sur son visage… restait la même qu'au point du jour.

« Mon ventre au moins il sait quand faut s'arrêter, déclarai-je. On pourra rien faire de plus ce soir, donc autant aller becqueter un morceau et boire une bière ! »

Séraphine regarda tout autour de nous. Les boutiques fermaient les unes après les autres et les gens commençaient à déserter les rues.

« Je me demande si…

— Si on ne devrait pas se diriger vers la taverne ? Mais oui, allez, viens ! m'exclamai-je en la poussant doucement dans le dos pour ne pas la rebuter.

— Mais alors pas plus d'une bière, hein ?

— C'est d'accord. Allez…

— Et demain, pas question de faire la grasse matinée !

— C'est compris. C'est par là… »

À force d'encouragements, nous arrivâmes finalement devant l'établissement que nous avions fréquenté la veille. Une nouvelle fois, je la poussai délicatement, et nous pénétrâmes dans le bâtiment.

Nous retrouvâmes près du comptoir nos tabourets respectifs.

« Tiens, qu'est-ce que… ? »

En m'installant sur mon siège, j'avais ressenti une gêne en haut de la cuisse. Je fourrai ma main dans la poche de mon pantalon et en délogeai l'objet incommodant pour le poser sur le bar devant nous.

« Qu'est-ce que c'est ? M'interrogea Séraphine en découvrant la petite pierre.

— Ben, c'est le donjon ! » Répondis-je simplement, car cela allait de soi. Pourtant, le regard qu'elle me lança en retour m'apprit le contraire.

« Mais si, tu sais ! Ton maître Firzin, il nous a présenté ce caillou comme provenant du donjon des mystères…

— Tu lui as chapardé une vulgaire pierre ?

— Bien obligé ! Parce que c'est absolument pas possible qu'il soit issu du donjon des mystères. Ça, ça vient de la Tour Ardente, près de chez moi !

— La tour ardente ? Qu'est-ce que c'est ?

— Bah, c'est un immense bâtiment qui a été construit au milieu de nulle part. Mon père dit qu'il s'y passe des choses étranges, et qu'il vaut mieux éviter de s'y aventurer.

— Qu'est-ce que tu racontes ?

— Tu vois cette couleur un peu ocre-rouge, comme un mélange de canaris jaunes écrasés ? C'est typique des Monts Roussis, d'où ils ont tiré la roche pour l'édification.

— Tu es sûr de ce que tu avances ?

— Certain. J'extrayais ce genre de cailloux avant même de savoir marcher.

— Mais alors, tu te rends compte de ce que cela signifie ?

— Ah ben oui ! Que ton soi-disant spécialiste n'est qu'un charlatan !

— Ou alors que le donjon des mystères n'est autre que cette tour ardente et se situe dans les Monts Roussis, donc à quelques asthors de route à peine d'ici ! »

Je la regardai descendre de son tabouret sans comprendre.

« Où est-ce que tu vas ?

— À la tour ardente ! Me lâcha-t-elle à son tour comme si cela semblait évident.

— Quoi ? On ne va plus au donjon des mystères ?

— Bien sûr que si, puisque je te dis que le donjon des mystères et la tour ardente sont une seule et même bâtisse !

— Mais, je pensais qu'on oubliait ce fichu donjon pour la soirée et qu'on se prenait une bonne bière, moi !

— Je vois pas pourquoi t'as cru ça.

— Non. À la réflexion, moi non plus », fis-je d'un ton las en abandonnant moi aussi mon siège pour partir à sa suite.

Je récupérai l'objet, source de ma sobriété actuelle, et nous quittâmes l'établissement.

« Au fait, tu as dit que tu venais des Monts Roussis, relança Séraphine tandis que nous sortions.

— Exact !

— Mais je croyais que les nains avaient érigé leurs cités dans les Montagnes Bleues et les Grandes montagnes.

— Oui, les villes naines de Verdragon et Rocfort sont toutes les deux creusées dans les Montagnes Bleues. C'est aussi là qu'on trouve les galeries qui mènent aux domaines des nains terreux, comme Froidemine. Et il y a Forgefer et Hauteroche dans les Grandes montagnes. Mais mes parents ont été chassés par les leurs, alors ils se sont dégoté un nouveau lieu de vie dans les Monts Roussis, et mon père y a établi notre grotte.

— Oh, je vois.

— Mais, et les lutins ?

— Quoi, les lutins ?

— Où est-ce que vous habitez vous ? Tu es la première que je croise.

— Je suis née en Valberge, dans le nord-ouest. Mais on ne peut pas dire que j'y aie habité. En réalité, les lutins sont un peuple plutôt nomade, et il est rare qu'ils s'établissent à un endroit en particulier. Avec mes parents, j'ai beaucoup voyagé… Allez, dépêche-toi ! On va chercher Karl ! Me lança soudain la lutine en s'élançant dans une direction.

— Quoi, le fromager ?

— Mais non, l'âne !

— Oh… »

Nous arrivâmes juste à temps. L'homme à qui nous avions cédé tout l'attirail de Karl, le brigand sans le moindre fromage, ainsi que le chariot et Karl, le bidet, finissait de remballer son étal.

« Attendez ! cria Séraphine à son intention. On a besoin de récupérer notre charrette.

— Pas de problème. Cela fera cent pièces d'or.

— Non, vous n'avez pas compris, on ne prendrait que la charrette et l'âne, lui précisa mon amie.

— Ah, vous voulez l'âne aussi ? Cela fera cent cinquante pièces d'or alors.

— Quoi ? Mais plus tôt, vous nous avez acheté le tout pour cent pièces d'or, et il y avait toutes les armes et pièces d'armures en plus !

— Hum, fit-il.

— Vous vous souvenez ?

— J'me rappelle bien, mais qu'est-ce que vous voulez ? C'est ça les affaires ma p'tite dame ! Et faut bien que je nourrisse les petiots », railla-t-il sans retenue.

Tandis que Séraphine tentait de négocier avec le marchand, je m'approchai de son commerce. Il avait pignon sur rue, pour la bonne raison qu'il prenait place au beau milieu de l'artère principale d'Iolcos. Il se trouvait constitué d'un étal en bois sur lequel se tenait entreposée une grande partie des bibelots à vendre. Le reste s'entassait durant la journée, sans attention, à même le sol. Les objets s'avéraient aussi divers et variés que les moisissures sur le mjorl, un fromage d'origine gazie. Rien que d'y penser j'en avais l'eau à la bouche… Pour le moment, toute la marchandise avait été empilée dans le véhicule que nous lui avions cédé. Karl y était toujours attaché et conservait tout son flegme malgré la charge qu'il s'apprêtait à tirer.

Je me glissai à côté de lui.

Mon amie poursuivait ses palabres alors que le vendeur semblait ne pas l'écouter. D'une oreille distraite, il se curait les ongles à l'aide d'un poignard aussi long que l'avant-bras. J'en profitai pour dételer Karl et…

« Cours Séri ! »

D'un geste brusque, je tirai sur le mors de Karl, prêt à fuir en compagnie de l'animal. Quand je fus stoppé net dans mon élan. Karl n'avait pas bougé d'un pouce malgré la chance de liberté que je venais de lui offrir.

Le marchand qui avait cru un instant que j'allais lui voler son âne, se retourna vers la lutine.

« Finalement, ça sera trois cents pièces d'or ! » annonça-t-il les mains sur les côtés.

*
**

« On peut savoir ce qui t'a pris de faire ça ?

— Quoi ? Comment j'aurais pu deviner que cette bourrique ne bougerait pas d'un pouce ?

— D'un sabot.

— Quoi ?

— Un âne, ça a des sabots, pas des doigts, et donc pas de pouce… Quoi qu'il en soit, ça n'était pas très malin ! J'étais en train de négocier pour obtenir un prix…

— Me paraissait pas franchement bien engagée ton affaire… lançai-je.

— C'est sûr que ton intervention nous a aidés ! Résultat des courses, on se retrouve sans moyen de transport, à devoir se taper toute la route à pieds.

— D'ailleurs, ça aurait pas pu attendre demain matin ?

— Pourquoi est-ce que j'ai l'impression que tu n'as rien suivi depuis le début ? Se lamenta la lutine une main sur les yeux. Si on veut entrer dans le donjon des mystères avec Darken et son groupe, on ne doit plus traîner. J'espère qu'on ne mettra pas trop longtemps à les rattraper…

— La tour ardente se situe sur le flanc opposé des Monts Roussis. Mes parents habitent de ce côté-ci et il faut environ quatre asthors de marche pour s'y rendre. Pour aller sur l'autre versant, cela demande au moins un jour d'un bon pas.

— Hum… La luminosité a bien baissé, ils se sont sans doute arrêtés pour la nuit. Donc c'est le moment pour rattraper un peu notre retard. Alors, autant en profiter !

— Je ne comprends pas très bien pourquoi il faut absolument qu'on y pénètre en leur compagnie, fis-je las d'entendre toujours le même refrain.

— Je ne suis pas certaine que tu mesures toutes les conséquences qu'implique une mission dans un donjon. Pour faire simple, les donjons sont des bâtiments édifiés la plupart du temps par des mages aux pouvoirs immenses ! Ils y enferment leurs artefacts mystiques les plus puissants, et la dernière chose qu'ils souhaitent c'est que le commun des mortels vienne les leur dérober. Alors ils les construisent tels des labyrinthes et les truffent de pièges de toutes sortes. À nous deux, nous n'avons aucune chance d'en ressortir vivants.

— Tu oublies qu'en ma qualité de voleur, je suis capable de déjouer tous les pièges !

— Et tu fais ça comment ? Avec ton trousseau de clefs ? fit-elle et je sentis une touche d'ironie dans son ton. Même si tu parvenais à détecter et désamorcer tous les pièges, on trouve bien d'autres choses dans un donjon. Il y a des monstres, et je ne parle pas de ridicules petits rats, mais de basilics énormes qui te changent en statue d'un simple regard, de minotaures, ces créatures à corps d'homme et faciès de taureau, de gargouilles… Il est parfois aussi nécessaire de résoudre des énigmes pour ouvrir des portes.

— Une porte, ça m'a jamais arrêté, surtout s'il faut utiliser sa tête ! lançai-je sans honte.

— Rappelle-moi ça quand on sera dans une telle situation…

— N'empêche qu'on n'était peut-être pas obligés de partir en plein milieu de la nuit ! Pestai-je en écartant une nouvelle fois une branche d'arbre qui venait de me fouetter le visage.

— Te plains pas, t'es nyctalope toi au moins ! » Répondit-elle en se tournant vers moi, et je m'esclaffai en découvrant ses gigantesques bésicles qui lui donnaient l'air d'une chouette. Cet objet lui permettait d'y voir aussi bien que moi malgré les ténèbres.

Nous avions quitté la ville d'Iolcos depuis un moment déjà. Après avoir suivi sur une dizaine de pas de titan un chemin en direction du nord, nous avions fini par bifurquer vers les Monts Roussis. Nous avions alors pénétré dans une forêt aux nombreux obstacles et j'avais beau les distinguer, il y en avait toujours un pour me jeter ses piquants à la figure ou me faire chuter.

« Tu es sûr que c'est vraiment un raccourci ?

— Certain ! Je connais le coin comme ma poche. »

Tout en affirmant cela, je m'emmêlai les pieds dans une racine et chutai lourdement dans un buisson épineux.

« Saleté de nature ! Fulminai-je en tentant de me relever.

— En tant qu'elfe j'aurais cru que tu demeurais en toute circonstance en parfaite harmonie avec le monde qui t'entoure, me lança la lutine moqueuse.

— Du moment qu'il reste loin de moi, aucun problème…

— Tiens, qu'est-ce que c'est ? »

Enfin débarrassé des ronces qui s'étaient agrippées à mes jambes, je levai le nez dans la direction indiquée par mon amie. Nous étions arrivés à la lisière de la forêt. Au-delà s'étendaient les Monts Roussis.

Malgré l'invisibilité de la lune, trop occupée à jouer à cache-cache avec les nuages, grâce à ma vision dans le noir, je pouvais sans mal me rendre compte de la pente grimpante qui nous attendait. La végétation, si elle n'était pas absente, se trouvait là très clairsemée. L'essentiel des Monts Roussis se composait de cette pierre d'un ocre rouge, particulièrement friable. L'ascension promettait d'être sportive. Mais ce n'était pas la topographie du terrain qui avait attiré l'œil de ma compagne.

À la limite de ma vision, je discernai une forme. Je fronçai les sourcils, mais cela n'améliora pas le rendu. Je décidai alors d'approcher.

« Qu'est-ce que tu fais ? murmura Séraphine.

— Ben, je vais voir !

— Quoi ? Et si c'était une créature prête à nous dévorer au moindre mouvement ?

— Une créature ? Comme quoi ?

— J'ai feuilleté une fois un livre sur les monstres qui sortent pendant la nuit, chuchota la lutine en se collant derrière moi. Je me souviens avoir lu que certaines ont le pouvoir de se métamorphoser en loup ou en chien, et qu'elles se repaissent des voyageurs qui ont le malheur de rencontrer leur chemin.

— Oh, un genre de ganipote ? Oui y en a un qui se balade dans les Monts, mais il est parfaitement inoffensif. Tout ce qu'il peut faire c'est se transformer en mouton et bêler comme un damné ! Remarque, si on le croise on pourrait en faire un méchoui ! »

Tandis que je tentais de rassurer Séraphine, la forme bougea. J'eus soudain l'impression qu'elle nous observait. Elle ne ressemblait pas à un ovin. Elle semblait bien plus haute et large.

J'avalai ma salive. La main sur le pommeau de mon épée courte, j'amorçai un premier pas dans sa direction, quand les cailloux sous mon pied se détachèrent et je tombai sur un genou.

« Ah ben bravo pour la discrétion ! » Lâcha alors la lutine.

Je ne répondis pas, me contentant de grogner sans retenue en me relevant. À ma grande surprise, la créature que nous distinguions se tenait toujours au même endroit.

« Soit elle est complètement sourde, soit elle n'a pas peur de nous et cela veut peut-être dire que c'est nous qui devrions nous méfier d'elle, souffla mon amie.

— Quoi que ce soit elle est sur notre chemin. Donc, à moins que tu ne préfères attendre qu'elle déguerpisse, nous allons devoir nous approcher.

— Nous n'avons pas le loisir de perdre du temps… » reprit Séraphine sans grande conviction.

Je tirai mon épée. Séraphine serra à deux mains son bourdon qu'elle tint devant elle. Lentement, nous commençâmes à gravir ce premier relief. Prenant garde à où nous posions nos pieds et faisant en sorte de ne pas réaliser de mouvements brusques, nous ne fûmes bientôt plus qu'à une dizaine de pas de la créature.

« Mais… Je rangeai ma lame dans son fourreau. C'est qu'un canasson !

— Quoi ? C'est un cheval ?

— Ben oui, regarde, fis-je en m'approchant encore. Oh la chance ! Il est sellé et bridé !

— C'est bizarre, tu ne trouves pas ? Lança la lutine en me rejoignant au côté du magnifique animal à la robe blanche. Il doit bien appartenir à quelqu'un. Je me demande comment il est arrivé là ?

— Tu te poses trop de questions ! L'arrêtai-je en insérant mon pied dans l'étrier.

— Qu'est-ce que tu fais ?

— Ça se voit, non ? Je monte dessus ! lâchai-je en grimpant tant bien que mal sur la selle.

— Mais il n'est pas à toi !

— Et alors ?

— C'est du vol !

— Seulement s'il appartient à quelqu'un. Or il n'y a personne d'autre que nous dans le coin. Et ça n'est pas toi qui voulais arriver le plus vite possible pour rejoindre Darken et son groupe ?

— Si, mais…

— Allez, dépêche-toi ! J'aimerais bien y être avant la fin de la nuit et roupiller un peu, surtout si on doit combattre des monstres.

— Je ne suis pas sûre… bredouilla la lutine tout en me tendant néanmoins le bras. Tu ne trouves pas qu'il nous regarde bizarrement ?

— Mais non, c'est qu'un canasson ! Et je la tirai derrière moi. De façon surprenante c'est assez confortable, repris-je une fois bien installés en saisissant les rênes.

— Et maintenant, demanda au bout d'un long moment d'immobilité Séraphine.

— Je ne sais pas, avouai-je. Je n'ai toujours pas appris à conduire ces engins…

— Essaie quelque chose !

— Hue cheval ! » Tentai-je, mais sans résultat.

Face à l'absence totale de réaction de notre monture, je lui donnai des coups de talons comme je l'avais déjà vu faire par des humains. Il ne s'en émut pas plus.

« C'est bien notre chance, un canasson qui avance pas ! pestai-je.

— C'est sans doute pour ça qu'il a été abandonné…

— Ouais, bah c'est pas ça qui va nous amener au donjon des mystères… »

Sans que je n'aie fait le moindre geste, l'animal bondit soudain en avant, nous jetant presque à terre tant son départ se montra brusque. En un rien de temps, il passa du simple trot au galop.

« Qu'est-ce qui arrive ? Hoquetai-je en me raccrochant au pommeau de la selle. Pourquoi il s'est élancé d'un coup ?

— J'ai l'impression que c'est parce que tu lui as donné notre destination, supposa mon amie agrippée à moi.

— Tu veux me faire croire que ce canasson a compris ce que j'ai dit ?

— Ça me rappelle une légende d'ailleurs, souffla la lutine que je sentais collée à mon dos. C'est celle d'un cheval qui apparaît en pleine nuit aux voyageurs fatigués. Lorsqu'ils l'enfourchent, l'animal part et ne s'arrête qu'au petit matin. Là, il jette à terre son cavalier et le piétine à mort…

— Dans ton histoire, ils précisaient si ses yeux émettent une lueur ?

— Oui, effectivement. Tu la connais ?

— Non, mais tu devrais voir ça ! » fis-je en pointant un doigt tremblant vers la tête de notre monture. Mon amie se pencha avec peine sur le côté et constata le phénomène étrange. Le regard équin brillait, répandant sur plusieurs pas devant lui, une lumière diffuse, mais bienvenue.

« Du coup, on n'a plus qu'à attendre ! lançai-je ravi, même si l'allure effrénée du cheval m'obligeait à me cramponner à la selle.

— Attendre ? s'exclama aussitôt la lutine qui elle serrait ma taille sans paraître plus à l'aise.

— Ben oui ! Il va nous conduire au donjon. C'est bien ce que tu voulais, non ?

— Il va surtout nous piétiner à mort ! Il faut absolument qu'on trouve une solution pour descendre de là avant de finir en compote sous ses sabots.

— Et on fait ça comment ?

— Je suis presque certaine qu'il y avait un moyen de l'arrêter… réfléchit Séraphine. Ça y est, je me souviens ! Ils disaient qu'on devait lui donner une "rançon du voyage".

— Qu'est-ce que ça veut dire ?

— Jette-lui une pièce !

— Quoi ? Non, mais ça va pas ? Pas question que je file de l'argent à un canasson !

— Même si ça peut t'éviter de mourir écrabouillé ? »

Je ne répondis pas, me contentant de grogner de façon sonore pour indiquer ma désapprobation. En parallèle de quoi, une main toujours agrippée à la selle pour ne pas risquer d'être éjecté du dos de notre monture, je délassai la bourse de ma ceinture. J'attrapai alors un sou, hésitai une éphémérise, et le lançai en avant du cheval. S'il le vit, il ne fit pas mine de s'y intéresser et poursuivit sa folle course au cœur des Monts Roussis.

« Je le savais que ton idée était stupide ! lâchai-je énervé de cette perte inutile.

— Tu lui as jeté quoi ?

— Une pièce de cuivre.

— Une pièce de cuivre, c'est tout ? Tu crois vraiment qu'une simple pièce de cuivre suffirait à le satisfaire ?

— Quoi, je vais quand même pas lui donner une pièce d'or ! … Non, il n'en est pas question !

— Dépêche-toi, je commence à avoir la nausée à force d'être ballottée dans tous les sens… »

À contrecœur, j'obtempérai. En essayant de ne pas trop y penser, je saisis une pièce d'or entre deux doigts et, fermant les yeux, l'envoyai à la suite de la première.

L'animal courait toujours.

« Lances-en une autre ! » M'obligea la lutine.

Une deuxième pièce d'or quitta le giron de mon escarcelle pour finir sous les sabots de notre destrier fou. Une troisième rejoignit bientôt les précédentes, puis une quatrième…

« Stop ! hurlai-je tandis que Séraphine me conjurait d'en abandonner une nouvelle. Il n'est pas question que je lance une pièce de plus ! Tu n'as qu'à trouver un autre moyen de l'arrêter !

— Il y avait bien une seconde manière de l'obliger à stopper sa course… annonça-t-elle après un temps de réflexion agité par les soubresauts du cheval démoniaque.

— Qu'est-ce que c'était ?

— Si je me souviens bien, il est possible de s'en sortir si on lui présente une "croix de sorcier".

— Une "croix de sorcier" ? Qu'est-ce que c'est ?

— C'est un bijou en forme de croix que les sorciers utilisent pour prendre possession de toute créature vivante. Les êtres maléfiques en ont une peur bleue ; ils pourraient être forcés de faire de bonnes actions…

— Et t'en as une ?

— Non, mais peut-être que je peux fabriquer une illusion ! Mais il me faudrait un petit objet sur lequel lancer mon sort, comme un médaillon, une pièce…

— Ou une broche ? fis-je à tout hasard.

— Oui… Non ! Pas ma broche !

— Tu viens de me faire jeter quatre pièces, maintenant c'est à ton tour ! »

Comme moi quelques éclires plus tôt, elle émit un long grognement d'insatisfaction, mais finit par se résigner. Avec précaution, elle me lâcha et je la sentis dans mon dos s'agiter. Elle était certainement en train de dégrafer la broche dorée que nous avions récupérée le matin même dans la bourse de Karl le brigand. Puis, je l'entendis prononcer ce qui devait être une formule dans un langage que je ne comprenais pas.

« Faites que ça marche » murmurera-t-elle derrière moi, et elle lança le bijou transformé devant la tête du cheval.

L'effet fut immédiat et brusque. Notre monture se cabra en apercevant l'objet, nous jetant à terre. Enfin, pris de panique, elle repartit au galop, nous laissant ainsi, le nez dans la poussière rouge.

« Est-ce que tu repères ma broche ? Me demanda pleine d'espoir Séraphine après que nous nous sommes relevés.

— Tiens, qu'est-ce que c'est ça là-bas ?

— Tu l'as retrouvée ? »

Mon amie abandonna le sol du regard et vint s'installer à côté de moi. Je pointai le doigt devant moi. Au loin, le soleil se levait, dispensant sa faible lueur sur Ohorat, nous dévoilant une immense tour à quelques pas de nous.

CHAPITRE 8 :
ENTRÉE DANS L'INCONNU

Sylorin

Darken, Roldo, Mallirk, Broc et moi quittâmes notre abri aux premières lueurs de l'aurore. Il nous restait moins de deux battements d'ailes de griffon pour atteindre l'entrée du donjon des mystères, que nous parcourûmes rapidement.

Comme la veille, le pisteur ouvrait la marche, une cinquantaine de pas en avant. Ses talents pour nous faire éviter les zones dangereuses et la fatigue d'une ascension, tout en nous conduisant à destination m'avaient impressionné. Derrière venait Broc. Le grand gaillard n'avait pas eu à faire ses preuves pour m'être antipathique. Malgré son physique imposant et sa lourde hache, qui en auraient gonflé d'orgueil plus d'un, son regard fuyant ressortait empreint d'inquiétude. Il n'avait pas décroché un mot depuis notre départ. Cela me laissait à penser que cette expédition représentait sa première expérience de l'aventure. Je me demandais pourquoi Darken avait admis un novice dans notre groupe. S'il avait conservé une allure soutenue lors de la marche, sans nous ralentir même en terrain difficile ce qui témoignait de son endurance, je doutais de son adresse au combat. Son ignorance ne manquerait pas de l'handicaper en cas d'attaque, voire de nous gêner. Enfin, sa nervosité constante me confortait dans l'idée qu'il allait se révéler facilement impressionnable en situation de danger.

Je délaissai le guerrier débutant et posai mes yeux dans le dos du practomancien qui avançait après. Notre rencontre remontait à près de six cycles lunaires, et il demeurait, ainsi que le réel but de sa quête, une véritable énigme.

Je buvais un verre de cidre dans une taverne enfumée de Port-Lunaé lorsqu'un inconnu s'était assis à côté de moi. Un thaumaturge d'après son accoutrement. D'entrée, il m'avait proposé de l'accompagner. Il venait de rassembler les derniers indices quant à la localisation d'un donjon.

« Je pense que vous vous méprenez, je ne suis pas un aventurier. Crapahuter dans les couloirs sombres et remplis de pièges d'une tour ne m'intéresse pas.

— Je suis au courant, et votre rôle n'est lié à cette exploration que parce qu'il vise le maître du lieu en question, voire plus si nécessaire…

— Je ne travaille pas pour n'importe qui, répliquai-je encore. Qui êtes-vous, et pourquoi me recrutez-vous ? »

L'homme se présenta sous le nom de Darken. Il ne développa pas davantage, car sa renommée le précédait.

« Je n'ai pas besoin d'un mercenaire. Ce qu'il me faut c'est un assassin, et on raconte que vous êtes le meilleur des Royaumes. Vous savez ce que cela signifie de tuer, et vous êtes sans pitié quelle que soit la cible. Accompagnez-moi, et ensemble nous pourrions accomplir des choses extraordinaires. »

Je restai perplexe. Je n'étais pas habitué à travailler en groupe, encore moins avec des aventuriers qui se prenaient pour des héros. Mais quelque chose chez Darken m'intriguait. Le mystère qui planait autour de sa quête me convainquit de participer. Je fus l'avant-dernier à rejoindre l'équipe.

Je jetai mon regard sur le nain. À l'instar de Roldo, Mallirk appartenait déjà à la troupe lorsque je m'y associai. J'avais rapidement compris qu'avec Darken, ils n'en étaient pas à leur première collaboration ensemble. Leurs réussites passées m'incitaient à croire qu'il en serait de même pour la suite et me rassérénaient.

Mallirk représentait tout ce que je détestais. Bruyant, il ne cessait de commenter chaque chose de sa voix de stentor, se plaignait en permanence, bougeait dans un tonnerre de métal, chantait à tue-tête sans y être invité. Ce côté tapageur m'irritait autant que le fait qu'il soit nain. En queue de file, je devais supporter son comportement, et me retenir de lui planter l'un de mes poignards entre les omoplates.

Nous cheminions ainsi. Sans courir, car nous restions aux aguets en cas d'embuscade ou d'attaque-surprise, nous progressions à un rythme soutenu. Et Mallirk de gémir :

« Ralentissez un peu ! Je suis plus petit que vous, j'avance moins vite. Et puis, vous les humains et les elfes, vous êtes tous pressés, mais vous ne savez pas apprécier les bonnes choses de la vie. Les nains eux, prennent le temps de savourer chaque instant, chaque gorgée de bière, chaque bouchée de viande. Vous devriez ralentir le rythme et profiter de chaque étape de notre voyage ! »

Personne ne fit mine de s'en émouvoir et la cadence demeura la même, jusqu'à ce que Darken nous intime l'arrêt.

« N'allez pas plus loin !

— Vous avez remarqué quelque chose, parce que je n'ai rien repéré d'étrange… le questionna Roldo.

— Voilà qui ne m'étonne pas, car l'émanation est assez subtile ! révéla Darken. Si vous tendez le nez, vous sentirez une légère odeur soufrée, et je gage qu'elle s'intensifie quand on approche du donjon.

— Exact, fit le pisteur vexé de ne pas avoir flairé le piège.

— Qu'est-ce que c'est ? demanda Mallirk en reniflant l'air avec insistance.

— Je parierais sur un gaz toxique chargé d'éliminer tous les imprudents qui se risqueraient trop près de la tour.

— Est-ce qu'on peut le neutraliser ?

— Pas besoin. Un simple bout de tissu pour se couvrir le visage suffira à nous en prémunir, si nous ne restons pas trop longtemps dans la zone contaminée. »

Tous, nous récupérâmes des foulards, mouchoirs et autres étoffes de nos effets, et les positionnâmes sur notre nez et notre bouche. Nous reprîmes notre route. Malgré nos protections, l'odeur caractéristique de la poudre à canon assaillit nos narines lorsque nous ne fûmes plus qu'à une vingtaine de pas de l'entrée du donjon.

« Au moins, il ne soufre plus ! railla Mallirk en pointant du doigt les restes décomposés d'un humanoïde. Vous avez compris ? Il ne souffre plus ! Le soufre… »

Personne ne fit attention à lui, ce qui ne l'empêcha pas de rire de sa propre blague.

« Nous voilà arrivés. Je crois que nous pouvons retirer nos masques. »

Après s'être découvert, Broc s'apprêtait à tourner la poignée de la porte devant laquelle nous nous tenions, quand Roldo retint sa main.

« Attends, regarde ! »

Du doigt il montra le montant de la porte au guerrier, qui ne parut pas comprendre. Le pisteur s'expliqua :

« On peut remarquer un trait horizontal brûlé à hauteur de poitrine, comme si quelqu'un avait lancé une boule de feu. D'après les traces, j'opterais pour plusieurs jets à plusieurs moments différents. Et si l'on observe l'armure de ce type, là-bas, on constate qu'il a dû prendre cette attaque de plein fouet. Donc elle provenait de l'intérieur du bâtiment, et non du dehors.

— Soit il y a un mage derrière cette porte qui cueille tous les nouveaux venus, soit il y a un piège magique qui se déclenche dès que quelqu'un l'ouvre, conclut Mallirk.

— Alors, comment fait-on ? demanda Broc.

— Comme ça… »

Le nain invita le guerrier à ne pas se positionner dans l'axe et, contrôlant que nous-mêmes étions hors d'atteinte du sort, s'installa du côté droit de l'entrée où se trouvait la poignée. Il la tourna. Le passage s'élargissait à peine qu'une déflagration vibrât à nos oreilles et une boule de feu s'échappa de l'ouverture. Elle fonça en ligne droite vers l'extérieur et alla se perdre dans le vent.

Aux yeux ahuris de Broc, je devinai que les capacités d'observation et de déduction du pisteur l'avaient impressionné. Cela me remémora ma première mission. En compagnie de Zarek, mon mentor, nous avions pénétré le repère, réputé imprenable, d'une secte qui se faisait appeler « les enfants de la nuit ». Cette secte vouait un culte à une personnalité obscure et secrète, et ses membres étaient connus pour leur cruauté et leur goût du sang. Afin d'éviter qu'un nouveau dieu sadique n'arpente les Royaumes d'Ohorat, nous avions été mandatés pour éliminer son gourou.

« Ne baisse jamais ta garde, même lorsque tout semble calme. Tu ne sais jamais d'où le danger peut surgir. »

Ces mots étaient devenus une véritable leçon de vie pour moi, une admonition constante à rester vigilant et prêt à affronter les pièges insidieux qui se cachaient dans les recoins les plus inattendus. Ces paroles de sagesse résonnaient en permanence dans mon esprit, inoubliables. Il s'agissait du dernier conseil que Zarek m'avait prodigué, quelques éphémérises seulement avant de finir le corps criblé de flèches. Il avait payé le prix de sa confiance momentanée dans la quiétude environnante. Ce triste événement m'avait marqué au plus profond de mon être, renforçant ma détermination à rester toujours sur le qui-vive, même lorsque tout semblait immobile et paisible.

Ainsi, alors que nous poursuivions notre chemin dans la tour, je me rappelai les enseignements de mon mentor, ressentant presque sa présence à mes côtés. Chaque pas, chaque décision était empreint de cette expérience transmise, que j'avais juré de ne jamais oublier, pour ma survie. La mémoire de Zarek vivait en moi, m'incitant à rester vigilant et à anticiper les traquenards mortels qui pourraient surgir de l'ombre à tout moment.

Le premier incident évité avec succès, nous avions entrepris l'exploration du donjon. Dans un ordre de marche identique, nous pénétrâmes dans la bâtisse, toutes armes dehors. Darken avait jeté devant nous deux flammèches qui voletaient dans les airs et apportaient de la lumière à ceux qui ne voyaient pas dans le noir. Elles projetaient sur les parois leur lueur irréelle, créant des ombres qui dansaient au même rythme qu'elles.

Nous avancions avec prudence dans l'étroit couloir. Chaque pas calculé résonnait dans le silence oppressant qui nous entourait. Chaque regard scrutait attentivement les environs, à la recherche du moindre signe de danger. La quiétude des lieux était brisée par le son de nos respirations étouffées, les légers froissements de tissu lorsque nos vêtements effleuraient les murs de pierre, et le tintamarre de l'armure du nain. Chaque bruit métallique résonnait dans mon esprit comme un écho menaçant et irritant, nous obligeant à redoubler de vigilance.

Le corridor semblait s'étendre à l'infini. De notre progression lente et méticuleuse, l'impatience commençait à se faire sentir. À peine rentrés, j'avais hâte de sortir de ces sombres passages et de percer les mystères du donjon. Cependant, je savais que précipiter les choses serait une erreur fatale. Lieu impitoyable, il ne tolérait aucune négligence.

Roldo marchait en tête du groupe, ses sens en éveil. Lorsque le couloir s'infléchit sur la gauche, il marqua une pause, et tendit l'oreille. La tension était palpable parmi nous, chacun se fiant à son instinct et à l'expérience acquise au fil des nombreuses aventures précédentes. Seul Broc suivait à l'aveuglette. Quand le pisteur nous fit signe que des créatures nous attendaient juste derrière le coude, nous nous tenions tous déjà prêts.

D'un seul bloc, nous nous élançâmes à la rencontre de nos adversaires. Ils apparurent sous la forme de kappas. Ces monstres ne pouvaient pas être considérés comme une menace pour des guerriers exercés tels que nous. Ils ressemblaient à des crapauds qui auraient avalé un cochon sauvage et en auraient conservé la taille. En dehors de leur langue capable de paralyser sur un simple contact, ils ne disposaient d'aucune arme naturelle apte à nous gêner. Sauf que leur nombre avait de quoi impressionner, et il me fit frissonner d'appréhension et d'exaltation.

Une vingtaine d'entre eux, avec leur peau écailleuse et leurs yeux perçants, s'était regroupée en une masse agressive, prête à en découdre. Au même instant, mes lames et celles de mes compagnons étincelèrent à la faible lueur des feux follets, reflétant notre détermination et notre volonté de passer. Nous nous préparâmes à l'assaut, nos esprits concentrés sur la bataille imminente. Dans ce dédale sombre et sinistre, le destin de chacun reposait sur notre capacité à repousser cette horde de petites créatures. Une intense adrénaline se propagea dans mes veines, mêlée à une pointe d'excitation et d'angoisse.

D'un pas déterminé, nous chargeâmes, parés à faire face à cette vague d'adversaires. Un souvenir me revint en mémoire tandis que j'esquivais une langue et poignardais un premier kappa.

Le décès imprévu de Zarek, m'avait laissé seul au cœur même du manoir de la secte des enfants de la nuit. Malgré le coup dur de cette perte, j'avais achevé ma mission. Damodar Sombrespire, celui qui avait initié le mouvement vers la déification de Morgana Obscuréclat, avait succombé à dix attaques de couteau consécutives. Celle qui avait partagé sa vie de son vivant et qui avait assassiné près d'une centaine de nouveau-nés pour se baigner dans leur sang dans l'espoir de demeurer jeune éternellement, n'aurait plus l'occasion de quitter le royaume des morts et revenir en demi-déesse. Les partisans que Damodar avait réussi à réunir autour de ce sombre projet, privés de leur chef occulte, finiraient par abandonner leur idéologie morbide et rentrer dans leurs chaumières. Sans adeptes pour la prier et souhaiter son retour en tant qu'entité supérieure, Morgana resterait prisonnière de l'au-delà et bientôt, son souvenir s'évanouirait totalement pour ne plus jamais être en mesure de réapparaître. Aucun être n'était jusqu'à présent parvenu à s'extirper de l'oubli du trépas pour s'ériger jusqu'au rang d'êtres suprêmes. Les dieux qui siégeaient au panthéon ohoratien avaient dépassé le stade de la mort grâce à la dévotion de leurs fidèles. Ils s'y étaient assis aux Temps divins, et rares étaient ceux qui les y avaient rejoints depuis. Les derniers étaient considérés comme de simples demi-dieux, par opposition aux dieux primaires, les plus anciens. Je ne doutais pas que Morgana Obscuréclat ne trônerait jamais parmi eux.

Ma cible trépassée, j'étais en train de quitter les lieux de mon forfait. Il ne faudrait pas longtemps aux disciples de Damodar pour découvrir son assassinat et lancer ses sbires à mes trousses. Je devais me trouver le plus loin possible quand cela arriverait. Je me hâtais donc dans les couloirs du manoir, veillant à ne pas me faire remarquer. Par chance, le plancher se montrait recouvert d'un épais tapis qui se chargeait d'étouffer les bruits de ma fuite. Les murs étaient ornés de tableaux sinistres et de chandeliers antiques qui projetaient des ombres dansantes et semblaient vouloir me saisir. Les corridors se succédaient et créaient un labyrinthe confus dans lequel je peinais à me repérer. Les portraits des anciens propriétaires des lieux me fixaient de leurs yeux vides, ajoutant une sensation d'oppression à mon échappée frénétique. Finalement, après une course effrénée, j'aperçus une porte entrouverte à l'extrémité d'un couloir sombre. Je m'y engouffrai sans hésitation, et dénichai une volée de marches au bout de laquelle la sortie m'attendait. Empruntant l'escalier, je me retrouvai soudain face à une étendue d'eau si vaste que je m'étonnai de ne pas en avoir été frappé. Au lieu de cela, je demeurai longtemps le regard sur sa surface, jusqu'à voir en émerger d'énormes gluantes. Ces créatures ne ressemblaient à rien d'autre qu'à des grenouilles, mais d'une taille surprenante.

Une première venait de rejoindre le plancher sur lequel je me tenais. Elle fit halte avec ses larges pattes palmées et ses yeux ronds et brillants qui me scrutaient avec curiosité.

Chaque mouvement de ces amphibiens géants était empreint de grâce et de légèreté. Leurs membres postérieurs, puissamment musclés, s'animaient avec rapidité, parés à bondir avec une force impressionnante. Les antérieurs dotés de doigts longs et agiles semblaient presque prêts à saisir et à manipuler des objets.

Le dos de la créature se trouvait orné de motifs complexes, rappelant les feuilles des plantes des marécages où elle résidait. Lorsqu'elle se déplaça dans ma direction, elle émit des croassements profonds et retentissants, comme un rugissement félin.

Soudain, elle fondit sur moi. Malgré sa taille, elle conservait la prestesse et la grâce d'une simple grenouille, se mouvant avec une habileté surprenante. Je ne parvins pas à l'éviter. Elle se colla à moi comme une ventouse à une vitre. Au terme d'un effort insensé, je réussis à la détacher et à la renvoyer plus loin. Mais elle ne s'avoua pas vaincue et repartit en avant, tandis qu'une deuxième émergeait à son tour, qui la suivit sans tarder. Mon bras gauche se trouva immobilisé sous le corps de la première gluante et j'allais me servir du droit pour l'enlever quand l'autre me le bloqua. Mes membres ainsi paralysés, je ne pouvais saisir une arme pour me défendre, et je voyais déjà la troisième bondir pour s'accrocher à mon visage.

Je tombai à la renverse sous leur poids et commençai à suffoquer. Paniqué, je sentis mon cœur battre la chamade, et pensai à Zarek qui avait au moins bénéficié d'une mort rapide. Quand un de ses enseignements me revint en mémoire. Je devais me calmer, rester lucide et analyser la situation. Malgré l'oppression grandissante, je me concentrai, cherchant à retrouver ma tranquillité d'esprit. Je cessai de me démener.

Les gluantes, ne bougeaient pas, patientes, en attente du dénouement pour me tirer jusqu'à leur tanière sous-marine.

Peu à peu, je commençai à percevoir de légères discordances dans la scène qui se jouait autour de moi. Les amphibiens, bien qu'apparemment réels, manquaient de certains détails typiques de leur espèce. Leurs textures et couleurs ressortaient altérées, grisâtres, et je remarquai des vibrations étranges émanant d'elles. Et par-dessus tout, que faisait un lac dans un manoir ?

C'est alors que je compris que tout cela n'était qu'une illusion soigneusement créée pour me tromper, un piège dans lequel j'avais failli tomber.

J'inspirai à pleins poumons. Malgré la présence très rapprochée de la gluante sur mon nez et ma bouche, l'air recommença à inonder mes poumons et je respirai de nouveau librement. La grenouille qui enserrait mon visage se dissipa, et je sentis la pression sur mon corps se relâcher. Avec force, j'écartai les bras et les deux dernières créatures s'évaporèrent à leur tour. Je retrouvai ma latitude pour bouger, essoufflé, mais soulagé. Je réalisai à quel point le mirage s'était avéré puissant, mais mon calme et ma perspicacité m'avaient sauvé de cette étreinte imaginaire.

Cette expérience me rappela une fois de plus l'importance de dompter ses émotions et de rester concentré, même dans les moments les plus périlleux. Avec cette leçon en tête, j'abattis les derniers kappas face à moi. Mes compagnons d'aventure finissaient eux aussi d'exterminer ceux qui se mouvaient encore, et après cette première mêlée, nous poursuivîmes notre exploration du donjon des mystères.

CHAPITRE 9 :
LE DONJON DES MYSTÈRES

Jason

« Je le crois pas ! Cet enragé de canasson a fini par nous conduire à destination ! m'étonnai-je.

— J'ai l'impression que le cheval Mulet vous a fait vivre un sale quart d'asthor ! » Lança une voix tandis que nous approchions, quelque peu fourbus.

Un vieil homme était là, que nous n'avions pas vu plus tôt. L'homme âgé se tenait assis sur une pierre, le dos voûté. Son visage était ridé et marqué par les points vernaux passés, mais il possédait un regard profond et sage qui trahissait une expérience de vie riche et variée. Ses mains reposaient sur un bâton qu'il conservait droit devant lui. Celui-ci semblait n'être qu'une branche ramassée au hasard. Un nœud constituait le pommeau et un bois à la courbure prononcée, la canne. Malgré sa rusticité, une certaine épaisseur attestait de sa solidité.

Le vieillard se montrait à l'image de sa crosse. La simplicité le définissait. Il portait pour tout habit un caleçon long gris, une chemise blanche trop large pour son corps émacié et une paire de savates noires.

« Le quoi ? demandai-je sans m'étonner de sa présence.

— Mais oui, c'est ça ! s'exclama Séraphine sans permettre à l'homme de s'expliquer. Le cheval Mulet ! C'était ça ! Je connaissais l'histoire de cette créature démoniaque, mais impossible de retrouver son nom.

— Je comprends mieux, reprit le vieillard. Vous saviez comment l'arrêter. Rares sont les survivants ! Mais une fois qu'on est au courant qu'il suffit de lui lancer cinq objets pour qu'il stoppe sa course, il peut devenir une monture très efficace au quotidien. Même s'il pourrait faire quelque chose pour éviter ce largage… finit-il en se massant le postérieur d'un air entendu.

— Attendez, quoi ? Vous venez de dire qu'on doit seulement lui jeter cinq objets ?

— C'est cela.

— Cinq objets, quels que soient ces objets ?

— Oui, bien sûr.

— Des billes, des fléchettes, des boutons… ?

— Des pennes de flèches, ou des cailloux, oui.

— Des pièces de cuivre, des pièces d'or ?

— Il faudrait se révéler incroyablement riche, ou complètement stupide pour jeter au cheval Mulet de l'argent dont il n'a que faire ! confirma le vieillard et je me tournai vers mon amie qui tentait de se faire toute petite.

— Et sinon, dit-elle pour détourner la conversation, vous vous rendez ici souvent ?

— Assez oui. C'est un peu comme si je vivais là. J'aime monter m'installer sur ce plateau et observer le paysage. »

Il reporta ses yeux si fins qu'ils semblaient fermés, sur le panorama et je l'imitai.

Surréaliste ! Voilà le premier mot qui venait à l'esprit en contemplant avec attention pour la première fois la tour. Elle s'élançait haut vers le ciel telle la cheminée d'une forge naine. La pierre ocre-rouge avec laquelle elle avait été érigée s'inscrivait de manière impeccable dans le paysage, car elle était plantée au bord d'une falaise qui plongeait vers le désert d'Ecroth. Une impression de malaise s'en dégageait qui me confortait dans l'idée qu'il valait mieux éviter l'endroit.

Carrée, elle mesurait une vingtaine d'enjambées de côté, et d'après les rares ouvertures qui donnaient sur l'extérieur, elle devait compter cinq ou six étages. Au rez-de-chaussée, le seul accès visible était matérialisé par une vulgaire porte en bois au loquet rond et métallique. Pas le moindre indice ne transpirait quant à la nature de ce qui nous attendait à l'intérieur.

Ce donjon portait bien son nom.

« La vie c'est comme une boîte de chocolats, on ne sait jamais sur quoi on va tomber ! » dis-je pensif en m'avançant jusqu'au bord du talus où nous nous tenions.

La construction s'élevait à une centaine d'enjambées, en contrebas par rapport à nous.

« Et pour sûr, tu t'y connais en boîtes de chocolat », reprit Séraphine d'un ton empreint d'ironie en s'immobilisant à son tour près de moi. Je repérai sur son visage un air de dégoût face au paysage.

« Pour ta gouverne, si je suis courtaud ça n'a rien à voir avec mon côté gourmet, répondis-je en retournant à ma sinistre contemplation. Si je suis ainsi, c'est uniquement parce que je suis un nain !

— Alors t'es un nain maintenant ? Je croyais que t'étais un elfe ?

— Je suis un elfe-nain : j'ai hérité de la classe des elfes et de la carrure athlétique des nains.

— Ben voyons… Elle leva les yeux au ciel. Et sinon, peut-on savoir d'où t'es venue cette réflexion philosophique ?

— Ça me paraissait approprié vu ce qu'on s'apprête à faire.

— Quoi ? Pénétrer dans un donjon ?

— On ne va pas seulement pénétrer dans un donjon ! C'est le début d'une merveilleuse aventure qui pourrait nous conduire à la gloire !

— Tiens donc ! Maintenant c'est devenu "une merveilleuse aventure" ? Toi qui renâclais à venir, quel changement !

— Je ne reniflais pas ! J'avais faim !

— Et ça n'est plus le cas ?

— Disons que la puanteur des lieux a mis mon estomac au repos. »

J'observai la tour. Son pourtour sentait la mort. Pas un brin d'herbe visible. À la place, on distinguait par-ci, par-là des cadavres en état plus ou moins avancé de décomposition. L'un d'eux semblait d'ailleurs fraîchement tombé. Du moins, les couleurs criardes de ses vêtements ressortaient sur le sol désolé. Son corps lui, ne se matérialisait plus que par ses ossements d'un blanc surréaliste. Comme s'ils avaient été récurés.

« Ah ! souffla mon amie. N'empêche, je ne pense pas que "merveilleuse" soit le terme qui convienne le mieux à cette aventure. Et plutôt que la gloire, elle pourrait nous amener tout droit vers la mort. Faut pas négliger le fait qu'on risque de se retrouver nez à nez avec d'horribles monstres ou des criminels en tous genres, et je ne te parle même pas des pièges tant magiques que mécaniques forcément présents et disséminés un peu partout.

— J'ai l'impression que c'est toi maintenant qui renifles à y aller !

— Renâcle !

— Peu importe. N'oublie pas les fabuleux trésors qu'on pourrait y découvrir !

— Darken a mentionné une salle remplie d'or et de pierres précieuses uniquement pour appâter les crédules. Personne ne nous dit que cette salle existe bel et bien ; personne n'en est jamais revenu vivant pour en témoigner.

— Justement, si nous réussissons là où tous les autres ont échoué, nous deviendrons de véritables héros ! Les gens salueront notre force et notre courage…

— Ça, c'est si nous en sortons, et pas les pieds devant, cela va de soi.

— Par ma barbe…

— Tu n'en as pas !

— … Aurais-tu peur ?

— Disons plutôt que, comme tu l'as si joliment fait remarquer, nous n'avons pas la moindre idée de ce qui nous attend une fois à l'intérieur.

— J'ai fait ça, moi ?

— Donc je réfléchis simplement au gain que nous pourrions en tirer par rapport au danger que cela représente, et je me demande si cela en vaut vraiment la peine.

— Qu'est-ce que nous risquons ?

— De perdre la vie par exemple !

— Oui, mais à part ça ?

— De finir au fond d'un précipice hérissé de piques, de se faire dévorer par un groupe de gobelins cannibales, d'être coincés dans un labyrinthe, incapables de retrouver la sortie, et on aura tellement faim qu'on s'entre-tuera, moi en te broyant les os avec mon sort de force et toi en m'empalant sur la lame de ton épée…

— T'arrives à dormir la nuit ?

— Oui, pourquoi ?

— Non, comme ça… Mais alors comment on fait pour entrer dans ce donjon en diminuant les…

— Les chances d'être zigouillé par le regard meurtrier d'un basilic ?

— J'allais dire, les imprévus…

— Oh ! Pour commencer, il faudrait qu'on recrute un spécialiste pour détecter les traquenards, crocheter les serrures, ouvrir les coffres sans déclencher les pièges…

— Mais non ! Pour ça, je suis là ! déclarai-je bombant le torse.

— Ah oui, c'est vrai… Séraphine me toisa des pieds à la tête, l'air incrédule. T'es sûr de toi ? Parce que t'es quand même un nain !

— Et j'ai les doigts habiles d'un elfe !

— Et la discrétion d'un nain ! insista-t-elle. Un géant des montagnes passerait inaperçu dans une boutique de potions comparé à toi.

— Toute façon, ça sert à rien d'être furtif dans un donjon ! Tu l'as dit toi-même, ce qu'il faut c'est se montrer assez adroit pour désamorcer des pièges et déverrouiller des serrures, et moi, c'est mon domaine ! »

Séraphine souleva un sourcil sceptique.

« Admettons… Mais alors c'est quoi ça ? demanda-t-elle en pointant du doigt ma hanche.

— Ben, c'est mon épée ! dis-je en la tirant de son fourreau.

— Oui, merci, je sais ce que c'est qu'une épée ! Non, ce que je tente de comprendre c'est pourquoi tu en as une si tu es un escamoteur ?

— J'suis un guerrier-escamoteur !

— Moi, j'ai déjà du mal à me concentrer sur une unique discipline, et toi tu joues sur deux tableaux ?

— À la base moi ce que je voulais c'était être serrurier, avouai-je presque honteux. Mais mon père espérait que je devienne un combattant comme lui, alors pour lui faire plaisir je me suis adonné à quelques entraînements à l'épée.

— Quand tu dis "quelques entraînements", tu t'es exercé combien de fois au juste ?

— Une… et encore ça n'a pas duré longtemps, parce que quand j'ai dégainé mon arme je me suis filé un coup dans le nez et je suis tombé dans les pommes !

— C'est pas gagné… Bon, passons. Nous aurons également besoin de quelqu'un pour guérir nos blessures.

— Tu peux pas t'en charger ? »

Mon amie me regarda interdite. On aurait dit que j'avais proféré la pire insulte qui soit.

« Je suis une practomancienne…, fut sa seule réponse, comme si cela réglait la question.

— Donc tu peux lancer des sorts de soin ? insistai-je profane en la matière.

— Non ! Sinon on n'aurait pas besoin d'un guérisseur !

— D'accord… fis-je sans avoir vraiment saisi.

— Ce sont les théurges qui soignent ! s'emporta-t-elle. Les dieux décident si oui ou non, ils souhaitent que la personne s'en sorte, et si oui, ils octroient les pouvoirs nécessaires à leur fidèle. Tout le monde sait ça !

— Et avec tes pouvoirs, tu ne pourrais pas nous dire ce qui se cache à l'intérieur de la tour ?

— Je ne suis ni une devineresse ni un oracle, se fâcha-t-elle de manière sèche et définitive.

— Mais, tu ne peux même pas faire ce truc avec ce machin ? (Je sentis à son regard interrogateur que je devais préciser ma pensée.) Tu vois, comme elles t'entourloupent ces bonnes femmes qui te chopent dans la rue et qui te lâchent jamais ? Elles te disent qu'elles ont aperçu des choses dans leur espèce de boule de gomme.

— Je suppose que tu veux parler des voyantes et de leur boule de cristal ?

— Ah ben ça je ne sais pas, ça dépend du matériau utilisé pour la fabriquer.

— Que ce soit bien clair : je ne suis ni une voyante, ni un augure, ni une prophétesse. Je ne reçois aucun message des dieux, je ne peux pas lire dans une boule de cristal ni dans les feuilles de thé… Je suis une practomancienne ! s'emporta-t-elle. Tous les sortilèges que je crée provienne de ma propre magie.

— J'ai compris, c'est bon, on se calme ! Ben, tu devrais peut-être essayer les feuilles de thé quand même, ça te déstresserait un peu ! D'accord, donc l'expert en chausse-trappes et verrous on a ! récapitulai-je.

— C'est toi qui le dis…

— Il nous manquerait un doc, et quoi d'autre ?

— Si on part du principe que tu joues aussi le rôle du guerrier, avec moi en tant que magicienne, ça serait déjà un début… Mais, j'y pense… Vous n'auriez pas croisé un groupe d'aventuriers venu conquérir le donjon par hasard ? questionna-t-elle le vieil homme resté tout entier à sa contemplation.

— Oh, des aventuriers, ça n'est pas ce qui manque dans ce coin ! Pourriez-vous être plus précise ?

— Eh bien, nous estimons qu'ils ont dû arriver hier dans la soirée. Il devait y avoir un mage pas très grand, avec une longue barbe blanche parmi eux. Et un humain à l'air écervelé.

— Ah ! Je vois de quel groupe vous voulez parler ! Ils sont entrés dans le donjon il y a à peine un asthor je dirais. »

Avec une vigueur insoupçonnée, Séraphine se retourna vers moi. Ses yeux scintillaient, pleins d'espoir.

« Dépêchons-nous alors ! Si nous pouvons les rattraper, cela devrait largement diminuer les "imprévus" ! lança-t-elle prête à partir sus à l'édifice.

— Si j'étais vous, je me méfierais… » conseilla le vieillard.

La lutine ne fit pas un pas de plus et se retourna.

« Pourquoi dites-vous cela ?

— Voyez par vous-mêmes ! »

Il leva sa canne et la pointa en direction de la porte d'entrée de la tour.

« Quoi ? Qu'est-ce qu'elle a cette porte ? demandai-je sans comprendre.

— Je crois que ce n'est pas la porte qu'il faut regarder, m'interrompit Séraphine. Avant la porte…

— Hein ? C'est rien que les restes d'un cadavre tout desséché !

— Et ça ne t'intrigue pas ? Et cette odeur fétide, d'où est-ce qu'elle peut bien venir ? »

Mon amie et moi laissâmes le vieil homme sur son caillou et descendîmes au niveau du donjon. Une centaine de pas seulement nous séparaient encore de lui.

Séraphine s'apprêtait à aller examiner la carcasse ensablée.

« Attends ! criai-je aussitôt. La nature du sol n'est pas la même à partir de là. Je pointai la zone juste devant la lutine et jusqu'à la tour. C'est aussi à partir d'ici que commence vraiment cette infection.

— Oui, je vois. Ça sent la magie à plein nez !

— Ça sent plutôt l'œuf pourri si tu veux mon avis.

— Il faudrait qu'on arrive à déterminer comment agit le sortilège, réfléchit la magicienne à voix haute. Jette quelque chose !

— Ah non ! Tu ne vas pas recommencer ! m'emportai-je au souvenir de l'argent gaspillé durant la nuit.

— Mais ne t'inquiète pas. Tiens, prends cette pierre et lance-la par là. »

J'exécutai la manœuvre : je ramassai le moellon désigné et l'envoyai en direction du corps décomposé. Rien.

« Bon. Au moins, on sait qu'on peut pénétrer dans la zone sans risquer de recevoir la foudre ou une météorite sur le crâne. Donc cela signifie que c'est autre chose qui a tué ces pauvres bougres… »

Soudain, mon amie s'attrapa la tête dans les mains. Son visage d'ordinaire hâlé venait de virer au blanc.

« Ça ne va pas Séri ? m'enquis-je.

— C'est bizarre, mais je me sens d'un coup nauséeuse… Je comprends ! Ça n'est pas la zone qui cause la mort, mais l'odeur ! Vite, il faut trouver un moyen pour qu'elle ne nous atteigne plus ! L'idéal serait un parfum plus fort pour la couvrir.

— Tiens, essaye ça », dis-je en lui tendant un bout de tissu sorti tout droit de mon sac de voyage.

D'une main ferme, elle plaqua le textile sur son nez et sa bouche.

« Oh, mais quelle horreur ! Qu'est-ce que c'est ?

— Mes chaussettes.

— C'est pire que tout !

— C'est ce que tu voulais, non ? De quoi masquer la puanteur de la zone.

— Oui, mais l'idée c'est quand même d'en ressortir vivant !

— Allez, ça n'est pas si atroce que ça. »

Tous deux affublés de notre chaussette sur le visage, nous traversâmes l'étendue qui nous séparait du donjon. Enfin, nous atteignîmes la porte. Comme par enchantement, la pestilence disparut.

« Je trouve qu'on se débrouille pas mal tous les deux ! fis-je ravi d'avoir évité notre premier piège.

— Avant de te jeter des fleurs, je te ferai remarquer que nous n'avons même pas encore franchi l'entrée ! Grogna la lutine en m'envoyant ma chaussette à la figure.

— N'empêche que moi, cette petite odeur n'a pas failli me tuer !

— Sans doute que tu as tellement l'habitude de vivre dans la puanteur que cela ne t'affecte plus.

— Euh, excusez-moi ! »

Séraphine et moi nous retournâmes.

Un homme, un paladin à en juger à son armure de plates et à son épée longue qui pendait à son côté, se tenait derrière nous. Il finissait d'ôter le foulard qui lui avait servi à arriver jusque-là sans tourner de l'œil. D'un rouge pâle, il exhalait une puissante odeur parfumée. J'imaginai une jeune femme le remettre à son fiancé en guise de preuve de son amour.

« Vous permettez ? J'ai un donjon à conquérir ! lâcha-t-il simplement.

— Mais je vous en prie ! »

Nous nous écartâmes. Il passa. Sûr de lui, il fit jouer la poignée de la porte et s'engagea dans la bâtisse. Il n'eut pas l'occasion d'y poser son deuxième pied.

Une sphère enflammée de la taille d'un boulet de canon se précipita sur lui. Elle lui explosa à la poitrine, à la suite de quoi des projections incendiaires fusèrent en tous sens. Malgré son équipement, le feu se faufila jusqu'à ses vêtements qui s'embrasèrent. Les bras en l'air, il se mit à courir autour de nous, hurlant de douleur. Puis, dans un élan de lucidité, il se jeta au sol et se roula dans la poussière pour tenter d'éteindre le brasier.

« Tu vois, si un guérisseur nous accompagnait on aurait pu l'aider, me dit avec un flegme incroyable Séraphine.

— Je savais pas qu'ils piégeaient aussi les portes d'entrée dans les donjons… »

CHAPITRE 10 :
LA RELIQUE VOLÉE

Jason

« Nabot le ninja se tenait accroupi sur le toit d'un bâtiment en briques. En contrebas, il pouvait entrevoir les rues sombres et silencieuses de la ville. Seuls quelques passants isolés se risquaient encore à cette période tardive où les coupe-jarrets sortaient. Un chat errant fouillait les poubelles, ignorant de la présence du nain plusieurs enjambées au-dessus de lui. Plus loin, une patrouille de soldats effectuait une ronde, aux aguets. Eux non plus ne pouvaient apercevoir Nabot. Depuis sa plus tendre enfance, il avait développé des capacités d'espion hors pair, et les techniques de camouflage n'avaient plus de secret pour lui.

Avec sa tenue sombre, il se fondait sans mal dans le décor nocturne. Il était vêtu d'une veste en lin, sans manches, légère et solide, qui ne gênait pas ses mouvements acrobatiques. Elle s'agrémentait de bandes de tissu rouge qui venaient accentuer sa silhouette courtaude, mais musclée, tout en servant de support à ses divers équipements. Son pantalon large et confortable était renforcé aux endroits clefs pour résister aux coups et aux éraflures, et ses sandales en paille et cuir confectionnées pour faciliter l'escalade et préserver ses pieds. Par-dessus, il portait une série de protections souples, telles que coudières et genouillères en peaux, pour éviter les blessures lors des sauts et des roulades, ainsi qu'une cagoule pour masquer son visage et sauvegarder son anonymat. Enfin, une ceinture marquait sa taille et abritait ses shurikens, fumigènes, potions et antidotes.

Nabot leva son regard, jeta un coup d'œil à l'édifice devant lui, et d'un bond preste, en silence et avec grâce, atterrit sur le faite. Ainsi perché, il observa les ombres qui se dessinaient dans la nuit noire, son katana étincelant dans la clarté lunaire. Il avait étudié les plans de la bâtisse pendant des jours, et cherché le meilleur point pour s'infiltrer sans être vu. Le toit avait retenu son attention. Là, l'endroit s'avérait idéal pour épier les mouvements de ses cibles, et la surveillance plus réduite.

Les lumières s'étaient éteintes, la façade semblait tranquille, mais il devait se montrer prudent. Ses nombreuses missions précédentes lui avaient appris que les pièges et les gardes de l'ennemi ne devaient pas être sous-estimés. Il ajusta son masque, resserra sa ceinture, et descendit le long de la gouttière jusqu'à une fenêtre, prêt à se faufiler dans l'édifice sans être détecté.

Il avait été engagé pour récupérer une précieuse relique. L'objet, une statuette en bois représentant le dieu de la mort, avait été dérobé au départ dans le temple de la divinité. Elle constituait une œuvre unique en son genre, car sculptée du temps où la divinité n'en était pas encore une et foulait la terre en tant que mortel. Le mercenaire avait été missionné par les théurges du dieu pour leur ramener.

La récompense ne s'élevait qu'à quelques pièces, trop peu en réalité pour justifier la prise de risques. Mais Nabot le ninja ne faisait pas cela pour l'argent, ni la gloire. Il agissait selon un code d'honneur qu'il estimait juste. Il abhorrait le meurtre, la tromperie, le mensonge, et le vol, qu'elle que soit sa forme, et encore davantage lorsqu'il affectait les croyances. Lui-même se prêtait rarement à la prière. Il ne possédait pas de divinité tutélaire, ce qui ne l'empêchait pas de respecter les dieux et leurs adeptes. À force de voyages dans les diverses régions, il avait constaté que s'en prendre à la religion provoquait souvent des catastrophes. Les extrémistes devenaient fous, les plus modérés tristes, et toutes ces émotions négatives pouvaient aller jusqu'à entraîner des guerres interminables. Le nain acceptait ces missions dangereuses et mal rémunérées pour éviter l'escalade de la violence dans les communautés touchées.

Afin de découvrir où avait été emmenée la relique, Nabot s'était ingénié à traquer l'ensemble des objets d'art qui avaient disparu dans les environs et avait remarqué que tous réapparaissaient quelque temps après, mis en vente par un même commerçant. L'homme avait pignon sur rue. Il proposait une variété très étendue d'artefacts en provenance de toutes les régions. Derrière chacun d'eux se trouvait attachée une histoire qui lui conférait une valeur inestimable, que le marchand savait convertir à prix d'or. Ses clients n'étaient que des nantis, et la plupart ne s'intéressaient pas à l'origine des pièces qu'ils achetaient. Ce qui leur importait était avant tout de posséder une relique unique pour impressionner. Que des morts interviennent pour ou à cause du vol ne les concernait pas.

Nabot avait donc entrepris de surveiller les allées et venues du trafiquant et avait remarqué des mouvements suspects autour de sa remise. Convaincu que c'était là que se trouvaient les objets dérobés, il avait décidé d'y pénétrer pour récupérer le fétiche recherché. Maintenant, il devait mettre son talent à l'épreuve.

Nabot sortit un petit outil de sa poche, une fine lame en forme de crochet, et l'inséra dans l'interstice entre la fenêtre et son rebord. Il tourna légèrement l'ustensile, puis fit pression vers l'extérieur, ce qui suffit à déloger le battant de son encrage. Avec précaution, il le poussa doucement pour éviter tout bruit, et repéra ainsi un minuscule fil qui reliait le vantail à une arbalète. Positionnée en face de l'issue, en hauteur, celle-ci pointait vers l'entrée et devait se déclencher à l'ouverture au moment où le filament se tendait. Un mouvement trop brusque ou un manque d'attention et le nain aurait fini embroché, alors qu'il n'avait même pas encore pénétré dans la bâtisse.

Sans se presser, Nabot le ninja attrapa une petite paire de ciseaux dans sa tunique, introduisit sa main à travers l'intervalle, et sectionna le fil, désamorçant ainsi le piège. Enfin, il écarta le battant jusqu'à ce que l'espace se révèle suffisamment large pour lui permettre de se faufiler à l'intérieur. Il se retrouva dans une pièce sombre et poussiéreuse.

Grâce à sa nyctalopie, il se déplaça sans bruit et sans lumière dans les lieux. Des boîtes et des coffres en bois étaient amoncelés un peu partout, certains avec des inscriptions illisibles gravées à même le matériau, d'autres portant des symboles étranges peints. Des toiles d'araignées comblaient la plupart des angles, avec leurs grosses tisseuses qui les parcouraient lentement. Une épaisse couche de saletés recouvrait tout, donnant à la pièce un aspect abandonné depuis des siècles. Nabot avait l'impression de s'être glissé dans un tombeau antique, à la recherche de quelque chose de précieux dissimulé dans les recoins obscurs. Mais personne n'avait mis les pieds ici depuis longtemps, à en juger à la crasse.

Le nain réfléchit un instant. Son instinct lui disait qu'il se trouvait au bon endroit. La relique devait être cachée quelque part dans le bâtiment. Mais il ne savait pas où.

Furtif, il quitta le grenier où il avait atterri en laissant l'accès ouvert et poursuivit son exploration à l'étage du dessous. Personne ne semblait l'habiter. Il avançait silencieux et le pas léger. Il avait déjà passé plusieurs pièces à la loupe, fouillant les tréfonds, cherchant la moindre trace de la statuette. Il s'arrêta soudain devant une porte verrouillée. Il ressortit son kit de crochetage de sa veste et se mit à l'œuvre. Après quelques éclires, le mécanisme céda et la voie s'ouvrit dans un grincement lugubre. Nabot stoppa aussitôt tout mouvement. Il demeura immobile de longues éphémérises durant, l'oreille tendue, craignant d'avoir fait trop de bruit et attiré du monde. Mais le silence régnait toujours, et il se détendit un peu.

Il entra enfin dans la pièce. Une odeur de renfermé et de moisi l'assaillit immédiatement. Là encore, l'endroit était rempli d'objets empilés les uns sur les autres, poussiéreux et envahis par les toiles d'araignées. Il effectua une passe rapide pour repérer la relique, mais ne trouva rien et se remit en route.

Le ninja résolut de se rendre au niveau inférieur. Mais, si les deux premiers se révélaient vides, il doutait que ce fût le cas du dernier. Il avait surveillé le quartier toute la journée et compté une douzaine d'hommes entrant dans l'entrepôt, dont moins de la moitié en était sortie. Il savait qu'en descendant il risquait de se retrouver nez à nez avec des gardiens peu amènes.

Avec une extrême prudence, il emprunta l'escalier, essayant d'esquiver les craquements pour ne pas se faire remarquer. Il atteignit le rez-de-chaussée, où il découvrit une nouvelle pièce. Celle-ci s'avérait plus grande et plus lumineuse que les précédentes, car éclairée par des lampes suspendues au plafond. Aucune fenêtre ne s'ouvrait vers l'extérieur, certainement pour éviter les regards indiscrets. Des étagères tapissaient chaque mur qui croulaient, remplies d'objets d'art de toutes sortes. Des statues de bronze, des vases en porcelaine, des peintures encadrées, des bijoux en or et en argent, des sculptures en pierre et en bois, ainsi que de multiples œuvres plus étranges et mystérieuses, dont certaines couvertes de runes et d'inscriptions anciennes. Au centre s'étendait une grande table en acajou sombre, qui devait être utilisée pour examiner et cataloguer le fruit des larcins. Des loupes, des pinces, des gants et d'autres outils y étaient disposés. Enfin, le sol était dissimulé sous un épais tapis aux motifs floraux, qui absorbait le bruit des pas, ce qui soulagea le nain.

Les reliques foisonnaient ici. Nabot se mit immédiatement à fouiller la pièce. Il toucha un vase en porcelaine et sentit le grain de la terre cuite sous ses doigts. Il examina un petit autel en bronze, déballa diverses cassettes, souleva des piles de livres anciens et s'arrêta finalement devant une grande armoire en bois. Avec précaution, il en entrebâilla les portes et découvrit plusieurs coffres cadenassés dedans. Le ninja sourit. Il avait peut-être fini par dénicher ce qu'il cherchait.

Avec son katana il brisa la serrure et ouvrit une première boîte. À l'intérieur, il trouva un talisman doré de la forme d'une noix. Rien à voir avec ce pour quoi il était venu. Il reposa le tout et réitéra l'opération avec un autre coffret. Nabot sourit à nouveau, la relique enfin en sa possession. Comme les théurges du dieu le lui avaient décrit, la statuette en bois représentait un homme d'une quarantaine de points vernaux, d'apparence sage et réfléchie. Elle mesurait environ un pied de hauteur et était sculptée avec une grande finesse de détails. Les traits du visage se montraient clairement définis, avec des sourcils épais, un nez droit et des yeux en amande qui semblaient regarder droit devant eux avec intensité. Les lèvres s'entrouvraient légèrement, comme si le personnage s'apprêtait à dire quelque chose. Représenté debout, les bras le long du corps, il était vêtu d'une tunique traditionnelle de sa région d'origine en peaux de bêtes, nouée à la taille par une large ceinture. Il portait également d'épaisses bottes en cuir. La statuette avait été ciselée dans un matériau clair, probablement du teck ou du bois de rose, qui lui conférait une belle patine naturelle. Les veines du bois visibles sur toute la surface de la sculpture donnaient une impression de profondeur et de texture.

Après de longues éphémérises d'émerveillement, le nain rangea le fétiche dans son sac à dos et se prépara à repartir.

Mais alors qu'il s'apprêtait à quitter la pièce, il entendit des craquements sur le plancher et le choc de pas lourds dans les couloirs autour. Nabot comprit que les gardes avaient été alertés de sa présence. Il pesta intérieurement. Quelqu'un l'avait peut-être aperçu en train de pénétrer dans l'immeuble, ou il avait fait trop de bruit durant sa visite, ou encore un sort de détection magique s'était déclenché à son passage. Quelle que soit l'explication, il n'avait pas fait montre de suffisamment de discrétion et de compétences, et ne pouvait s'en prendre qu'à lui-même. Maintenant, il devait sortir rapidement de cet endroit avant qu'ils ne le trouvent.

Le dos collé au mur à côté de l'encadrement de la porte, il chercha à savoir si quelqu'un l'attendait déjà à l'extérieur. Pour ce faire, il s'allongea au sol, et avec une infinie délicatesse, glissa un œil hors de la pièce. Plus loin sur le seuil de l'escalier, il aperçut trois hommes qui se coordonnaient au moyen de gestes silencieux. Ils n'avaient pas remarqué la tête qui dépassait. Nabot la rentra aussitôt et se prépara à la confrontation. Il devait agir avant que ses adversaires n'aient eu le temps de se mettre d'accord sur la marche à suivre pour l'arrêter.

Il prit son katana en main, une profonde inspiration, et courut vers la sortie.

Surpris, les trois gardes virent d'un coup le nain surgir hors de sa cachette et se ruer à leur rencontre. Grands et musclés, ils arboraient des tuniques en cuir noir ornées de broderies vertes, ainsi que des pantalons en toile épaisse, eux aussi sombres, serrés aux mollets. Sur leurs épaules se trouvait accrochée une cape de velours vert foncé, signe distinctif de leur appartenance à la maison du collectionneur-trafiquant d'art. Sur leur ceinture, ils portaient une épée bâtarde et un poignard d'un côté, une petite bourse en daim qui devait contenir leurs économies de l'autre. Leurs bottes montaient jusqu'au genou et apparaissaient renforcées de plaques de métal pour les protéger lors des combats.

L'un d'eux présentait une tignasse noire et une barbe de quelques jours, un regard perçant. Le deuxième, blond, les cheveux ébouriffés, avait la figure marquée de cicatrices qui témoignaient de son expérience dans les affrontements brutaux. Le dernier, plus jeune, peut-être dans la vingtaine, se tenait un peu en retrait avec des yeux bleus clairs et une expression anxieuse sur le visage.

À l'approche du voleur, ils dégainèrent leurs lames, prêts à recevoir l'intrus. Mais c'était sans compter sur la rapidité et l'agilité de leur adversaire. Son katana devant lui, il se jeta sur le premier homme et lui porta un coup d'estoc à l'abdomen. Trop lent, le garde ne put parer l'offensive et tomba au sol, blessé, mais pas mort. Et Nabot ne laissa pas aux autres le temps de réagir. Il enchaîna avec une attaque de taille en direction du second. Ce dernier parvint à bloquer l'assaut, mais sous sa force, fut obligé de reculer et tomba à la renverse dans les escaliers.

Observant la déconfiture de ses camarades, le jeune vigile poussa un cri de fureur et s'élança à son tour. Il tenta une frappe, mais le ninja l'esquiva, lui assena en retour un violent coup de pied à l'arrière des genoux pour le faire ployer, et profita des quelques éphémérises de flottement qui suivirent pour s'éclipser dans les marches.

Nabot savait que les gardes le poursuivraient bientôt. Il devait mettre le plus de distance possible entre lui et eux pour espérer s'en sortir. Sans ralentir, il grimpa les degrés jusqu'au dernier étage et fonça vers la pièce par où il était entré. La porte fermée ne se trouvait plus qu'à quelques enjambées devant lui.

Soudain, il stoppa sa fuite. Le souvenir récent de son arrivée lui revint à l'esprit et l'alerta que quelque chose clochait. Il avait laissé l'accès au grenier ouvert en le quittant. En se concentrant, il repéra des chuchotements derrière la porte ce qui confirma son impression. D'autres gardes se trouvaient déjà là et l'attendaient, certainement armés. Il ne devait pas les faire mariner plus longtemps, surtout que la course d'autres résonnait dans son dos.

Du plat du pied il enfonça la porte et enchaîna en roulant à terre. Au-dessus de lui, il entendit plus qu'il ne les distingua, les carreaux de plusieurs arbalètes siffler et aller se ficher dans les murs du couloir. Cela ne le déstabilisa pas, et il se remit debout pour découvrir trois nouveaux gardes vêtus du même uniforme à cape vert foncé. Surpris par l'enchaînement au ras du sol du nain, ils avaient manqué leur cible et se voyaient désormais sans défense pour faire face à la lame ennemie. En quelques mouvements rapides, Nabot les neutralisa et fila à travers la fenêtre pour se retrouver sur le toit.

Mais les ennuis ne s'arrêtaient pas là. Deux hommes avaient rallié les terrasses voisines. Munis d'arcs ils se mirent à tirer en direction du ninja qui plongea à couvert derrière une cheminée.

Quoique dans une situation délicate, la concentration et la détermination de Nabot demeuraient intactes. Il replaça son sabre à sa hanche et décrocha plusieurs senban shuriken à sa ceinture. Puis, il sortit de sa cachette, et d'un geste expert, les lança en direction des archers ennemis. Les armes de jet en forme de losange fusèrent jusqu'à leur cible. La première trancha net la corde d'un arc, la suivante s'enfonçant dans l'abdomen du tireur. Les deux dernières se fichèrent dans la main du second archer, le paralysant à son tour. Si ces menues lames n'avaient pas pour vocation de tuer, elles avaient pour avantage de distraire, voire de handicaper un adversaire.

Profitant de l'occasion créée, Nabot le ninja reprit sa course, mais ses poursuivants apparurent à la fenêtre. Armés de lances et de boucliers, deux gardes s'avancèrent sur les toits. D'un pas incertain, ils cherchèrent à rejoindre le nain, mais trébuchèrent d'emblée. À plusieurs reprises ils tentèrent de se remettre debout, mais leur manque d'agilité se révéla évident. Déstabilisés par leur imposant écu, ils se montraient en plus maladroits pour se rattraper à cause de leur lance. Nabot, quant à lui, sautait d'un toit à l'autre avec une aisance et une grâce étonnante. Les gardes, désorientés et incapables de suivre ses mouvements, finirent par perdre complètement l'équilibre. Les lances et les boucliers volèrent alors, tandis qu'eux tombaient lourdement sur le sol en contrebas, étourdis et bien en peine de se relever.

De retour chez lui, Nabot déposa l'ensemble de ses armes et ôta sa cagoule. Sa barbe épaisse et ses cheveux longs noués en une large natte apparurent, et il se sentit respirer. Il se reposa, fier du succès de sa mission. Mais il gardait également à l'esprit que d'autres clients requéraient son aide, et qu'il devait continuer à se perfectionner en tant que nain-ninja pour faire face aux défis à venir.

Et ainsi se termine cette aventure, mais qui sait quelles péripéties attendent encore notre héros dans le futur. »

Je refermai le livre avec un mélange d'admiration et d'émerveillement. Les exploits épiques de Nabot le ninja avaient une fois de plus suscité mon intérêt avide d'aventure. Les pages tournées étaient un témoignage des prouesses de ce petit héros, qui se dressait courageusement contre les forces du mal. Je ne pouvais m'empêcher de sourire, envahi par l'excitation de ces récits fantastiques. J'imaginais les mouvements furtifs du nain, sa maîtrise des arts martiaux et son esprit vif, prêt à relever tous les défis. Une lueur d'inspiration brillait à coup sûr dans mes yeux, car j'aspirais à devenir moi aussi un modèle digne des légendes, tout comme ce cher Nabot le ninja.

CHAPITRE 11 :
NABOT LE NINJA

Jason

« C'est étrange…

— Je ne te le fais pas dire. Qui aurait pensé qu'un humain grillé aurait la même odeur qu'un cochon doré à la broche ?

— Mais non ! Le piège était amorcé, or nous savons que Darken et son groupe ont pénétré dans le donjon il y a un peu plus d'un asthor.

— Et alors ?

— Cela signifie que quelqu'un a remis ce piège en marche entre le moment où ils sont passés et notre arrivée…

— Ou bien ils se sont introduits par une autre porte !

— Oh ! Oui, tu as sans doute raison. Sinon, cela impliquerait que le maître des lieux n'est pas loin…

— Bon alors, qu'est-ce qu'on fait ?

— Quoi, qu'est-ce qu'on fait ? On entre bien sûr ! »

Séraphine avait décrété cela en jetant un regard au paladin calciné. Durant la folie qui l'avait étreint, il s'était roulé dans le sable de la zone empoisonnée par la magie et avait fini par s'éteindre. Difficile de savoir du feu ou de la puanteur ce qui l'avait tué.

Sur le dos, ses yeux hagards fixaient dans une immobilité définitive le ciel. Les parties de son corps non recouvertes par son armure avaient noirci et s'étaient craquelées, donnant l'impression d'une peau de dragon.

Maintenant, le maléfice qui imprégnait l'air réalisa son œuvre. Les effluves mortels s'agglutinèrent autour de son cadavre. Invisibles jusqu'à présent, leur extrême concentration les rendit tangibles. Telles de l'acide, elles mangèrent la chair, les muscles, les organes, jusqu'à la moelle de l'homme. Ne resta bientôt plus que les os d'une blancheur surréelle. Et elles s'évaporèrent de nouveau. Mais, même sans les voir je sentais toujours leur présence.

Je détournai les yeux et reportai mon attention vers l'intérieur de l'édifice. Face à l'entrée se dressait un mur. Idem sur la gauche. Nous étions ainsi contraints de prendre à droite. De façon circonspecte, je me penchai par l'embrasure de la porte.

Notre unique possibilité ressemblait à un simple corridor qui bifurquait après une dizaine de pas sur la gauche.

« Tu es sûre de toi ?

— Que fais-tu de ton rêve de gloire et de célébrité ?

— Bah, ça pourra attendre demain !

— Certainement pas ! Allez ! … »

En disant cela, mon amie mit un premier pied dans le donjon, non sans avoir au préalable examiné chaque recoin de la porte.

D'un pas léger, elle appuya la pointe de sa bottine sur une dalle en terre rouge. Elle patienta quelques éphémérises qu'aucun « clic » ne retentisse et finit par pénétré toute entière.

« Allez, viens ! me sermonna-t-elle.

— Si on doit faire attention à chaque pas que l'on pose, on n'est pas sorti ! grognai-je.

— T'es pressé ?

— Ben, j'ai toujours pas mangé !

— Je croyais que tu n'avais plus faim ?

— Ça, c'était à cause de la puanteur dehors, mais maintenant, mon estomac a retrouvé l'appétit. »

Comme pour valider mes propos, un gargouillis sonore se fit entendre.

« Si tu pouvais dire à ton ventre de faire moins de bruit, cela nous faciliterait peut-être la tâche.

— Ça n'était pas le mien ! protestai-je.

— Si ça n'était pas le tien, c'était celui de qui ? »

Sa question resta en suspens tandis que nous cherchions à percevoir le moindre mouvement nous alertant d'un danger. Mais pour l'instant, rien ne semblait bouger.

Nous finîmes par nous décider à avancer. Consciencieusement, Séraphine appuyait du bout de son bourdon sur chaque dalle devant nous. De mon côté, j'avais tiré mon épée et moulinais dans le vide. L'un comme l'autre nous efforcions de détecter les pièges. Nous n'avions clairement pas envie de terminer carbonisés à la manière d'un certain paladin. Pour l'instant, nous n'avions pas déniché le moindre mécanisme qui pourrait nous causer une funeste blessure.

« Si j'avais su que c'était aussi fatigant de partir à l'assaut d'un donjon, je me serais davantage entraîné ! Décrétai-je au bout de quelques éphémérises en cessant mes gesticulations, haletant.

— Et ce n'est que le début, m'annonça la lutine. Regarde ! »

Je me retournai. Nous n'avions parcouru en tout et pour tout que trois pas.

« Bon, je pense qu'il faut changer notre technique !

— Où est-ce que tu vas ? »

Sans explication, je repartis en arrière et sortis du bâtiment. Un coup d'œil à gauche puis à droite, je repérai ce dont j'avais besoin. Je pris une profonde inspiration, retins ma respiration et m'élançai. En deux enjambées, je me retrouvai au niveau du paladin. Encore quelques autres et j'atteignis un second cadavre, puis un troisième. Bientôt, je pus revenir sur le seuil du donjon et retournai à l'intérieur.

« Mais qu'est-ce que tu as fabriqué ? »

Mon amie n'avait pas bougé d'un pouce pendant mon absence.

« Et qu'est-ce que c'est que tout ça ? »

Les bras chargés de pièces d'armures et d'ossements humains et autres, j'allai de nouveau me planter à côté d'elle.

« Tu vas voir. »

Tout en disant cela, je balançai mon pesant chargement le plus loin possible devant nous. Puis, avant que l'ensemble n'ait eu le temps de retomber, je tirai Séraphine par l'épaule et nous nous allongeâmes face contre terre sur le sol. Les mains par-dessus la tête, nous attendîmes patiemment que tout mouvement cesse. Enfin, nous levâmes les yeux et contemplâmes mon œuvre.

Des crânes, des tibias et autres os jonchaient le dallage. De la même manière, des heaumes, genouillères ou cubitières s'étaient répandus dans l'ensemble du couloir.

« C'est bon, tu es content ? Maintenant, tout le monde est au courant que nous sommes là ! gronda la magicienne.

— Vu les cris d'agonie de l'humain, tout le monde le savait déjà, répliquai-je.

— C'est pas faux.

— Au moins, on est sûrs qu'aucun piège n'a été installé dans cette zone ! lançai-je fier de moi.

— C'est une façon de s'en assurer qui ne manque pas d'originalité.

— Je vais prendre ça pour un compliment. Allez, on peut avancer. »

Nous nous remîmes sur nos pieds et marchâmes quelques enjambées de plus. Là, le corridor marquait un tournant sur la gauche.

« Attends ! Et j'indiquai à Séraphine de s'arrêter.

— Quoi encore ? Ne me dis pas que tu comptes à nouveau lancer tout ton fatras ?

— Chut ! m'insurgeai-je à voix basse en approchant à pas feutrés de l'angle.

— On peut savoir ce que tu fabriques maintenant ? Retenta mon amie d'un ton plus bas.

— Je vais essayer de voir si personne ne nous attend au coin, murmurai-je.

— Et explique-moi pourquoi tu te mets à quatre pattes ?

— C'est évident ! Si quelqu'un escompte nous cueillir, il aura les yeux rivés vers le haut et ne se rendra pas compte que je l'observe par en bas. C'est une technique que j'ai lue dans le numéro douze de Nabot le ninja, la relique volée !

— Nabot le ninja ? Mais tu as quel âge ?

— Trente-cinq points vernaux !

— Trente-cinq ? Même chez les nains c'est extrêmement jeune ! Et tu te lances déjà à l'aventure ?

— Mon père te raconterait qu'à mon âge, il avait déjà parcouru les Royaumes une demi-douzaine de fois… Mais, et toi, t'as quel âge ?

— Tu ne sais pas que ça ne se fait pas de demander son âge à une dame ? gronda Séraphine.

— Ce sont les vieilles qui disent ce genre de chose, raillai-je.

— Pfff… Tu es au courant que ta revue est un magazine de fiction ? Aucun nain ninja n'a jamais existé dans toute l'histoire d'Ohorat ! »

Je ne pris pas la peine de répondre à mon inexpérimentée d'amie et avançai la tête. Doucement. Tout doucement.

« Et comment réagiras-tu si tu te retrouves face à quelqu'un de petite taille ? »

La lutine finissait à peine sa question que je me retrouvai nez à nez avec une créature à l'air amphibien. Surpris, je me jetai en arrière, évitant de justesse sa langue de grenouille. Sur les fesses, je reculai aussi vite que cette position inconfortable me le permettait.

« Attention à sa langue ! » Cria Séraphine.

Tandis que je cherchais à m'éloigner, l'organe buccal s'élança à nouveau dans ma direction. Il allait m'atteindre. Quand il rencontra juste avant d'impacter ma joue, le heaume du paladin calciné que mon amie avait eu la brillante idée de lancer.

Je me remis sur pieds et m'installai, épée en main, au côté de Séraphine. Elle tenait son bourdon tendu devant elle.

Pendant que la créature était occupée à mastiquer, sans doute pour faire passer la douleur, je l'observai. Menue, sa taille avoisinait celle d'un gros chat. Sa posture quant à elle, rappelait celle d'une grenouille. Pourtant elle portait sur le dos une carapace à l'image d'une tortue et possédait un bec tel un oiseau. Dernière caractéristique qui me frappa : le haut de sa tête se présentait creux et entouré de cheveux noirs d'encre. Dans la cavité crânienne se mouvait un liquide à l'air aqueux.

« Qu'est-ce que c'est que ce machin ? Pestai-je à l'instant où elle terminait de se remettre du coup reçu.

— Il me semble qu'il s'agit d'un kappa. Un monstre des marais réputé pour attirer toute créature dans l'eau afin de la noyer.

— Alors on n'a rien à craindre : je ne vois pas l'ombre d'une étendue d'eau dans le coin !

— Elle a également la capacité de paralyser avec sa langue et adore ensuite dévorer ses victimes alors qu'elles sont encore conscientes…

— Oh… »

Soudain, le batracien bondit. D'une seule impulsion, il parcourut les trois enjambées qui nous séparaient de lui. À nouveau pris au dépourvu, je ne réagis que trop tardivement lorsque sa langue s'échappa de sa bouche dans ma direction. Par chance, mon amie parvint à me pousser juste à temps pour que l'attaque rate. Qu'à cela ne tienne, le kappa n'avait pas dit son dernier mot. Sa langue rangée, il sauta sur Séraphine qui tomba à la renverse. Aussitôt, il en profita pour venir lui griffer le visage.

Je décidai d'intervenir. L'épée maintenue fermement à deux mains, je tranchai l'air horizontalement. Mon coup n'eut pas l'effet escompté. Ma lame rencontra la carapace du monstre. J'aurais frappé dans une pierre que le résultat aurait été le même : je ne parvins pas à briser son armure naturelle. Néanmoins, le choc l'éloigna de ma compagne d'aventure qui, libérée, put se relever.

Cependant, le kappa ne nous laissa pas de répit. Utilisant la puissance de ses pattes arrières, il bondit une nouvelle fois et atterrit dans mon dos. À peine venais-je de tourner les talons, que l'animal m'envoyait ses membres postérieurs dans les reins. La violence de son offensive me renvoya à terre. J'aperçus sur le côté Séraphine tenter une attaque directe avec son bâton de mage, mais il s'était déjà envolé vers une autre position.

Furieux d'être ainsi malmené par une si petite créature, je saisis un tibia qui traînait sur le sol à portée et le lançai. Comme j'aurais pu m'y attendre, l'os ne rencontra que l'air. Le kappa changeait de place plus vite qu'une puce d'hôte.

« Est-ce que par hasard tu envisagerais une solution pour nous débarrasser de ce truc ? questionnai-je la practomancienne sans détourner mon attention de notre adversaire toujours en mouvement.

— Sauf erreur, nous devons parvenir à lui faire baisser la tête.

— Oh, tu veux qu'il se tire la langue dessus et qu'il se paralyse lui-même ? Bonne idée !

— Mais non ! Nous devons faire en sorte que tout le liquide qu'il a sur le crâne tombe. Car c'est la source de sa vitalité.

— Quoi, cette substance qui a l'air toute visqueuse ?

— Oui.

— Et comment penses-tu que nous réussissions cet exploit si nous n'arrivons même pas à le toucher ? »

Tandis que j'interrogeai la lutine, le kappa s'élançait encore. Une envolée à droite, un saut à gauche, devant, derrière… Il n'essayait pas de nous attaquer, se contentant de nous faire tourner en bourrique.

Dans le même temps, je taillais de ma lame en tous sens. Je n'affrontais que le vide.

Séraphine ne rencontrait pas plus de réussite. Une main tendue en avant, son bourdon dans la deuxième, elle jetait de petits sorts qui explosaient à un rythme soutenu. Pourtant, rien ne semblait pouvoir atteindre l'animal sauteur.

Quand soudain, je partis à la renverse. Agacé par la situation, je n'avais pas prêté attention à la jambière qui gisait sur le sol. Reculant, je m'étais pris les pieds dedans. Dans ma chute, je lâchai mon arme qui, par un hasard qui n'arrive qu'une fois dans sa vie, alla heurter la créature en train de bondir. Touchée au menton, elle pencha la tête de côté avant de retomber sur les dalles. Une infime portion du liquide présent sur son crâne s'échappa alors. Il n'en fallut pas plus.

Le kappa hésita une éphémérise, mais finit par reprendre sa danse aérienne, avec une intensité bien moindre. Il semblait d'un coup complètement impuissant. Ses cabrioles avaient perdu en vigueur. Il ne réussissait plus à passer par-dessus nos têtes et se contentait de nous esquiver de côté. De la même manière, ses mouvements ralentissaient. Sa langue qui sortait de temps à autre cherchant à nous tétaniser ne parvenait plus à me surprendre. Malgré mes déplacements un peu lourdauds, j'évitai l'organe sans plus de difficulté.

Séraphine et moi nous regardâmes d'un air entendu. L'espoir renaissait.

Nous repartîmes à l'assaut. Mon amie prit l'initiative de l'offensive. Sa magie éclatait de plus belle tout autour du malheureux batracien. Bientôt, il se retrouva acculé contre un mur. Il chercha bien à s'échapper de ce traquenard, mais chacune de ses tentatives se soldait par une nouvelle charge surnaturelle.

Et son énergie se déversait petit à petit hors de son contenant.

Je profitai du fait qu'il soit coincé. Je pris un humérus à deux mains. Un peu d'élan. Je le frappai de toutes mes forces. Il reçut l'attaque en plein bec. Assommé, il s'effondra tandis que les dernières gouttes de sa vitalité se répandaient sur le sol froid.

Au-dessus de lui, j'attendis encore quelques éphémérises pour m'assurer qu'il ne nous causerait plus de soucis.

« Voilà une bonne chose de faite ! lançai-je ensuite en me débarrassant de ma matraque. Finalement, il n'était pas si redoutable que ça !

— Dit-il alors qu'il a failli mourir dévoré…

— Oui, bah comment je pouvais savoir qu'il pouvait paralyser avec sa langue ? D'ailleurs, comment tu connais tous ces trucs sur les monstres ?

— Je lis des livres, moi !

— Quoi ? Moi aussi ! J'ai lu toute la série des Nabot le ninja ! C'est très instructif. J'ai appris plein de choses grâce à lui.

— Oui ben la prochaine fois, garde tes techniques pour toi…

— Au fait, ton Darken et ses petits copains, ils ne me paraissent finalement pas si forts que ça ! Sinon, comment expliques-tu qu'ils aient laissé s'enfuir une grenouille ?

— Peut-être parce qu'ils en avaient déjà tué deux douzaines ? »

Je ne compris pas de suite ce que voulait dire la lutine. Parti récupérer mon épée, je ne la rejoignis qu'une fois après avoir tourné à l'extrémité du corridor.

« Par tous les nains ! »

Je demeurai bouche bée devant le spectacle qui se présentait à nous. Comme l'avait indiqué mon amie, une vingtaine de kappas gisait là. Cependant, impossible de savoir précisément combien se trouvaient étendus, car des membres sans corps traînaient partout. De tous côtés, les dalles avaient pris une teinte rouge sombre et des éclaboussures étaient venues entacher les murs. Seul un coin avait été épargné par l'hémoglobine, carbonisé par un sortilège de feu. Trois créatures aussi mal en point que notre vaillant paladin s'entassaient là.

« Si mon dernier repas ne remontait pas à si longtemps, je l'aurais probablement recraché ! » Avouai-je en examinant cette scène sanglante.

Séraphine ne répliqua pas, mais son visage blême en disait suffisamment.

« Continuons d'avancer », proposa-t-elle après une éphémérise.

Je n'objectai rien, trop content de quitter ce théâtre de désolation.

Lentement, nous entamâmes notre percée parmi les cadavres de kappas. Tandis que la lutine enjambait les membres désormais immobiles, zigzaguant entre les corps, je filai en ligne droite, insouciant de ce sur quoi je posais les pieds.

« Qu'est-ce que c'était ? hurla soudain mon amie.

— Quoi ?

— J'ai marché sur quelque chose ! s'affola-t-elle sans oser bouger davantage.

— C'est juste une langue, la rassurai-je. D'ailleurs, ça me donne une idée ! »

Dans la pénombre, car la lumière du jour ne nous parvenait plus aussi clairement à force de nous éloigner de l'entrée, je la rejoignis. De mon sac, je sortis un tissu légèrement brûlé.

« Qu'est-ce que c'est ? Ne me dis pas que… Tu as récupéré le foulard du paladin !

— Je ne pouvais quand même pas l'abandonner comme ça ! Quelque part, une pauvre malheureuse attend probablement le retour de ce type. La moindre des choses que l'on puisse faire, c'est de lui rapporter son cache-cou.

— Alors c'était vrai ? Il y a bien une part elfique et sensible sous cette carapace de nain bourru !

— Pff ! fis-je et j'utilisai le fichu afin d'emballer l'organe buccal.

— Ah non… Beurk, mais c'est dégoûtant ! Qu'est-ce que tu fais ?

— Ça peut toujours servir, me contentai-je.

— Attends une éclire, tu as l'intention de recourir à cette langue pour paralyser qui ? Et comment comptes-tu t'y prendre ? Tu vas la jeter sur les gens ? sourit-elle. As-tu conscience que le kappa est la créature la plus basique que l'on puisse trouver dans un donjon ? Déjà dans la bouche de son propriétaire, donc avec toute la vélocité possible, cette langue n'atteint que les enfants et les vieillards ! Alors j'ai un peu de mal à juger quels monstre ou individu pourraient se faire avoir par une telle arme…

— On verra bien », et je conclus la discussion en rangeant le mouchoir dans ma poche.

Nous poursuivîmes notre marche. Séraphine avec une prudence extrême. Moi, indifférent.

J'atteignis le premier la fin du charnier, et du corridor. Dans le mur devant moi, je repérai une issue que je n'avais pas remarquée jusque-là. Elle se trouvait dans le coin calciné et avait pris la couleur de la zone.

Mon amie practomancienne me rejoignit une éclire après. Elle avait rechaussé ses lunettes de vision dans le noir.

« Je crois que nous n'avons pas d'autre choix », annonça-t-elle en s'approchant.

J'opinai et, à pas prudents, nous allâmes jusqu'à la porte. Elle n'était pas fermée. Un pied d'espace laissait entrevoir l'encoignure d'une pièce. De notre position, aucun mouvement ne nous apparaissait.

Cette situation me rappela une scène de Nabot le ninja et la relique volée. Tandis qu'il cherchait à fuir le repère des trafiquants d'objets d'art, il s'était retrouvé contraint de traverser le grenier. Or il savait, pour les avoir entendus se mettre en place, que sitôt l'accès ouvert, des hommes armés le transperceraient de leurs carreaux. Ni une ni deux, il avait enfoncé la porte et effectué une roulade. Surprenant ses adversaires, il avait surgi au milieu d'eux. Les traits tirés passèrent bien trop haut pour l'atteindre. Il n'avait eu alors plus qu'à pourfendre ses ennemis au moyen de son sabre.

Je fis signe à la lutine.

« Quoi ? »

Je réitérai mon geste.

« Mais quoi ?

— Recule ! » m'emportai-je.

Elle s'écarta, et soudain, je donnai un violent coup de pied dans la porte. Avant que celle-ci ne heurte le mur, je m'élançai dans la pièce. Je posai mes mains sur les dalles, rentrai la tête et poussai sur mes jambes pour réaliser un roulé-boulé. Malheureusement, loin d'être aussi entraîné que Nabot le ninja, je terminai ma culbute sur le dos.

Je me retrouvai sans défense, incapable même de saisir mon épée si besoin. Quand une forme se pencha au-dessus de moi.

CHAPITRE 12 :
LA FÉE DU LOGIS

Darken

« Dar… ken ! »

Le monstre venait de surgir d'un coup. La surprise m'empêcha de réagir à temps à l'appel de mon nom. Et j'eus soudain l'impression que la scène s'était appesantie, comme si l'univers souhaitait que je savoure en pleine conscience toute l'horreur de celle-ci. Avec une insupportable lenteur, je vis la créature ouvrir sa large gueule, pencher légèrement la mâchoire sur la gauche, et planter ses interminables crocs dans notre éclaireur. Puis tout s'accéléra de nouveau.

Roldo lâcha son arbalète en poussant un hurlement qui se répercuta dans la salle tandis que le naga lui arrachait les entrailles. Un geyser écarlate arrosa aussitôt le félin marin. Le protecteur des lacs, plus gros qu'un ours, possédait à la fois une tête et des pattes avant léonines, couplées à un corps de marsouin. Ses canines se montraient semblables à celles d'un tigre à dents de sabre. Ainsi, malgré le fait que Roldo porte une épaisse tenue en peaux, le naga n'avait eu aucun mal à atteindre ses boyaux, ses crocs transperçant le plastron comme du papier.

Le museau de l'animal, d'ordinaire bleu-gris, apparut soudain rouge. Entre ses mâchoires pendait l'intestin du rôdeur dont une extrémité lui demeurait reliée. Et l'homme, comme si cela pouvait changer quelque chose, tentait d'empêcher le flot de ses viscères. Ses yeux exorbités et pleins d'épouvante ne les quittaient pas. De sa bouche légèrement ouverte s'écoulait un filet de bave mêlé de sang.

L'animal ne lui laissa aucune chance de salut. D'un coup de griffes, il acheva sa proie en lui sectionnant la jugulaire.

Les orbites de Roldo roulèrent, dévoilant leur blanc laiteux, et il tomba à genoux avant de terminer face dans l'eau.

Il ne s'était passé que quelques éphémérises entre l'apparition du naga et la mort de Roldo. Aucun des autres membres de notre groupe n'avait eu le temps de réagir.

C'est alors que le regard noir du monstre aquatique se posa sur nous. Les babines retroussées, il nous montrait ses crocs ensanglantés avec un feulement hostile. Et de ses longues moustaches dégouttaient avec mollesse voire provocation, le fluide vital du pisteur.

Quand, il plongea sous la surface des eaux, ne générant à peine plus qu'une vaguelette. Abandonnant sa première victime, le naga nagea tel un dauphin jusqu'au bout de la pièce où se tenaient les autres membres de notre groupe. En une poignée d'éphémérises seulement, grâce à sa nageoire caudale, il parcourut la distance qui nous séparait. Soudain, il bondit hors des flots dans une giclée qui nous éclaboussa tous.

Alors que nous reculions d'un pas, il atterrit, pattes en avant, sur Mallirk. Le théurge ne se laissa pourtant pas impressionner par sa carrure. Il encaissa le coup en fléchissant ses jambes pour réduire l'impact. Car si l'animal se montrait imposant, le nain, courtaud et en armure lourde, ne l'était pas moins. De plus, malgré une barbe noire taillée et peignée à la perfection, son nez cassé et surtout sa balafre sur la joue, lui donnaient l'air féroce d'un orque. À son tour, il émit un grondement rageur tandis qu'il luttait pour repousser l'assaut ennemi.

Tout cela m'invita à la réflexion. Malgré sa corpulence, la célérité du naga était parvenue à surprendre Roldo, pourtant toujours en alerte quand il occupait la position d'éclaireur. Comment était-ce possible ? Comment le meilleur pisteur de la région d'Évéapia que je n'aie jamais rencontré avait-il fait pour ne pas repérer ce pachyderme ? Certes, l'animal léonin possédait une étonnante vélocité dans l'eau. Mais cela n'aurait pu suffire à tromper notre compagnon, capable, lorsqu'il chassait, de décocher un carreau sur sa cible avant même qu'elle n'ait pu esquisser un geste. Je sentais qu'il y avait une autre explication…

Je me remémorai les derniers instants de l'homme qui s'occupait d'ouvrir la voie pour notre groupe. Dans le cadre de cette exploration, il ne progressait qu'une vingtaine de pas devant nous, se chargeant de repérer pièges et monstres. Pourtant là, son don que je pensais infaillible n'avait pas fait son œuvre. Cela ne pardonnait pas… Quelques éphémérises avant sa mort, il s'était figé. Était-ce la peur lorsqu'il avait senti le naga approcher qui avait paralysé ses membres ? Non, car le félin marin ne possédait rien d'extraordinaire. Nous avions déjà eu l'occasion de rencontrer des menaces bien pires, et jamais il n'avait flanché face à elles. Sans compter qu'il avait prononcé mon nom, comme s'il s'agissait d'un effort suprême à l'aube de son trépas…

Je connaissais Roldo depuis longtemps. Ensemble, nous n'étions pas à notre première aventure. Des points vernaux plus tôt, j'avais fait partie d'un groupe composé de près de dix membres. Spécialiste des pièges, voleur aux doigts agiles, guérisseur expérimenté, épéiste de talent, guerrier bourrin, archer à l'œil de faucon, practomancien et pisteur. Notre objectif consistait à rechercher, et piller, la tombe d'un sorcier elfe dans une zone depuis des temps inexplorée de la forêt d'Unarith. C'est à cette occasion que j'avais rencontré Roldo. Et si notre mission se solda par un échec, car la puissante liche du sorcier défunt ne nous laissa pas pénétrer dans sa dernière demeure, nous parvînmes à notre but, au cœur d'une végétation luxuriante, grâce au génie du pisteur. Par la suite, me lançant moi-même à la conquête de terrains inconnus, je n'hésitai pas à faire appel à ses précieuses compétences. Il se révélait capable de remonter la piste de n'importe quel être, vivant ou mort. Il savait déterminer avec précision à partir d'une empreinte à quelle créature elle appartenait et depuis combien de temps elle avait été imprimée. Dans un donjon, il n'avait pas son pareil pour détecter les embûches. Le remplacer pour mes prochaines expéditions allait s'avérer ardu. Mais ce n'était rien face à la difficulté que nous allions maintenant rencontrer sans ses compétences pour terminer l'exploration de cette tour.

Ne prenant pas la peine de venir en aide à Mallirk, car j'avais confiance en ses aptitudes pour avoir déjà eu affaire avec lui aussi, je commençai à regarder autour de nous. J'en avais parcouru des donjons. À plusieurs reprises, je m'étais aventuré dans des cryptes, des souterrains, des forteresses, et de multiples lieux infestés de monstres et pièges. Tous ces lieux se présentaient plus alambiqués les uns que les autres. Pourtant, je ne me souvenais pas avoir vu pareil endroit dans un bâtiment : le palier complet était un bassin dont j'estimai la profondeur à près de quatre ou cinq enjambées. Je comprenais mieux le nombre de marches que nous avions dû grimper pour arriver là.

Cette pièce se révélait bien plus haute que les autres ; peut-être équivalente à un double niveau.

Sur le pourtour, une simple margelle d'une enjambée et demie de large permettait d'atteindre l'escalier conduisant aux étages supérieurs. Là encore, il se composait d'une trentaine de degrés, car le plafond s'élevait à vingt pieds de haut.

Un ensemble de végétaux fleurissait sur les berges. Des herbes discrètes, aux arbres les plus imposants, le tout se montrait luxuriant. D'ailleurs, il cachait avec merveille un tertre de bonne surface situé au milieu du plan d'eau. Ces éléments reproduisaient à la perfection un environnement lacustre.

J'observai avec une attention particulière la zone centrale. Au cours de mes voyages, j'avais acquis une expérience non négligeable de tous les types de terrains. Je savais également reconnaître quand une créature n'agissait pas seule. Car ce félin marin n'avait pas pu se jouer de notre éclaireur. Malgré sa vitesse impressionnante sous l'eau, pour un prédateur de cette masse, je savais impossible qu'il ait pu surprendre Roldo. À moins d'avoir bénéficié d'une aide extérieure capable d'annihiler les sens affûtés du pisteur...

Près de moi, Mallirk était parvenu à écarter la menace léonine. Son armure de plates l'avait protégé des griffes et son pesant marteau lui avait permis d'infliger une première charge à l'animal. La puissance du coup lui conféra un avantage certain, car il avait pu éloigner le naga et se remettre en position. Il s'apprêtait d'ailleurs à lancer une nouvelle offensive et acculer un peu plus son adversaire. Mais la créature marine ne lui en laissa pas l'occasion.

Alors que le théurge approchait, arme au-dessus de la tête, il ouvrit une large gueule. Une vomissure verdâtre s'en échappa qui fondit en direction de la figure naine. Dans un mouvement réflexe, Mallirk intercala son pavois. Le crachat s'écrasa sur la gravure de marteau qui l'ornementait et coula sur celle d'enclume située en dessous, emportant à la fois la peinture et une partie du métal. Le dessin, symbole d'Adrin le dieu des forgerons, se retrouva méconnaissable. Nul doute qu'en plus grande quantité, l'acide rongeur ne se serait pas contenté de grignoter que l'acier du bouclier. Il l'aurait traversé de part en part. Je n'imaginais pas les dégâts si Mallirk n'avait pas interposé l'écu devant son visage… Mais cette pensée, s'il l'eut, n'arrêta pas celui qui avait juré de faire valoir la puissance naine en toute occasion. Le danger ne le freinait pas, dès lors que la gloire l'attendait au bout. Or participer à cette quête représentait pour lui la chance d'élever encore la renommée de sa race. Devenir un des seuls à ressortir de l'épreuve derrière ce donjon le galvanisait. Je n'avais pas avancé plus d'arguments pour convaincre le théurge de se joindre à cette expédition.

Replaçant son pavois, Mallirk para un coup de patte du naga. Puis, avant que celui-ci n'ait eu le temps de se replier, il lui administra une frappe qui le cueillit sur la joue. Le félin fut sonné. C'est alors que, profitant du léger étourdissement ennemi, Sylorin sortit de l'ombre naine et lui lança coup sur coup quatre dagues, qui toutes s'enfoncèrent dans son épiderme. Puis, furtif grâce à sa courte stature et sa sveltesse, il retourna se tapir dans un coin à distance du danger. Si le demi-elfe ne m'inspirait pas confiance, je devais avouer qu'il se révélait particulièrement redoutable avec ses armes de jet. Il m'avait été recommandé au moment de mon passage à Port-Lunaé, une ville de voleurs et coupe-jarrets, pour sa discrétion et ses dons en matière d'assassinat. A priori, cette compétence ne devait pas se montrer utile dans un donjon, mais je préférais parer à toute éventualité.

Les courtes lames meurtrières s'étaient plantées jusqu'à la garde, à divers endroits sensibles : au niveau de la nuque, autour du cœur et à l'aine.

Le naga émit un rugissement de douleur.

Broc s'approcha à son tour, menaçant du haut de ses six pieds et avec sa carrure athlétique. Il s'apprêtait à l'achever. Le guerrier leva sa hache qu'il tenait d'une main ferme. Quand, il se mit à secouer la tête. Il recula d'un pas, chancelant, comme pris d'un vertige soudain. Je reconnus là le phénomène qui avait immobilisé notre pisteur quelques éclires plus tôt.

D'un mouvement rapide, je reportai mes yeux au centre du bassin. Car l'animal ne possédait pas le pouvoir de faire perdre ses sens à un être. Le sort avait été lancé par quelqu'un d'autre.

Enfin, je la vis, juste au moment où elle quittait le tertre et plongeait dans les profondeurs du lac. Une nymphe. De taille moyenne, mince, quoique plantureuse, elle apparaissait comparable d'un point de vue physique à une elfe. Seules différaient ses oreilles. Bien que pointues également, celles d'une nymphe recouvraient des branchies qui lui permettaient de respirer aussi bien dans l'eau qu'à l'air libre.

Sans émettre la moindre vague, elle émergea au côté de l'animal blessé, pas le moins du monde gênée de se dévoiler nue devant nous. Ses yeux noirs brillaient d'une lueur intense et captivante, et pourtant farouche et froide. Nous fûmes tous dans l'instant comme subjugués par sa beauté. Elle exploita notre faiblesse. Avec une prestesse incroyable, elle ordonna aux roseaux qui longeaient les bords de nous attaquer. Les végétaux mus par la magie de la fée, tels des fouets, s'élancèrent aussitôt dans notre direction.

Broc fut le premier atteint. Encore passablement hébété par le charme émis par la nymphe, il ne bougea pas face à la menace. L'offensive florale le cingla au niveau du torse, envoyant le vigoureux guerrier avec violence contre le mur derrière lui. Il retomba assommé sur le sol de pierre, une lézarde sanglante en travers du corps.

De façon similaire, Mallirk, lourdaud avec son armure, fut percuté en pleine poitrine par les roseaux. Mais son équipement soutint la charge et il n'en fut pas le moins du monde déstabilisé. Elle le sortit d'ailleurs de sa torpeur. Contre-attaquant alors, il abattit son marteau à maintes reprises sur les armes végétales avant que celles-ci n'aillent retrouver leur position normale en piteux état, vaincues.

De notre côté, Sylorin et moi fûmes les seuls à réagir suffisamment tôt. Si l'assassin choisit d'esquiver les piques ligneuses d'une pirouette adroitement réalisée, je préférai riposter. Habitué des situations de combat, je répliquai sans attendre. D'un mouvement circulaire de la main, je fis apparaître devant moi un nuage empoisonné. À son contact, les lianes furent infectées dans l'instant, cessant leur avancée. Puis, je mimai une poussée du bras et le venin se mit à grignoter les végétaux. Comme consumés par le feu, ils se rabougrirent et devinrent entièrement noirs avant de tomber en lambeaux.

Aussitôt, je reportai mon attention vers la nymphe. La haine qu'elle nous portait pour avoir pénétré en son domaine et blessé son animal de compagnie transpirait de tout son être. Jouant de sa grâce surnaturelle, elle réitéra son offensive psychique et chercha à me déstabiliser. Néanmoins, préparé, je lui opposai une volonté d'acier qu'elle ne réussit pas à faire vaciller.

Tirant profit du fait qu'elle soit concentrée sur moi, Sylorin tenta une sortie. Il jeta deux dagues sur elle. Malgré la situation complexe, je me demandai combien de ces courtes lames le demi-elfe possédait, cachées sous son armure de cuir noir. Mais cette question s'évapora brusquement tandis que ces menues armes tombaient inertes, arrêtées dans leur élan par une vague d'eau produite par la nymphe. Même si elle n'avait évité que de justesse d'être touchée, elle avait, à mon grand étonnement, surpassé la vitesse de réalisation de l'assassin pourtant vif.

Elle contre-attaqua. Exécutant une gestuelle dont elle seule en connaissait la signification, elle commanda à l'eau de foncer dans notre direction. Une houle furieuse déborda alors du bassin. Le niveau monta en quelques éphémérises à peine jusqu'à nos genoux. Les remous semblaient s'agripper à nos mollets pour nous aspirer vers le fond du lac. Bien campés sur nos membres, nous tentions de résister à la force du courant. Quand, une immense vague s'éleva plusieurs enjambées au-dessus de nos têtes.

Tout à la fois impressionné par la puissance dont disposait cette frêle créature aquatique, et effrayé de constater que mes sorts ne me permettraient pas d'échapper à l'inévitable, je voulus fermer les yeux. C'est alors que je sentis la lourde poigne de Mallirk me saisir par le bras.

Soudain, le tsunami s'abattit sur nous avec une violence inouïe.

Enfermé dans une terrible onde, je me raccrochai à ce lien physique qui m'unissait au théurge, tandis que mon esprit semblait ballotté au rythme du reflux.

Enfin, l'eau se retira et retrouva son lit et son calme. Lessivé, je constatai avec un profond étonnement que je me tenais toujours sur la margelle. Je regardai autour de moi. Mallirk venait juste de lâcher mon bras et souriait, comme si nous n'avions pas frôlé la mort à l'instant.

Je compris comment nous avions survécu à cette catastrophe. Pendant que le demi-elfe et moi cherchions en vain à atteindre la nymphe, le théurge avait anticipé une manœuvre de la sorte. Il avait alors récupéré la corde qui pendait à son paquetage d'aventurier pour en attacher une extrémité à la poignée en fer de la porte d'accès à cet étage, l'autre lui enserrant la taille. Enfin, le moment venu, il avait agrippé d'une main Broc, de la seconde, mon bras. Sylorin avait lui empoigné le lien de vie au dernier moment.

Je jetai un œil à l'endroit où s'étaient tenus la nymphe et le félin marin quelques éphémérises plus tôt. Hélas, ils s'étaient évanouis. Ils avaient profité de la distraction causée par le raz-de-marée pour retourner s'abriter au fond du bassin.

D'un claquement de langue je pestai de n'avoir pas détecté la présence féerique dès notre arrivée. Cela m'aurait laissé une chance de lui faire goûter à mon nuage toxique. L'îlot au centre de la pièce se trouvait suffisamment rapproché pour que mon sort l'atteigne. J'aurais ainsi pu me venger de la perte de Roldo. Et certainement que, sans sa maîtresse pour lui donner des ordres, le monstre léonin aurait lâché l'affaire. Sans compter que cela nous aurait évité une douche froide.

« Devons-nous tenter de les rattraper ? »

Je plongeai mon regard dégoulinant sur la surface désormais plate du bassin. Broc, soutenu par Mallirk, reprenait ses esprits. À mon côté, Sylorin attendait mes instructions, deux nouveaux poignards en main.

« Non. Dans l'eau, nous n'aurons aucune chance face à elle. Son charme-personne et ses pouvoirs nous conduiraient à coup sûr à la noyade. Autant continuer à avancer. »

Car éliminer toute menace de ce bâtiment ne représentait pas ma priorité. Mon but était tout autre. En effet, ce donjon encore invaincu recelait un trésor qui pourrait faire de moi le mage le plus puissant des Royaumes ! Même Sarouine le sage ou Denmalor le fou, ne pourraient rivaliser contre moi.

Bien entendu, si nous pouvions nous débarrasser d'un maximum de ces créatures hostiles, cela nous faciliterait la tâche lorsque nous devrons quitter les lieux. À moins bien sûr d'utiliser un autre moyen pour s'extraire de là. J'avais anticipé plusieurs scénarii.

Le demi-elfe prit tout naturellement la tête de notre troupe et, sans lâcher des yeux le bassin, nous longeâmes le bord jusqu'à l'escalier suivant.

« Que fait-on de lui Darken ? fit-il en atteignant la dépouille sanglante de Roldo.

— Il n'y a plus rien à faire. »

Je récupérais le matériel encore en bon état du pisteur, puis du talon, je poussai sa carcasse dans les eaux calmes, et les observai se colorer d'une teinte rouge viciée. Enfin, nous nous élançâmes vers l'étage suivant.

CHAPITRE 13 :
COUP DE MASSUE

Jason

« On peut savoir à quoi tu joues ? »

Rassuré de constater qu'il s'agissait seulement de mon amie Séraphine qui s'était penchée au-dessus de moi, je me remis sur pieds après ma cascade quelque peu ratée.

« Non, laisse-moi deviner : Nabot le ninja ? » reprit-elle en levant les yeux en l'air.

Je ne répondis pas, me bornant à grogner de mécontentement et évitant à tout prix son regard que je savais moqueur.

« Bien, qu'avons-nous là ? »

Une sombre pièce s'ouvrait devant nous. Une atmosphère fraîche et humide s'en dégageait, comme si nous nous trouvions dans une grotte souterraine. D'ailleurs, les cloisons n'étaient pas constituées de pierres entassées les unes sur les autres. Elles correspondaient tout bonnement aux parois brutes d'une caverne dont la plupart apparaissaient recouvertes de mousse.

« Le concepteur de ce donjon a bien fait les choses, s'émerveilla Séraphine. Il a reproduit l'habitat des kappas. Regarde, il a même fait creuser un petit bassin ! »

Je suivis son doigt des yeux. En effet, dans le coin droit se trouvait une fosse remplie d'une eau fangeuse et agrémentée de plantes des marécages. Au fond, deux cailloux renvoyaient une lumière diffuse qui accentuait l'impression boueuse.

Le reste de la pièce était plongé dans l'obscurité. Mais cela ne me dérangeait pas. Contrairement aux lutins obligés de s'équiper de ridicules lunettes de vision dans le noir, les nains étaient nyctalopes. Cette caractéristique s'avérait relativement utile pour mon peuple adepte des mines, et je m'en rendais compte maintenant, pour moi dans cette situation.

Comme l'avait indiqué mon amie, tout avait été mis en œuvre pour reconstituer la tanière des crapauds-tortues. Des stalactites et stalagmites de tailles variables, tombaient ici, montaient là, et allaient jusqu'à former par endroits des serpentins de roche. Des gouttes d'eau ruisselaient du plafond sur les parois et le sol pour finir leur course dans le bassin.

« On dirait qu'il y a des fuites à l'étage… »

En face de la porte, je repérai un pan de mur d'une enjambée à peine de large, construit en briques et mortier qui détonnait. Sur la gauche, une ouverture devait conduire vers la suite du donjon. Avec précaution, pour ne pas me retrouver une nouvelle fois sur les fesses, j'avançai dans cette direction. Séraphine me talonnait.

« Qu'est-ce que c'est que ça ?

— Vu tous ces petits os par terre, je pense que c'est la salle à manger des kappas !

— Oui, ça j'avais remarqué, fis-je sans cacher mon agacement. Mais elle est où la porte ?

— Quelle porte ?

— Ben, la porte pour sortir de là et continuer notre aventure ! Ne me dis pas que ça y est, nous avons atteint la fin du donjon et nous n'avons plus qu'à faire marche arrière et nous en aller ?

— Hum, je suis aussi perplexe que toi. Peut-être que nous avons manqué un passage dans le couloir ? Cela ne serait pas étonnant ! Entre notre combat et ces horreurs que nous avons vus… »

Tandis que Séraphine revenait sur nos pas, un air dégoutté sur le visage, j'examinai la grotte. De temps à autre, j'apposais ma main sur la paroi espérant détecter une anomalie. Cependant, je ne remarquai rien. Cette reproduction se révélait parfaite, comme réelle.

En pleine réflexion, j'allais me pencher au-dessus du plan d'eau.

« C'est certainement Darken qui a jeté un sort de lumière sur ces deux cailloux pour se rendre compte de la profondeur, m'informa la magicienne qui m'avait rejoint. Je n'ai pas déniché de porte dans le couloir, conclut-elle.

— Tu sais nager ?

— Bien sûr, pourquoi ? … Oh ! Tu penses que nous devons plonger là-dedans pour atteindre la suite ? C'est vrai que les pierres ont été arrêtées par ces aspérités sur les bords de la fosse, et on ne distingue pas le fond.

— Alors ?

— Alors, je n'ai pas très envie de mettre les pieds à l'intérieur !

— Je crois que nous n'avons pas trop le choix si nous voulons continuer.

— On y va ensemble ?

— Le passage est trop étroit, donc les dames d'abord ! »

Ce fut au tour de Séraphine d'entamer ses jérémiades. Pourtant, elle finit par se résigner. Avec une mauvaise volonté évidente, elle rangea son chapeau et ses bottes dans son sac et y accrocha son bourdon. Puis, elle se jeta à l'eau ! Du moins, elle trempa ses doigts de pieds dans la vase.

« Elle est gelée ! Il n'est pas question que je plonge ! On trouvera un autre… Aaahhh ! »

Tandis qu'elle cherchait à se défiler, j'avais pris l'initiative de… la pousser. À la suite de quoi elle disparut d'un coup sous la surface pendant plusieurs éphémérises avant d'émerger, folle de rage et couverte de vase.

« Non, mais ça va pas de pousser les gens comme ça ? Tu n'as jamais entendu parler du phénomène d'hydrocution ? J'aurais pu mourir…

— Tu te souviens que nous sommes dans un donjon et que nous sommes censés rester discrets ?

— Quoi ? C'est toi qui me sermonnes quant à la discrétion ? De toute façon avec toi, cela fait belle lurette qu'ils nous ont repérés ! …

— Maintenant que tu es mouillée, peut-être que tu pourrais aller jeter un coup d'œil au fond pour te rendre compte s'il y a un passage ? »

La lutine me lança encore quelques injures, puis finit par se décider à plonger.

« Alors ? questionnai-je quand elle remonta à la surface.

— J'y vois rien !

— Comment ça tu n'y vois rien ? Mets tes lunettes !

— Mais non, je n'y vois rien parce que c'est plein de particules verdâtres qui flottent. Je n'arrive pas à garder les yeux ouverts… En même temps, tu n'as peut-être pas tort. »

Les bésicles qu'elle avait rangées dans son sac refirent leur apparition sur son nez, et elle retourna dans l'eau. Elle y demeura près d'une éclire. Je la regardai d'abord fureter du côté des cailloux lumineux. Elle en saisit un puis s'enfonça plus profondément…

« Tu as repéré un passage ?

— S'il y en a un, je ne l'ai pas vu, non. Par contre, j'ai trouvé ça au fond ! »

Entre ses doigts couverts de bourbe, un anneau doré apparut.

« C'est joli ça ! dis-je et je lui arrachai des mains.

— Rends-moi cet anneau ! protesta-t-elle en cherchant à le reconquérir.

— C'est qu'il a l'air précieux. Tu as vu ces symboles gravés à l'intérieur ?

— Non, je n'ai pas vraiment eu le temps pour ! Allez, donne-le-moi ! »

Penchée par-dessus mon épaule, la lutine dégoulinante d'eau et de limon me pressait pour récupérer le bijou. Sans ménagement, je la repoussai quand, un mouvement brusque me fit perdre l'équilibre sur ce sol pour le moins glissant. Je lâchai l'anneau. Celui-ci tomba sur la pierre humide sur la tranche, et roula sur plusieurs enjambées avant de disparaître dans le mur de brique.

« Il vient de se passer quoi, là ?

— J'ai l'impression que… »

Séraphine ne termina pas sa phrase. Elle ne m'aida pas plus à me remettre debout. Au lieu de cela, elle essora sa robe, replaça son chapeau sur sa tête, ses bottes à ses pieds, puis se dirigea vers l'ouvrage de maçonnerie. Hésitante, elle approcha sa main, qui passa à travers !

Sans m'attendre, elle traversa toute entière. Je ne m'attardai pas plus. Manquant de tomber à nouveau, je partis à sa suite et la retrouvai de l'autre côté du mur. Elle avait récupéré l'anneau.

« Qu'est-ce que c'était ?

— Une simple illusion.

— Quoi ? Comment expliques-tu que tu ne l'aies pas détectée ? Je croyais que tu étais une prédatrice !

— Une prédatrice ? Oh, une prestidigitatrice ?

— C'est ce que j'ai dit. T'en es pas une ?

— J'ai seulement émis que l'illusionnisme était mon domaine de prédilection. Parce que ce sont les sorts que je maîtrise le mieux…

— Et ton sort là, pour dormir ?

— Ça n'est pas réellement un sort de sommeil. En réalité, je crée l'illusion que la personne a extrêmement envie de faire dodo, et… avouons que mon taux de réussite n'est pas parfait.

— T'es en train de dire qu'on a eu de la chance l'autre jour à l'auberge ?

— Oui. Mais si cela n'avait pas fonctionné, j'avais prévu de lui casser ta chope sur la tête et de partir en courant.

— Heureusement que ça a marché alors… En tout cas, nous sommes passés !

— Peut-être, mais moi je suis trempée !

— Pas ma faute si tu ne détectes pas la magie… »

Séraphine maugréa de façon sonore en me jetant un regard meurtrier. Je détournai aussitôt les yeux comme si je n'avais rien dit et observai l'endroit où nous avions atterri. Il se montrait similaire à ce que nous avions rencontré à l'entrée du donjon : des murs et un sol de pierre ocre-rouge. Encore un couloir.

« Tu as vu, j'ai l'impression qu'il y a eu du grabuge ici ! Fis-je en pointant du doigt une série de flèches entassées dans un coin.

— Oui, mais ce qui est étrange c'est qu'on ne voit pas de cadavres.

— Peut-être que le maître du donjon a là aussi déjà nettoyé la scène ?

— Non, il n'y a pas non plus de sang frais, c'est autre chose… »

Pensive, elle s'avança vers le tas de flèches pour les examiner.

« Clic ! »

Séraphine n'avait fait que deux pas. Pourtant, cela avait suffi pour déclencher le mécanisme. Une volée de flèches se rua dans sa direction. Elle n'eut pas le temps de réagir…

« Euh, ça va Séri ? »

Mon amie ouvrit un œil circonspect. De nouveaux traits s'étaient amassés autour d'elle dont un planté dans son chapeau.

La main tremblante, elle ramassa son couvre-chef et le remit à sa place.

« Cela répond à nos interrogations ! soufflai-je moi aussi soulagé. Le piège doit s'enclencher dès que quelqu'un marche sur ces dalles. Les flèches sont tirées d'un côté et rebondissent sur le mur opposé à moins de rencontrer un corps. Par chance, elles partent toutes en ligne droite... Heureusement que tu es petite ! Si ça avait été moi... »

Je ne terminai pas ma phrase, trop conscient du fait que je venais d'échapper à la mort. En effet, les traits ne touchaient a priori que ceux qui mesuraient plus d'une enjambée. La lutine ne les atteignait pas, contrairement à moi...

« Allons-nous-en », bredouilla mon amie sous le choc.

Ignorant combien de projectiles le mécanisme pouvait encore lancer, je m'accroupis et rampai sur le sol, m'assurant que nulle part ailleurs nous ne repérions d'autres de ces projectiles. Séraphine en fit de même.

Nous progressâmes ainsi sur une dizaine de pas, jusqu'à arriver à l'entrée d'une salle sans porte. De menues fenêtres par lesquelles pas même un gnome ne pourrait se faufiler, et situées à plusieurs enjambées de hauteur, laissaient pénétrer une lumière sporadique tant les vitres se montraient sales. L'endroit se trouvait à première vue inoccupé. En son centre, un immense pilier carré envahissait l'espace. Sur le côté droit, des caisses en bois et des sacs de toile y étaient entreposés. À gauche, un accès, là aussi sans porte.

Je m'aventurai jusqu'aux ballots de marchandises.

« Qu'est-ce que tu fais ?

— Je le savais ! »

Sans explication, je jetai de côté plusieurs paquets, puis à l'aide de mon épée ouvrit l'un des coffres.

« Il me semblait bien que je connaissais cette odeur ! lançai-je en tirant un jambonneau.

— Ma parole, tu ne penses qu'à manger ?

— C'est exact ! Et je mordis sans remords dans la pièce de porc.

— Et il ne t'est pas venu à l'esprit que ces denrées pourraient être empoisonnées ?

— Impossible ! Ça, c'est l'authentique fumet et le vrai goût du cochon ! Tu en veux un bout ?

— Non, ça ira. Nous ferions peut-être mieux de poursuivre notre chemin avant que quelqu'un d'inamical nous tombe dessus.

— Attends, une éphémérise ! »

Trop content de ma trouvaille, je coinçai le jambonneau entre mes dents et approchai mon sac à dos. J'y déposai plusieurs paquets de viande séchée ainsi qu'un morceau de fromage à la senteur enivrante.

« C'est bon, allons-y. »

Je venais à peine de remettre mon balluchon sur mon dos que quelqu'un entra par la porte de gauche. Je reconnus sans mal un gobelin. Il offrait un gabarit similaire à celui de mon acolyte la lutine. Sa taille ne dépassait pas une enjambée et sa tête ressortait trop large pour son frêle petit corps. En dehors de cela, il présentait une peau brune, ce qui contrastait avec ses grands yeux rouges. D'immenses oreilles pointues saillaient de chaque côté de son crâne chauve. Son nez épaté occupait une ample place sur sa figure et ressemblait à celui des orques ou des trolls, détestables êtres soit dit en passant. Dans sa mâchoire inférieure proéminente, je pouvais distinguer des dents acérées que j'imaginais capables de déchiqueter plus qu'un jambon. Enfin, sous ses vêtements en toile, se dessinaient des membres courts et musclés, terminés par des mains et des pieds griffus.

La menue créature portait sur son épaule un imposant sac similaire à ceux déjà stockés dans l'entrepôt. Le nez au sol tant sa charge paraissait lourde, il passa près de nous sans nous remarquer, car nous avions profité de ce qu'il était occupé à sa tâche pour nous positionner dos au pilier central. Il se dirigea vers le fond de la pièce. Soudain il s'arrêta, surpris de constater quel bazar j'avais laissé derrière moi. En alerte, il abandonna séance tenante son paquetage et allait se tourner et nous découvrir quand, m'approchant, je le frappai de mon jambonneau à l'arrière du crâne. À mon grand étonnement, cela n'eut pas l'effet escompté : loin d'être assommé, le gobelin m'apparut d'un coup très contrarié. Un grognement de colère vibra entre ses petits crocs affilés. De la même manière, ses sourcils froncés affichèrent sans doute possible que mon agression ne lui avait pas plu.

D'un bond, je reculai et tirai mon épée tandis que lui saisissait dans la caisse ouverte un saucisson. Avant d'avoir eu l'occasion de lui demander de se calmer, il me jeta son arme improvisée à la figure et en attrapa une nouvelle similaire. Il réitéra son offensive une seconde fois, puis une autre… Toute la charcuterie y passa. Les saucisses, les boudins et les saucissons en tous genres échouèrent tous à mes pieds. Il s'apprêtait même à lancer un jambon qu'il tenait à deux mains au-dessus de sa tête quand je hurlai :

« *Nithi glurk-klaak quod drinikk zol vurzhatukh urgh krotukh-zhukh?* » [1]

---

1 « Ta mère ne t'a jamais dit qu'on ne joue pas avec la nourriture ? »

Interloqué, le gobelin stoppa son geste.

« Euh, tu parles gobelin, toi ? s'étonna Séraphine.

— Ben oui. À l'école j'avais le choix entre apprendre une troisième langue et jouer de la mandoline… *Dûkâk tûrk nâkôk bûk mûdôk hâgôk lûtâk, nâzgûl nôk bûk mâgok fûrnîk hôrglûk !* »[2]

À coup sûr émerveillé par ma maîtrise de sa langue et par mon ton persuasif, la petite créature aux oreilles démesurées et pointues, reposa l'aliment qu'il tenait en main et sans nous quitter des yeux fila par la porte d'où il était arrivé.

« Ça alors ! Je n'aurais jamais cru que je dirai ça un jour, mais tu m'impressionnes ! Tu as réussi à le faire fuir… Mais… qu'est-ce que tu fais ?

— On ne va quand même pas laisser toute cette nourriture par terre ?

— Je retire ce que je viens de dire, tu es un cas désespéré…

— Tu ne voudrais pas mettre ces boudins dans ton sac ?

— Non !

— Oh, pas la peine de s'énerver ! Mais ne va pas te plaindre si tu es un jour à court de vivres…

— … Poursuivons. »

Dépité, car je n'avais pas réussi à ranger l'ensemble de la charcuterie dans mes affaires, j'abandonnai amer les restes et partis à la suite de Séraphine. Sans prendre la moindre précaution, elle s'aventura hors de l'entrepôt, dans les pas du gobelin.

---

2 « Si tu ne lâches pas ce jambon tout de suite, c'est moi qui vais te transformer en charcuterie ! »

« Est-ce qu'on ne devrait pas faire attention aux pièges ? »

La lutine se figea. Du bout des doigts, elle serra son chapeau. J'imaginai que la scène des flèches lui était revenue à l'esprit. Pourtant, contre toute attente, cela ne la ralentit pas.

« Pas besoin. S'il y en avait eu un ici, ton petit ami l'aurait déjà déclenché. »

Soudain, elle s'arrêta de nouveau et se mit à tendre l'oreille. Nous avions traversé un couloir et venions d'atteindre une pièce d'un volume similaire à la précédente. Cependant, à la différence de l'autre, celle-ci se montrait plongée dans une obscurité relative, car ne possédant pas d'ouvertures vers l'extérieur. Un bric-à-brac semblable y était entreposé, mais à la place de caisses de bois, s'y trouvaient des cages de tailles et formes diverses.

« Vite, à couvert !

— Quoi, des couverts ? Tu as faim finalement ?

— Mais non. Dépêche-toi de te cacher ! »

Sans comprendre, je me glissai à la suite de la magicienne derrière une cage aux épais barreaux de fer. Je n'eus pas longtemps à attendre avant de saisir ce que nous fabriquions là. Le gobelin que j'avais effrayé revenait armé d'un gourdin hérissé de clous tordus et avec du renfort. Un immense basajaun venait à sa suite. Le géant de plus de six pieds de haut arborait une cuirasse qui recouvrait avec peine son torse remarquable. Son visage était celui d'un gorille, sa peau recouverte d'un pelage marron dru et ses griffes interminables, celles d'un ours. Ses épais sourcils broussailleux étaient froncés sur de petits yeux profonds et sombres.

La créature grognait tandis que son acolyte lui racontait notre rencontre. Armée d'une massue plus grande que moi, il semblait évident que nous allions passer un sale quart d'asthor si elle nous mettait la main dessus.

Immobile, je priai tous les Dieux que les battements de mon cœur ne trahissent pas notre présence. Je n'avais jamais affronté de basajaun jusqu'à présent, mais mon père m'avait décrit ces monstres et mis en garde contre eux. Comme je pouvais le constater, ils possédaient une musculature dessinée à la perfection, et dont ils savaient a priori faire usage. Leur côté animal et brutal représentait une caractéristique très recherchée lors des batailles. Eux se prêtaient d'ailleurs volontiers au jeu de massacre. Par contre, ils se montraient vite ingérables en dehors de ces périodes de guerre et se voyaient même cantonnés à l'extérieur des camps afin d'éviter les débordements. À côté, les orques se révélaient des êtres réfléchis.

Enfin, les deux créatures disparurent et je libérai l'air bloqué dans mes poumons, soulagé.

« Ne restons pas là, ils pourraient revenir » suggéra la lutine, et je ne me fis pas prier pour la talonner.

Sans bruit, nous abandonnâmes notre cachette pour nous diriger vers la suite du donjon et nous éloigner de la menace basajaun.

« *Snik-snaks* ! » [3]

Séraphine n'eut pas besoin de comprendre les mots du gobelin pour savoir que nous étions repérés. Elle partit en courant. Et malgré la terreur qui m'avait envahi à l'idée que le géant nous avait découverts, la fuite de mon amie me montra la voie et je l'imitai aussitôt.

Moins leste, je suivais plusieurs enjambées derrière elle et perdais même du terrain. Dans mon dos, j'entendais les pas lourds du basajaun de plus en plus distincts. D'après les bruits que je percevais, le gobelin ne nous poursuivait pas. J'imaginais

---

3 « Ils sont là ! »

que, se trouvant entre nous et le gorille, ce dernier l'avait gentiment écarté d'une bourrade du bras. Et si cela éliminait une menace pour nous, je n'étais pas encore tiré d'affaire.

Je filais dans un nouveau couloir. Devant moi, Séraphine avait disparu à un angle, et je me retrouvais seul, un point au côté et à bout de souffle. Je savais que je ne pourrais pas courir pour toujours. Mes poumons brûlaient et ma gorge était sèche. Je sentais la présence de l'immense basajaun derrière moi, dont les pas lourds résonnaient sur les murs de pierre. Ses grognements se rapprochaient de plus en plus. Il m'avait presque rattrapé. Je discernais trop distinctement son souffle chaud sur ma nuque, et cela ajouta à ma panique.

Inconscient, je tournai la tête vers mon agresseur. Il se tenait au-dessus de moi, sa massue levée.

CHAPITRE 14 :
GORGUL GOBELIN-ESCLAVE

Gorgul

Marmonner pour moi-même. Pas signé pour ça, moi. D'ailleurs, pas signé du tout. Moi et autres de mon espèce pas eu le choix, comme à chaque fois.

Moi trottais à peine, jeune gobelin, lorsque campement peuple à moi avoir été attaqué par orques. En pleine journée, eux avoir déferlé en hurlant. Ces êtres grands, musclés et brutaux, avec peau grisâtre, fondirent tel raz-de-marée sur château de sable. Eux engloutirent tout sous les coups de leurs armes, grosses massues ou haches tranchantes pour la plupart. Leur visage anguleux avec des dents proéminentes et une mâchoire puissante, leurs yeux rouges, donnaient un air menaçant et féroce à leur expression. Moi, petit Gorgul, beaucoup impressionné. Paralysé par la peur, resté incapable de bouger. Seules pensées avoir été pour certains aspects de leur faciès similaires au mien : eux aussi avec des oreilles pointues légèrement inclinées vers l'arrière de leur tête, et un nez épaté.

Les cris furieux des orques mais surtout leur carrure et leur figure bestiale avoir fait fuir la majorité de mes congénères. Eux auraient fui pour moins que ça. Car nous, frêles humanoïdes sans atout pour faire face aux menaces extérieures, même les plus anodines. De petite taille, puisque mesurant en moyenne trois pieds de haut, corps mince, avec des membres souvent tordus ou crochus. Dos courbé, donner l'impression que tenir en permanence en position accroupie. Il empêcher toute souplesse et réduire mobilité. Fragilité abaisser nous au rang de victimes perpétuelles. Et autres peuples pas se priver d'ailleurs de maltraiter nous. Voilà origine de hargne désormais inscrite dans nos veines. Déjà avec autres de mon espèce, ne savoir pas vivre en paix.

En cas d'agression, unique salut résider dans nombre gobelins. Rassemblés en horde, parvenir parfois à surpasser l'ennemi, malgré l'anarchie qui régir nous. Mais ça, besoin effectif incroyable, capable de galvaniser les troupes. Or même en régiment, le moindre doute sur réussite nous, et ça devenir la débandade.

Là, dans cette agglomération de baraques où moi vivre, autres gobelins jamais hésiter sur la marche à suivre. Trop peu, eux déguerpissaient au plus petit signe de bagarre. Mais Gorgul et plusieurs autres pas montrés assez rapides. Les orques, après avoir pris un malin plaisir à détruire tout ce qui pouvait l'être, avoir capturés nous et enfermés dans une cage. Ils vendirent ensuite nous à un marchand d'esclaves moyennant une bourse bien rebondie de pièces. Cet échange ne représentait que le premier d'une longue série…

Moi attendis patiemment que le groupe d'aventuriers qui venait de pénétrer dans la tour du grand maître emprunte l'escalier vers le premier étage. Il avait fait du grabuge, moi avoir tout entendu. Et qui allait encore devoir tout nettoyer ? Ruminer mon indignation et tandis que patientais, je me remémorai ce qu'il advint du petit Gorgul une fois vendu.

Le commerçant humain, un homme de grande taille, aux épaules larges et à la carrure imposante, présentait une peau bronzée par le soleil, témoignant de son temps passé sur les routes. Ses cheveux bruns courts et coupés en brosse soulignaient les traits durs de son visage aux arêtes saillantes. Ses yeux froids et perçants trahissaient une intelligence cruelle et calculatrice. Il portait une longue cape en daim sombre, qui cachait une armure de cuir sous-jacente, signe de sa prudence et de son arrogance. Ses bottes lourdes et solides montaient jusqu'au genou et le protégeaient dans chaque situation dangereuse. Il tenait toujours une interminable cravache à la main, prête à cingler tout obstacle à son commerce.

L'homme avoir fait traverser nous de nombreuses contrées et villes. De l'est des Montagnes Bleues dans la région d'Évéapia d'où originaire moi, nous être rendus plus au nord. Long périple amena nous à découvrir des paysages comme jamais vu auparavant. D'abord, une étendue de verdure luxuriante qui semblait s'étaler jusqu'à l'horizon. Des arbres majestueux se dressaient fièrement, leurs feuilles chatoyantes bruissant doucement sous la brise légère. Des buissons touffus et des plantes grimpantes enchevêtrées se mêlaient pour former un tapis végétal, surplombé par un ciel d'un bleu pur. Des cours d'eau serpentaient au milieu de la flore, façonnant des oasis de fraîcheur où se rassemblaient des animaux sauvages en quête d'eau. Le tout apparaissait baigné par une lumière chaleureuse et tamisée, créant une atmosphère paisible et sereine, comme si le temps s'était arrêté dans cet éden terrestre. Mais pas avoir pu en profiter, trop éreinté par les journées de cheminement à une allure insensée, tandis que marchand obèse progresser sur le dos de son cheval.

Bientôt, le paysage avait changé, laissant la place à des dunes de sable doré et des falaises abruptes. Là, des herbes de plusieurs pieds ondulaient dans la brise marine et des arbustes épineux étaient éparpillés. Le soleil brillait haut dans le ciel sans un nuage à l'horizon, projetant une clarté vive et chaude sur large crâne dégarni de petit gobelin moi. Au loin, pouvoir enfin, au terme d'un demi-cycle lunaire de marche, apercevoir des bateaux de pêcheurs naviguant au large, créant des sillages dans l'eau turquoise de la Mer de la Lune. L'air se remplit d'une odeur salée et de l'écho des vagues qui se brisaient sur les rochers et les plages.

Chaque jour, Gorgul maugréant vaciller. Courtes jambes suivre avec peine le rythme imposé. Le moindre pas sans tomber représenter un succès. Mais pas cesser d'imaginer en grognant l'instant où moi m'effondrerais, incapable de me relever encore. Alors, comme il le faisait toujours, l'homme s'approcherait en jurant et les coups de fouet pleuvraient jusqu'à délivrer le malheureux moi de cette existence misérable.

Par chance, notre voyage avoir pris fin avant cette issue fatidique.

La caravane avoir atteint la ville de Port-Lunaé. Située à l'extrême est de la Côte de Tousvents, elle représentait le dernier port de la Mer de la Lune. Elle s'étendait sur une baie calme, où les navires marchands et les vaisseaux pirates se côtoyaient sans distinction. Dans l'enceinte de la ville, les bâtiments s'agglutinaient les uns aux autres, formant un labyrinthe de venelles étroites et sinueuses. Le chaos ressortait jusque sur les toits dont certains étaient en tuiles, d'autres en chaume ou en bois, et beaucoup recouverts de mousse ou de lichen. Les habitations s'élevaient sur plusieurs étages, avec des balcons qui donnaient sur la rue et menaçaient souvent de s'effondrer. Les murs étaient construits de pierre, de brique ou de bois, et de nombreuses maisons semblaient vaciller dangereusement. L'odeur pestilentielle, mélange de sel marin, d'urine, de poisson pourri et de fumée agressait plus durement les nouveaux arrivants qu'un coup de matraque à l'arrière du crâne. Les habitants apparaissaient en permanence pressés, sales et tapageurs, s'agitant dans les rues exiguës comme des rats dans un égout. Le bruit des cris, des rires, des chansons et des tambours se mêlait au son des vagues et des mouettes. Port-Lunaé représentait une ville dangereuse, où les couteaux s'avéraient souvent plus rapides que la loi.

La cité rappeler maison à Gorgul. Si le terme « cité » pouvait s'appliquer à un amas de constructions irrégulières bâties de bric et de broc. Dans l'une comme dans l'autre, les habitations s'y enchevêtraient, sans harmonie. La densité de population, et sa nature avaient rendu les lieux presque irrespirables, et l'insalubrité régnait.

Le petit gobelin moi s'être senti chez lui. Mais pas avoir eu le temps de profiter de ce que pouvait offrir Port-Lunaé. Sur le marché aux esclaves, moi et tous mes semblables avoir été vendus à un soldat en armure. L'homme se tenait droit, le torse bombé et les épaules larges, comme s'il partait affronter un ennemi. Son équipement, fabriqué à partir d'un métal lourd et sombre, recouvrait chaque partie de son corps, depuis la tête jusqu'aux pieds. Des motifs complexes et des gravures de symboles ornaient les plaques qui la constituaient, témoignant de la richesse et du prestige de son propriétaire. Une épée longue et tranchante luisait, attachée à son côté, prête à être dégainée à tout moment. Son casque, en forme de crâne, cachait son visage, ne permettant d'apercevoir que ses yeux étincelants. L'homme dégageait une aura de puissance et d'autorité. Gorgul aller bientôt participer à une guerre, ça sûr !

Ça se confirmer rapidement. Après avoir quitté Port-Lunaé, nous avoir marché en direction du nord-est et de la frontière entre les régions de Valberge et Ecroth. Là aussi, la cadence se révéler soutenue. Souvent devoir me mettre à courir pour ne pas me faire piétiner par la foule des autres de mon espèce qui avançaient derrière moi.

Au moins, courtes jambes ne plus se trouver entravées par des chaînes comme avec le marchand. Moi avoir d'abord cru le soldat naïf, de nous laisser ainsi libres de tous mouvements. Mais je réaliser vite que toute tentative d'évasion s'avérait vaine. Des humains surveillaient nous en permanence, qui ne faisaient pas grand cas d'un fugitif. Ils le tuaient simplement. C'est que nous si nombreux, qu'un ou deux de moins ne rien changer. Ça distillait la terreur dans le reste du groupe, et dans petit corps moi.

Puis vint le jour où l'armée humaine dut faire face à un ennemi. Quelles étaient les forces en présence ? Pour quel motif se battaient-ils ? Moi n'en avoir pas la moindre idée. Je avoir été équipé d'un semblant d'armure et d'une épée rouillée, et on m'avoir intimé de combattre. Malgré réticences, moi pas avoir eu d'autre choix que de me plier aux ordres. En face, ils n'auraient eu aucune pitié pour moi de toute façon.

Utilisant petite taille et instinct développé de survie, Gorgul sortir vivant de toutes les batailles auxquelles avoir pris part. Au fil du temps, réaliser que ce qui faisait de moi un gobelin représentait une vraie force. Moi pouvoir passer inaperçu et ainsi surprendre tous les ennemis, ou me faufiler dans des endroits étroits et difficiles d'accès. Je user de mes atouts.

Un jour, après un combat particulièrement sanglant, moi me cacher sous un chariot renversé et attendre. Je percevoir à l'extérieur les humains fouiller les cadavres à la recherche d'armes ou d'objets de valeur. Quand ces charognards vidèrent les lieux, d'autres soldats s'avancèrent pour s'assurer qu'aucun esclave comme Gorgul ne tentait de se dérober. Souvenir de ce moment de terreur immense qui envahit moi. Blotti sous le véhicule cassé, je retenir ma respiration. Mais ma poitrine se soulevait à une cadence effrénée alors que écouter les bruits de bottes lourdes des humains qui patrouillaient autour. Je sentir encore cette goutte de sueur froide couler le long de ma tempe. La peur menaçait de submerger moi. Les maîtres avaient promis de retrouver tous les fuyards et de les tuer, et savoir qu'eux s'avérer implacables. Avoir commis une erreur ? Maintenant, le piège s'était refermé sur moi. Terrifié, difficile pouvoir imaginer sortir vivant de cette situation.

Les soldats découvrirent plusieurs gobelins qui ne furent pas épargnés.

Moi me serrer un peu plus sous le chariot, l'haleine courte et rapide, espérant que les humains ne pas trouver. Petit cœur battait la chamade dans maigre thorax, et sentir chaque muscle de mon corps tendu à l'extrême. Avoir l'impression que le temps s'était figé, que chaque éphémérise durait une éternité. Enfin, j'entendis les pas des soldats s'éloigner, et je retins ma respiration jusqu'à être certain qu'ils ne m'avaient pas repéré. Un immense soulagement m'envahit au moment où le silence revint, et pouvoir relâcher la pression qui m'avoir saisi. Je avoir un léger sourire, heureux d'avoir échappé aux humains. Moi patienter encore jusqu'à la nuit et, quand pouvoir dire avec conviction que plus personne ne se trouvait dans les parages, je me dégageai prudemment de mon abri, regardai autour de moi, et m'éclipsai.

Je me glisser jusqu'à l'entrée du donjon, sac à outils en bandoulière. Jeter un coup d'œil rapide autour de moi pour m'assurer que personne n'observer moi, puis me mit immédiatement à l'œuvre. Je sortis les flèches de leurs caches, vérifiai que les cordes étaient bien tendues, que les dalles étaient parfaitement positionnées et réenclenchai le piège magique de la porte principale. Comme me l'avoir montré mon maître. Moi posséder bien une expérience en tant que trappeur, mais elle pas s'être révélée concluante. Elle revenir d'ailleurs en mémoire.

Après évasion risquée, avoir marché de nombreux jours pour retourner chez village moi. Pendant ce temps, avoir essayé maintes et maintes fois de devenir un chasseur compétent, mais malgré toutes mes tentatives, moi demeurer toujours aussi maladroit. Jamais cesser de trébucher sur des branches et de m'étaler dans les ruisseaux. La discrétion n'était pas mon fort. Faire fuir le gibier qui passait à proximité et de toute façon mes lacets se révélaient mal conçus et inefficaces. Moi-même m'être attrapé dans mes propres collets à plusieurs reprises.

Des jours durant, moi avoir observé les animaux se méfier de mes pièges maladroits. Au bout d'un moment, je renoncer à devenir un prédateur et me nourrir de ce que dénicher sur mon chemin, mais bientôt devenir affamé. Les baies et les racines trouvés se montraient rares et insuffisantes pour combler un appétit grandissant.

Mais tandis que m'approchais de mon but et de mon village, des hommes firent à nouveau moi prisonnier. À demi mort de faim et épuisé, opposer aucune résistance à cette capture.

Au contraire des précédents, ces esclavagistes avaient pour habitude de traquer les gobelins pour les vendre à des propriétaires terriens qui avaient besoin de main-d'œuvre bon marché. Gorgul être très conscient de cette pratique et savoir que me trouver en grand danger. En tant que gobelin-combattant, je risquer ma vie sur le champ de bataille. En tant que gobelin travaillant dans les champs, je devoir me battre pour vivre. Dans le premier cas, moi servir à la masse, dans le second, moi coûter au propriétaire, à moins d'abattre une montagne de labeurs.

Le soleil était à peine levé lorsque je sortir de ma paillasse inconfortable à coups de pied. Je frotter mes yeux fatigués et me mettais à bâiller bruyamment. Le nouveau maître n'aimait pas que l'on traîne.

Les tâches quotidiennes s'avéraient simples, mais fastidieuses. Je devoir aider à nourrir les animaux, nettoyer les écuries et les étables, labourer les champs et transporter les récoltes. Or ma maladresse faire régulièrement échapper les seaux d'eau ou tomber dans le fumier. Pour pallier ces bêtises, si vouloir éviter de terminer dans le charnier domanial, je devoir m'activer bien plus que tous les autres.

Le soir, je rentrer fourbu, couvert de poussière et de boue, pour manger un maigre repas de soupe rance. La nuit, je m'endormir rapidement, épuisé, mais mon sommeil se révélait souvent troublé par des cauchemars de mes anciennes vies. Et toujours me demander comment avoir pu finir ainsi, mais jamais avoir la force de chercher une réponse.

J'installai les différents éléments. Mon travail devoir être parfait pour protéger l'édifice du maître, des intrus. Après quelques instants, je jetai un dernier coup d'œil satisfait à mon ouvrage, sachant que tout se trouvait en place pour empêcher tout aventurier de progresser plus. Je me redressai et retournai vers l'arrière du bâtiment ; devoir encore ranger les provisions qui servaient à alimenter les monstres, pour les périodes où personne ne se hasardait dans les couloirs du donjon.

Je nourrissais aussi les bestioles le jour où la ferme dans laquelle je travaillais avait été attaquée par un dragon vert. L'animal être d'abord apparu majestueux et puissant. Ses écailles lisses et chatoyantes d'un émeraude éclatant scintillaient sous les rayons du soleil naissant. Ses yeux vibraient d'un jaune intense et brillaient d'une lueur d'intelligence qui m'impressionner. Il était doté d'ailes immenses, qui pouvaient s'étendre sur une grande distance, et d'une queue épaisse et musclée. Ses griffes acérées déchirèrent sans mal le métal des boucliers des hommes qui tentèrent de résister, et ses crocs, aussi longs que des épées, se chargèrent de les éliminer définitivement.

Sa force physique et sa rapidité le rendaient redoutable au combat et il eut tôt fait de réduire à néant la propriété. Alors, je sortir de mon admiration pour la créature volante et avant de finir asphyxié par son souffle toxique, m'enfuis à toutes jambes pris de panique.

Je ne pas me retourner. Même en entendant les moutons bêler de terreur. Même lorsque le dragon vert hurla, et surtout pas lorsqu'il s'élança dans les airs à l'issue de son repas. Comme tout gobelin, je partir en courant, me réfugier sous le couvert de la forêt. Je m'enfoncer aussi loin que je pus, et me perdis.

J'errai sans but dans le bois dense et sombre. Les arbres immenses semblaient se refermer sur moi, me laissant isolé et vulnérable face aux dangers de la nature. Les bruits des lieux apparaitre hostiles et menaçants. À tout instant, j'imaginais le fabuleux dragon plongeant parmi le couvert végétal et saisir petit corps entre ses griffes pour m'emmener dans son repère et se repaître de moi. Même le chant des oiseaux pourtant simple bourdonnement agaçant, et le craquement des branches sous petits pieds m'effrayaient. Je avoir peur d'être repéré ou pire, de demeurer prisonnier de la forêt pour l'éternité. Ma vision se brouillait par moments, mon souffle ralentissait, mon corps devenir endolori. Pas pouvoir m'empêcher de penser qu'être perdu pour de bon, condamné à mourir seul et oublié dans ce lieu inhospitalier.

Moi ignorer combien de temps être resté cloîtré dans ce bois. Pas me souvenir d'ailleurs comment m'en être extrait. L'unique image de cette période qui me revenir être celle de bon maître actuel. L'homme s'être penché sur moi et, d'un ton empreint de bonté, avoir demandé à moi comment me sentir. Depuis le temps que devenu esclave, moi simple gobelin avoir appris quelques notions de la langue commune aux Hommes, mais l'esprit brumeux, incapable de répliquer. Alors l'homme s'était essayé à la langue gobeline. Balbutiant, il avait réitéré sa question, mais n'obtint toujours aucune réponse.

« J'ai l'impression que notre pauvre ami n'est pas très en forme. Nous allons l'emmener avec nous. Spouk, tu veux bien le prendre dans tes bras ? »

Malgré l'aspect terrifiant du fameux Spouk, pas avoir eu la force de protester et m'être laissé conduire jusqu'au donjon du maître.

Cette histoire remontait à plusieurs cycles vernaux déjà, songeai-je en attrapant un sac en toile de jute rempli de provisions. Avec maladresse, le jeter sur mon épaule et rentrer dans l'édifice. Le poids de ma charge m'obligeait à courber l'échine à tel point que mon long nez touchait presque le sol.

Plongé dans ces souvenirs, je traverser les différentes salles jusqu'à la réserve. Mon maître y stockait tout le nécessaire pour faire tourner un donjon. On y trouvait par exemple des torches et lanternes ainsi que du combustible pour les allumer, pour éclairer les passages obscurs. Des munitions pour armer l'ensemble des pièges cachés dans les couloirs, ou encore des vêtements et de la nourriture en quantité pour tous les habitants des lieux.

Je avoir déjà alimenté en vivres les stocks, mais je avoir dû interrompre mon activité avant la fin lorsque cinq aventuriers avaient pénétré dans la tour. Maintenant qu'ils étaient passés, je pouvoir finir… Je remarquai soudain que les ballots et diverses caisses de la réserve avaient été ouverts et vidés de leur contenu. Estomaqué par le sans-gêne des visiteurs, je déposai mon sac et relevai la tête, quand je recevoir une violente frappe à l'arrière du crâne. L'attaque ne pas causer de dégâts particuliers, mais me retournai énervé. Je découvrir alors un nain armé d'une épée et d'un jambon, et une lutine qui se tenait en retrait.

Aussitôt, moi voir rouge. Pas signé pour me faire assaillir à coup de jambonneau ! Agacé, je saisir la première chose qui me tomber sous la main, un saucisson, et le jetai à la figure naine. Et pas s'arrêter là. Le boudin et les autres charcuteries y passèrent tous.

Enfin, lorsque à court de munitions, je m'éclipsai. Je aller chercher Spouk. Pas signé pour ça tout de même !

CHAPITRE 15 :
SEMÉ D'EMBÛCHES

Darken

Aux aguets, nous considérâmes les possibilités qui s'offraient à nous : à gauche un couloir, à droite un couloir…

« Bon Darken, on ne va peut-être pas y passer la journée, marmonna Mallirk en s'asseyant sur les dalles. Surtout que nous avons déjà perdu pas mal de temps entre les monstres et les pièges.

— Malheureusement, si nous voulons rester en vie, nous n'avons pas le choix », répondis-je moi-même impatient d'en finir.

Tandis que Sylorin tentait de détecter un quelconque traquenard supplémentaire, je pris une profonde inspiration et prononçai quelques paroles mystiques. Autour de nous, je ne perçus pas de traces de sortilèges.

« La voie est libre. »

Le demi-elfe revenait de son inspection à l'instant où je finissais moi-même ma détection. Nous étions arrivés à une conclusion identique après avoir pris encore près d'une dizaine d'éclires.

« Cela ne nous dit pas quel côté emprunter, nous interrompit le nain. Une idée Darken ? »

Je m'accordai un instant supplémentaire de réflexion.

« Dirigeons-nous par la gauche, lançai-je enfin.

— Une raison particulière à ce choix ? demanda Mallirk.

— Quel que soit le chemin que nous suivrons, nous aurons toujours les mêmes épreuves à traverser.

— Donc nous nous en remettrons à la chance », ironisa le théurge en se relevant.

Sylorin prit la tête de notre groupe. Derrière lui venait Broc, resté jusqu'à présent silencieux et que je sentais de plus en plus nerveux, surtout depuis notre rencontre avec la nymphe. Il serrait dans ses mains son imposante hache si fort que ses ligaments ressortaient d'une blancheur sordide. J'avançais à sa suite et Mallirk fermait la marche, prêt à défendre nos arrières à la moindre attaque ennemie.

Au contraire du niveau précédent où pénétrait la lumière du jour à travers de grandes ouvertures, ici, il y régnait une atmosphère inquiétante où la nuit dominait. Si cela ne dérangeait pas notre éclaireur et notre théurge, Broc et moi nous trouvions handicapés. Même en jetant un sort afin de disposer d'une source de rayonnement, un feu follet qui se déplaçait à mon rythme, nous ne voyions pas à plus de deux ou trois enjambées autour de nous. Intervenir à distance se révélait dans ces conditions toujours plus compliqué. Je devais alors me reposer sur mes coéquipiers pour qu'ils m'indiquent avec précision dans quelle direction émettre mes projectiles ; à supposer que nous subissions une attaque.

Nous avancions dans le silence. Notre marche se montrait lente, car Sylorin qui avait repris le rôle de Roldo en tant qu'éclaireur veillait à inspecter toute zone suspecte. Il nous évitait ainsi de tomber dans des pièges. Pour l'instant, rien n'était venu entraver notre progression, quand le demi-elfe nous signifia l'arrêt. Du doigt, il nous indiqua son oreille, nous invitant à l'écoute. Je compris rapidement ce qui l'avait alerté. De petits cris presque imperceptibles, pourtant innombrables, rompaient la tranquillité des lieux. Ensemble, Sylorin et moi levâmes les yeux. Même si je ne pouvais les distinguer, je savais qu'un essaim de chauves-souris grouillait au-dessus de nos têtes. Sans doute, la flammèche que j'avais invoquée l'avait éveillée, et elle ne tarderait pas à nous assaillir.

Je ne me trompais pas.

Avant d'avoir pu entamer l'incantation d'un nuage toxique, les bestioles prirent leur envol et fondirent sur nous. Lançant malgré tout mon sort, je réussis à en tuer instantanément plus d'une et à nous accorder un peu de répit. Aussitôt, je sentis l'excitation du combat m'étreindre alors que la panique face à la multitude s'emparait de Broc. Incapable de se maîtriser, il se mit à donner de larges coups de hache en tous sens. S'il parvint à en atteindre certaines, les chauves-souris ne ralentirent pas et se jetèrent sur lui, assoiffées de sang. Rapidement, des entailles apparurent sur ses membres et il se vit obligé de se protéger le visage de ses bras, abandonnant son arme à terre.

Sylorin lui aussi avait opté pour une tactique d'évitement. Muni de ses seules dagues, il avait d'emblée compris que s'échiner à droite et à gauche ne servait à rien. Alors, toujours prompt dans ses actions, il avait dégrafé la cape qu'il utilisait d'ordinaire comme couverture et qui se trouvait accrochée à son sac à dos, pour s'abriter dessous. Recroquevillé au sol, il devenait inatteignable pour les chiroptères qui ne se souciaient d'ailleurs pas de lui.

Mallirk quant à lui, équipé de pied en cap de son armure, apparaissait le moins ennuyé par les volatiles, d'autant qu'il arrivait en dernier. À mon grand étonnement, il rangea son marteau à son côté, mais je compris vite ses intentions lorsqu'il attrapa à deux mains son pavois. Ce dernier, plus large, lui donnait la possibilité de frapper davantage de chauves-souris d'un coup. Et il ne se montrait pas avare en énergie. En moins d'une éclire, tandis que mes gaz chargés de toxines débarrassaient toutes les vermines du plafond, il vint à bout de celles qui nous tournaient autour. Il n'épargna pas Broc, comptant sur sa résistance, ou trop heureux de pouvoir lui flanquer une raclée, car il assomma bon nombre des créatures nocturnes directement sur le dos du malheureux.

Si quelques-uns de ces volatiles suceurs de sang s'échappèrent, nous parvînmes néanmoins à assainir l'espace proche. Broc, déjà bien retourné, montrait de plus en plus de signes de lassitude. Même après les soins que lui prodigua le nain et qui firent disparaître totalement ses vilaines griffures, il demeura dans un état d'agitation mental assez inquiétant pour la suite de notre visite. Cependant, je ne pouvais me permettre de faire marche arrière pour un seul blanc-bec qui avait mésestimé ses forces.

Sylorin, Mallirk, mais c'était le cas également de feu Roldo, étaient rompus à l'aventure. L'exploration de donjons n'avait plus de secrets pour eux. Ils savaient gérer la tension inhérente à celle-ci, parfaitement conscients qu'un piège, une créature ou un maléfice pouvait leur tomber dessus à tout instant. A contrario, Broc ne possédait aucune expérience du terrain, je l'avais compris au moment de son recrutement. S'il ne valait pas un bon guerrier senior, il disposait de l'avantage de se trouver présent. Aussi faible soit-elle, sa contribution pouvait nous permettre d'aller plus loin, et je regrettais qu'il fût le seul à s'être présenté à moi. J'avais espéré dénicher des talents supplémentaires dans la ville d'Iolcos. Pourtant, malgré même la mise en avant de trésors à déceler, Broc s'était montré l'unique intéressé. Je doutais d'ailleurs qu'il se soit décidé à la suite de ma promesse de richesses. Pour moi, ses motivations tenaient plutôt dans la réputation qu'il escomptait acquérir en sortant de là. Encore fallait-il qu'il en sorte…

« Il y a encore quelque chose là-haut », murmura soudain le demi-elfe.

À cette annonce, une goutte de sueur perla sur le front de Broc. Les émotions ne tarderaient plus à le submerger, j'en aurais mis ma main à couper. Pour l'instant, je plongeai mes yeux dans le recoin obscur désigné par l'assassin. Hélas, toute ma concentration fixée sur ce point, je ne parvenais pas à distinguer quoi que ce soit. Quand la sensation d'un mouvement m'alerta et je décochai un trait de poison. Le sort qui s'élança droit comme une flèche illumina la zone d'une lueur verdâtre avant d'exploser au plafond sans rien atteindre. La créature tapie là quelques éphémérises plus tôt affichait une vivacité impressionnante pour l'avoir esquivé.

Mes camarades et moi tentâmes de suivre son déplacement, mais elle demeurait dissimulée dans l'ombre, et nous ne réussîmes qu'à nous faire surprendre lorsqu'elle s'abattit sur nous. De ses pieds aux doigts crochus comme des serres, la stryge chercha à saisir le nain par les épaules. Peut-être désirait-elle l'emmener pour se repaître de sa chair, ou encore s'envolant à bonne hauteur elle l'aurait alors précipité vers une mort certaine ? Par chance, elle n'accrocha que le métal et ne trouva pas de prise. Et même sans cela, le poids de Mallirk l'aurait très probablement découragée dans ses projets.

La bête se présentait sous une forme humanoïde, à la différence près que des ailes similaires à celles des chauves-souris lui donnaient la possibilité de voler. En outre, quoiqu'avec un faciès féminin avenant, ses immenses yeux comme des billes noires, ses canines vampiriques et son incapacité totale à émettre autre chose que des cris stridents ne la rendaient pas sympathique.

Malgré son échec, elle réitéra son offensive en changeant de proie. La hache de Broc qu'il s'était empressé de ramasser, et les poignards de Sylorin durent la dissuader de les prendre pour cible. À son grand malheur, elle choisit ainsi de s'élancer sur moi. Elle posa ses pattes de chaque côté de ma nuque et ses griffes s'enfoncèrent profondément dans mon dos. Affrontant la douleur, et parce que je m'y étais préparé, je saisis de mes mains nécrosantes les chevilles de la stryge. Vaporiser des toxines ne représentait pas ma seule compétence d'empoisonneur. Si je préférais les attaques à distance, je disposais également d'une panoplie de sortilèges de corps-à-corps.

Très vite, l'espace fut empli d'une odeur de chair en décomposition. Car la créature eut beau tirer dans tous les sens pour s'extraire du piège que je lui avais tendu, je ne lâchai pas prise. Même les charges de ses serres dans mon dos ne réussirent pas à me faire abandonner. Quand elle décida de m'emmener avec elle dans les airs.

Mes pieds quittèrent le sol. Cependant, mes compagnons ne lui laissèrent pas le champ libre. Sylorin, prenant de l'élan, sauta, ses deux lames dans les mains. Sa formidable détente lui permit de planter ses fers au niveau de l'estomac de la stryge. Sans lâcher les manches, il pesa lui aussi de tout son poids sur elle. La charge et les maux firent aussitôt perdre de l'altitude au monstre et je retrouvai le sol tandis que Broc et Mallirk en finissaient avec lui.

Cette simple victoire, si elle obligea à nouveau le théurge à user de ses soins et dépenser un peu d'énergie supplémentaire sur moi, remonta la confiance du guerrier qui en avait besoin.

Nous reprîmes notre marche toujours à pas de loup. Après avoir passé dix éclires pour progresser d'une cinquantaine de pas à peine, nous dûmes une nouvelle fois nous arrêter. Une porte en bois agrémentée de renforts en fer nous bloquait l'accès.

« Alors là, nous allons avoir un problème, annonça Sylorin.

— Comment cela ?

— Dans ma profession, nous avons l'habitude de repérer les souricières et les embuscades, mais je n'ai aucune compétence en matière de crochetage de serrure. Je ne saurais pas non plus désamorcer un éventuel piège s'il y en a un.

— Donc quoi ? On tire à la courte paille celui de nous qui va tourner la poignée et peut-être se recevoir une pluie de météorites ou une coulée d'acide ? ironisa Mallirk.

— Malheureusement, nous n'avons pas beaucoup de choix, fis-je. Reculez ! »

Mes trois compagnons ne se le firent pas dire deux fois. Tous mirent plusieurs enjambées de distance entre la porte et eux, se plaquant contre les murs du couloir.

Je joignis alors mes mains. Dans un mouvement rapide, je les frottai l'une sur l'autre et prononçai dans le même moment une incantation. Au bout d'une dizaine d'éphémérises, mes mains devinrent chaudes, presque brûlantes. Après encore autant de temps, une moiteur qui ne ressemblait en rien à de la sueur apparut. À toute vitesse, pour ne pas perdre l'effet éphémère du sortilège, j'apposai mes paumes autour de la poignée de la porte. L'acide que je venais de produire se mit aussitôt à l'œuvre et rongea bois et métal en moins d'une éclire. Le loquet tomba sur les dalles dans un bruit strident et ouvrit une brèche vers la suite de notre aventure. Me penchant en avant, je tentai de percevoir ce qui s'y trouvait. Mais là aussi, l'obscurité régnait.

« Et maintenant ? demanda Broc d'une voix mal assurée.

— La serrure n'est plus un problème. Maintenant, reste à pousser la porte…

— Bougez pas, je m'en charge ! proposa Mallirk en s'approchant, marteau en mains. Vous feriez mieux de vous éloigner », me conseilla-t-il.

Je fis quelques pas en arrière, et signifiai au nain qu'il pouvait se lancer. Positionné de côté, il leva son arme et d'un coup l'abattit sur le panneau. Une avalanche de bois fut alors dispersée dans toutes les directions. De la taille d'épines de porcs-épics, les fragments qui ne provenaient pas de l'explosion de la porte, mais bien d'un piège nous frappèrent avec violence.

Le nuage empoisonné que j'invoquai comme protection ne produisit pas le moindre effet face à ces échardes inanimées, et je reçus plusieurs de ces projectiles de plein fouet. Par bonheur, si l'un se planta sur deux pouces dans mon bras, les deux suivants qui m'atteignirent m'entaillèrent à peine la peau. L'un à la joue, l'autre à l'épaule. Broc joua autant de fortune avec une épine qui lui transperça la main gauche, une enfoncée dans sa cuisse et une dernière qui avait ricoché sur la lame de sa hache. Quant à Mallirk, quoique le plus proche, il fut le moins touché, car situé dans un angle mort de l'ouverture et porteur d'une armure lourde.

Hélas, Sylorin se trouva victime de malchance. Emmitouflé dans sa cape qui se révéla ignifugée, il baignait dans son sang. Un trait s'était fiché dans sa gorge, un second dans son œil, pénétrant tout entier jusqu'à son cerveau. Tous les trois penchés sur sa dépouille, nous restâmes silencieux un instant.

« Comment on va faire maintenant ? demanda Broc, conscient que nous perdions notre dernier expert en découverte de pièges.

— Prenez la tête », répondis-je sur un ton qui ne souffrait aucune contestation.

Le guerrier ne répliqua pas. Il passa devant, une fois nos blessures pansées. Car Mallirk avait déjà dépensé beaucoup de son énergie magique pour nous soigner, et avait besoin de repos avant de pouvoir en faire à nouveau usage. Nous nous étions ainsi contentés d'extraire les piquants et stopper les écoulements sanguins.

Pour plus de sûreté, je pris la peine d'invoquer un second esprit follet qui devait se déplacer entre trois et cinq pas devant Broc, l'autre demeurant à proximité immédiate. De cette manière, même sans être nyctalope, il se trouvait plus à même de détecter un éventuel danger. Malgré cela, notre avancée se montra encore ralentie.

Roldo était un pisteur. Un maître en la matière. Ses compétences, il les avait gagnées au cours de ses nombreuses explorations, n'en ressortant pas toujours indemne. Des cycles vernaux lui furent nécessaires pour les acquérir. Mais son expérience précieuse avait fini par faire de lui un expert. Il avait développé comme un sixième sens qui lui permettait de pressentir un traquenard bien avant de le localiser. Il savait repérer quels endroits s'avéraient parfaits pour cacher une souricière. Il pouvait dire avec précision quelle dalle allait déclencher quel piège, et d'où proviendrait la menace. En mon for intérieur, je pestais encore qu'il ait pu se faire avoir si bêtement. Perdre ses moyens face à une nymphe n'était pas digne de lui.

Sylorin ne possédait pas les mêmes aptitudes. Si un assassin se devait de pouvoir détecter d'éventuels risques l'empêchant d'accéder à sa cible, cela restait limité. Son rôle lors de l'exploration d'une zone géographique ou d'un bâtiment tel que le donjon des mystères se montrait réduit. Sa mission résidait dans le meurtre, pas dans la fouille à la recherche de trésors. Quelque part, sa disparition me soulageait un peu, car je n'étais pas totalement sûr qu'il ne nous aurait pas tous égorgés une fois notre but atteint. Cependant, elle signifiait aussi une plus grande vulnérabilité aux prochaines épreuves. Pourvu que notre guerrier les localise à temps, ou au moins qu'il nous serve de bouclier. Broc n'était en réalité utile qu'à cela.

Avec une lenteur exaspérante, il mettait un pied devant l'autre, tâtant au passage chaque dalle, et cherchant d'une main à découvrir sous chaque aspérité du mur un trou d'où pourraient s'échapper des projectiles. L'envie de lui flanquer une grande tape dans le dos pour le faire avancer me taraudait, car l'impatience m'animait. Néanmoins, je calmai mes ardeurs et progressai dans son sillage. Mallirk fermait toujours la marche, et j'entendais dans ses profondes expirations ce qu'il lui en coûtait aussi.

Nous traversâmes une salle à première vue vide, à l'exception de flambeaux qui brûlaient de chaque côté des portes. Nous ne nous attardâmes pas et poursuivîmes vers un nouveau corridor qui nous obligea à tourner sur la droite. Rien ne semblait habiter cette zone, et je pestais intérieurement, car persuadé que nous perdions notre temps pour rien. Quand Broc nous somma de nous arrêter, et nous le vîmes s'agenouiller. Nous positionnant à sa hauteur, nous aperçûmes presque stupéfaits, un fil tendu en travers du couloir. En fin de compte, notre patience et la minutie incroyable du guerrier allaient nous éviter des problèmes.

Au ralenti, nous enjambâmes le cordon l'un après l'autre et reprîmes notre marche. Devant nous, à moins de dix pas, deux nouvelles torches allumées se trouvaient accrochées au mur de gauche, de part et d'autre d'une ouverture. En face, le couloir se prolongeait jusqu'à un coude qui donnait sur la droite.

« Super, encore un choix à faire, ronchonna le nain. Alors Darken, par où va-t-on ?

— Il me semble que le chemin en face de nous doit nous ramener au seuil de l'étage, d'où nous venons. Je propose donc que nous nous engagions par cette porte. »

La porte en question, bien éclairée, nous apparut similaire à la précédente qui avait vu la mort de l'un des nôtres.

« Bien, reculez. »

De la même manière, je créai entre mes mains un liquide acide prêt à corroder le mécanisme de fermeture. Néanmoins, la seule application de ma paume sur la porte la fit s'entrouvrir légèrement, et je réalisai, un peu honteux, l'absence de serrure.

Les doigts sur le panneau de bois, je poussai doucement et il tourna sur ses gonds dans un crissement sinistre qui ne manqua pas de réveiller la bête.

CHAPITRE 16 :
L'HÉRITAGE DE JASON

Jason

Alors que j'étais sur le point de finir aplati sous la massue du basajaun, l'image du visage de mon père, Dudur Tête d'enclume, m'apparut. Je le revis au moment où il m'avait sommé de quitter la maison. Mon comportement l'avait marqué d'une expression d'indignation et de colère. Sourcils froncés, ses yeux étincelaient d'une lueur intense, brûlante. Le nez retroussé, les dents serrées, un grognement de fureur vibrait au fond de sa gorge qui était en tous points identique à celui de mon agresseur actuel. À cette pensée, j'eus l'impression que le temps se figeait, et je revis des bribes de mon passé.

J'étais encore un jeune elfe-nain. Assis sur un banc de pierre, les yeux rivés sur mon père, je le regardais qui battait une épée rougeoyante sur l'enclume de sa forge. La sueur perlait sur son front, et chaque nouveau coup de marteau en faisait voler les gouttes. Malgré la chaleur du feu qui crépitait dans le foyer voisin, les efforts nécessaires pour donner au métal la forme voulue, il maintenait la cadence.

Une fois satisfait du rendu, mon père plongea le fer encore brûlant dans un bac rempli d'eau. Au contact du liquide froid, un nuage de vapeur s'échappa dans un pétillement sonore.

Mais son travail ne s'arrêtait pas là. Vivant dans les Monts Roussis loin de toute habitation, mon père ne pouvait compter sur personne pour façonner une arme. Même s'il était forgeron, il s'occupait également du modelage de ses lames, de leur ponçage, et de la confection de la garde et du manche.

Le ponçage représentait ma partie préférée. À plat ventre au-dessus de sa meule actionnée grâce au courant de la rivière voisine, mon père maintenait fermement sa lame dans ses mains et l'appuyait sur la pierre en mouvement. Les étincelles jaillissaient de l'alliage alors qu'il appliquait une pression continue, et modifiait petit à petit la forme du tranchant. La surface rugueuse de la meule crissait sur l'épée en acier, produisant un bruit aigu et régulier. Des traces de poussière grise et de métal fondu s'accumulaient autour de lui. Absorbé par sa tâche, il veillait à maintenir une force constante tout en gardant un œil sur l'aspect de l'arme. Il achevait cette étape devant son établi, avec un large morceau de pierre d'émeri. D'un geste sûr et précis, il frottait le fer contre la pierre, ce qui produisait un bruit strident et rythmé. L'acier se mettait aussitôt à étinceler sous l'effet de l'aiguisage. Il en prenait ensuite une plus fine et continuait à affûter la lame, alternant les passes de droite à gauche et de gauche à droite. Sa concentration se montrait telle qu'il ne remarquait pas mes yeux émerveillés.

Après plusieurs éclires, mon père inspectait le résultat sous la lumière. S'il lui plaisait, un large sourire éclairait alors son visage. Sinon, il se replongeait dans son ouvrage avec sa meule ou la pierre d'émeri, et ne stoppait qu'une fois pleinement satisfait.

Un nouveau souvenir me revint en mémoire, celui du jour où j'avais souhaité faire comme mon père. J'avais récupéré un vieux morceau de fer, chute d'une épée que j'avais trouvée dans un coin de la forge, et je l'avais chauffé au feu de bois. J'avais ensuite commencé à le marteler, à lui donner la forme que je désirais. La tâche se révéla difficile et fatigante, mais je ne voulais pas abandonner. J'espérais présenter mon travail à mon père et le rendre fier, et ses nombreuses visites pour m'observer, le regard qu'il montrait alors, me confirmèrent que je m'engageais sur la bonne voie.

Une fois le résultat attendu obtenu, je m'étais installé près de la meule et j'avais commencé à poncer le fer jusqu'à ce qu'il ressorte lisse et brillant. Je réalisai ainsi combien il était dur de maintenir une pression constante et régulière sur la meule, ce qui ne fit qu'augmenter mon respect pour mon père.

Je terminai à l'aide d'une lime pour les plus petits détails.

Bouillant d'excitation, j'avais ensuite passé plusieurs éclires à inspecter le fruit de mon labeur et, certain de sa perfection, j'étais rentré en hurlant à mes parents de venir l'admirer. Ils arrivèrent, mon père les yeux brillants de félicité, et je leur présentai mon œuvre. Avec une pointe d'appréhension, j'introduisis la clef que j'avais fabriquée moi-même dans la serrure de la porte d'entrée de notre demeure. Elle s'adaptait parfaitement. Avalant ma salive, je la tournai et eus l'agréable surprise d'entendre le pêne s'engager dans la gâche et fermer l'accès. Une immense fierté et un sentiment d'accomplissement m'envahirent, et je virai vers mes parents pour partager avec eux ma victoire.

Ma mère souriait, sans doute plus heureuse de me sentir si joyeux que de ma réalisation. Quant à mon père, son visage s'était décomposé.

« Qu'est-ce que c'est que ça ?

— Une clef !

— Oui, je vois bien qu'il s'agit d'une clef ! Mais pourquoi avoir fabriqué une clef ? Tu voulais te forger une épée et tu finis par me réaliser une clef ? Tu crois que c'est un jeu ?

— Non, je voulais vraiment former une clef ! C'est ce que je souhaite faire plus tard. Je veux devenir serrurier !

— Serrurier ? gronda-t-il. Tu ne parles pas sérieusement ? Tu n'as tout de même pas réellement l'intention de devenir un vulgaire serrurier ? Tu vas salir la réputation de notre famille de forgerons !

— Attends, je n'abandonne pas la forge. Je trouve fascinant de travailler les métaux pour façonner des objets utiles.

— Oui, pour créer des épées, des poignards, des hallebardes, des piques, des cimeterres… !

— Les clefs, c'est aussi super important ! Elles permettent d'ouvrir les portes et les coffres !

— Non ! Un marteau ou une hache, eux ils permettent d'ouvrir une porte ou un coffre. Mais une clef… C'est ridicule ! Tu crois que la profession de serrurier c'est facile ? C'est un métier pour les faibles, ceux qui n'ont pas la force de forger des armes pour protéger leur famille et leur village !

— Pourquoi faut-il toujours que tout se résume à la violence avec toi ? Je ne veux pas être un guerrier, je veux juste créer des objets qui servent aux gens dans leur vie quotidienne. Maman, explique-lui !

« — Ah, ne mêle pas ta mère à ces histoires ! Je savais bien que tu avais été trop gâté ! Mais désormais, c'est fini, je vais faire de toi un nain, et un vrai ! Dès demain, nous commencerons ton entraînement au combat et tu m'aideras à la forge au lieu de bayer aux corneilles toute la journée.

— Mais puisque je te dis que je ne veux ni me battre ni fabriquer des armes ! me lamentai-je.

— Si tu ambitionnes de continuer à vivre ici, tu feras ce que j'exige ! Sinon, tu peux rassembler tes affaires et partir !

— Mais papa…

— Pas de mais ! Et maintenant, reprends ton marteau et retourne à l'enclume ! » tonna-t-il pour mettre fin à la discussion.

À mon réveil le lendemain, je découvris une épée courte devant la porte de ma chambre et fus sommé d'apprendre à m'en servir.

Je me tenais sur un terrain en pente, entouré des collines arides des Monts Roussis. Les rochers dénudés qui parsemaient les environs offraient peu d'ombre sous le soleil écrasant. Mon père s'était installé sous le seul arbre qui avait réussi à pousser ici, et m'observait de son regard sévère. Je replaçai la pesante ceinture qui fixait ma nouvelle arme à ma hanche et posai la main sur le pommeau. Je transpirais abondamment dans l'armure en cuir que mon père m'avait donné à porter, et je me sentais lourd et engourdi par la chaleur. Mais j'essayai de me concentrer. À un moment donné, je tirai de son fourreau l'épée et, surpris de sa légèreté et de la facilité avec laquelle elle était sortie, j'en reçus le plat de plein fouet au milieu de la figure. À moitié assommé, je perdis l'équilibre et tombai en arrière, me cognant la tête contre le sol durci. De loin, j'entendis mon père soupirer avec mépris et j'imaginai sans mal son air furieux.

LE DONJON DES MYSTÈRES

Après cette première désillusion quant à mon avenir, et certain que la vie de guerrier ne me siérait pas, j'avais opté pour une nouvelle approche. Puisque serrurier représentait aux yeux de mon père une profession indigne d'un nain de notre famille, j'avais décidé de bifurquer vers le métier plus louable de voleur. Pour moi, tout était question de terminologie. Voleur ou serrurier, le principe demeurait le même : ouvrir des serrures. Néanmoins voleur apportait une connotation aventureuse qui, je l'espérais, séduirait mon père. Malheureusement, cela ne fut pas le cas, comme je pus m'en rendre compte quelque temps plus tard.

J'étais chargé d'entretenir le feu de la forge lorsque j'avais surpris sa conversation. La moustache couverte d'une épaisse mousse de bière, il discutait tout en buvant avec un humain de ses connaissances, venu acheter une épée.

« Qu'est-ce que je vais bien pouvoir faire de lui ? se lamentait-il. À son âge moi, je courais les ruines et les donjons à la recherche de gloire et de richesses ! Je m'étais déjà illustré dans la guerre contre les barbares de Gazir. J'avais même terrassé une vouivre à qui j'avais volé son escarboucle ! Si tu l'avais vu scintiller ! Un magnifique rubis plus gros qu'une pomme et d'un rouge plus éclatant que les écailles d'un dragon. C'est sûr, la vie d'aventurier n'a rien d'une sinécure. Combien de fois ai-je été blessé ? Je ne compte même plus ! À plusieurs reprises, je me suis retrouvé avec une flèche dans un membre. J'ai failli périr sous les coups d'un géant, être dévoré par une horde de goules… Même le jour de mon union avec Cywiel, j'ai manqué me faire embrocher par son père ! Et justement, si je n'avais pas crapahuté dans tous les royaumes, jamais je n'aurais eu la joie de rencontrer ma douce Cywiel… Mais, je ne sais pas, j'ai l'impression que tout ça, ça n'intéresse pas le petiot. Est-ce que c'est moi qui ai fait quelque chose de mal ? Est-ce que j'aurais dû l'arracher à sa mère ? Il a toujours été trop choyé par elle, de là à rêvasser toute la journée…

— Une existence nomade ne le captive peut-être pas ? L'avait coupé le visiteur. Sans doute possède-t-il d'autres talents que ceux pour la guerre ? A-t-il des passions qu'il pourrait développer pour en faire un métier ? Le goût pour les pierres précieuses comme ses ancêtres, ou un don pour la forge comme son père ?

— Hélas, j'ai bien peur que non. Il est incapable de distinguer un diamant d'un vulgaire morceau de verre. Et pour ce qui est de façonner le métal, tout ce qui l'intéresse, ce sont ses maudites clefs ! …

— Ah, voilà qui est prometteur, non ?

— Pff ! Il s'est mis en tête qu'il allait devenir voleur.

— Et n'a-t-il donc jamais cherché à se former ?

— Oh, si.

— Et ?

— Et il n'en est pas question ! Voleur, ça n'est pas une profession pour un nain !

— Quel est le problème ?

— Cela paraît pourtant évident : vous avez déjà vu un nain discret ? Non ? Et pourquoi ? Parce que c'est impossible !

— Sauf erreur, il est à moitié elfe en plus d'être à moitié nain. N'a-t-il pas hérité de la finesse propre à la race de sa mère ? Peut-être dispose-t-il d'un certain doigté pour ce qui est du crochetage de serrures ?

— Pour sûr, il a du talent, mais pour se mettre dans de beaux draps ! Il se ferait arrêter à son premier larcin. Peut-être même pendre pour ça.

— D'accord, donc tu crains qu'il ne finisse tué en commettant un cambriolage, mais pas en guerroyant contre des barbares, des vouivres ou des géants ?

— Mourir au combat ou en bandit n'a rien à voir. Il n'y a aucun honneur dans le fait de dérober des objets… »

À la suite de cette entrevue que j'avais épiée caché dans un coin, j'avais pris la résolution que, quoiqu'il arrive, je ne rentrerai pas chez moi avant d'être devenu le plus grand voleur de tout Ohorat. Je décidai que j'allais prouver à mon père mes capacités. J'allais me spécialiser dans les cambriolages de haute voltige à l'encontre de truands incontestés. Je deviendrais en plus l'escamoteur le plus en vue des royaumes. Je lui montrerais également qu'il s'agissait d'un métier tout à fait respectable.

Bien sûr, « voleur » ne présentait pas bien sur une carte de visite. N'empêche que, sans les dons d'un chapardeur expérimenté, espérer sortir vivant d'un donjon ou d'une ruine aux innombrables pièges s'avérait une douce illusion.

Tous ces beaux principes en tête, j'avais répété mon intention de me faire voleur à mon père, et il m'avait jeté dehors. Si mon derrière se souvenait encore du coup de pied qu'il avait reçu, cela avait au moins eu pour avantage de me décider à partir à l'aventure.

Mon objectif existait, clair dans mon esprit. Pourtant, les étapes pour y parvenir m'apparaissaient floues et inatteignables.

Errant d'abord sans but précis, je finis par déposer mes bagages dans la taverne des voyageurs d'Iolcos où je dépensai mes dernières pièces de cuivre. Ce jour-là, je rencontrai Séraphine pour la première fois.

Cette soirée marqua le début de mes ennuis…

CHAPITRE 17 : DÉSILLUSION

Jason

L'arme s'abattit. Focalisé sur elle, à moitié tourné tout en poursuivant ma course vers l'avant, je m'emmêlai les jambes et m'affalai en roulant de côté. Trop proche de moi, et entraîné par son élan, le basajaun ne put s'arrêter à temps. Sa massue, rien de moins qu'un tronc d'arbre débarrassé de ses quelques branches et racines, passa bien au-dessus de ma tête, tandis que lui s'empêtrait les pieds sur moi pour finir sa chute dans le mur.

Sans manquer l'occasion, je me montrai prompt au rétablissement et relançai mon échappée.

« Dépêche-toi Jason, par ici ! »

Je levai les yeux du sol. Séraphine me hélait depuis la porte d'une salle dans laquelle elle disparut au moment où je la rejoignis.

« Vite, montons ! »

Les mains sur les genoux dans l'espoir de retrouver un semblant de souffle, je suivis mon amie du regard tandis qu'elle empruntait un escalier. Désespéré face à l'effort qui m'attendait encore, un coup d'œil au géant approchant me remotiva, et je me précipitai à mon tour dans les marches.

En quatre ou cinq degrés à peine, je sentis tout le poids de ma condition m'écraser. Mes cuisses me brûlaient, mes pieds lourds s'élevaient avec difficulté et je transpirais à grosses gouttes sous mon barda.

Si la pesanteur me ralentissait, la présence indéfectible de mon poursuivant monstrueux me maintenait en constant mouvement. Mais la hauteur anormale des marches m'épuisait, et je m'attendais à tout instant à recevoir un coup de l'énorme massue.

« Encore un effort ! »

Ces mots d'encouragement de mon amie sonnèrent comme une bénédiction à mes oreilles. Pourtant, en relevant la tête, je ne vis rien qui puisse justifier cela, si ce n'était un palier signifiant la fin de mon calvaire ascensionnel. La lutine guettait mon arrivée, cramponnée à la porte ouvrant sur le prochain niveau et prête à la refermer derrière nous.

Enfin, j'atteignis le haut de l'escalier. Puis, quoique conscient qu'une simple porte de bois n'arrêterait pas un basajaun, je plongeai en avant et atterris pesamment sur le ventre. Aussitôt, Séraphine claqua le battant derrière moi et y colla son dos. En l'absence de verrou, elle espérait sans doute faire obstacle et bloquer l'accès. Mais je savais qu'il suffirait d'un coup d'épaule au géant pour l'envoyer voler plus loin, et j'attendis sans impatience ce moment. À ma grande stupeur, il ne vint jamais. Le basajaun se contenta de hurler sa rage de l'extérieur. Interdits, nous finîmes par l'entendre redescendre.

Je me relevai surpris. Séraphine et moi nous entre-regardâmes.

« Tu crois qu'il a lâché l'affaire ? s'étonna mon amie.

— Je ne vois pas pourquoi. À moins que… »

Je me détournai pour embrasser des yeux l'endroit où nous avions fait irruption. L'étage tout entier n'était qu'un immense étang végétalisé avec un îlot central caché par la verdure.

« À moins que quoi ? reprit la magicienne avec appréhension.

— À moins qu'une créature plus terrible encore que lui ne se terre ici, finis-je, sans cesser de scruter les alentours, à l'affût.

— Regarde, là-bas !

— Qu'est-ce qu'il y a ? m'enquis-je la main sur le pommeau de mon épée.

— On dirait… Une femme ! »

En effet, dix pas plus loin, sur la margelle qui marquait la périphérie du réservoir, se tenait une femme. Assise sur le rebord, les jambes dans l'eau, elle nous tournait le dos. Ses longs cheveux sombres teintés de vert tombaient en cascade sur ses épaules et jusqu'à son bassin. Son aspect, mouillé et nu, me mit sur mes gardes. Autant que son chant, douce lamentation qui s'insinuait dans nos entrailles.

« Fais attention Séri, cette plainte a comme un effet hypnotique. »

Malheureusement, mon avertissement intervint trop tard. Mon amie, les yeux et la bouche grands ouverts ne quittait pas la créature du regard.

Réalisant d'amples gestes devant elle, je tentai de lui faire retrouver ses esprits, en vain. Soudain, attirée, elle se mit en mouvement. Faisant comme si elle avait occulté mon existence, elle se dirigea à pas lents jusqu'à la femme. Je la laissai faire, me préparant néanmoins à tout instant à dégainer mon arme. Car même si l'air enivrant sonnait paisible et amène, je préférais me méfier. Ce ne serait pas le premier piège que nous rencontrerions dans ce donjon.

À quelques pas derrière elle, j'avançai moi aussi vers cette forme aux contours féminins qui semblait ne pas nous avoir perçus, ou que notre présence n'intéressait pas. Enfin, Séraphine arriva à sa hauteur. Elle ne bougea pas davantage. Ne montrant aucun signe de surprise, je fus alors convaincu qu'elle nous avait bel et bien détectés. À mon tour, je stoppai tout geste, un peu en retrait, et observai la scène.

Celle que j'avais prise pour une femme était en réalité une nymphe des marais, et mon cœur accéléra. J'en rencontrais une pour la première fois, mais les histoires sur ces êtres féeriques ne manquaient pas en Évéapia. Quoique de nature bonne, elles n'en demeuraient pas moins farouches et n'hésitaient pas à attaquer quiconque se montrerait menaçant. Pour l'instant, elle ne semblait pas hostile à notre égard, trop absorbée par le monstre agonisant devant elle.

L'animal ressemblait à un félin. Il possédait d'ailleurs la taille et l'aspect antérieur d'un tigre à dents de sabre. Cependant, la queue d'un marsouin se trouvait en lieu et place de ses pattes arrière. Sa tête reposait sur les genoux de la nymphe. Tout son corps s'étalant sur le rebord de pierre. Sa respiration était empreinte de douleur et produisait un bruit rauque et déchirant. Il était recouvert de profondes blessures.

Toujours en proie aux cris de complainte émis par la fée, Séraphine esquissa un mouvement en direction de l'animal marin. Aussitôt, je saisis ses poignets entre mes mains et stoppai son geste. Avec toute la lenteur de sa torpeur, elle releva alors la tête vers moi et m'interrogea d'une voix que je compris être celle de la nymphe :

« Pourquoi m'empêches-tu de soigner cette pauvre bête ?

— Parce que tu es une practomancienne et que tu ne possèdes pas le pouvoir de soigner. En plus, il a été empoisonné, fis-je en pointant du doigt le sang verdâtre qui s'échappait de ses plaies. Si tu le touches, tu risques de t'intoxiquer à ton tour.

— Et pourtant nous ne pouvons le laisser ainsi, poursuivit-elle.

— Je peux l'aider. »

De la même manière que mon amie quelques éphémérises plus tôt, la nymphe leva sans diligence son regard sur moi, interrogateur.

J'avalai ma salive. Ce que je m'apprêtais à réaliser n'allait certainement pas lui plaire. Je redoutais une violente réaction.

J'observai le félin marin soudain pris de convulsions, et me décidai enfin. D'une main ferme, je tirai mon épée et sans plus tarder portai l'estocade à la bête. La pointe pénétra dans sa nuque et s'enfonça sur plusieurs pouces jusqu'à rencontrer une résistance au niveau de la colonne vertébrale. Je retirai la lame en même temps que s'éteignait en lui la flamme de la vie.

Malgré cet acte que je venais de commettre, et la crainte de représailles, je replaçai mon arme à mon côté avant de me tourner vers la nymphe. Ses grands yeux noirs me fixaient, durs et remplis de haine. Pourtant, elle ne manifesta aucune agressivité. Sans me quitter du regard, elle déposa la tête de l'animal sur la pierre et se leva pour me faire face. À nouveau, elle parla à travers la bouche de la lutine.

« Merci. »

Enfin, elle fit volte-face et plongea dans les profondeurs du bassin. Je la regardai disparaître tandis que les battements de mon cœur revenaient à la normale.

Comme si elle se réveillait, mon amie sortit au même instant de sa torpeur pour rejoindre notre réalité. Elle observa le tableau devant elle de ce monstre bleuté mort.

« Que s'est-il passé ?

— Tiens, utilise ces chaussettes, mets-les sur tes mains.

— Quoi ? Mais pourquoi je m'affublerais de ça ?

— Aide-moi à le tirer plus loin. Il ne faudrait pas que le poison qui s'échappe de ses veines vienne polluer le lac. Et ces chaussettes te protégeront également. »

Malgré la difficulté à trouver une prise et le poids du félin, nous réussîmes à le déplacer de telle sorte qu'il ne menace plus l'intégrité de l'étendue d'eau.

« Voilà une bonne chose de faite. Tiens, qu'est-ce que c'est que ça ? »

Revenant près du bord je saisis dans une main une paire de bésicles et dans l'autre un insigne monté en broche. Il ressemblait à une algue verte.

« Ça n'était pas là à l'instant ! remarqua Séraphine.

— Non, confirmai-je.

— Tu crois que c'est la nymphe qui nous a offert tout ça ?

— Possible… Tiens, fis-je en lui tendant les lunettes. Je n'en ai pas besoin.

— Pas très utile comme cadeau, j'en ai déjà une paire… Et ça, qu'est-ce que c'est ?

— Aucune idée… »

Ne souhaitant pas offenser notre bienfaitrice, nous emportâmes nos présents respectifs. Moi, j'accrochai la broche à ma tunique et la lutine installa ses lunettes sur sa tête. Puis, avisant un escalier qui menait à première vue au prochain niveau, nous quittâmes les lieux.

« Même si l'expérience s'y avéra déplaisante, cet étage aura au moins eu le mérite d'être rapidement franchi ! » Déclarai-je en jetant un dernier coup d'œil au cadavre du naga.

« Droite ou gauche ? » demanda mon amie une fois les marches grimpées.

Nous venions de rejoindre un nouveau palier et devions maintenant choisir quelle direction prendre.

« Dans un labyrinthe, faut toujours tourner dans le même sens ! lançai-je plein d'assurance.

— Mais on n'est pas dans un labyrinthe, on est dans un donjon. Alors c'est quoi ta théorie pour ce genre d'endroit ?

— Bah, je suppose que la règle s'applique ici aussi…

— Donc… ?

— Droite !

— Pourquoi ? On n'a tourné qu'une fois à droite depuis qu'on est entrés.

— C'est comme ça, faut pas demander.

— Le sixième sens du nain, j'imagine ?

— Je ne suis pas un nain ! »

Quoique piqué au vif, je ne pris pas la peine de lui rappeler, encore, ma nature d'elfe-nain.

« Bizarre… »

Alors que je m'apprêtais à poser un premier pas dans le couloir désigné, Séraphine me coupa dans mon élan.

« Quoi ?

— Ces bésicles ne permettent pas de voir dans le noir, m'expliqua-t-elle tout en testant les objets offerts par la nymphe.

— À quoi elles servent alors, sinon ?

— Aucune idée. »

Je haussai les épaules. Cela ne me concernait pas, mes origines jouant à mon avantage. Je m'élançai dans le couloir d'un pas décidé.

« Euh, tu te souviens qu'il y a peut-être des pièges dissimulés un peu partout ? Est-ce qu'on ne devrait pas avancer plus prudemment ?

— Tu te souviens que je suis un voleur capable de détecter et désamorcer les pièges ?

— Permets-moi de te corriger : tu aimerais devenir un voleur capable de ce genre de prouesses, mais pour le moment tu n'en es pas un. Tu ne possèdes même pas d'outils de crochetage !

— Je n'en ai pas besoin…

— Oui, je sais, tu disposes de ton trousseau de clefs… »

Dans son ton, je saisis une pointe de raillerie et me tus. En même temps, je ralentis l'allure. Elle avait raison, mais cela me coûtait de l'admettre, et je ruminais ses propos intérieurement tout en dégainant mon arme.

« Au fait Jason, pourquoi une épée, reprit mon amie.

— Quoi, pourquoi une épée ?

— C'est que, je pensais que les nains se montraient plus du style gros marteau ou hache double.

— Oh, c'est à cause de mon père ! Je t'ai dit qu'il était forgeron. Il s'est spécialisé dans les épées, les poignards, les couteaux et autres lames du genre.

— Curieux tout de même ! Il y a une raison à cela ?

— En fait, oui. Notre maison, et sa forge, se trouvent au bord du Précipité. Comme les Monts Roussis sont particulièrement pentus à cet endroit, le torrent dévale la montagne avec une telle force qu'il permet d'enclencher des meules qui servent à donner leur tranchant aux lames. Donc une fois que mon père les a façonnées, il peut facilement les aiguiser et les polir. Et la forêt en contrebas lui fournit bois et cornes d'animaux pour les manches.

— Je vois, il utilise les ressources de la nature pour son activité.

— Oui, et je voulais l'imiter pour devenir serrurier, mais il trouvait que ça n'était pas une profession convenable pour un nain. Alors il m'a donné cette épée, et m'a jeté dehors en m'interdisant de revenir tant que je n'aurais pas prouvé ma vraie valeur.

— Eh bien, avec un peu de chance tu pourras bientôt rentrer chez toi ! »

Je m'attardai quelques instants pour observer mon arme. Elle possédait un fer droit et tranchant d'environ deux pieds de long. La garde était en forme de croix et le manche se trouvait recouvert de cuir pour une meilleure prise en main. Aucune fioriture ne venait agrémenter l'ensemble. Seul un poinçon, un marteau avec les initiales de mon père, ressortait sur la lame.

« Tu traînes Jason ! »

J'abandonnai ma contemplation et rejoignis Séraphine au petit trot.

Le couloir tourna sur la gauche. Sans nous poser de questions, nous poursuivîmes, mais une drôle d'impression me frappa d'un coup. Était-ce les ténèbres, soudain devenues plus profondes ? Ou le plafond se trouvait-il plus bas que dans le reste du bâtiment ? Je ne parvins pas à déterminer l'origine de mon malaise, mais je perçus dans les murmures de mon amie une nervosité inhabituelle.

« Dommage que ces bésicles ne permettent pas de voir dans le noir, parce qu'avec cette obscurité, deux paires n'auraient pas été de trop ! Tu ne sens pas quelque chose d'étrange ici ?

— Bof… répondis-je, mais sans conviction. »

La lutine replaça ses lunettes de départ sur son nez, les autres demeurant sur son front.

« On dirait un opossum brun à quatre yeux ! lançai-je aussitôt dans l'espoir de détendre l'ambiance.

— Au lieu de te moquer, ouvre-nous cette porte.

— Quoi ? »

Concentré sur l'air ridicule de mon amie et l'atmosphère étouffante qui régnait, je ne remarquai qu'à l'instant la porte. Ou le pan de mur. Car rien n'indiquait que nous pouvions poursuivre dans cette voie, en dehors d'un trait de peinture qui symbolisait grossièrement l'encadrement d'une porte.

« Regarde, il y a quelque chose d'écrit au-dessus.

— "Passez ou restez". »

— Qu'est-ce que ça veut dire ?

— Je ne sais pas. Ça ressemble à un genre d'énigme. Je suppose qu'en la résolvant l'accès s'ouvrira.

— Alors, comment procède-t-on ?

— Ça n'est pas toi qui disais, je cite "une porte, ça m'a jamais arrêté, surtout s'il faut utiliser sa tête" ? Donc, utilise ta tête !

— C'est parti !

— Hein ? »

Je rangeai mon épée, expirai un bon coup, et m'élançai. Le front en avant, je n'avais pas pris le temps d'hésiter. L'impact était imminent. Et je passai à travers la pierre.

« Non, mais je rêve ! Tu aurais vraiment défoncé cette porte avec ton crâne ? s'emporta Séraphine en me rejoignant.

— C'est toi qui m'as dit de me servir de ma tête !

— Pour t'inviter à réfléchir !

— Oh… N'empêche que si on avait fait selon ta méthode, on y serait toujours !

— C'est sûr que si on attend que quelque chose sorte de ta caboche…

— En attendant, qui du mage ou du voleur a encore détecté l'illusion ?

— Félicitations, tu auras le droit à une médaille…

— Allez, te fâche pas ! »

Tout en disant cela, je lui flanquai une bonne claque dans le dos qui fit dégringoler sa seconde paire de lunettes sur la première.

« Qu'est-ce que c'est que ça ?

— Oups, désolé, m'excusai-je en attrapant à deux doigts ses bésicles tombées pour lui replacer sur le front.

— Non, attends ! »

Me les arrachant des mains, elle les repositionna sur les premières et se mit à regarder tout autour de nous.

« Je le crois pas !

— T'es sûre que ça va ? J'ai l'impression que sans le vouloir ma tape t'a complètement chamboulée. Je ne maîtrise pas ma force.

— Mais non, ça n'est pas ça ! Ce sont ces lunettes.

— Quoi, qu'est-ce qu'elles ont ces lunettes ?

— Vois par toi-même. »

Séraphine retira les objets de son nez et je les passai à mon tour. Comme elle, je regardai le couloir, le plafond, l'ouverture dans le mur…

« Oh ! m'exclamai-je soudain.

— Tu as remarqué ?

— Avec ça, tu n'as plus besoin de développer tes sens pour la détection des illusions, la taquinai-je. Elles te les dévoilent toutes seules !

— Oui, merci de me rappeler que je ne suis encore qu'une practomancienne débutante… »

Ses deux paires de lunettes campées sur ses yeux, ce qui ne manqua pas de me faire sourire, nous reprîmes notre avancée plus enjoués.

« Tu crois que ma broche est capable de cracher du feu ? questionnai-je enthousiaste à cette idée.

— Dans ce cas, elle aurait plutôt eu une forme de flamme, pas de feuille verdâtre.

— Tu as raison… Si ça se trouve, elle me permet de lancer des lianes pour attaquer mes ennemis !

— Je n'ai jamais entendu parler d'un objet qui donnerait une telle aptitude. S'il s'agit vraiment d'une broche magique, il faut sans doute un mot de pouvoir pour commander son effet… Mais à mon avis, ça n'est rien de plus qu'un simple bijou.

— Non. Il y a forcément une raison pour que la nymphe m'ait offert cette boucle.

— Dommage qu'elle n'ait pas pris la peine de nous l'expliquer… »

À un angle, nous tournâmes sur la gauche. À une dizaine de pas de notre position, sur la droite, deux flambeaux brûlaient accrochés à un mur, qui entouraient une porte. Si la peur du noir ne m'atteignait d'ordinaire pas, même dans des endroits particulièrement exigus, à l'image des galeries d'une mine, dans ce donjon où les plafonds s'élevaient pourtant à plus de trois enjambées de hauteur, et en particulier dans ce dernier couloir, l'obscurité se révélait oppressante. Comme si toutes les particules présentes dans l'air avaient pour mission de nous écraser. En voyant ces seules flammes, faibles et malgré tout agitées et pleines de vie, je sentis mes poumons s'emplir d'un souffle nouveau. L'atmosphère pesante s'écarta, comme laissant enfin la place à l'aura invisible et suffocante qui m'entourait.

« Qu'est-ce qui vient de se passer ? s'étonna Séraphine.

— Je ne sais pas. J'ai l'impression de me sentir plus léger. Et ça n'est pas lié à ce jambonneau que j'ai mangé plus tôt. »

La magicienne se retourna vers le couloir d'où nous arrivions. Les ténèbres y occupaient tout l'espace telle de l'eau dans un bassin.

« Je crois que j'ai compris. Quelqu'un a certainement jeté un sort d'obscure pesanteur. Il accroît l'opacité d'un lieu et la rend écrasante. Parfait pour quelqu'un qui serait claustrophobe, mais peu utile en dehors de ce cas. Surtout qu'une simple torche permet d'en dissiper l'effet.

— Et qu'est-ce qui se passerait si quelqu'un de claustrophobe venait à pénétrer dans cette zone ?

— Oh, il serait aussitôt pris de panique. Incapable de bouger il finirait par suffoquer et mourrait.

— Pas très réjouissant comme fin… »

Quoique non affectés par cette magie nous nous écartâmes sans tarder, savourant notre complète liberté.

Nous progressions vers la lumière. Face à nous, le couloir se poursuivait. Nous stoppâmes notre avancée à quelques pas de la porte.

« Tu as entendu ? murmurai-je.

— Oui, répondit la lutine sur le même ton sourd. On dirait des bruits de métal… Des explosions aussi.

— Et des hurlements ! Il y a un combat qui est en train de se dérouler là-dedans ! On ferait peut-être mieux d'attendre que ça se calme.

— Mais peut-être que Darken et son groupe se trouvent là-dedans. Ils aimeraient peut-être un peu aide…

— D'après ce que j'ai cru comprendre, ce Darken, ça n'est pas de la bleusaille. Alors s'il a besoin d'un coup de main, je ne vois pas très bien ce que nous pourrions lui apporter…

— N'empêche qu'on ne peut quand même pas rester là à attendre et les écouter se faire massacrer.

— Et pourquoi pas ?

— Non ! C'est décidé, on y va ! »

Séraphine tendit le bras pour saisir la poignée de la porte. Quand celle-ci s'ouvrit à la volée, laissant s'échapper un homme que nous reconnûmes sans difficulté, pour être celui de la taverne d'Iolcos. Il n'eut pas un regard pour nous et fila comme une flèche dans la partie du couloir que nous n'avions pas explorée. Et soudain « clic »…

Donjon des Mystères /Rez-de-chaussée

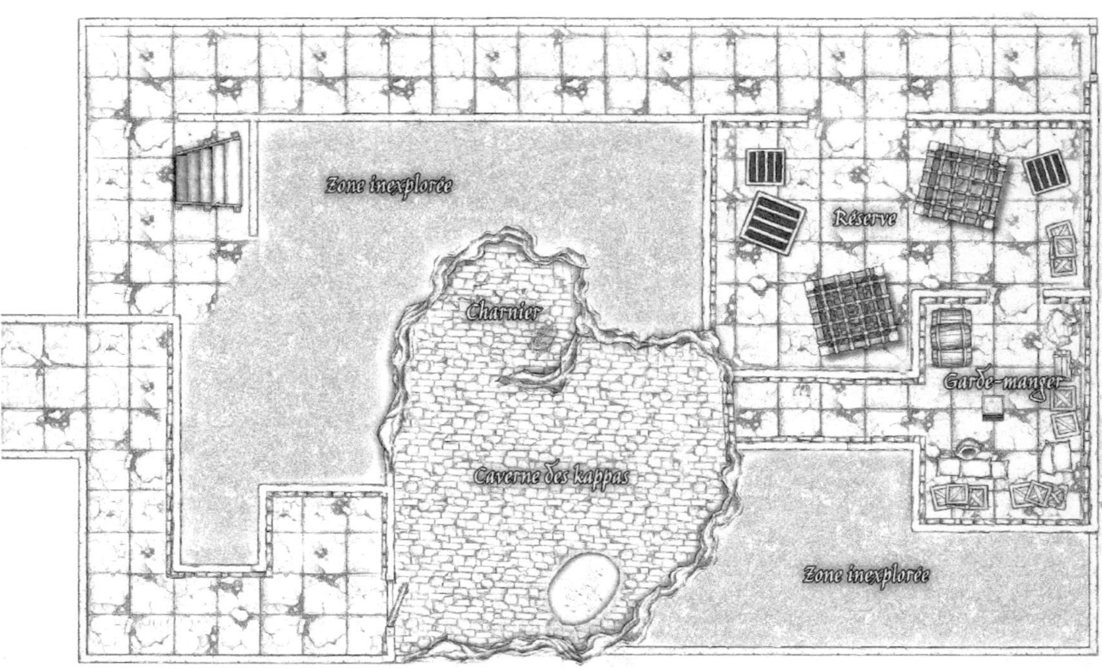

CHAPITRE 18 :
CICATRICES DU PASSÉ

Broc

« Regardez-le ! Broc, le trouillard ! »

Avec ses deux têtes de plus que moi, Eldric n'avait aucun mal à me jeter à terre. Et il ne se privait pas de le faire. Frêle et chétif à mes quinze points vernaux, je ne disposais d'aucun atout pour m'opposer à lui. Ce qui ne manquait pas d'ajouter à ma peine. Car mon père, loin de me défendre, se moquait de mes faiblesses physiques et mentales.

« Quel fils indigne ! Tu devrais avoir honte de toi-même ! » ne cessait-il de répéter.

Chaque nouvelle insulte de sa part me blessait plus encore que les coups reçus par Eldric. Quand ce dernier en aurait fini avec moi, quand il se serait lassé de mon inaction ou qu'il serait fatigué de me cogner dessus, il m'abandonnerait. Comme à chaque fois, couvert d'ecchymoses, je peinerai à me relever, et tout en claudiquant, je regagnerai le taudis qui nous servait de domicile. Là, mon père enivré me regarderait depuis le fond de son fauteuil défoncé, et il émettrait ce rire qui me comprimait les entrailles. Rauque et sans joie, où je pouvais entendre un mélange de sarcasme et de mépris. Et ce rire, ponctué par des souffles entre ses dents, ou des éclats plus longs qui résonnaient tel un écho désagréable, alimenterait encore mon cœur d'une haine toujours plus grande.

« Venez, les gars. Laissons ce toquard traîner dans la poussière. »

Eldric me flanqua un dernier coup de tibia à l'épaule et, accompagné de ses deux sangsues Rowan et Xander, il s'éclipsa, torse bombé et pouces accrochés à sa ceinture. Sans chercher à me remettre sur pieds, je le regardai s'éloigner. Grand et athlétique pour son âge, il arborait de larges pectoraux et un corps bien musclé. Ses cheveux noirs ébouriffés encadraient un visage dur, avec une mâchoire carrée et un menton prononcé. Ses yeux sombres affichaient en permanence une expression sévère et implacable, et sa voix rauque ressortait toujours chargée d'arrogance et de mépris. Il portait généralement des vêtements en cuir foncé, des bottes lourdes et un collier en chaîne avec des pointes, dont il n'hésitait pas à se servir comme arme. Lorsqu'il se battait, ses mouvements m'apparaissaient rapides et vifs ; je n'étais encore jamais parvenu à en esquiver un seul. Intimidant et cruel, Eldric prenait plaisir à faire souffrir les plus faibles que lui, dont je faisais partie.

Lorsque mes trois tortionnaires eurent disparu de mon champ de vision, je me redressai. L'après-midi débutait à peine, et je rebutais à rentrer directement chez moi. À ce moment de la journée, mon père n'apparaissait pas encore complètement saoul et je risquais de subir ses railleries. Je décidai de reprendre mes flâneries jusqu'au soir et me dirigeai vers la place du marché.

Calme et paisible, elle s'avéra presque déserte. Les étals avaient été repliés, les marchands étaient partis, ne laissant derrière eux que des débris et des déchets éparpillés sur le sol. Les quelques passants qui s'aventuraient encore sur les lieux marchaient rapidement, comme pressés de quitter l'esplanade. La lumière du soleil commençait à décliner doucement, offrant une teinte dorée au ciel, tandis que l'atmosphère se rafraîchissait petit à petit. Les maisons qui bordaient l'espace présentaient des volets fermés, donnant l'impression qu'elles dormaient en permanence.

J'avançai au centre de ce lieu tranquille, où l'on pouvait respirer un air de quiétude après l'agitation du marché, quand je remarquai que les camelots n'avaient pas tous déserté la zone. Un étal toujours en place attirait les regards avec ses couleurs vives et ses décorations tape-à-l'œil. Une grande bannière en tissu rouge et jaune flottait au-dessus, avec des lettres dorées qui proclamaient « Potions miraculeuses pour toutes vos afflictions ! ». Sur l'établi, des flacons de toutes les formes et tailles étaient alignés, remplis de liquides aux teintes bigarrées qui bougeaient mystérieusement. Des étiquettes attachées à chaque menue bouteille, avec des inscriptions en caractères foncés, vantaient les bienfaits de chaque préparation. Derrière la table, un petit écriteau en bois planté dans le sol, annonçait le nom du vendeur noté en majuscules : « Maître-Apothicaire Félix, Guérisseur des rois ».

« Approchez, approchez, braves gens ! criait un lutin qui ne passait pas inaperçu malgré sa courte taille. Vous vous sentez fatigué, malade, stressé ? Vous cherchez de quoi soulager vos maux, améliorer votre santé, intensifier votre énergie ? J'ai ce qu'il vous faut ! Des potions magiques et bienfaitrices, préparées avec soin et expertise ! Ici, en voilà pour augmenter votre mémoire, une autre pour décupler votre force, là pour calmer vos nerfs, pour durcir vos os, pour donner de l'éclat à votre peau, pour guérir votre rhume, pour aider votre digestion, pour stimuler votre libido, pour… Ahem, je m'égare ! Bref, j'ai une potion pour tous vos besoins ! Venez, venez, n'hésitez pas ! Et si vous n'êtes pas satisfaits, je vous rembourse intégralement ! Alors, qui veut essayer mes merveilleuses potions ? »

Installé sur un tabouret devant son comptoir, il montrait un visage rond et avenant, des yeux pétillants de malice et une barbe courte et bien taillée. Sa peau était légèrement bronzée par le soleil, et il portait un chapeau de mage lilas à la pointe tombante. Il était vêtu d'une chemise ample et colorée, d'un gilet en cuir brun, et d'un pantalon en toile confortable.

Constatant que j'étais le seul à m'intéresser à son discours, il me salua avec un sourire cordial et un bon mot, et d'une voix douce et mélodieuse, comme s'il chantonnait une chanson joyeuse, m'invita à le rejoindre.

Curieux, je m'approchai.

« Bienvenue mon jeune ami ! Je me présente, je suis Félix, maître-apothicaire et guérisseur des rois. Mais pas seulement, et je vois qu'une potion de soin te ferait du bien. »

Mon air pitoyable et ma plaie à la lèvre le firent disparaître derrière des piles de fioles d'où il en tira une qu'il me tendit.

« Tiens, avale ça et tu te sentiras mieux !

— Non, bredouillai-je en voulant lui rendre, je n'ai pas d'argent.

— Ne t'inquiète pas pour ça, c'est cadeau ! Allez, prends. »

J'hésitai, mais face à l'expression bienveillante du lutin, je finis par acceptai et bus d'une gorgée la mixture à l'aspect bleutée. Presque instantanément, une sensation de chaleur se propagea dans mon corps. Mes muscles se détendirent petit à petit, tandis que les douleurs et les ecchymoses s'estompaient progressivement. Je sentis comme une énergie nouvelle qui me traversait, me revitalisant de l'intérieur. Ma respiration redevint calme, comme si j'avais enfin pu me reposer après une longue épreuve. L'étonnement quant à la rapidité avec laquelle la potion avait agi dut s'imprimer sur mon visage, et l'apothicaire commença à rire à gorge déployée.

« Merci, marmonnai-je honteux.

— Pas de problème le jeune ! Alors, dis-moi, qui est-ce qui t'a mis dans cet état ?

— Eldric, grondai-je. C'est un vrai cauchemar, il ne me laisse jamais tranquille. Il me frappe sans raison, me traite de tous les noms et m'humilie devant tout le monde. Je ne sais pas comment réagir, je suis fatigué de subir ça tous les jours.

— Hum, je vois. Eh bien, je peux certainement t'aider, mais…

— Qu'est-ce que c'est ?

— Il s'agit d'une potion de renforcement musculaire. C'est une formule spéciale que j'ai moi-même développée et qui te donnera une force exceptionnelle !

— Comment est-ce que cela fonctionne ? fis-je intéressé.

— Oh, rien de plus simple ! Trois gouttes matins et soirs associées à quelques exercices pendant un cycle vernal, et tu deviendras plus costaud qu'un golem de pierre animé par la magie !

— Vraiment ?

— Vraiment ! Mais il y a tout de même un petit problème…

— Qu'est-ce que c'est ?

— Il s'agit d'une potion très puissante que je ne peux pas vendre à tout le monde…

— Il me la faut ! Je suis prêt à tout pour me débarrasser d'Eldric.

— C'est qu'elle coûte très cher…

— Combien ?

— Voyons, pour un cycle vernal de potion, à raison de trois gouttes matins et soirs… Je dirais, cent pièces d'or au bas mot.

— Cent pièces d'or ? »

En entendant le prix demandé, je sentis tous mes espoirs s'effondrer, comme si Eldric venait à nouveau de m'envoyer son poing en pleine figure. J'étais complètement abattu.

« C'est beaucoup trop d'argent pour moi, je ne peux pas me le permettre.

— Je comprends, mais penses-y bien. Parfois, il vaut mieux investir un peu d'argent pour résoudre un problème qui nous empêche de vivre à fond.

— Je vais y réfléchir, merci de votre aide.

— Je me tiendrai là jusqu'au coucher du soleil si tu as besoin de moi. N'hésite pas à venir me voir si tu changes d'avis. »

Déçu, je traînai les pieds jusque chez moi. Trop tôt. Comme je l'avais présumé, mon père en remarquant mon état, couvert de poussière et de sang séché, fit pleuvoir sur moi un ouragan d'invectives aussi variées que méchantes. Dès que possible, j'allai me réfugier dans ma chambre et laissai libre cours à des pensées assassines. Les yeux fermés, je me voyais assommer de coups de pied mon père, Eldric, et tous ceux qui ne cessaient de me harceler. J'imaginais leur douleur, leur peur, leur impuissance face à moi. Ils endureraient enfin toutes ces brutalités qu'ils me faisaient subir. Et j'éprouvais une satisfaction intense à l'idée de m'arroger ce pouvoir sur eux, de ne plus être le faible et le martyr.

Je serrai les poings, mon corps se tendit. Je visualisais avec précision chaque gifle que je leur assenais, et j'entendais chaque cri de désespoir qu'ils poussaient. Si ce fantasme me procurait du soulagement, je savais qu'il n'était que temporaire et qu'à peine sorti de ma chambre, mon cauchemar recommencerait. « Froussard, poule mouillée, lopette, faiblard, fillette… » Toutes ces insultes qu'ils ne cessaient de me répéter tournaient en boucle dans ma tête, et je me détestais même davantage pour mon impuissance et mon absence de réaction.

Mais pas cette fois-ci. L'occasion inespérée de prendre ma vie en main se présentait enfin, et je ne devais pas la rater. Je m'allongeai sur ma couche et réfléchis à mon problème d'argent. Ma bourse contenait tout au plus quelques piécettes de cuivre, et celle de mon père devait se montrer encore plus vide, d'après les bouteilles de vin que j'avais aperçues sur la table. Et cent pièces d'or correspondaient à une somme importante, impossible à gagner en quelques asthors par une voie légale.

« Eh, pleurnichard, ramène tes fesses ici ! » hurla soudain mon père me sortant de mes pensées.

Je savais ce qu'il voulait. Même si je n'avais aucune envie de lui venir en aide, mieux valait éviter les conséquences d'un refus. Je me levai donc et le rejoignis dans la pièce principale. Comme je m'y attendais, il me tendit de sa main unique, une bouteille dont le bouchon lui résistait. La plupart du temps, même avec un seul bras, il parvenait à les ouvrir, mais pas cette fois. D'un geste expert, je la débouchai et lui rendis. Sans un remerciement, il s'affala dans son vieux fauteuil et reprit son passe-temps favori.

Mon père avait été soldat, plus précisément archer, et un bon d'après les rumeurs qui circulaient. Son arc y jouait pour beaucoup. Conçu par les elfes, il avait une allure élégante et fine. Fabriqué avec un bois de qualité supérieure, il était orné d'entrelacs dorés et d'une corde tressée avec des fils d'argent. En le regardant de plus près, on pouvait remarquer des inscriptions en caractères anciens gravées sur toute sa longueur. D'après ce que j'en savais, elles se trouvaient à l'origine du pouvoir de l'arc qui, quelle que soit la flèche positionnée dessus, la guidait toujours vers sa cible, peu importe la distance ou les obstacles. Grâce à lui, mon père était devenu une légende, mais il s'était aussi fait de nombreux ennemis. Il s'en était à chaque fois sorti, jusqu'au jour où un guerrier qui avait bu une potion d'invisibilité s'était faufilé derrière lui et lui avait tranché le bras gauche. Ainsi amputé, mon père avait dû stopper sa carrière d'archer et rentrer à la maison.

S'il avait perdu un membre, il conservait précieusement son arc. Même durant les périodes difficiles, après le départ de ma mère avec un arbalétrier, où il avait sombré dans une profonde dépression et ne travaillait plus, il avait toujours préféré se serrer la ceinture que vendre son arme. Cet arc représentait un bien inestimable, son bien le plus cher.

J'avais trouvé la solution à mon problème ! Si je pouvais mettre la main sur cet arc, je pourrais à n'en pas douter, l'échanger contre la potion de renforcement musculaire. Encore fallait-il le dénicher. Mon père y tenait plus qu'un dragon son tas d'or. Il reposait en un lieu inconnu, à l'abri des regards indiscrets et des voleurs audacieux.

Je réfléchis un instant. Notre maison ne comptait qu'une pièce centrale et deux petites chambres. En bois, elle avait été construite bien avant ma naissance. Les planches étaient abimées et grises, attestations de leur âge et des intempéries. Le toit de chaume en mauvais état était plus parsemé de trous qu'un fromage gobelin, et laissait passer la pluie et le vent. La porte en bois présentait des fissures et des éclats qui témoignaient de l'usure. Les fenêtres petites et sales arboraient encore les rideaux installés par ma mère, désormais en lambeaux, et qui flottaient doucement dans la brise. Le sol de terre battue et les murs de torchis rendaient l'intérieur sombre et humide. Le mobilier se constituait d'une vieille table, de deux chaises branlantes, du fauteuil défoncé paternel et de lits de camp dans les chambres. Le reste de la maison ressortait vide, avec simplement des toiles d'araignée qui pendaient du plafond et des rats qui couraient dans les coins. Je voyais mal où mon père aurait pu trouver une cachette suffisamment sécurisée pour y déposer son arc.

« Ne reste pas planté là comme un abruti, ouvre-moi cette bouteille ! » grommela mon père, m'extirpant une nouvelle fois de mes pensées.

Je débouchai une seconde bouteille tandis qu'un plan germait dans mon esprit.

« Tiens, père. Tu reprendras bien encore un peu de vin ? »

Méfiant devant mon ton enjôleur, il détailla la bouteille, mais n'y trouvant rien à redire, but goulûment au goulot. Il l'avait tout juste terminée, que je lui en proposai une nouvelle. Malgré son entraînement qui ne datait pas d'hier, il finit par se mettre à divaguer.

Affalé dans son fauteuil, les jambes étendues, les bras ballants, sa tête tournait légèrement d'un côté à l'autre. Sa barbe grisonnante était mal taillée, et des taches de vin émaillaient sa chemise déchirée. Ses yeux injectés de sang me regardaient fixement, sans parvenir à se concentrer sur moi. Il avait des difficultés à articuler ses mots, qui sortaient de sa bouche comme des gargouillis incompréhensibles. De temps en temps, il hochait la tête, comme s'il était en train de se donner raison à lui-même. Sa main droite tremblait légèrement ; le liquide de sa boisson suivait chacun de ses tressaillements. Je savais que sa conscience était au bord de s'effondrer, mais j'espérais qu'il demeurait assez lucide pour me dévoiler où il avait dissimulé son arc légendaire.

« Dis-moi où tu l'as caché ! murmurai-je à son oreille.

— Oh, l'arc magique ! Je me souviens quand j'ai été à la chasse avec l'armée, j'ai abattu un ours avec une flèche unique !

— D'accord, mais où est-il maintenant ?

— Et puis il y avait cette bataille épique, je le tenais, et j'ai jeté un trait qui a transpercé deux ennemis à la fois !

— Papa, je suis content pour toi, mais où as-tu caché l'arc ?

— Ah oui, j'ai également participé à une compétition de tir à l'arc où j'ai touché la cible avec les yeux bandés !

— Bien, c'est impressionnant, mais vas-tu me dire où il se trouve ?

— J'ai rencontré une fois un elfe qui tirait des flèches qui brillaient dans le noir. C'était une merveille à voir ! Mais je n'en ai jamais eu à ajouter à mon carquois…

— Papa, c'est fantastique, mais où est cet arc que tu as dissimulé ?

— Ah, oui, l'arc magique ! Je crois que je l'ai planqué dans un endroit sûr où personne ne peut le trouver. Ah, j'adore les pommes de terre, et si nous en plantions dans le jardin !

— Oui, si tu veux. Mais bon sang, ne vas-tu pas m'indiquer l'emplacement de ce fichu arc ?

— Oh, tu veux savoir où je l'ai caché ?

— Oui ! Fis-je plein d'espoir.

— Je ne me souviens plus… Mais je suis à peu près sûr qu'il n'est pas loin ! »

Une nouvelle fois, la déception m'envahit. Mon stratagème n'avait pas porté ses fruits, et j'étais revenu à mon point de départ : sans information sur la position de l'arc magique, et sans sous. Quand mon père, qui somnolait de façon sonore, ouvrit soudain les yeux et annonça :

« Sous le siège où s'assoit l'homme las se cache l'outil de sa gloire passée, et la clef de ta quête, mon fils. »

Il se rendormit sur le champ. Mais j'avais peut-être finalement réussi à le faire parler.

Plein d'espoir, je rassemblai toute mon énergie, et poussai le fauteuil, lui dessus, sans la moindre crainte qu'il ne s'éveille. Je me mis à genoux et appuyai sur les lattes du plancher. Trois bougeaient largement, que je soulevai et déposai plus loin. Là, dans un fourreau de cuir, je découvris l'arc magique. Le palpitant battant, je retins mon souffle et saisis l'étui avec précaution, puis refermai la trappe. Je me relevai doucement, le tout bien en main, et repositionnai le fauteuil à sa place.

Je sortis l'arme de sa gaine et le détaillai. Il m'apparut encore plus beau que dans mes souvenirs, quand mon père toujours soldat me le laissait admirer. Un pincement au cœur me surprit à l'idée de l'échange que je m'apprêtais à réaliser. Mais cet arc ne représentait plus qu'un vestige d'un passé enfoui il y a de nombreuses cycles, alors que cette potion me promettait un avenir radieux.

Décidé, je quittai la maison et me rendis compte que le soir venait à grands pas. J'accélérai l'allure et arrivai sur la place du marché juste à temps. L'apothicaire finissait de remballer son étal et ranger toutes ses petites fioles.

« Attendez, ne partez pas !

— Tiens, le jeune. Qu'est-ce qui t'amène encore ici ?

— Je veux votre potion de renforcement musculaire !

— Hum, je vois. As-tu les cent pièces d'or ?

— Non…

— Dans ce cas, je suis désolé, mais je ne peux rien pour toi.

— En échange, je vous donne ça ! » Fis-je en lui tendant l'arc et son fourreau.

Le lutin-apothicaire me jeta un regard dubitatif, mais finit par accepter d'inspecter ma monnaie. Lorsqu'il découvrit le contenu de l'étui, ses yeux se mirent à briller. De l'index, il passa sur chaque inscription, le tourna et le retourna entre ses mains menues. J'étais convaincu qu'il n'en avait jamais vu d'autres d'une telle beauté ; il ne pouvait qu'être impressionné.

« Alors ?

— Marché conclu ! »

L'arc disparut dans les affaires de Félix d'où il tira plusieurs flacons qu'il me tendit.

« Voilà un cycle de potion de renforcement musculaire.

— Bizarre, on dirait de l'eau.

— De l'eau ? C'est bien plus que de l'eau, jeune homme ! Cette préparation contient des herbes et des ingrédients rares et puissants qui vont accroître ta force et ton endurance. D'ici un cycle, si tu avales bien chaque jour ce breuvage, tu verras une différence phénoménale ! Mais prends garde ! Veille bien à ne prendre que trois gouttes à la fois. Au-delà, ton corps ne le supporterait pas et tu t'exposerais à des conséquences dramatiques qui pourraient te conduire jusqu'à…

— Jusqu'à… ?

— … La mort ! »

Le lutin prononça ce dernier mot lentement, d'une voix sépulcrale et solennelle. Son ton instilla une dose de gravité et de sérieux dans ses paroles qui me convainquirent de ne pas chercher à aller plus vite que la musique.

« Bien, il est temps pour moi de partir. Bonne chance le jeune ! »

Il ne lui fallut pas plus de cinq éclires pour rassembler le reste de ses effets, et il disparut. Penaud, avec soudain l'impression de m'être fait flouer, je regagnai mon domicile les bras chargés.

« Qu'est-ce que c'est que ça ? »

Je n'avais pas franchi le seuil de la maison lorsque mon père me cueillit, les bras chargés de ma mixture. Étonnamment stable sur ses jambes et lucide pour quelqu'un qui, il y avait moins d'un asthor se trouvait au bord du coma éthylique, il s'avança vers moi. Un œil à moitié fermé, l'autre grand ouvert et posé sur ma cargaison, il grommela des paroles incompréhensibles, puis saisit une fiole entre ses doigts.

« C'est une potion de renforcement musculaire, tentai-je de justifier. Il faut faire très attention quand on la prend… »

Je n'eus pas l'occasion de lui répéter la mise en garde de l'apothicaire. Avec les dents, il arracha le bouchon, le cracha plus loin, et avala la totalité du liquide. Soudain, il commença à suffoquer. Il laissa tomber le flacon qui se brisa sur le sol, et s'attrapa la gorge de sa main unique.

« Qu'est-ce que tu m'as fait ? haleta-t-il.

— Tu n'aurais pas dû… » bredouillai-je paniqué devant son visage devenu cramoisi.

Les ongles enfoncés dans la peau, mon père se tordit dans tous les sens. Ses membres s'agitaient de convulsions violentes. Ils se crispaient et se contractaient de manière incontrôlable, tandis que sa figure se déformait par des grimaces de douleur. Des gémissements et des cris de souffrance s'échappaient de sa bouche, témoignant de l'agonie qu'il endurait. Son corps semblait pris de spasmes, vrillant dans des positions incongrues et chaotiques, qui donnaient l'impression d'une marionnette désarticulée. La brûlure que provoquait le breuvage se lisait dans ses yeux, qui apparaissaient emplis d'une terreur mêlée de désespoir, alors qu'il luttait contre ses effets dévastateurs. Le spectacle ressortait à la fois effrayant et déchirant, et témoignait des conséquences tragiques d'une ingestion excessive de cette substance magique.

« De l'eau ! »

Mon père cracha par terre, et de nouveau calme, me lança un regard de reproche.

« De la potion de renforcement musculaire, ça ? Ça n'est rien de plus que de l'eau ! Tu t'es fait avoir, imbécile !

— De l'eau ? »

À mon tour, je débouchai une fiole, reniflai son contenu et l'avalai. J'attendis avec une légère appréhension que les effets de la préparation se manifestent. Après plusieurs éphémérises d'angoisse, je réalisai que la mixture n'avait aucun impact sur moi. Mes espoirs de bénéficier de quelconques pouvoirs ou transformations s'envolaient dans les airs. Un sentiment de frustration mêlé à une pointe de ridicule me parcourut. Je poussai un soupir de dépit.

« Mais il disait…

— Ce que tu avais envie d'entendre, bougre d'idiot ! compléta mon père en ajoutant une taloche que je reçus à l'arrière du crâne. Et combien ta naïveté nous aura coûté, alors ?

— Cent pièces d'or. »

Comme si je venais de lui redonner de l'eau à boire, mon père manqua à nouveau de s'étrangler.

« Cent pièces d'or ? Mais où as-tu… ? Ne me dis pas que… ? »

Son expression faciale vira à l'effroi. Il se détourna et bondit tel un griffon en plein vol, fendant l'espace jusqu'à son fauteuil avec la puissance d'un ouragan déchaîné. Là, il renversa son siège, et avec frénésie, retira comme je l'avais fait un asthor avant, les planches qui camouflaient la cache de l'arc magique. Qui se révéla vide.

« Comment as-tu osé ? Hurla mon père en revenant vers moi l'air furieux. Il s'agissait d'une arme légendaire dont la valeur ne se résumait pas à cent pièces d'or, ni même à un vulgaire remède de bonne femme qui te procurerait des capacités invraisemblables !

— J'espérais simplement devenir plus fort, murmurai-je.

— Parce que tu crois que c'est ainsi que l'on devient plus fort ? En buvant des mixtures vendues par des charlatans ? Puisque tel est ton souhait, je vais te donner une opportunité de te transformer en force de la nature, mais ce sera à travers des épreuves, un entraînement rigoureux et non par des breuvages aux effets hypothétiques !

— Père, je ne voulais pas te décevoir. Je pensais que cette potion…

— Les héros authentiques gagnent leur puissance par le labeur acharné, la discipline et la persévérance. Je vais te montrer ce que cela signifie réellement, et tu regretteras d'avoir vendu mon bien le plus précieux. Prépare-toi à un apprentissage violent et des défis qui te pousseront au-delà de tes limites. Tu découvriras ta véritable force, pas grâce à des potions douteuses, mais par ton propre travail et ta détermination ! »

Après un cycle vernal d'entraînement intense avec mon père, j'avais acquis une carrure impressionnante. Mes muscles apparaissaient taillés comme ceux d'un géant, témoignant des épreuves endurées. J'étais devenu un combattant puissant, enfin capable de faire face à Eldric et de terrasser des monstres.

Cependant, si les enseignements de mon père avaient forgé mon corps, mon esprit restait vulnérable aux doutes et à la peur. Chaque rencontre face à des adversaires redoutables, mettant parfois ma vie en péril, faisait resurgir cette fragilité mentale.

Un jour, alors que j'affrontais un chupacabra vicieux, je fus pris de panique. Mes instincts me poussaient à fuir, à abandonner le combat. Mon esprit faillit me lâcher au moment crucial. Dans la mêlée, je perdis même une partie de mon nez, victime des crocs acérés de la bête.

Cet incident douloureux me servit de leçon. Je réalisai qu'avant de me lancer dans une situation dangereuse, je devais m'assurer de la victoire. M'attaquer aux plus faibles, voilà en quoi j'excellais. Pas en exploration de donjons…

CHAPITRE 19 :
INSENSÉ

Darken

Nous ne pouvions plus reculer. La porte béait, inerte, mais ce qu'elle renfermait ne l'était pas. Immense masse gélatineuse couleur chair de près de deux enjambées de diamètre, elle avait tourné ses deux petits yeux noirs qu'elle fixait sur nous, incapables de cligner. Nous apercevant, elle ouvrit une large bouche nous dévoilant des centaines de crocs pointus. Triangulaires à l'image de ceux des requins et positionnés sur plusieurs rangées, ils apparaissaient courts. Ce qui n'enlevait rien à leur dangerosité.

Un liquide translucide coula sur ses épaisses lèvres roses avant de tomber sur le sol. Le monstre, un blob géant, salivait à notre vue.

« Darken ? Faut-il vraiment que nous affrontions cette abomination ? me demanda Mallirk, marteau bien en mains.

— J'en ai bien peur. Regardez ! »

Du doigt j'indiquai à mes deux derniers compagnons, ce qui se cachait au fond.

« Ça doit être l'escalier qui mène au niveau suivant.

— Je craignais que vous disiez cela, souffla encore le nain. Alors, comment procède-t-on ? »

Je réfléchis. Je rencontrais une telle créature pour la première fois. D'ordinaire, elles vivaient dans les rivières souterraines. Leur existence n'avait d'ailleurs été relatée que par les témoignages d'elfes des ténèbres qui s'étaient retrouvés face à elles, et en avaient réchappé.

Je n'imaginais pas qu'ils puissent s'accommoder d'un donjon. En dehors de l'obscurité qui baignait les lieux, il n'y avait pas d'eau. Sans doute n'en avait-il pas besoin pour survivre. De la même manière, je ne voyais pas comment il se déplaçait. Deux minuscules nageoires pointaient de chaque côté de son corps, mais qui ne reposaient pas sur le sol. Un vrai poisson hors de l'eau. Ce qui ne paraissait pas le déranger.

Je scrutai les lieux. Le blob se tenait au centre d'une pièce à peine plus grande que lui. Tout autour, l'interstice avec les murs s'avérait juste assez large pour permettre à une personne de se faufiler. Mais cela signifiait passer à la portée de ses mâchoires.

L'animal ne semblait pas pressé. Il avait retrouvé une immobilité parfaite. Sa gueule s'était refermée sur une moue, et ses yeux continuaient de nous observer. Nous reculâmes de quelques pas et les coins de sa bouche s'étirèrent davantage vers le bas de mécontentement. Son déjeuner allait-il lui filer entre les doigts ?

Je réfléchis. Je savais que mes sorts ne nous seraient d'aucune utilité face à lui. Même si je n'en avais jamais rencontré, j'avais pris la peine de me renseigner sur les monstres des abysses, dont le blob faisait partie. Une exploration précédente devait me conduire au cœur d'un gouffre situé dans la forêt d'Unarith. C'était par là que les elfes des profondeurs, prisonniers de l'Endogène, la région souterraine d'Ohorat, avaient fini par émerger au temps de la Marche des ténèbres, pleins de haine.

La galerie visée qui avait été creusée à cette époque ne représentait pas qu'un moyen pour ce peuple bafoué de rallier la surface. Avant de parvenir à remonter à l'air libre, celui-ci avait passé un temps infini à excaver le sol. Or des groupes, las de ce dur labeur, avaient choisi de s'établir dans certaines grottes et y développer des villes. Mon but alors, était de retrouver l'une de ces bourgades désormais abandonnée, afin d'en déterrer de puissants artefacts magiques.

En préparation à ce voyage, j'avais déniché dans la bibliothèque de la cité royale d'Eldoria, un ouvrage traitant des créatures infestant le sous-sol ohoratien. Je l'avais étudié avec attention. Types de monstres, capacités, dangerosité, forces et faiblesses, je n'avais rien laissé au hasard.

J'avais alors découvert le blob géant. Variété de poisson spécifique des abysses, son apathie apparente ne le rendait pas moins redoutable. À tel point que les témoignages relatant les rares rencontres avec eux l'étaient encore plus. En dehors d'un vague croquis dégageant les caractéristiques physiques principales du blob, et un menu exposé de ses particularités, ses aptitudes n'étaient pas développées. À l'inverse d'autres espèces plus communes et plus largement répandues, qui possédaient une page descriptive plus détaillée, le blob n'avait droit qu'à un court paragraphe. J'y avais néanmoins appris que sa peau présentait une substance sur laquelle les attaques magiques non perforantes glissaient sans lui occasionner le moindre dégât.

Hélas pour moi, mes sortilèges ne nous seraient d'aucune aide, sauf à lui faire écarter ses épaisses mâchoires ou à le blesser et lui inoculer mes toxines par ce biais. Voilà une idée !

« Si vous pouviez l'obliger à ouvrir la bouche, je pourrais alors l'empoisonner, murmurai-je à mes camarades.

— À mon avis, il n'attend que ça, d'ouvrir la gueule pour nous avaler ! » marmonna Mallirk en resserrant néanmoins sa prise sur le manche de son lourd marteau.

Le théurge jeta un coup d'œil à Broc. L'anxiété transpirait par tous les pores du guerrier. Son regard paniqué passait du nain à moi dans l'espoir que nous n'allions pas faire appel à lui. Sa demande muette sonnait vaine à mes oreilles, et je fronçai les sourcils pour le lui faire comprendre.

Il déglutit et saisit sa hache à deux mains. Au côté de Mallirk, il attendit un signe, puis tous deux s'élancèrent, arme au-dessus de la tête. Le blob en profita aussitôt pour déclencher l'offensive. Alors que mes compagnons se ruaient sur lui, il dévoila un long appendice caché à l'arrière de son crâne qui s'agitait telle la queue d'un chat. Avec une vivacité surprenante, le membre s'abattit sur le nain et lui délivra une décharge électrique qui l'assomma sur le coup. Voyant cela, les nerfs de Broc finirent par lâcher. Avant que je n'aie eu le temps d'intervenir, il abandonna sa hache, tourna les talons et s'enfuit par où nous étions arrivés. Je me retrouvai seul face au blob.

Jason

Séraphine tendit le bras pour saisir la poignée de la porte. Quand celle-ci s'ouvrit à la volée, laissant s'échapper un homme que nous reconnûmes sans difficulté, pour être celui de la taverne d'Iolcos.

Le guerrier n'eut pas un regard pour nous. Nous comprîmes à l'horreur qui transparaissait sur son visage qu'il fuyait. Quelle terrible épreuve nous attendait qui avait pu l'amener à un niveau de frayeur si élevé ?

Il fila comme une flèche dans la partie du couloir opposée à celle d'où nous arrivions.

Et soudain « clic ». Incohérent, incapable de réfléchir et prendre le temps nécessaire à la détection des pièges, il venait d'en déclencher un. Un filament tendu en travers du corridor se rompit à son passage, provoquant l'ouverture d'une trappe par laquelle il tomba.

Il ne hurla pas. Sa chute se révéla trop courte. Tout juste émit-il un hoquet de surprise à l'instant de son trépas. Au fond de la fosse située à trois enjambées de profondeur, se trouvaient plantés des pieux de bois sur lesquels il alla s'empaler.

« Dommage, je l'aimais bien, fis-je en me penchant par-dessus le trou.

— Ben voyons, souffla la lutine.

— Quoi ? C'est pourtant vrai ! Sous ses airs d'abruti, je suis certain qu'il y avait un habile combattant.

— Possible, mais dans un donjon ça n'est pas forcément les plus doués qui s'en sortent le mieux. S'il avait eu un peu plus de cervelle, il aurait peut-être pu s'en tirer… lança-t-elle en me jetant un regard de reproche.

— Oui, j'ai compris, je ferai plus attention aux pièges ! En attendant, si lui est ici, cela veut sans doute dire que ton Darken n'est pas loin lui aussi.

— Exact ! Dépêchons-nous ! Enfin, tout en prenant garde où nous mettons les pieds… »

Nous retournâmes près de la porte qui s'était refermée derrière le fuyard, et d'une main quelque peu hésitante, nous l'ouvrîmes.

Là, dans une pièce qui me sembla trop réduite pour ce qu'elle abritait, un monstre à l'aspect gélatineux se démenait pour atteindre de son antenne, le mage empoisonneur, Darken. L'homme, malgré son apparence chétive, se montrait plutôt adroit à esquiver. Il sautait à droite, frappait de son bâton l'appendice, avant de repartir à gauche. D'un coup, il se précipita dans ma direction ; le membre antennaire aussi.

***

Et voilà, j'étais mort. Du moins, c'est ce que j'imaginais. Pas que je sache à quoi cela ressemblait, mais c'était bien là l'idée que je m'en faisais.

Qu'est-ce qui avait bien pu mal tourner ? En même temps, il fallait bien que cela se produise un jour ou l'autre. Et visiblement, la fin avait choisi aujourd'hui. Je l'avais bien cherché, et pour autant, quelle poisse ! Comment est-ce que j'en étais arrivé là ? Pas moyen de m'en souvenir…

En attendant, je flottais. Je flottais comme tant d'autres sur une morne étendue plane, grise, vide et insipide. Comme quoi la mort, cela n'avait rien de réjouissant.

Errant telle l'âme en peine que j'étais, j'aperçus soudain au loin une lumière. Et si elle représentait pour moi, le salut ? M'y rendre s'avérait la seule façon de le savoir ; je n'avais de toute manière pas grand-chose de particulier à faire. Je me mis en route… Enfin, j'essayai…

Je ressemblais aux autres esprits du coin, petite flammèche de couleur bleue avec un joli dégradé qui tirait vers le blanc sur le bout des flammes. Pas besoin de préciser donc que niveau mouvement je me trouvais très limité.

La traversée me parut durer une éternité, mais impossible d'accélérer la cadence. L'impression de m'être métamorphosé en un têtard à la nageoire caudale atrophiée ne me quittait pas, tant je peinais à avancer. Pas étonnant sans jambes ! D'un elfe-nain vigoureux, j'étais devenu une simple âme sans corps.

Je finis tant bien que mal par parcourir la distance qui me séparait de ce minuscule point lumineux. Plus je m'approchais, plus je me rendais compte qu'il ne s'agissait pas que d'un point lumineux. J'atteignis une ridicule petite masure en bois à peine assez vaste pour y contenir des commodités, avec d'un côté une porte et d'un autre une fenêtre d'où émanait cette lueur que j'avais aperçue. Autour de moi, pas âmes qui vivent. Je pénétrai dans la cahute sans prendre la peine de pousser le battant ; je ne possédais de toute façon pas de bras pour.

À mon grand étonnement ce qui ressemblait à l'extérieur à une vieille bicoque en bois miteuse, s'apparentait à l'intérieur à une majestueuse et chaleureuse pièce de vie aux murs de pierres. La salle, unique, présentait d'immenses fenêtres qui apportaient une lumière semblable à celle perçue un jour d'été. Rien à voir avec la grisaille régnant au-dehors. En son centre, je repérai la petite flamme vacillante qui avait attiré mon regard. Elle se trouvait postée en haut d'un lampadaire dont le support tordu servait également de support à des panneaux de signalisation. À côté étaient installés un fauteuil et son repose-pieds. Ils flamboyaient d'un rouge fascinant, et étaient brodés de motifs floraux simples, mais qui ajoutaient une touche de raffinement au tableau. Au-dessus pendait un curieux parapluie tout aussi élégant, mais qui rendait l'ensemble pittoresque.

« Est-ce que je peux vous renseigner ? »

Sans que je comprenne d'où il venait, un être diabolique se matérialisa soudain devant moi.

« Dites donc, c'est d'enfer ici ! » Raillai-je, car cette créature, quoique d'apparence humanoïde, présentait une longue queue qui se balançait derrière elle, comme mue par une vie propre, d'immenses ailes semblables à celles de chauves-souris, et des cornes noires pareilles à celles d'un vieux bouc. Complètement nue et visiblement asexuée, sa peau se teintait d'un rouge sang qui faisait ressortir l'orbite blanche laiteuse de ses yeux.

« De mon point de vue, je trouve tout cela d'un ennui mortel, me répondit-il d'un air malicieux.

— Vous m'en direz tant !... Marmonnai-je quelque peu mal à l'aise devant cet être qui me dévorait du regard, une canine bien en évidence. Qu'est-ce que c'est ? Le questionnai-je en indiquant du doigt le réverbère, histoire de lui faire penser à autre chose.

— C'est un lampadaire directionnel qui oriente vers les différents plans d'existence, lâcha-t-il sans y prêter le moindre intérêt.

— Cela n'a pas de sens, ils pointent tous vers le poteau !

— C'est un sens unique.

— Un sens unique qui ne mène nulle part ?

— Vous espériez aller quelque part peut-être ? ironisa-t-il tandis que je comprenais enfin de quoi il retournait.

— C'est brillant ! m'exclamai-je soudain.

— Merci, mais je n'en suis pas l'auteur. Moi je ne suis là que pour indiquer le chemin.

— Non, je parlais du lampadaire, dis-je passant du coq à l'âne.

— Oh ! Il attire les âmes égarées.

— Je ne savais pas qu'il y avait des états d'âmes ?

— Seulement quand on l'a rendue !

— Et à quoi peut bien servir ce parapluie ?

— À protéger de la pluie sans aucun doute, répondit-il avec un manque d'assurance flagrant.

— Il pleut souvent ici ?

— Jamais ! Remarquez, il pourrait tout aussi bien s'agir d'une ombrelle…

— Le soleil tape fort dans le coin ?

— Pas un seul de ses rayons ne pénètre en ce lieu.

— Vous disiez que vous étiez là pour indiquer le chemin ? repris-je après un moment d'hésitation, car la conversation virait à l'absurde. Lequel ?

— Tout dépend ce que vous cherchez.

— Toutes ces âmes par exemple, est-ce qu'elles restent en cet endroit pour l'éternité ?

— Non, nous ne nous trouvons ici que sur le plan de Fugue. Celles qui se sont montrées fidèles à une divinité de leur vivant rejoignent le plan de celle-ci. Les autres sont envoyées à la cité du Jugement où elles sont pesées avant de se rendre dans la cité des morts où elles subiront leur châtiment éternel.

— On ne risque pas de s'ennuyer au moins… Vous avez appelé ce plan, le plan de Fugue ? Y a-t-il des âmes qui cherchent à s'échapper ?

— Oui, mais elles se font quasi systématiquement rattrapées par mes confrères et moi-même.

— Et si je voulais partir, quelle direction est-ce que je devrais prendre pour regagner le plan des vivants ? demandai-je à tout hasard.

— Vous ne préféreriez pas vendre votre âme au diable plutôt ?

— Cela a l'air douloureux… Dis-je en m'imaginant esquisser une moue dégoûtée, car je ne possédais plus de visage pour la mimer.

— Cela fait en effet, un mal de tous les diables ! Mais vous disposez de l'éternité pour vous en remettre, fit-il avec ce que je supposais être un sourire qui le rendait encore plus abominable.

— Je me sens drôlement tenté… Ironisais-je, mais il ne parut pas s'en rendre compte.

— Comme dirait l'autre, le seul moyen de se délivrer de la tentation, c'est d'y céder ! répondit-il comme si l'affaire était conclue.

— Mettons cela de côté pour l'instant ! Vous m'expliquiez que certaines âmes parvenaient à s'enfuir ?

— Oui. Il arrive parfois que des dieux ou déesses décident d'accorder une seconde chance à une âme. Elle peut alors regagner son plan d'existence d'origine… Où allez-vous ?

— Je rentre chez moi ! dis-je déjà hors de la bâtisse et pestant intérieurement contre cette forme qui me ralentissait.

— Vous ne pouvez pas partir, nous n'avons pas encore évoqué les clauses de notre pacte ! poursuivit le démon volant à mon côté de façon lourde et brutale, et néanmoins naturelle et certainement plus efficace que moi.

— Pas intéressé ! » Répondis-je, l'envoyant au diable.

C'est alors que je sentis plus que je n'entendis, une petite voix qui me susurrait des paroles à l'oreille ; en imaginant que j'aie des oreilles. J'arrêtai soudain ma course pour mieux me concentrer. Mon ami infernal stoppa aussi sec sa poursuite en ouvrant de larges ailes.

« Je vois que vous avez changé d'avis ?

— Chut ! J'essaie d'écouter ! » Le coupai-je brutalement.

Comme je l'aurais fait moi-même si cela avait été possible, il tendit l'oreille et leva les yeux en l'air dans l'expectative.

« Réveille-toi… murmurait la voix.

— Moi je n'entends rien, marmonna le diable vexé d'être mis à l'écart.

— Réveille-toi… » répétait la voix.

C'est alors qu'une clarté inédite apparut devant moi. Elle brillait d'une lueur nettement plus vive et éclatante que la bougie faiblarde de la maison en bois.

À mon côté, la créature démoniaque levait le regard dans une tentative vaine d'apercevoir ce que je voyais. J'avais les « yeux » rivés sur cette nouvelle source lumineuse qui m'attirait comme un papillon sur une torche.

« Oh non, pas encore… » Entendis-je l'être cornu baragouiner derrière moi.

Comme pour me sortir de ma torpeur, il agitait ses bras musculeux devant moi et essayait de m'arrêter.

N'y prêtant pas attention, je me mis en route et, intangible, passai à travers lui à mon allure de poisson estropié. Puis, j'avançai de plus en plus rapidement. De simplement attiré, je fus bientôt aspiré au centre de cette lumière dont l'intensité et la taille grandissaient au fur et à mesure que j'approchais.

« Réveille-toi ! » hurla la voix à mon oreille.

Aussitôt, j'ouvris les yeux. Le diable cornu avait disparu, tout comme les innombrables autres petites flammèches bleutées. Un coup d'œil vers le bas me rendit mes jambes. J'allongeai devant moi mes bras… Je me trouvais de retour sur le plan des vivants ! Les yeux grands ouverts, heureux de n'être pas une âme, je pris quelques éphémérises pour regarder autour de moi.

Et je me rappelai pourquoi j'étais mort…

Le monstre rosâtre à la chair flasque se tenait au centre de la pièce, son appendice penché au-dessus de moi. Tel un nez, il pendait à quelques pouces de mon corps. Il semblait renifler ma redingote.

Agrippée à mon bras, Séraphine, à l'origine de ma résurrection par ses insistantes supplications, demeurait immobile dans l'espoir sans doute que l'animal nous oublierait. Contre toute attente, c'est précisément ce qu'il fit. De sa place, le blob souffla de déception puis, avec la lenteur de la déconvenue, son antenne retourna se poser à l'arrière de son crâne. Darken, tout aussi étonné que nous, attendit quelques éphémérises avant de s'aventurer à bouger pour porter main-forte à un nain qui semblait dans les vapes. Mais le poisson-gelée ne s'intéressait plus à nous. En l'absence de paupières, il conservait les yeux grands ouverts, mais son immobilité et son indolente et régulière respiration me donnèrent à penser qu'il s'était endormi.

« Que s'est-il passé ? questionnai-je mon amie en me remettant sur pieds.

— Je ne sais pas trop. Après t'avoir assommé avec sa décharge électrique, il a approché son tentacule avec l'intention de te finir, je sacrifierais mon âme sur l'autel de cette conviction ! Pourtant, quelque chose l'a arrêté au dernier moment, et voilà… Certainement l'odeur !

— Il a dû sentir quel gâchis ce serait de m'éliminer !

— Ben voyons…

— Il faut que je te raconte ce qu'il vient de m'arriver ! J'étais mort, et il y avait ce diable…

— Une autre fois. Regarde, nous avons rattrapé Darken et son groupe.

— Son groupe ? Tu veux dire, ce qu'il en reste. »

Après l'avoir secoué comme un prunier pendant de longues éphémérises, Darken parvint à tirer le nain de sa torpeur. Ils nous rejoignirent et ensemble, nous pûmes passer à côté de ce que j'appris être un blob géant, sans que celui-ci ne daigne bouger pour nous avaler. Nous quittâmes ce niveau en vitesse, avant qu'il ne change d'avis. De nouvelles épreuves ne manqueraient pas de nous rendre l'ascension toujours plus compliquée.

CHAPITRE 20 :
ON A FRAPPÉ

Jason

« Vous êtes en retard ! gronda Darken en se tournant soudain vers nous.

— Un "merci de nous avoir sauvés de cette abomination rose" m'aurait semblé plus approprié, marmonnai-je.

— Sauf que je ne suis pas certaine que ce soit notre arrivée qui ait changé la donne, bredouilla mon amie. Je voudrais bien comprendre pourquoi il a finalement décidé de nous laisser passer.

— C'est à cause de ça, lâcha l'empoisonneur en me désignant du doigt.

— D'abord, je m'appelle Jaaranisson Tête d'enclume, et pas "ça" !

— Mais non, l'insigne là ! C'est une broche de charme-nature qui a le pouvoir de rendre son porteur amical pour les créatures sans grande volonté.

— Oh ! »

Je saisis entre le pouce et l'index la breloque offerte par la nymphe.

« Ce machin a vraiment un pouvoir ?

— Plus maintenant.

— Comment ça ?

— C'est un objet magique qui ne peut être utilisé qu'une fois. Il ne sert plus à rien désormais… Bon, qui êtes-vous ?

— Je vous l'ai dit, je m'appelle…

— Oui, Tête d'enclume. Ce que je voulais savoir, c'est ce que vous faites ici !

— Pour vous expliquer simplement, nous avons eu un petit souci hier au réveil, et nous n'avons donc pas pu être là au rendez-vous, m'empêcha de continuer Séraphine. Mais nous avons très envie de faire partie de votre groupe ! »

En indiquant cela, elle jeta un coup d'œil mal-assuré aux deux seuls rescapés du dit groupe.

« Vous voulez bien nous compter parmi vous ? compléta-t-elle.

— Je parie que vous n'avez aucune expérience dans un donjon ! maugréa Darken.

— Ils sont quand même arrivés jusque-là, l'interrompit le nain-théurge. Salut les jeunes, moi c'est Mallirk. Je suis théurge d'Adrin.

— Enchantée, je suis Séraphine Mains fines, practomancienne spécialisée en illusions.

— Qu'est-ce qu'il ne faut pas entendre ! pouffai-je.

— Tu peux parler, Monsieur le voleur !

— Ben dis donc, vous nous avez sortis de beaux draps tous les deux, poursuivit Mallirk. Sans votre intervention, nous serions probablement dans l'estomac de ce monstre !

— Bien, si ça n'est pas trop vous demander, pourrait-on continuer notre chemin maintenant ? grommela le mage.

— Ne soyez pas si pressé de mourir Darken, nous avons bien mérité une petite pause.

— Certainement pas tant que nous n'aurons pas mis la main sur le trésor ! Allons-y ! Vous, le voleur, passez devant !

— Moi ? Mais pourquoi ?

— Je crois que c'est le moment de nous prouver tes talents pour repérer les pièges et les désamorcer.

— Attendez, une éclire. S'il s'agit de crocheter des serrures, je suis votre elfe-nain. Mais les boules de feu qui explosent à l'ouverture des portes, les flèches qui sortent des murs, ou les trappes qui cachent des trous hérissés de piques, cela ne fait pas partie de mes attributions ! D'ailleurs, cela me fait penser que nous avons croisé votre guerrier…

— Qu'est-ce que tu racontes ? Tu es obligé de savoir détecter et neutraliser un piège si tu veux devenir un voleur ! s'insurgea Séraphine. De nos jours, on ne trouve plus une seule serrure qui ne soit pas assortie d'un traquenard. A fortiori dans un donjon. »

Je fronçai les sourcils et fixai mon amie. Je cherchais à déterminer si ce qu'elle disait était une plaisanterie. Mais son expression à la fois sérieuse et anxieuse me révéla que non. Pour m'en convaincre de façon définitive, je tournai les yeux vers Darken et Mallirk. Ils nous observaient, le premier agacé, le second impassible, mais clairement pas amusé.

« Oh !

— Oh ? C'est tout ce que tu trouves à dire ?

— Qu'est-ce que tu veux que je te raconte de plus ? lançai-je en haussant les épaules. C'est comme ça qu'on apprend !

— Non, ça n'est pas comme ça qu'on apprend ! Quand on décide de devenir voleur, on se renseigne un minimum sur la profession ! Et on s'entraîne ! J'ai passé des centaines d'asthors à travailler mes sortilèges avant de partir à l'aventure…

— Cela ne t'aura pas beaucoup avancé en définitive… Moi, je suis d'avis qu'il n'y a rien de mieux que l'expérience du terrain !

— Bien parlé, le jeunot ! m'approuva le théurge. La pratique, c'est le meilleur moyen pour s'instruire.

— Ne l'encouragez pas, grogna mon amie.

— Bon, est-ce qu'on pourrait se remettre en route à la fin ? aboya l'empoisonneur hors de lui.

— Oui, pas la peine de s'énerver. Du coup, qui est-ce qui passe devant ?

— Vous, tous les deux ! »

La discrétion n'était plus à l'ordre du jour. Le ton employé par Darken, ainsi que son doigt pointé vers la suite, ne nous autorisa pas le moindre commentaire. L'un à côté de l'autre, la lutine et moi prîmes la tête du groupe.

Nous avions atterri dans ce qui avait tout l'air d'un vestibule, juste assez grand pour nous quatre. Une lampe à huile posée sur un guéridon à plateau carré en éclairait à peine les contours. Constitués de pierres anthracite, ceux-ci donnaient l'impression de se rapprocher tant l'atmosphère s'avérait pesante. Seul un pan de mur offrant une échappatoire sur un vaste couloir m'empêchait de céder à une claustrophobie naissante.

En compagnie de Séraphine, nous fîmes un premier pas dans ce nouvel espace que le feu follet de Darken venait de nous dévoiler. Large de près de trois enjambées, long d'une dizaine, il présentait deux portes similaires l'une face à l'autre. Faites de bois renforcé de métal au pourtour et au centre, elles arboraient une épaisse serrure.

« Psst ! murmurai-je à l'intention de mon amie sans cesser de regarder devant moi.

— Hum ?

— Tu lui fais confiance à lui ?

— À qui, Darken ? fit-elle sur un même ton. Bien sûr ! Pourquoi est-ce que je ne lui ferais pas confiance ?

— Tu ne trouves pas qu'il agit bizarrement ? Il a l'air très pressé d'atteindre la fin du donjon. Trop, à mon avis.

— Quoi, tu n'es pas impatient peut-être de savoir ce qui nous attend tout en haut ?

— Qu'est-ce qui nous attend ?

— Je ne sais pas trop… Mais il a parlé de trésors !

— Quel genre ?

— Aucune idée. Sans doute de l'or, des bijoux, des objets légendaires… Toutes ces richesses ne te font pas envie ?

— Bien sûr que si ! Je suis à moitié nain je te rappelle !

— Oh ça, je ne risque pas de l'oublier…

— Qu'est-ce que vous attendez ? nous pressa soudain le désagréable mage dans notre dos.

« — Qu'en penses-tu ? m'interrogea à voix haute mon amie en me présentant nos deux possibilités.

— Je pense que nous devrions choisir la porte de gauche.

— Gauche ? Je croyais que dans un labyrinthe il fallait toujours emprunter le même sens.

— On n'est pas dans un labyrinthe.

— Mais, et ta théorie à la mords-moi-le-nœud ?

— Bah, c'est pour les imbéciles ! »

Je haussai les épaules et, sans plus de réflexion, tournai le bouton de la porte située sur la gauche.

« Et vérifier qu'il n'y a pas de pièges, ça aussi c'est pour les imbéciles ? »

Honteux, car ce léger détail m'était sorti de l'esprit, je ne répondis pas. Je me contentai de remercier en mon for intérieur, les dieux qui avaient bien voulu nous épargner cette fois encore. Et je jurai de faire plus attention à l'avenir.

D'un œil circonspect, j'observai la pièce qui venait de se révéler à nous. Elle se trouvait plongée comme le reste de l'étage dans l'obscurité. Je ne distinguai à première vue rien qui puisse attenter à notre vie. Un lit à baldaquin aux tentures mitées reposait contre un mur. Des chaises, un secrétaire et un coffre à vêtements constituaient le complément du mobilier de cette chambre. À l'opposé, j'avisai une autre salle d'où émanait une faible clarté.

« J'ai l'impression qu'il y a un cabinet plus loin, avec sans doute une fenêtre vers l'extérieur. Que fait-on ?

— Apercevez-vous un escalier ? »

Je repassai une tête à travers la porte, quand une forme monstrueuse se planta dans le contre-jour. Mais je n'avais pas besoin de voir précisément pour reconnaître l'abominable basajaun qui nous avait poursuivis plus tôt. Par je ne savais quel miracle, il se tenait maintenant là. Et il m'avait aperçu ! Un rugissement sortit de sa gueule, et il se jeta dans notre direction.

« Basajaun ! »

D'une main ferme, je saisis celle de Séraphine et la tirai à distance de la porte. Juste à temps. Le colosse poilu surgit à cet instant, massue levée.

Comme lors de notre précédente rencontre, je m'apprêtai à m'enfuir, quand la lutine me retint. Du doigt elle me montra nos désormais alliés. Darken et Mallirk, loin de prendre leurs jambes à leur cou, s'étaient au contraire approchés du monstre. Celui-ci émit un grognement de contentement et abattit son arme. Trop lent, le théurge évita le coup et y répondit avec son marteau. Le basajaun reçut en pleine épaule la frappe, lui arrachant un hurlement terrible. Il ne s'avoua pas vaincu. Malgré la douleur, il resserra sa prise sur le manche de sa massue et voulut répliquer. Quand, dans un mouvement incompréhensible, Darken s'engagea d'un pas vers lui, se tenant à sa merci.

L'impression que le temps avait ralenti me saisit. L'arme était sur le point de s'abattre sur le crâne du mage. Intervenir et esquiver l'inévitable n'était plus possible pour Séraphine et moi, pas plus que pour Mallirk pourtant plus proche. J'envisageai déjà les suites du donjon sans Darken ; cela ne se présentait pas bien… Mais je découvris enfin que l'homme n'avait pas agi de manière insensée. Toujours à vitesse réduite, je le vis, paume de main en l'air, souffler dessus et projeter une poudre verdâtre à la figure ennemie.

La scène retrouva alors son cours normal. L'opération de Darken avait stoppé le basajaun dans sa manœuvre. Ce dernier se mit à renifler bruyamment, cligner des yeux sans discontinuer, laissant au practomancien le loisir de retourner derrière le nain.

Inconscient de ce qui venait de lui arriver et malgré la gêne que cela lui occasionnait, le monstre voulut reprendre là où il s'était arrêté. À nouveau, il leva sa massue, quand la tête sembla lui tourner et il commença à tituber. Mallirk profita de sa confusion pour charger. Il visa la tempe, donnant une bonne raison au colosse de chanceler. En quelques coups supplémentaires, il cessa de vivre.

« Qu'est-ce que vous lui avez jeté au visage ? questionnai-je presque chagriné de l'état du basajaun.

— De la poudre de chaos.

— Magnifique ! s'écria Séraphine au comble de la jubilation. On aurait pu croire que vous alliez vous faire écrabouiller par sa massue, oh, pas moi ! mais en fait, vous vous êtes rapproché pour que la poudre atteigne sa cible à coup sûr. Et cela a été le catalyseur qui a permis de venir à bout de cet abominable basajaun !

— Euh, Séri ?

— Oui ?

— Il ne t'écoute pas. »

Vexée que son monologue n'ait eu pour seul spectateur, que moi, la lutine se tut.

« Bien, essayons cette porte !

— Vous ne voulez pas aller voir ce qu'il y a derrière cette chambre ?

— Ce serait une perte de temps. Passons plutôt à la suite, dépêchons-nous ! »

L'empoisonneur, ne m'inspirant pas de sympathie par ses méthodes et son comportement, je ne protestai pas et observai la seconde et dernière issue possible du couloir. Je ne devais plus me laisser aller à l'impulsivité. Je devais trouver un moyen de dégager l'accès sans déclencher un piège ou au moins en l'évitant. Je pris donc quelques éphémérises pour réfléchir et jetai mon regard tout autour à la recherche d'une solution.

« Qu'est-ce que tu fabriques ?

— Je cherche comment ouvrir la porte.

— Tu as remarqué qu'il n'y avait pas de serrure ?

— … Bien sûr !

— Du coup, tu ne veux pas simplement essayer de tourner la poignée ?

— J'aimerais m'assurer qu'il n'y a pas de pièges avant, vois-tu ?

— Oh, mais je t'en prie ! Loin de moi l'idée de t'empêcher de jouer ton rôle à fond.

— Merci. »

La lutine s'écarta, et je poursuivis mon remue-méninges, quand la réponse à mon problème surgit dans mon esprit. Avec une adresse toute naine, je dégainai mon épée et utilisai le pommeau comme un marteau sur les gonds. Un bruit assourdissant retentit aussitôt et à chaque nouveau coup donné.

« Non, mais à quoi il joue ? entendis-je Mallirk demander.

— Disons qu'il a une technique assez particulière pour un voleur… proposa mon amie peu convaincante.

— Il va finir par me rendre fou avec ce tintamarre ! »

Le théurge ne se révéla pas le seul incommodé par le vacarme. Alors que je m'astreignais à ma tâche, le bouton de porte joua et le battant s'ouvrit à la volée sur un orque mécontent. Il n'eut que le temps de grogner, car il venait de comprendre son erreur. Un éclair le frappa sur le haut du crâne, et il se transforma en tas de cendres.

« Tu vois, je t'avais bien dit qu'il fallait faire attention ! jubilai-je. Oh, il y en a d'autres ! »

D'un bond de côté, je m'écartai de l'entrebâillement de la porte et évitai de justesse deux hachettes de jet. Je refermai en suivant, mais un coup d'épaule appuyé fit voler en éclats les gonds et le battant. Deux orques surgirent, et leur mine me donna à penser que le sort de leur camarade ne les avait pas laissés indifférents.

Nous reculâmes tous de quelques pas. Darken, Mallirk et un orque d'un côté, le dernier choisissant de nous faire face Séraphine et moi d'un autre.

« Alors, comment s'y prend-on ? fis-je sans quitter des yeux notre adversaire à l'air féroce.

— Je crois que c'est le moment de prouver que tu es aussi un grand guerrier !

— Aussi ? Est-ce que cela signifie que tu me considères comme un grand voleur ?

— Il ne faut pas exagérer, mais tu es meilleur qu'en rentrant dans ce donjon, c'est indéniable. »

Sans doute lassé de nos palabres, l'orque ne tint plus. Avec un large mouvement vertical, il abattit sur moi sa masse d'armes. Dans un réflexe inouï, j'opposai la lame de mon épée. Mais la puissance ennemie passa outre et me fit lâcher mon fer. Je tombai sur les fesses, ahuri de constater que le maillet avait frôlé mon visage avant de venir s'écraser sur les dalles dans un fracas assourdissant.

« Tu n'aurais pas un peu de poudre de chaos par hasard ? » balbutiai-je tandis que l'arme adverse se relevait.

Si Séraphine me répondit, je ne prêtai pas attention à ses paroles, trop occupé à essayer de sauver ma peau. Dans un mouvement couard assumé, je me mis à quatre pattes et, au moment où l'orque s'apprêtait à cogner à nouveau, je partis droit entre ses jambes. Étant donné sa taille, je passai sans difficulté et me retrouvai derrière lui. Il fit volte-face, sa masse d'armes déjà au-dessus de sa tête, mais je ne m'étais pas arrêté et fonçais vers le groupe de Darken. Il se rua dans ma direction et frappa à l'horizontale. Je me jetai au sol et entendis deux cris de douleur simultanés. Le premier provenait de l'orque vers lequel je m'étais précipité et qui avait reçu le maillet de son allié dans les côtes. Le second, de mon assaillant agressé lui-même dans le dos par mon amie. Elle avait profité de mon habile manœuvre pour récupérer la massue du basajaun et en faire usage. Hélas, son poids et sa taille trop imposants par rapport à ceux de Séraphine, ne lui avaient pas permis de se montrer suffisamment percutante, et l'orque se retourna vers elle plus furieux que jamais. Par chance, son comparse se trouvait dans le même état. Conscient que le coup reçu ne provenait pas de nous, pauvres créatures chétives, il gifla son congénère avant que celui-ci n'ait pu saisir la lutine. S'entama alors une lutte à mains nues entre les deux orques qui se termina après une formidable démonstration de violence par un K.O. mutuel.

« Ben dis donc, ils y sont allés de bon cœur ! lança Mallirk penché au-dessus des orques assommés. En tout cas, bravo le jeune ! C'était culotté ! Pour ma part, j'aurais eu trop peur de finir écrabouillé au moment de passer entre les jambes de l'autre, là.

— Je n'ai pas réfléchi…

— Le contraire m'aurait étonné ! railla Séraphine.

— De toute manière, ils n'étaient pas bien futés. L'un qui se fait prendre par son propre piège et les deux autres qui se foutent dessus. Enfin, c'est toujours bon pour nos affaires !

— Quand vous aurez fini de vous féliciter de la stupidité des espèces, peut-être pourrons-nous avancer ? lança Darken.

— Il m'inclut dedans ? » questionnai-je mon amie.

Séraphine ne répondit pas. Elle se contenta d'écarter les bras, paumes de mains en l'air, et partit à la suite de Darken et Mallirk déjà dans la pièce suivante, me laissant avec mon interrogation. Je finis à mon tour par hausser les épaules et leur emboîter le pas.

Une salle de garde d'où étaient sortis les orques m'accueillit. En dehors d'une table et de chaises renversées, un râtelier d'armes se trouvait fixé à une cloison. S'y alignaient masses, fléaux, hallebardes ainsi que des dagues et haches de jet.

« Oh, trop bien ! »

Mes camarades n'avaient pas pris la peine de s'arrêter. Darken, à l'exception de son bourdon, n'avait aucunement besoin d'armes physiques. De la même manière, Mallirk se révélait déjà solidement armé. Son marteau, forgé par les nains à n'en pas douter d'après les runes guerrières gravées dessus, s'avérait de meilleure facture que tout ce qui était rassemblé ici.

En m'entendant m'extasier, la magicienne tourna néanmoins la tête.

« Dépêche-toi, ils ne vont pas nous attendre ! À quoi est-ce que tu joues encore ?

— Tu sais ce que c'est ? J'en avais une quand j'étais petit !

— Tu l'es toujours.

— Parle pour toi !... C'est une fronde ! »

Tout en discutant, je pris l'objet en main. Une poche en cuir et deux lanières visiblement en lin constituaient cette simple arme. À côté, j'avisai une bourse en tissu remplie de billes de plomb.

« Môme, j'étais imbattable avec une fronde ! Je touchais une cible à plusieurs dizaines d'enjambées ! Je crois que je vais l'emporter !

— Si ça peut te permettre d'être plus efficace qu'avec une épée, ne te gêne pas !

— Tu ne veux pas prendre une arme ?

— Oh, non ! En tant que practomancienne, je ne suis pas habilitée à en porter une.

— En gros, tu ne sais pas plus les manier que moi.

— C'est ça… Rejoignons-les. Je te rappelle que nous sommes censés ouvrir la marche. »

Content de ma trouvaille, je talonnai Séraphine, quand une autre découverte m'obligea à stopper une nouvelle fois ma progression.

« Bon, qu'est-ce que tu fabriques encore ? Gronda la lutine en revenant sur ses pas.

— Dis, tu ne crois pas qu'on devrait faire quelque chose ? »

CHAPITRE 21 :
BLOM

Jason

Au pas de course, je ralliai l'avant du groupe. Darken et Mallirk avaient continué d'avancer, sans prendre la peine de patienter, Séraphine et moi traînant derrière. Par chance, enfermés dans un donjon rempli de pièges, ils n'étaient pas allés bien loin. La prudence était de mise. Je les dénichai sans mal, le nez penché au sol à étudier un carreau légèrement surélevé par rapport aux autres.

« Attendez ! fis-je et je me plantai devant eux sans réfléchir sur la dalle suspecte.

— Attention, malheureux ! » hurla Darken en se protégeant le visage. Puis, constatant que rien d'horrible ne nous frappait, il retrouva son regard assassin à vous faire frémir et gronda :

« Quoi encore ?

— Je crois qu'il faut que vous veniez voir ça.

— Qu'est-ce que c'est ?

— Suivez-moi. »

L'empoisonneur émit un long soupir exaspéré. Faire demi-tour ne rentrait pas dans ses plans et il ne s'en cachait pas. Je ne prêtai pas attention à sa mauvaise humeur, et retournai sur mes pas où patientait la magicienne. Seule, elle s'était positionnée dos au mur et dans un angle afin d'embrasser toute la zone : à sa droite le couloir où somnolaient les deux orques, à sa gauche la suite du donjon d'où je revenais, en face le recoin qui avait suscité mon intérêt. Elle tenait entre ses mains et d'une poigne ferme, son bourdon de practomancienne. Nous entendant arriver, elle vira brusquement.

« Doucement ! lançai-je en baissant la tête. Ça n'est que nous. »

Elle abaissa les bras rassurée.

« Voilà. »

De la main, je désignai au mage une cellule. Située dans ce qui ressemblait à un cagibi et qui jouxtait la salle de garde, elle apparaissait plongée dans l'obscurité. Pas étonnant que Darken ou Séraphine soient passés à côté sans rien remarquer. Un simple feu follet ou des lunettes de vision dans le noir ne suffisaient pas à rendre les ténèbres assez éclatantes pour distinguer le fond. Quant à Mallirk, je supposai que, concentré sur d'éventuels traquenards ou attaques, il ne s'était pas avisé de cela.

« Alors, que vouliez-vous nous montrer ? maugréa Darken.

— Faites avancer votre loupiote, lui conseillai-je.

— Mais que diable…

— Il y a quelqu'un derrière ces barreaux » lui indiqua le théurge enfin au fait.

Malgré son agacement, Darken laissa voleter sa menue source de lumière entre les grilles du cachot. Une silhouette se dessina sur le mur opposé. D'abord détournée et immobile, la créature que j'avais du mal à caractériser releva la tête au fur et à mesure que son ombre rapetissait. Puis, elle la vira vers nous et d'immenses yeux jaunes brillèrent soudain à la lueur de la flammèche flottante. Je pus enfin distinguer son visage, losangique, chauve, et que flanquaient deux grandes oreilles aux extrémités effilées qui pointèrent vers le plafond au moment de notre intrusion.

« Un gobelin ? Vous me faites perdre mon temps pour un gobelin ? » pesta Darken.

Avant même que je n'aie pu répondre, il tourna les talons. Son feu follet quitta la cellule et, accompagné de Mallirk, il repartit. Séraphine s'apprêtait à les suivre.

« Toi aussi ?

— C'est un gobelin… se justifia-t-elle.

— S'il plaisait à vous de bien vouloir nous aider à nous extraire de cette cage, nous en serions fort reconnaissant. »

Je reculai d'un pas, surpris. Le gobelin avait profité de notre conversation pour se remettre sur pieds et se rapprocher de nous. Il ne mesurait même pas trois pieds avec ses jambes arquées. Les coins de sa large bouche relevés, il affichait de minuscules dents étonnamment blanches et que je ne doutais pas être acérées. Sa peau se teintait d'un vert épinard naturel, qui n'était en rien assombri par la crasse. D'ailleurs, ses vêtements, un caleçon court rouge sang et un surcot à manches longues crème flairaient le propre.

Je demeurai interdit, au même titre que mon amie.

« Ça alors, un gobelin qui parle notre langue ! s'étonna la magicienne.

— En effet, nous l'avons appris au contact de gens fort instruits, expliqua-t-il.

— Viens Séri, aide-moi à chercher la clef ! lui demandai-je en retournant en direction du couloir où gisaient encore assommés les deux orques.

— Tu es sûr de toi ?

— C'est-à-dire ?

— Tu comptes vraiment libérer ce gobelin ?

— Bien sûr, pourquoi pas ?

— D'abord parce que c'est un gobelin !

— Et alors ?

— C'est un gobelin, répéta-t-elle plus lentement, comme si je n'avais pas saisi ses paroles.

— Oui, c'est un gobelin… l'imitai-je.

— Donc il est foncièrement méchant ! exposa-t-elle enfin sans détour.

— Si c'était le cas, il ne serait pas dans cette cellule qui est clairement destinée aux gens comme nous, non ?

— Ou peut-être qu'il y est pour nous faire croire qu'il est dans notre clan ! continua mon amie avec mauvaise foi. En plus, nous n'avons pas le temps de sauver tous les pauvres hères qui traînent !

— Ah, voilà ! fis-je en dégottant un trousseau de clefs sur l'un des gardiens orques.

— Fais comme tu veux… »

Tandis que j'insérai dans la serrure une clef après l'autre à la recherche de la bonne, Séraphine me jeta un sourire moqueur.

« Quoi ? l'agressai-je un peu rudement.

— Tu es un être surprenant. Jason, l'elfe-nain défenseur des opprimés.

— Pff, n'importe quoi. »

Enfin, la porte tourna sur ses gonds et le gobelin sortit.

« Merci. Nous vous sommes très reconnaissant d'avoir pris la peine de nous délivrer de cette mauvaise posture.

— Au fait, comment tu t'es retrouvé là-dedans ?

— Oh, un bête quiproquo !

— Et plus précisément ? » interrogea Séraphine toujours sur la défensive.

Le gobelin extirpa d'une poche de son caleçon un morceau de parchemin plié qu'il remit à la lutine. Invitée par un signe de la main, elle le déploya et ouvrit de grands yeux.

« C'est une affiche relative au donjon et au trésor qu'il renferme, détailla-t-elle en me tendant le bout de papier. Est-ce que vous êtes en train de dire que vous êtes un aventurier en quête des richesses qui se trouvent ici ?

— C'est exactement cela, mademoiselle, acquiesça-t-il en réalisant une courbette à l'intention de mon amie. Mais lorsque nous sommes arrivé, ces malotrus ont cru que nous venions pour le poste de manutentionnaire. Et comme nous refusions de nous plier à leurs ordres, ils nous ont enfermé dans cette vilaine cage.

— Ils ont fait le même raccourci que toi, raillai-je la magicienne.

— Oui, c'est bon…

— Tu as vu ça Séri ? fis-je en remettant l'affichette sous le nez lutin.

— Quoi donc ?

— Ton empoisonneur nous avait indiqué de l'or et des pierres précieuses, mais il avait omis de nous parler d'objets mystiques.

— Il n'allait pas tout nous détailler en même temps. D'abord parce que personne n'est jamais revenu de là pour témoigner de ce que renferme réellement ce donjon, et puis ce ne sont que des objets somme toute classiques dans ce genre de lieux.

— La baguette solaire, une relique du dieu Nouraël lui-même, un objet classique ? insistai-je.

— Qu'est-ce que tu racontes ? fit-elle en m'arrachant d'un coup le papier des mains. Alors c'est donc ça son objectif ? La baguette solaire…

— Qu'est-ce que c'est ?

— Mon pauvre Jason, ton manque total de culture m'afflige ! La baguette solaire représente l'arme ultime du dieu de l'aube et du renouveau. Elle possède la puissance du soleil et peut réduire en cendres tout ce qu'elle cible, qu'il s'agisse d'une malheureuse créature comme toi, ou d'une ville comme Port-Lunaé.

— Balèze ! Avec ça, je n'aurais plus aucun mal à allumer un feu, me mis-je à rêver, voyant déjà et avec faim quelques lièvres en train de griller sur une broche.

— Tu manques d'imagination. Avec un tel objet, Darken pourrait devenir le practomancien le plus redoutable des royaumes ! Il pourrait soumettre n'importe qui ou n'importe quel peuple à sa volonté… » m'expliqua-t-elle pensive.

Les sourcils froncés, elle demeura immobile de longues éphémérises.

« Au fait, nous sommes très impoli, reprit après ce silence le gobelin. Nous ne nous sommes même pas présenté ! Nous nous prénommons Blom.

— Blom ? Drôle de prénom, pouffai-je.

— Oui. C'est le bruit qu'a fait notre tête en cognant le plancher lorsque notre mère nous a mis au monde.

— Ouille ! Ça a dû faire mal. Au moins, elle avait le sens de l'humour ta mère ! ris-je en donnant une tape dans le dos de Séraphine, ce qui eut pour effet de la sortir de ses pensées.

— Ne faites pas attention à lui ! lâcha la lutine en représailles, en me lançant un coup de poing dans l'estomac. Je suis Séraphine.

— Moi c'est Jaaranisson Tête d'enclume ! Je suis un elfe-nain.

— Enchanté de faire votre connaissance. Mais nous devons nous excuser, nous croyons que par notre faute vous aurez été séparés d'avec votre groupe.

— Oh, ne t'en fais pas pour ça ! ris-je sans remords. Les deux autres ne font pas vraiment partie de notre groupe.

— N'empêche que nous devons les rattraper sans tarder ! me coupa la magicienne.

— Rien ne presse.

— Au contraire ! Que tu le veuilles ou non, notre survie à tous en dépend !

— Toujours aussi alarmiste. »

Elle me tira la langue, ce qui aurait pu conclure notre discussion, quand Blom intervint :

« Si vous n'y voyez pas d'inconvénient, peut-être pourrions-nous intégrer votre joyeuse compagnie ?

— Ne le prenez pas mal Blom, mais je ne saisis pas très bien ce que vous pourriez nous apporter, bredouilla Séraphine d'un ton gêné en le détaillant des pieds à la tête.

— Vous avez tout à fait raison ! Où avions-nous la tête ? Il nous faut retrouver avant tout nos instruments. »

Le gobelin se précipita à l'endroit où étaient rassemblées les armes et se mit à fouiller parmi elles.

« Ah, les voilà ! »

Dans un coin, il venait de dénicher…

« C'est quoi au juste ce truc ?

— Un kamele. »

J'examinai l'objet en question. Il se constituait d'une énorme calebasse ronde et creuse, avec un trou d'un côté et un manche enfoncé dedans. Huit cordes qu'un chevalet maintenait écartées les unes des autres reliaient la courge au bout de bois.

« À quoi est-ce que cela sert ? demandai-je toujours aussi ignorant.

— Il s'agit d'un instrument de musique.

— Ça ne m'a pas l'air très solide pour frapper sur les monstres.

— Évidemment que ça n'est pas solide, ça n'est pas fait pour attaquer ! me gronda Séraphine.

— Ah ! Alors, pourquoi se trimballer une chose pareille dans un donjon ?

— Nous sommes artimage.

— Artimage ? Comme les types qui racontent des histoires dans les tavernes ?

— C'est cela.

— Dans ce cas, pourquoi t'es là ?

« — Tu n'es qu'un barbare, proféra la magicienne. Les artimages se servent de leur art pour inspirer leurs alliés et gêner leurs ennemis. Ils peuvent être très utiles lors de combats !

— Merci pour vos propos, jeune demoiselle, le remercia Blom en s'inclinant légèrement.

— N'importe quoi. Dans une baston, ce qui compte, c'est de taper fort !

— Tu n'es qu'une brute !

— N'empêche que jusqu'à présent ma technique a bien fonctionné.

— Jusqu'à présent, tu n'as pas touché grand monde !

— Tu oublies le kappa. »

Nous dissertions ainsi avec Séraphine. Nous repensions à notre expérience acquise en seulement trois étages de donjon, la portant à un niveau jamais égalé jusqu'alors, quand Blom nous interrompit :

« Nous nous excusons de couper votre charmante conversation, mais il semblerait que nous allons avoir besoin de votre méthode incessamment sous peu. »

Ensemble, la lutine et moi tournâmes la tête dans la direction indiquée par son index. Il montrait la porte de la salle de garde. Appuyé au chambranle, un orque venait de refaire son apparition. Il se massait la joue gauche, gonflée par les gifles reçues de son congénère. Enfin, il avisa notre présence. Ses sourcils se froncèrent encore davantage et un grognement en provenance directe de sa gorge, sortit de sa bouche. Il chargea. Il ne prit pas la peine de s'armer, se contentant de foncer en ligne droite sur nous.

Après coup, je me trouvais agréablement surpris de mon temps de réaction. Mes jambes, comme mues par un instinct inné, s'étaient activées sans délai. Attrapant d'une main Séraphine par l'épaule, de l'autre Blom, je les avais tirés à l'abri.

Les deux orques avaient maintenant retrouvé leurs esprits. Ils tournaient comme des singes en cage devant nous et tentaient par moments de nous saisir. Nous voyions alors leur bras musculeux surgir, et leur imposante paluche aux ongles sales et cassés, s'ouvrir et se fermer. Malgré leur allonge, ils ne pouvaient mettre la main sur nous.

J'avançai d'un pas et leur tirai la langue.

Soudain, avec une célérité que je n'aurais jamais cru possible, le membre orque se précipita à travers les barreaux et ses doigts se refermèrent sur ma tunique juste sous mon menton. Il m'attira à lui, prêt à m'agripper de l'autre main. Surpris, je n'opposai aucune résistance et me retrouvai la joue collée au métal froid.

« À l'aide ! Sortez-moi de là, sortez-moi de là ! »

Plus prestes que moi, mes camarades arrivèrent à mon secours. Un de chaque côté, ils me saisirent par les épaules et tirèrent en arrière. En face, les gardes agirent de même. Le premier s'accrochait à moi, comme un nain à un trésor, le second cherchant à lui prêter main forte. L'impression de me trouver au cœur d'un tournoi gazi m'effleura l'esprit. Ces humains, un peuple habitant le nord-est d'Ohorat et à la nature presque aussi bestiale que les orques, possédaient des traditions des plus curieuses. Entre autres, ils s'affrontaient à intervalle régulier dans une série de tests de force afin de déterminer la tribu la plus athlétique. L'événement proposait : combats à mains nus, contre la montre (à savoir, combien de rochers chaque participant aurait détruits à l'aide d'un marteau en un temps défini), enfin l'épreuve du chipekwe. Ce monstre de près de quatre enjambées de long, de forme ovoïde et couvert de plaques osseuses, présentait une carapace naturelle que l'on qualifiait souvent d'impénétrable. Lors de la compétition qui avait pris le nom de cet animal, les clans devaient, sans armes, entamer la défense de la créature. Heureusement pour elle, elle s'avérait déjà trépassée. La technique la plus répandue utilisée pour cela consistait à saisir ses pattes et à l'écarteler. La plupart des groupes parvenaient à grande peine à déchirer la peau aux jointures des membres avant et arrière. Seuls les plus puissants pouvaient se targuer d'avoir réussi à éventrer par le milieu la carcasse cuirassée.

À l'instant, je me sentais tel un chipekwe en plein supplice, à la différence que j'avais parfaitement conscience de ce qui m'arrivait. Et ma condition n'allait pas en s'arrangeant. Mes deux petits amis ne pouvaient lutter face aux deux forces de la nature ennemies. Elles-mêmes se situaient dans une impasse puisque ne pouvant me sortir de la cellule. Comprenant cela après de nombreux et bruyants efforts, nos rivaux se mirent à discuter.

« Qu'est-ce qu'ils racontent ? ahana Séraphine.

— Ils veulent récupérer les clefs, traduisit dans un souffle Blom, plein de surprises.

— Tu parles l'orque ?

— Il se trouve que nous avons eu l'occasion d'effectuer quelques représentations auprès de certains clans, et il nous paraissait donc opportun d'apprendre leur langage. »

Sidéré, je demeurai coi un instant. Mais je n'avais pas eu besoin d'entendre les propos du gobelin pour comprendre ce que s'étaient dit les orques. Celui qui ne se pressait pas à mon contact direct avait d'un coup lâché prise et je sentais maintenant ses mains se balader autour de ma ceinture à la recherche du trousseau volé.

« Ah non, c'est à moi ! » lâchai-je au moment où ses doigts étaient sur le point d'atteindre l'objet désiré.

Décidé, je mordis à pleines dents le bras poilu qui me retenait à la gorge et, agrippé à lui, je décollai mes pieds du sol pour les envoyer dans la figure adverse. Il émit un cri de douleur et desserra un peu sa prise. Il n'en fallait pas plus. Désormais seul face à nous trois, son relâchement nous donna la possibilité de m'extraire de sa poigne. Nous chutâmes en arrière, mais j'étais libre, et toujours en possession des clefs de ce qui représentait pour le moment notre salut.

« Bande de vilains, vous ne pouvez pas nous avoir ! fanfaronnai-je.

— À t'entendre, on jurerait que tu es fier de toi, grogna Séraphine en se relevant.

— C'est le cas. Est-ce que je ne vous ai pas protégés de ces affreux ?

— Oui, si l'on oublie ce qu'il vient de se passer. Mais…

— Quel est le problème ? grondai-je.

— Tu penses vraiment que nous conduire dans cette cellule était une bonne idée ? »

Je regardai autour de moi. Dans la précipitation, j'avais en effet poussé mes camarades dans la prison d'où nous sortions juste Blom. Sur le coup, cette solution m'était apparue comme la meilleure. Au moins, les deux orques ne pouvaient pas nous mettre la main dessus et nous enfermer…

« C'est moi qui ai les clefs ! bredouillai-je en présentant le trousseau. Tant que nous resterons ici, nous serons en sécurité.

— Nous sommes pris au piège ! explosa d'un coup la lutine.

— Tu y vas un peu fort.

« — Et comment appellerais-tu notre situation alors ? Trois individus derrière des barreaux, surveillés par deux gardiens.

— Dit comme ça…

— Écoutez chers compagnons, il y a peut-être une solution, nous interrompit Blom.

— Ah oui ?

— Et bien, oui. Il est vrai que, pour l'instant, nous ne disposons pas de toute notre liberté de mouvement. Mais nous jouissons toujours de notre musique ! »

D'un air triomphal, le gobelin leva devant lui son kamele.

« Tu vas leur chanter quelque chose ? fis-je sans comprendre.

— Mais oui, très bonne idée ! applaudit Séraphine.

— Quoi, pousser la chansonnette ?

— Non, pas ça ! »

Sans prendre la peine de m'expliquer, mon amie se rapprocha de Blom et se mit à lui susurrer à l'oreille. Le gobelin attentif hochait de temps en temps la tête, affirmatif.

« Je peux savoir à quoi vous jouez tous les deux ? » demandai-je dès qu'ils se furent séparés, mais je n'obtins aucune réponse. Au lieu de cela, Blom s'installa dans un coin de notre prison, son kamele avec lui. Il cala la calebasse sur son abdomen, le manche tenu par trois doigts de chaque main, et commença à gratter et pincer les cordes avec ses pouces et ses index.

Un son inattendu envahit l'espace. Il s'avérait plus doux que celui des luths utilisés par beaucoup de ménestrels. Très grave et volumineux, il fit vibrer tout mon être de l'intérieur. Je me sentis apaisé, et j'avais presque l'impression que le donjon tout entier s'effaçait autour de moi. J'étais tombé sous le charme. Et je n'étais pas le seul. Les deux orques, très excités et passablement énervés de ne pouvoir se défouler sur nous après le tour que nous leur avions joué, cessèrent de s'agiter en tous sens. Bientôt, ils arrêtèrent même de tourner en rond. Immobiles, les yeux hagards, ils se laissaient bercer par l'air monotone.

La magicienne profita du marasme ambiant. Elle effectua un étrange signe de la main, que j'avais déjà observé. Avec mes facultés de concentration réduites, je cherchai désespérément à quelle occasion elle avait réalisé un tel mouvement… À la taverne ! Lors de notre rencontre, elle s'était servie d'un sortilège pour endormir le barbare venu nous importuner et avait utilisé précisément cette gestuelle. J'en eus d'ailleurs rapidement la confirmation, quand les deux orques tombèrent au sol, assoupis.

« Tu vois bien que tu le maîtrises celui-là ! la félicitai-je.

— Sans l'aide de Blom, ma magie n'aurait eu aucun effet.

— Pourquoi, qu'est-ce qu'il a fait ?

— Avec son air, il est parvenu à les calmer, ce qui a permis à mon sort d'avoir une emprise sur eux et de tourner favorablement.

— Nous nous excusons encore, mais peut-être devrions-nous sortir d'ici avant qu'ils ne se réveillent ? proposa le gobelin.

— Ah oui, bien sûr ! »

Faisant jouer la clef dans la serrure, je nous libérai de notre prison et à pas de loup, nous nous éclipsâmes rapidement.

« Retrouvons Darken et Mallirk, souffla Séraphine qui trottait près de moi.

— Pourquoi tiens-tu tellement à rattraper ce type ? Et ne me dis pas que nous aurons plus de chance de survie en sa compagnie ! Nous nous débrouillons déjà très bien, et sans son aide.

— Messire Jaaranisson n'a pas tout à fait tort, ajouta Blom. Cet homme que vous nommez Darken possède un fond que je sens mauvais…

— Écoute-le ! Il a tout de suite compris que je n'étais pas n'importe qui, repris-je flatté de l'appellation trouvée par le gobelin et le fait qu'il se souvienne de mon nom en entier. Il a l'air de bien saisir la nature des êtres. En plus, tu as bien vu qu'il nous cachait des choses ton magicien ? fis-je pour lui remémorer l'histoire de la baguette solaire.

— Et toi, tu n'as toujours pas compris ? gronda-t-elle en cessant sa course.

— De quoi est-ce que tu parles ? la questionnai-je en m'arrêtant à mon tour pour reprendre ma respiration.

— Si je souhaite le rattraper, ça n'est pas parce qu'avec lui nous avons moins de chance de terminer dans l'estomac d'un monstre. Même si je persiste à croire que c'est le cas. C'est plutôt pour l'empêcher de s'emparer de la relique divine ! Malgré tous ses exploits, j'ai bien conscience qu'il n'est pas un homme juste et honorable. Et je crains que s'il met la main sur la baguette solaire, nous courions à la catastrophe ! »

Ses paroles me donnèrent à réfléchir. Même si d'ordinaire le sort des autres ne m'intéressait pas, savoir que l'empoisonneur pourrait posséder la puissance d'un dieu et s'en servir à mauvais escient ne me rassurait pas.

« Dépêchons-nous ! » conclus-je.

Nous reprîmes notre marche d'un bon train. Ne souhaitant pas revoir nos amis orques, nous voulions mettre le plus de distance possible entre eux et nous avant qu'ils ne se réveillent. D'autant que, Darken et Mallirk étant passés là avant nous, nous avions espoir que si des pièges avaient été tendus, ils seraient maintenant désamorcés ou au moins auraient-ils été déclenchés.

Nous traversâmes plusieurs pièces sans rencontrer la moindre présence. Une salle à manger avec en son centre une longue et large table de bois brut entourée de bancs. Des restes d'un repas dans des écuelles de fer et des chopes du même matériau traînaient encore dans un coin. À n'en pas douter, ceux des trois orques gardiens. Tandis que nous passions sans nous arrêter, je laissai néanmoins mes yeux fureter à la recherche d'éventuelles victuailles…

« N'y pense même pas ! lâcha d'un coup Séraphine.

— Quoi ?

— On ne se connaît pas depuis longtemps, mais je t'ai bien cerné, et c'est non ! Tu n'iras pas mettre ton nez dans ces assiettes. De toute façon, il n'y a plus rien. Et tu n'en as pas déjà plein ton sac, de la nourriture ?

— On n'en a jamais assez ! » grimaçai-je, car elle m'avait démasqué.

Nous poursuivîmes par des baraquements où s'alignaient plusieurs couches aux couvertures sales et trouées. Divers objets que je qualifiais de déchets jonchaient le sol. Carcasses d'animaux, vêtements limés, bourses vides et quelques armes inutilisables.

« Ça n'est pas encore ici que l'on trouvera de quoi s'enrichir, maugréai-je.

— C'est certainement l'étage du personnel, supposa la magicienne. Nous aurons sans doute plus de chance dans les niveaux supérieurs.

— Qu'est-ce qui te fait dire ça ?

— D'une part parce que les visiteurs sont probablement peu nombreux à les atteindre, et donc à les piller. D'autre part, parce que c'est généralement là que les propriétaires de ce genre de lieux arrangent leurs appartements.

— Tu l'as lu dans tes bouquins ? me moquai-je.

— Oui, et ils s'avèrent souvent exacts, vois-tu ! »

Partie au quart de tour, comme je m'y attendais, elle prit les devants, poussa la porte suivante et disparut dans une nouvelle pièce.

« Messire Jaaranisson, il semble que vous ayez offensé miss Séraphine, avança Blom tandis que je fouillai du pied un tas d'immondices dans le vain espoir d'y dénicher quelque trésor, et prouver à la lutine que pour une fois elle se trompait.

— Non… Il s'agissait d'une simple boutade, rien de plus. C'est toujours comme ça entre nous. On aime se taquiner…

— Peut-être devrions-nous la rejoindre ?

— Oui, tu as raison ! »

Un mauvais pressentiment venait de me parcourir l'échine. L'accès à la suite se trouvait à seulement quelques enjambées de nous. Aucun cri ou son suspect ne nous était pourtant parvenu aux oreilles. Mais quelque chose d'indescriptible, comme un sixième sens, m'avait inconsciemment alerté d'un danger imminent.

D'une main, je poussai légèrement la porte. Malgré ma vision dans le noir, les ténèbres profondes des lieux me rendaient presque aveugle. Néanmoins je le sentais, une présence nous attendait tapie dans l'ombre.

Je dégainai mon épée ; Blom installa son instrument en position. Ensemble, nous fîmes un pas en avant, puis un deuxième, puis un autre encore. Plus nous avancions, plus nous peinions à lever les pieds. Une substance gluante avait été répandue sur le sol qui diminuait notre vitesse de progression.

« Qu'est-ce que c'est que cette mélasse dans laquelle nous marchons ? » marmonnai-je sans manquer d'assortir à ma question quelques-uns de mes plus beaux jurons.

Le gobelin ne répondit pas. À la place, la voix de Mallirk résonna au-dessus de nous :

« Euh, dites ? Un petit coup de main serait le bienvenu. »

En même temps, Blom et moi levâmes les yeux en l'air. Quatre cocons de tailles variables pendaient au plafond, la tête en bas. Le plus récent, pas encore totalement formé, enfermait en son sein la magicienne. Sa bouche se trouvait recouverte d'une sorte de toile, l'empêchant de parler ou appeler à l'aide. Elle avait repositionné sur son nez ses lunettes de vision dans le noir, certainement juste avant d'être capturée, et nous regardait pleine d'espoir. Sur sa droite, mieux emmailloté, gigotait le théurge. Il était parvenu en mordant dans son bâillon, à dégager son visage. Les deux derniers que plus rien ne permettait de reconnaître devaient contenir Darken et un autre individu.

« Qu'est-ce que vous faites là-haut ?

— Si tu veux vraiment le savoir, demande-lui donc. »

D'un mouvement du menton, le nain nous indiqua le coin le plus sombre que même ma nyctalopie ne parvenait pas à traverser.

C'est alors que nous la vîmes.

CHAPITRE 22 :
LE COUP DE FOUDRE

Jason

Une gigantesque araignée poilue se laissa descendre du plafond, sortant des ténèbres. Son corps, de la tête à l'extrémité de l'abdomen, mesurait dans les trois enjambées. Et ses pattes augmentaient encore l'impression de massivité. Pourtant, elle pendait au bout d'un fil de soie à peine plus épais que mon pouce.

Au ralenti, elle se porta à notre hauteur. En dehors de ses crochets qui bougeaient inlassablement, elle demeurait immobile. J'imaginais ses huit yeux nous détailler, conscient qu'à tout moment elle pouvait à notre tour nous emprisonner dans l'un de ses cocons.

Sa réaction ne se fit pas attendre longtemps. Son inspection réalisée, ses chélicères s'ouvrirent et une substance soyeuse gicla vers nous. Préparé à une telle éventualité depuis son apparition, j'allais m'écarter de la trajectoire du jet, mais mes bottes restèrent sur place. Englué sur le sol, au lieu du bond athlétique escompté, je m'étalai le nez dans la fange, évitant néanmoins l'attaque.

Passablement agacé par la situation, je tentai de me remettre debout, ce qui ne fut pas une mince affaire. Je m'activai. Du coin de l'œil, je surveillais l'arachnide occupé pour l'instant avec le gobelin. Celui-ci s'en sortait mieux que moi. Il avait eu la présence d'esprit de reculer vers une zone où ses mouvements ne se trouvaient pas ralentis. Il parvenait ainsi à esquiver les tirs ennemis. Mais l'araignée se rapprochait, le menaçant désormais de ses pattes. Elle en leva une qui me fit aussitôt penser à une pique.

Je devais intervenir si je ne voulais pas voir mon nouveau camarade finir embroché. Hélas, paralysé comme je l'étais par cette sécrétion qui recouvrait les dalles, je ne pouvais espérer l'accoster avant que le coup fatal ne fût lancé. J'abandonnai ma lame à terre et attrapai la fronde à ma ceinture. Entre deux doigts, je saisis une bille de plomb, armai et tirai.

Le menu projectile n'avait pas pour vocation d'arrêter l'immense monstre, mais simplement de détourner son attention de Blom. Pour la suite, je n'y avais pas encore songé. Et je n'eus pas à le faire. En atterrissant sur l'araignée, la ridicule et minuscule sphère partit en une explosion incroyable. Deux pattes avant de la créature, dont celle qui s'était élevée et s'apprêtait à frapper, lui furent arrachées, ainsi qu'une partie de la tête. Elle bascula.

Surpris, je restai un instant interdit. Blom en profita pour s'écarter.

« Vite petit, détache-nous de là ! »

Mallirk, malgré ses gesticulations, n'était pas parvenu à s'extraire de son cocon. Il gigotait en vain à trois enjambées au-dessus du sol, où je ne pouvais malheureusement pas l'atteindre pour le délivrer. À moins que…

Je fouillai dans ma bourse. Je récupérai une nouvelle petite bille de plomb et la positionnai sur mon arme. Je fis tournoyer celle-ci et levai les yeux. Mon regard croisa celui de Séraphine. Si elle ne pouvait hurler sa désapprobation, son refus transpirait dans son expression. Elle remuait en tous sens, paniquée devant ce que je me préparais à tenter. Mon assurance habituelle vacilla. L'erreur n'était pas permise. Mais je ne disposais pas d'autres choix non plus. Et déjà j'entendais derrière moi l'araignée se remettre sur ses pattes restantes. Une sorte de sifflement enragé sortait de sa bouche. Vu ce que je lui avais fait subir, je doutais qu'elle décide de m'inclure à son garde-manger ; j'allais plutôt terminer démembré entre ses crocs, et mes entrailles viendraient se mélanger à la mélasse sur les dalles. L'idée que je pataugeais d'ailleurs peut-être sur les restes visqueux d'anciens aventuriers me donna la nausée.

Mon cœur battait vite tandis que continuait de tourner le projectile explosif dans son manchon de cuir.

Quand, le son du kamele de Blom emplit l'espace. De la même manière que face aux orques, je me sentis apaisé après seulement quelques notes. Mes doutes se dissipèrent, ma main se raffermit. Et je lâchai la lanière. Le trait partit. Fulgurant, il fonça vers le plafond qu'il percuta entre les deux cocons pleins. Une puissante déflagration s'ensuivit. Des blocs de pierre et de la poussière se détachèrent entraînant au passage, les quatre enveloppes qui s'écrasèrent par terre.

Si Mallirk chuta lourdement, le gobelin rattrapa Séraphine de justesse. Tandis que ce dernier délivrait la lutine à l'aide d'un poignard, le théurge parvint seul à s'en sortir et récupéra sans tarder son marteau. À temps pour assener un premier coup à l'arachnide avant que lui-même ne nous frappe.

Les deux mains sur le manche de son arme, il avait visé les pattes. Le choc brisa un troisième membre adverse la contraignant à ployer. Dans un second souffle, Mallirk allait récidiver, cette fois à la tête. Mais comme moi, ses pieds restèrent collés au sol. Or, pris dans son élan, il lâcha son marteau qui, telle une arme de jet, tournoya avant d'aller percuter l'araignée à l'abdomen. Une plainte douloureuse s'échappa de la bouche ennemie, en même temps qu'un fil de soie qui alla s'enrouler autour du visage nain. Pendant qu'il se dégageait pour respirer, le monstre largement handicapé au sol cracha un nouveau trait en hauteur et se hissa hors de portée de nos frappes. Du moins, c'était sans compter sur ma fronde. J'insérai une bille dans la poche prévue, saisis les deux lanières et fis tournoyer l'ensemble. Enfin, je lâchai une extrémité, ce qui libéra le projectile et l'envoya en plein sur l'araignée.

Rien ne se produisit. La petite boule de plomb retomba à terre sans plus d'effet.

« Elles ne sont pas toutes explosives, proposa Séraphine désormais libre et remise de ses émotions. Il doit y avoir une indication dessus pour distinguer les unes des autres. »

Je vidai dans ma main la bourse pleine des sphères. Une dizaine de billes apparurent. Hélas, dans le noir, je ne parvenais pas à les distinguer. À supposer qu'elles soient bien différentes et qu'il m'en reste des deux sortes. À force de concentration, je finis tout de même par repérer au centre de certaines, une démarcation. Comme si elles se composaient à la base de deux parties qui avaient été rassemblées pour ne former qu'un. Sans doute pour permettre d'y insérer une mixture explosive ?

Je ne retardai pas davantage mon action suivante. Autour de moi, Blom jouait un air à l'intention de notre adversaire afin de la calmer. Mallirk avait récupéré son marteau et patientait au-dessous de l'araignée, prêt à s'en servir. Séraphine, munie du poignard du gobelin, s'acharnait à délivrer le mage de sa prison de soie.

« Recule Mallirk ! »

Il ne se fit pas prier. Et je fis feu.

Une éphémérise, la bille disparut à mon regard, aspirée par les ténèbres où s'était tapi l'arachnide. Quand, une lumière aveuglante embrasa l'espace. Tous, nous vîmes la puissance de la déflagration le déloger avec violence. Il échoua aux pieds du nain qui abrégea ses souffrances de plusieurs coups de marteau.

« Il s'en est fallu de peu ! déclara Mallirk.

— Peut-être ne devriez-vous pas crier victoire tout de suite, suggéra Séraphine. Nous ne sommes pas encore sortis d'affaire. Et Darken ne semble pas au mieux de sa forme. »

Nous nous approchâmes d'elle. Elle se tenait penchée au-dessus du mage. Les traits de celui-ci apparaissaient tirés, comme s'il avait lui aussi lutté contre quelque créature. Lui qui présentait un corps déjà mince, il ressortait maintenant malingre et pâle.

« Malheureusement, je ne peux rien pour lui actuellement, annonça le théurge. Je ne dispose plus de suffisamment d'énergie divine pour lui lancer un sort de soin.

— Si vous le permettez, nous devons être en mesure de lui venir en aide, déclama Blom.

— Toi ? m'étonnai-je toujours.

— Oui, messire Jaaranisson. Nous avons plus d'une corde à notre kamele ! dit-il en exhibant l'objet en question.

— Euh, attendez ! s'opposa soudain Mallirk abrupt. Comment ce gobelin s'est-il retrouvé parmi nous ? Et on peut savoir ce que tu mijotes avec ce truc ?

— Du calme Mallirk, intervint la lutine. Blom est artimage…

— Et il fait partie du groupe ! complétai-je.

— Vous faites confiance à cette vermine sournoise ?

— Je vous signale qu'il vous entend. Et oui, comme je viens de le dire, il fait partie de notre groupe et a toute notre confiance. Blom, fais donc ton… tour, avec ton… instrument !

— Attention, je te préviens que je te surveille ! menaça le nain. Au moindre doute sur tes actions, je t'aplatis comme cette araignée géante. »

Le gobelin ne parut nullement impressionné. Tel que je l'avais déjà vu faire, il positionna son kamele sur son ventre, et ses doigts commencèrent à pincer les cordes. Un son féerique s'éleva dans la pièce. Comme chaque fois, mon corps se détendit. La tension du combat retomba. La prise du théurge sur son marteau même s'affaiblit. Et les couleurs revinrent aux joues du mage. Bientôt, il ouvrit les yeux.

« Que s'est-il passé ?

— Vous avez été attaqué par une araignée géante, raconta Séraphine en pointant le monstre décédé, et enfermé dans un cocon.

— Heureusement que vous êtes arrivés, les jeunes ! lança Mallirk.

— Euh, oui, merci… murmura Darken, comme si cela lui écorchait la bouche. Bien, poursuivons… »

En disant cela, il voulut se remettre debout et faillit tomber. Ses frêles jambes le portaient à grande peine. Car si Blom lui avait réinsufflé un semblant de vie, il demeurait faible.

« Les cocons que produisent les araignées géantes aspirent l'énergie de leurs occupants, expliqua le mage en s'asseyant. Je propose que nous prenions un court repos avant de poursuivre notre exploration.

— Excellente idée ! »

Il ne fallait pas me le dire deux fois. J'abandonnai mon sac sur l'enveloppe blanche d'où s'était extraite Séraphine, pour éviter de le laisser traîner dans la mélasse, et en extirpai un saucisson dans lequel je mordis à pleines dents.

« Tu es vraiment incroyable Jason ! lâcha mon amie.

— Quoi ? Tu en veux ? fis-je en lui tendant le morceau déjà à moitié englouti.

— Non, merci. Pendant que tu manges, garde quand même l'œil ouvert. On ne sait jamais ce qui pourrait encore nous tomber dessus. »

Même si je doutais qu'une autre créature puisse cohabiter ici avec l'araignée, toute mon expérience acquise dans le donjon me poussait à la méfiance. Épée dans la main droite, charcuterie dans la gauche, je m'obligeai donc à veiller autour des lieux, conscient qu'une dégustation en mouvement me donnait des maux d'estomac.

Accompagné des « floc » de mes pas, je parcourus la zone et m'arrêtai devant le quatrième cocon. Tombé en même temps que ceux de mes compagnons d'aventure, il n'attirait pourtant mon attention que maintenant. Si Darken était resté quelques éclires de plus plongé dans sa prison fibreuse, malgré tout le talent de Blom, il n'aurait a priori pas pu être réanimé. Je supposai donc que le pauvre bougre enfermé là devait être aussi desséché qu'une momie en plein désert. Ce qui ne présentait pas grand intérêt. À moins qu'il n'ait possédé des objets de valeur…

Saucisson dans la bouche, je saisis le manche de mon épée à deux mains et la plantai dans l'enveloppe de soie. Soudain, elle remua. Par réflexe, je voulus faire un pas en arrière, mais collé, je tombai simplement sur les fesses et la charcuterie m'échappa.

« Par tous les nains farfouilleurs, non !

— À quoi est-ce que tu joues encore ? m'interrogea Séraphine en me rejoignant.

— Mon saucisson est plein de cette chose gluante…

— C'est tout ?

— Ce truc, il a bougé ! lâchai-je en abandonnant à regret mon en-cas.

— Quoi ? Qu'est-ce qui a bougé ? »

Du doigt, je lui indiquai le linceul soyeux.

« Impossible. Voilà bien longtemps qu'il n'y a plus rien de vivant là-dedans ! »

Tandis qu'elle affirmait cela, ma lame prise dans le tissu se souleva puis s'abaissa. Séraphine saisit son bourdon à deux mains devant elle.

« C'est impossible ! répéta-t-elle. Qu'est-ce que tu as encore trafiqué ?

— Rien du tout ! Je voulais juste voir s'il n'y avait pas des choses à récupérer… Qu'est-ce qu'on fait ?

— Je ne sais pas… Ouvre-le ! Il y a peut-être quelqu'un en vie.

— Je n'espère pas. Sinon cela signifie que je viens de lui transpercer le ventre… »

Toujours aussi gauche, je me relevai dans un bruit de succion sonore. D'un geste ferme, j'empoignai mon arme et appuyai dessus comme je l'aurais fait pour couper un fromage. Je fendis en son centre le cocon.

Aussitôt, une déferlante d'araignées de la taille de grosses poires se répandit tout autour de nous. Il y en avait partout. Elles grouillèrent un moment entre nos jambes. Et Séraphine hurla si fort que je ne doutais pas qu'elle fût capable de réveiller les deux orques endormis à l'autre bout de l'étage. Avec difficulté, je décollais mes pieds du sol, plus pour les faire fuir que pour les écraser. Enfin, elles finirent par s'éloigner complètement. Mallirk et Blom en pulvérisèrent quelques-unes au passage tandis qu'elles s'approchaient de feue leur mère. Agglutinées autour, elles commencèrent à la dévorer.

« Finalement, nous n'aurons pas le temps de nous reposer, lança Darken avec un regard plein de reproches. Allons-nous-en vite, avant que ces bestioles n'aient plus rien d'autre à se mettre sous la dent ! »

Aidé du théurge, le practomancien claudiqua vers la suite.

« Viens Jason, ne restons pas là ! me conjura Séraphine qui aurait bien aimé que je lui serve de bouclier en cas d'attaque par cette vermine à huit pattes.

— Nous sommes aussi d'avis de ne pas nous attarder plus longtemps, approuva Blom à côté de nous.

— Attendez, il y a quelque chose… »

Je rengainai mon épée et à deux mains, ouvris en grand le cocon blanchâtre. Une ultime araignée que je dérangeai abandonna son nid douillet pour rejoindre ses sœurs. Au-delà d'elles, je dégageai le cadavre d'un humanoïde. Au vu de sa taille, je penchai soit pour un humain, soit pour un elfe. À bien y regarder, j'optai pour ce dernier. Car si sa vie avait été absorbée, son enveloppe charnelle demeurait, ainsi que deux oreilles que j'estimai pointues.

« Son énergie a dû servir de nourriture pour la progéniture monstrueuse de l'araignée. Quand je pense que j'ai bien failli finir comme lui… Je préfère ne pas imaginer, si vous n'étiez pas arrivés pour nous venir en aide…

— Tiens, regarde ça ! »

Nullement honteux de mon geste, je plongeai le bras sous la tunique en lambeaux du mort et en retirai sept pièces d'or et deux rubis.

« Voilà qui devrait enfin combler nos frais de voyage.

— Qu'avons-nous là également ! »

Blom me laissa juste le temps d'empocher les trésors repérés et saisit lui aussi un objet.

« Un vieux chapeau mité ? questionnai-je.

— Pas mal, non ?

— Euh… Est-ce qu'il est magique ?

— Nous n'en avons pas l'impression, dit-il en retournant le couvre-chef plat. Comment nous trouvez-vous ? »

Le gobelin positionna la coiffe abîmée sur son crâne chauve. Par chance, avec ses bords courts et recourbés, il se calait à la perfection entre ses deux oreilles proéminentes. Sa couleur, un gris presque noir, s'accordait en outre merveilleusement avec le reste de sa tenue.

« Et regardez ça ! »

À son tour, Séraphine se pencha au-dessus du corps en décomposition et malgré tout le dégoût qu'il lui inspirait, elle trouva la motivation de lui arracher un bras pour récupérer un morceau de bois.

« Je sais ce que tu penses, lâcha-t-elle d'emblée. Non, ceci n'est pas qu'une vulgaire branche d'arbre ! Il s'agit tout bonnement d'une baguette de foudre ! »

À peine eut-elle dévoilé la nature de l'objet, qu'une lueur vive suivie d'une forte détonation en sortit. Le trait lumineux se rua en ligne droite et s'abattit sur la tête de l'arachnide géant. Une giclée de chair poisseuse se répandit, engloutissant certaines petites vermines, qui n'arrêtèrent pas pour autant leur repas.

« Mais quel abruti ! s'emporta violemment la magicienne.

— Quoi ? Cette fois-ci, ça n'est pas moi, je n'ai rien fait du tout ! protestai-je.

— Non, pas toi ! Lui, fit-elle en désignant l'elfe décédé. Il a utilisé l'élément de la baguette comme mot de pouvoir pour la déclencher.

— C'est-à-dire ? La "foudre" ? »

La réaction ne se fit pas attendre. Une seconde ligne d'électricité s'échappa de l'arme magique et fila s'écraser à la suite de la précédente.

« Je serais tentée de croire que tu l'as fait exprès, mais en fait, j'en doute…

— Oups… C'est illimité ? demandai-je, désireux de renouveler l'expérience.

— Non ! m'arrêta aussitôt la lutine avec de gros yeux. Tu ne peux t'en servir qu'un nombre de fois restreint, et impossible de savoir combien de charges il reste actuellement.

— Dommage… Au pire, on pourra toujours la revendre, lançai-je. Elle plairait certainement à des collectionneurs, avec sa forme en éclair.

— Tu es tellement vénal… Bon, je crois qu'il faut vraiment qu'on s'en aille maintenant ! »

La lutine nous poussa en direction de la sortie, et j'aperçus en effet que les petites araignées que nous n'avions pas hésité à déranger, terminaient de faire disparaître leur mère.

Je récupérai mon sac, et nous hâtâmes le pas autant que possible au milieu de cette substance visqueuse qui tapissait les dalles. Enfin, nous foulâmes une zone où nos déplacements ne se voyaient plus ralentis, et nous pûmes accélérer encore.

Nous passâmes une porte, déjà ouverte, que nous estimâmes bon de refermer. Malgré l'absence de verrou, nous repérâmes plusieurs meubles à décaler. Blom et Séraphine plaquèrent une table contre le battant, et j'y adossai une grande armoire en bois massif que j'eus toutes les difficultés du monde à pousser. L'accès se trouva ainsi complètement bloqué. De cette manière, nos petites amies grouillantes ne devaient pas être en mesure de nous atteindre. Au cas où elles auraient encore faim…

Enfin, nous rejoignîmes Darken et Mallirk. Ils avaient décidé de tenter une nouvelle pause, car le mage peinait à continuer. S'il semblait avoir déjà recouvré des forces, comme en attestait son teint plus coloré, un peu de repos supplémentaire ne pouvait pas lui faire de mal. De même pour les autres. Tous, nous avions eu notre lot de courses-poursuites, combats et moments de tension.

CHAPITRE 23 :
LE REPOS DU GUERRIER

Blom

Après avoir bloqué la porte derrière nous, je rajustai mon nouveau couvre-chef et regardai autour de moi. Nous avions atterri dans une pièce spacieuse et dépourvue de toute décoration. Les murs en pierre brute, terne, laissaient apparaître des fissures ici et là. Le sol dissimulé sous une fine couche de poussière indiquait que personne n'avait foulé les lieux depuis longtemps. Au centre de la salle s'érigeait la table en bois rudimentaire, que nous avions déplacée avec Séraphine. Grossière, de profondes marques de scie et des clous mal enfoncés la parsemaient. À côté d'elle se trouvait la grande armoire en bois foncé, ornée de motifs sculptés, désormais accolée à la table. Ses poignées et serrures brillaient d'un métal argenté, donnant l'impression qu'elles avaient été récemment polies. Hormis ces deux meubles, la pièce était complètement vide, plongée dans une semi-obscurité.

Le mage et le théurge avaient décidé de s'arrêter et s'étaient installés dans un coin. Choisissant de les imiter, je me laissai tomber lourdement sur le sol poussiéreux. J'étirai mes jambes engourdies, tout en poussant un soupir de soulagement. J'enlevai mon sac de mon dos et le posai délicatement sous ma tête. Fermant les yeux, je me concentrai sur mon instrument, que je basculai sur mon ventre. J'allais entamer une chanson, mais je fus interrompu avant d'avoir pu prononcer le premier mot.

« T'en veux ? »

J'ouvris un œil, et me retrouvai nez à nez avec un saucisson.

« Merci messire Jaaranisson, mais…

— Tu peux m'appeler Jason, Blom.

— Très bien… Je vous remercie messire Jason…

— Juste Jason.

— … Mais je suis végétarien.

— Quoi ? fit-il en se mettant à rire. C'est la chose la plus drôle que j'aie jamais entendue, un gobelin végétarien !

— C'est exact. J'ai eu pour professeur de musique un elfe, qui m'a appris à respecter toute forme de vie. Il considérait que chaque être vivant possédait une étincelle de divinité et qu'il était de notre devoir de la préserver en ne consommant pas de viande.

— Drôle d'idée !

— Mais vous Jason, avec un parent elfe, j'aurais imaginé que vous auriez aussi adopté un tel régime alimentaire.

— Oui, c'est vrai, ma mère est une elfe. Avec elle, il n'est pas question de manger de la bonne chair. Elle est très sensible à la souffrance animale. En plus, elle n'arrête pas de nous rabâcher que c'est plus sain pour la santé… Mais mon père est un nain, et il n'a pas résisté à la joie de me donner à goûter charcuterie et gibier, et j'avoue que j'en raffole ! … Bon, tant pis pour toi ! »

Jason s'éloigna, j'abaissai mon chapeau sur mes yeux, ajustai la position de ma calebasse, et inspirai profondément.

Mes doigts devenus agiles après des cycles de pratique parcouraient les cordes en un mouvement gracieux, et faisaient émerger une mélodie exquise et apaisante. L'air se répandit doucement dans la pièce, enveloppant les aventuriers fatigués d'un voile de sérénité. Le son du kamele résonnait dans la salle, réveillant les échos des murs en pierre. Bientôt, je mêlai ma voix aux notes de musique et entonnai un nouveau refrain de ma composition.

« Dans l'ombre d'une grotte sombre et profonde,

Face à l'araignée géante, qui fait frissonner le monde,

Nos héros se tiennent, le regard déterminé,

Prêts à affronter les dangers, à ne jamais reculer.

Les cordes résonnent, le luth éveille les sens,

La mélodie s'élève, envoûtante et intense,

Blom, l'artimage-gobelin, guide leur chemin,

Avec sa voix suave, il chante leur destin.

Triomphants, nous luttons, unis et vaillants,

Face à la veuve noire, nous sommes triomphants.

Nos bras tendus vers le ciel, nous bravons le danger,

Notre victoire éclatante, nous l'emportons avec majesté.

LE DONJON DES MYSTÈRES

L'araignée lance ses toiles, tissant un piège mortel,

Mais nos héros rusés, connaissent son point faible,

Ils esquivent les attaques, bondissent avec agilité,

Leurs lames virevoltent, frappent avec habileté.

Triomphants, nous luttons, unis et vaillants,

Face à la veuve noire, nous sommes triomphants.

Nos bras tendus vers le ciel, nous bravons le danger,

Notre victoire éclatante, nous l'emportons avec majesté.

Les orques gardiens, arrogants et fiers,

Ne se doutent pas que la ruse les guette dans l'air,

Nos héros se glissent, silencieux et furtifs,

Leur sommeil profond, ils en font leur captif.

Triomphants, nous luttons, unis et vaillants,

Face à l'araignée géante, nous sommes triomphants.

Nos bras tendus vers le ciel, nous défions le danger,

Notre victoire éclatante, nous l'emportons avec majesté.

La ballade se termine, les acclamations retentissent,

Les audacieux s'inclinent, fiers et accomplis,

Leur chant résonne dans les cœurs, symbole de leur bravoure,

Ils resteront liés, toujours, dans l'aventure de la tour.

Triomphants, nous luttons, unis et vaillants,

Face à l'araignée géante, nous sommes triomphants.

Nos bras tendus vers le ciel, nous défions le danger,

Notre victoire éclatante, nous l'emportons avec majesté. »

Les paroles s'échappaient de mes lèvres, racontant l'histoire de notre succès sur l'araignée géante. Les mots évoquaient l'adrénaline qui pulsait dans nos veines, la détermination qui brillait dans nos yeux. Les accords joyeux et cadencés reflétaient la réussite éclatante, tandis que les variations mélodiques illustraient les mouvements agiles et stratégiques utilisés pour anéantir la redoutable adversaire.

Puis, la chanson évolua et se transforma en une ode enjouée sur la façon dont nous avions triomphé face aux deux orques. Je narrai avec malice comment nous avions usé de ruses et de subterfuges pour endormir les gardiens arrogants, les dérobant de leur puissance temporairement. Les paroles et les rythmes entraînants révélaient l'intelligence et l'habileté déployées pour obtenir le succès, créant une atmosphère légère et victorieuse dans la pièce.

Autour de moi, les aventuriers se laissaient bercer par la mélodie enchanteresse, leurs soucis s'évaporant dans les airs. Les notes caressaient leur esprit et leur cœur, rappelant les moments de gloire et de réussite qui les avaient amenés jusqu'ici. Dans cette pièce silencieuse, je célébrais leur courage et leur adresse, par une harmonie musicale qui emplit leur être d'une énergie nouvelle et d'une camaraderie renforcée.

Je continuai de jouer, perdant toute notion du temps, emporté par ma chanson.

*****

Jason

Mon ventre hurla presque autant que l'armoire quand je la déplaçai pour bloquer la porte derrière nous. Et pour cause ! Je n'avais rien avalé depuis la veille ! Et le goût de saucisson qui tapissait l'intérieur de ma bouche, avant de disparaître englué sur le sol de la pièce à l'araignée, avait réveillé mon estomac.

Darken et Mallirk s'étaient installés dans un coin, Blom dans un autre, et j'en profitai pour tirer un boudin de mon sac. Je sentis mes yeux pétiller d'anticipation au moment de l'attraper, et je laissai ensuite l'arôme poivré venir chatouiller mes narines. D'un geste déterminé, j'approchai mon repas et croquai dedans à pleines dents. Le morceau délicieux combla tout mon être d'une vague de bonheur et de satisfaction. Je savourai chaque miette. Ma bouche s'étira sur un large sourire de contentement tandis que le boudin disparaissait complètement.

J'attrapai une saucisse fumée et, malgré le conflit interne qui m'animait, j'allai en proposer aux autres. Je leur présentai le contenu de mon sac, le cœur empli d'un mélange d'altruisme et d'appétit vorace. Par chance, seul Mallirk accepta un morceau. Par malheur, Mallirk accepta un morceau ! Il n'avait pu s'empêcher de laisser échapper un grondement guttural de plaisir à la vue de toute cette magnifique charcuterie. Ses yeux brillèrent d'une lueur cupide alors que je m'approchais de lui, et il se servit généreusement sans aucune retenue. Mon cœur se serra légèrement tandis que j'observais les produits diminuer à vue d'œil. Moi qui avais espéré garder la plus grande part pour moi et satisfaire mon insatiable voracité sans avoir à partager avec les autres… Mais le nain avait lui aussi succombé à la tentation culinaire et dévorait tout sur son passage, me laissant à peine de quoi me sustenter.

« Bon appétit, Mallirk », soufflai-je d'un ton teinté d'amertume.

Je saisis le reste de ce que j'avais volé dans le garde-manger du donjon, et l'engloutis en grande partie, conscient que je n'en aurais peut-être plus l'occasion après.

Séraphine me jetait un regard amusé. Elle savait pertinemment que j'avais dû réviser mes plans égoïstes face à la boulimie intarissable du nain. Elle se doutait, comme j'aurais pu le faire, que Mallirk, avec sa joie de vivre débordante, ne pouvait résister à une bonne chère. Pour me consoler, elle me proposa son outre. Enfin rassasié, j'avais le gosier sec, et j'acceptai. Elle ne contenait pas de bière, juste une eau cristalline qu'elle avait puisée dans le Précipité lors de notre voyage vers la tour. Je dévissai le bouchon et laissai le liquide s'écouler. Sa fraîcheur apaisa ma soif et revitalisa mon corps fatigué par les efforts. Je refermai soigneusement la gourde et la rendis à mon amie qui avait ouvert devant elle un grimoire aux pages jaunies.

Finalement, je pris une profonde inspiration et me dis que partager un festin avec mes compagnons, même si cela signifiait réduire ma part, était un petit prix à payer pour l'harmonie et l'esprit d'équipe. Et qui sait, peut-être que Mallirk, une prochaine fois, diviserait ses provisions.

Séraphine

Assise au côté de Jason, j'installai une bougie devant moi. Lors de la capture de Darken par l'araignée géante, ses feux-follets, qui représentaient pour lui comme pour moi l'unique source de lumière de l'étage, s'étaient éteints. Même si l'obscurité n'était pas totale et que je parvenais à distinguer de vagues formes, je me trouvais très handicapée dans cet environnement. La courte chandelle que j'allumai ne diffusait sa clarté que sur une portée limitée, mais elle rendait à la pièce ses contours, et me rassura. Associée à l'air joué par Blom, j'eus le sentiment que les ténèbres s'éloignaient.

Je fermai un instant les yeux et me laissai envelopper par la douce mélodie du kamele et la voix enivrante de Blom. Les notes musicales s'élevaient, emplissant l'espace de leurs harmonies envoûtantes. Chaque vibration rythmée semblait caresser mon âme et apaiser mes pensées tourmentées. J'imaginai les rayons de la bougie danser autour de moi, créant des jeux d'ombre et de lumière qui ajoutaient une dimension magique à l'instant. Je me laissai porter par la chanson, sentant mes soucis se dissiper peu à peu. Une tranquillité profonde m'envahissait, comme si j'étais enveloppée par un cocon protecteur…

La pensée du cocon me fit rouvrir les yeux. Les images face à notre précédente adversaire refirent surface, et je frémis à l'idée de ce qui aurait pu arriver sans l'intervention de Jason et Blom.

Je me rappelai le moment où j'avais été prise au piège. La terreur s'était emparée de moi, mon esprit embrouillé par la panique. Alors Jason avait surgi. Il avait jeté son regard simplet sur la pièce et néanmoins, avait rapidement évalué la situation. Il n'avait pas fui et avait brandi son épée avec une audace téméraire et un peu folle.

Blom, quant à lui, avait déployé tout son talent d'artimage. Sa voix mélodieuse et envoûtante avait rempli l'air. Les harmonies magiques tissées par les cordes du kamele avaient apporté du courage à Jason, puis de la force à Mallirk. Chaque note était devenue une arme contre l'adversité, un bouclier pour sa survie.

J'avais été épargnée grâce à leur intervention conjointe, leur dévouement sans faille. Leurs actes intrépides m'avaient donné une nouvelle chance de vivre. J'étais consciente que, sans eux, j'aurais succombé dans les sombres entrailles de cette dangereuse épreuve. Mais impossible de l'avouer à l'elfe-nain. Je me le représentais sinon se pavanant devant les autres aventuriers en clamant haut et fort :

« Ah, vous savez, j'ai sauvé la vie de Séraphine, c'était une tâche bien facile pour mon génie héroïque, vraiment ! »

Je me voyais déjà submergée par des récits interminables de ses exploits, accompagnés d'un air de satisfaction si démesuré qu'il faudrait agrandir la porte de la taverne pour le laisser passer.

Avec un sourire amusé, je choisis d'épargner à tous cette vanité excessive. J'aimais bien Jason, mais l'imaginer se transformer en une version fantasque de lui-même n'était pas ce que j'avais en tête. Je préférais continuer à le taquiner gentiment, en lui lançant des petites piques sur sa maladresse ou sa tendance à se perdre dans les donjons. C'était un équilibre subtil entre gratitude et amusement, et je ne voulais pas le briser.

Malgré tout, un sentiment de reconnaissance profonde m'envahit. Je savais que je leur devais la vie à lui et Blom, et leur amitié représentait un trésor inestimable.

Dans la lueur vacillante de la chandelle, je pris une résolution : de me trouver toujours là pour eux prête à me battre et à les soutenir, aussi longtemps que nous parcourrions ensemble les chemins de l'aventure. Mais pour cela, je devais devenir plus forte. Dans mon sac, j'attrapai *La magie pour les débutants* et poursuivis mon apprentissage.

LE DONJON DES MYSTÈRES

***
****

Mallirk

Repu, je m'étirai largement et avec satisfaction, et m'éloignai un peu de Darken. Pour prier, j'aimais m'isoler du reste du monde. J'aurais aussi préféré ne pas porter ma lourde armure sur le dos, mais quelque chose me disait qu'il valait mieux ne pas l'enlever tout de suite. Je conservais en outre un œil sur le second accès de la pièce où nous nous reposions, et la main sur le manche de mon marteau, juste au cas où…

Installé dans un coin tranquille, je joignis mes paumes, et fermai les yeux pour me concentrer, les autres sens toujours en éveil. Dans un murmure solennel, je commençai à réciter des prières dans la langue ancestrale des nains, invoquant la puissance et la protection d'Adrin. Mes mots étaient empreints de respect et de dévotion. Ils témoignaient de ma conviction inébranlable envers le dieu des forgerons.

Ma voix, grave et profonde, résonnait dans ma tête, et emplissait les lieux d'une aura sacrée qui se mêlait au chant apaisant du gobelin. Je me laissai envahir par l'énergie divine qui afflua bientôt en moi, se nourrissant de ma foi ardente.

Les autres aventuriers observaient discrètement, mais respectaient en silence ce moment de piété. Cette connexion spirituelle s'avérait essentielle pour moi. Elle se révélait une source de réconfort et de guidance dans notre dangereuse quête comme dans la vie de tous les jours.

Après quelques instants, je conclus ma prière par une inclinaison de tête et un soupir profond. Tout en moi se trouvait apaisé : mon estomac grâce aux mets offerts par Jason, mon corps grâce à cet intermède et à l'air joué par le gobelin, mon esprit grâce à cette conversation avec mon dieu. L'énergie dont Adrin me gratifiait chaque jour avait encore une fois envahi mes membres, et je pourrais de nouveau soigner mes coéquipiers si besoin.

Je me relevai lentement, le cœur empli de détermination et de confiance. Mon regard croisa celui de mes compagnons, et je leur présentai un sourire chaleureux.

« Que l'acier soit aiguisé et les batailles remportées, mes amis ! » déclarai-je d'une voix empreinte d'une fierté guerrière avant de rajuster mon équipement, prêt à affronter les épreuves à venir, et toujours guidé par Adrin.

Darken

Nous avancions avec une infinie prudence dans les profondeurs de la grotte, guidés par la faible lueur d'un feu-follet qui éclairait notre chemin. L'air était épais et humide, chargé d'une aura mystérieuse qui ajoutait une tension palpable à notre quête.

Nous franchîmes d'étroits passages rocheux, nous faufilant entre les stalagmites acérées et les murs suintants. Les murmures distants d'un cours d'eau souterrain résonnaient dans l'obscurité, et entouraient notre périple d'une ambiance mystique.

Au terme d'une longue marche dans cet environnement difficile, nous arrivâmes devant une immense caverne, dont les parois étaient tapissées de cristaux étincelants. D'après les informations que nous avions rassemblées avant de nous enfoncer dans les entrailles de la Terre, nous approchions du but. Le gantelet de Gromash n'était plus très loin.

Un bruissement léger se fit alors entendre, provenant du fond de la pièce. Intrigués, nous avançâmes avec précaution. Nos yeux scrutaient les ombres, nos mains serraient nos bâtons de practomanciens, prêts à faire face à toute éventuelle menace.

Un groupe d'une demi-douzaine de troglodytes apparut. Leurs grands yeux brillaient d'une lueur intense et sinistre.

Sans hésiter, j'entamai une incantation, canalisant ma magie dans une sphère de toxines verte. Je lançai la boule en direction des premières créatures. Elle les frappa de plein fouet et éclata dans un nuage de fumée qui emplit leurs poumons. Aussitôt, ils se mirent à tousser. Les plus faibles tombèrent à genoux, leurs larges mains enserrant leur cou tandis que le poison finissait de s'infiltrer dans leurs bronches et de les terrasser. Ceux à la plus forte constitution ralentirent, mais après un temps où ils cherchèrent à retrouver leur souffle, ils reprirent leur avancée.

À mon côté, mon condisciple déploya ses talents d'illusionniste. Il produisit des mirages déroutants, des répliques fantomatiques de lui-même, qui semèrent la confusion parmi nos adversaires. Les créatures, désorientées par ces leurres trompeurs, se jetèrent sur les illusions à notre place. J'en profitai pour les emprisonner dans une toile gluante qui les paralysa tout à fait.

Furieux et entravés, les troglodytes cherchèrent à se dégager. Ils griffaient et mordaient la substance collante, avec plus ou moins de réussite. À force de s'échiner, ils finirent par se libérer, mais leur immobilité temporaire nous avait permis de nous tenir prêts.

Je reculai, quand des grognements menaçants venant de toutes les directions retentirent. Ils se répercutèrent sur les murs de la caverne, donnant l'impression d'une présence multiple et monstrueuse. Les troglodytes hésitèrent. Ils jetaient des coups d'œil autour d'eux, s'attendant à tout instant à voir apparaître une armée de géants de pierre qui arriveraient pour les massacrer, et se questionnaient du regard sur la marche à suivre. Au contraire, je passai à l'acte, car je savais qu'il ne s'agissait que d'une illusion auditive. Tandis qu'ils demeuraient indécis, je me frottai les mains l'une sur l'autre, m'approchai, et les apposai, la gauche sur une nuque, la droite sur une joue. Une fois en contact avec la peau grisâtre des troglodytes, l'acide fit son effet, déclenchant une réaction chimique destructrice. Malgré l'épaisseur de l'épiderme ennemi, le composé l'attaqua en profondeur tout en se répandant de plus en plus, le brûlant de manière semblable à un feu dévorant une feuille de papier. Les conséquences corrosives de la substance se propagèrent rapidement, transformant la surface touchée en une masse désintégrée. Les créatures atteintes s'effondrèrent sous le coup de la douleur.

Ils n'étaient plus que deux à nous faire face. Ils ne représentaient plus une réelle menace. Pourtant ils ne semblaient pas vouloir fuir, et nous comprîmes bientôt pourquoi. Le silence oppressant de la grotte après une courte échauffourée fut soudain rompu par un bruit étrange. Les parois de pierre devant nous parurent s'ouvrir, laissant apparaître une fissure sombre et mystérieuse. De cette crevasse émergea progressivement une silhouette vêtue de peaux de bêtes, ornée de symboles tribaux et portant un masque en os.

Le troglodyte-spirite se glissa hors du mur, comme s'il était né de la pierre elle-même. Sa démarche se montrait lente et solennelle, ses yeux fixés sur nous. Sa présence exhalait une aura mystique et inquiétante, révélant sa connexion profonde avec les esprits des lieux.

Des volutes de fumée s'échappaient de l'encensoir qu'il tenait fermement entre ses mains griffues. L'odeur âcre qui s'en dégageait se mêlait à l'air stagnant de la grotte, ajoutant une ambiance envoûtante à la scène. Des murmures mystérieux émanaient de ses lèvres, invoquant des incantations antiques et inintelligibles. Ses mouvements étaient empreints de grâce et de fluidité, comme s'il dansait au rythme d'une musique inaudible pour nous. Ses gestes précis et contrôlés, dévoilaient sa maîtrise des forces élémentaires supérieures. Des étincelles lumineuses émergeaient de ses doigts tandis qu'il canalisait l'énergie qui l'entourait.

Il nous fixa d'un regard perçant. Son masque inquiétant ne laissait entrevoir que ses yeux brillants, reflétant la lueur de la sorcellerie qui l'animait. Le silence revint. La tension dans l'air était palpable, et l'atmosphère chargée de magie et d'hostilité.

Soudain, il libéra sa fureur. Des éclairs fusèrent de ses mains, qui ne nous atteignirent pas, mais fondirent sur le plafond au-dessus de nous, qui explosa en gerbes de pierres et de cailloux. Je n'eus que le temps de faire apparaître un bouclier, et nous fûmes engloutis sous un amas minéral…

J'émergeai brusquement de ce mauvais rêve, le corps couvert d'une sueur froide. La respiration courte, je regardai autour de moi. En dehors de la faible lueur d'une bougie posée sur le sol, tout se révélait noir.

« Vous êtes réveillé ? » entendis-je.

Je levai les yeux et une forme trapue apparut. Il me fallut plusieurs éphémérises avant de reconnaître Mallirk. M'habituant à l'obscurité, je distinguai aussi l'autre nain, son amie lutine et le gobelin, et l'objet de notre quête me revint en mémoire.

D'un mouvement de tête, je chassai ce mauvais rêve de mon esprit, et revigoré après cette brève pause, je me relevai.

« Vous, là ! fis-je en tendant le doigt.

— Qui ça, moi ?

— Oui vous, l'apprentie practomancienne ! Répétez après moi : "luciflora ignitara".

— Luciflora ignitara ? bredouilla la jeune mage.

— Oui, c'est cela. Il s'agit de la formule pour invoquer un feu follet. Elle me coûte de l'énergie inutilement. Vous allez nous éclairer désormais. »

Les yeux lutins s'agrandirent et pétillèrent d'une lueur enchantée. Ses lèvres s'étirèrent sur un sourire radieux et ravi. Avec détermination elle récita la courte phrase. Rien ne se produisit. Après plusieurs tentatives infructueuses, j'allais me résoudre à recréer moi-même cette source lumineuse, quand enfin, la lumière dansante lévita devant elle. Et un éclat de joie illumina son visage.

« Allons-y, ne perdons plus de temps ! » lançai-je, et nous reprîmes notre aventure où nous l'avions laissée.

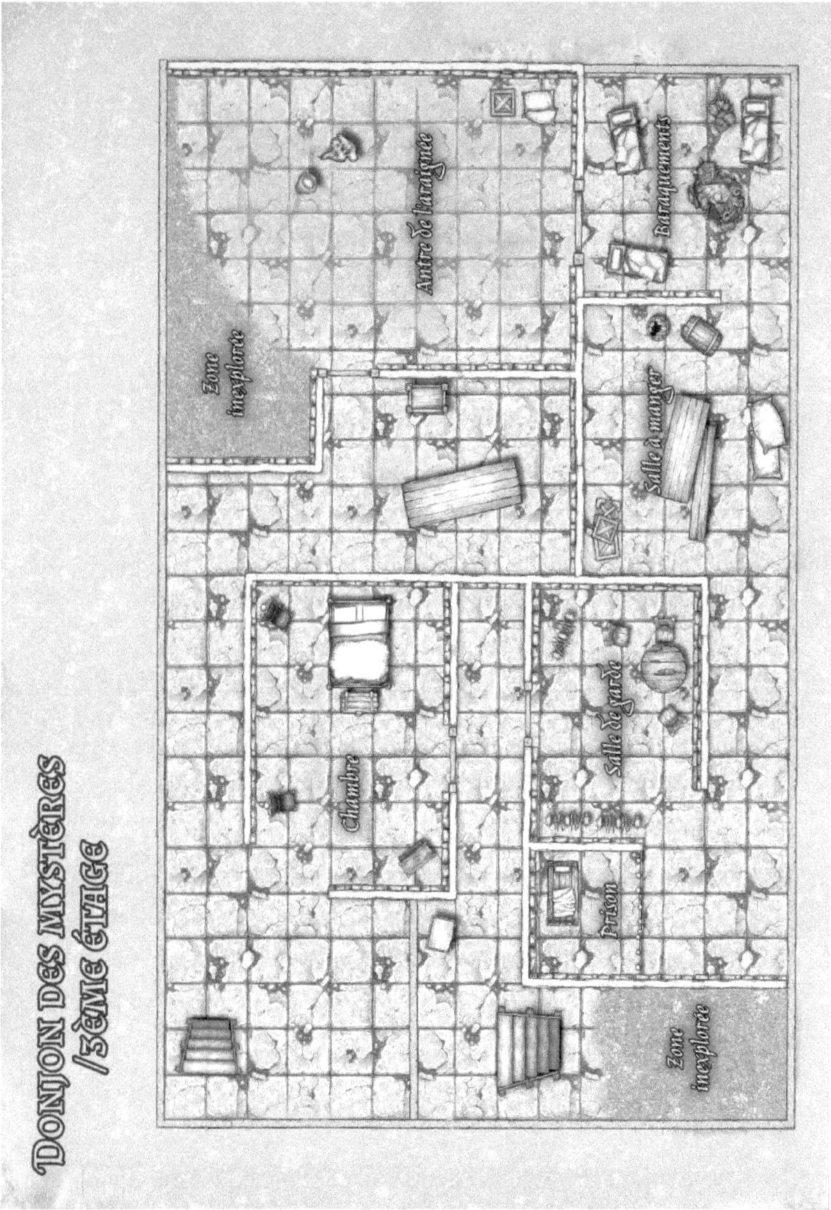
Donjon des Mystères
/3ème étage
Antre de l'araignée
Baraquements
Zone inexplorée
Salle à manger
Chambre
Salle de garde
Prison
Zone inexplorée

CHAPITRE 24 :
DISSIDENCE

Jason

Après une dizaine d'éclires, bercés par un air de kamele, nous avions tous suffisamment récupéré pour continuer notre périple. Je m'étais délecté d'un ou deux boudins, Séraphine en avait profité pour replonger le nez dans son grimoire de sorts, Mallirk avait nettoyé son marteau couvert du sang de l'araignée et prié son Dieu, et Darken s'était reposé.

Maintenant, nous avions retrouvé notre ordre de marche habituel : la lutine et moi ouvrions le chemin avec prudence, talonnés par le gobelin, puis par le nain et l'humain.

« C'est bizarre, j'ai l'impression d'être déjà passé par là, murmurai-je à mon amie.

— Ton imagination te joue des tours. Nous ne sommes encore jamais venus ici.

— Je te promets. Regarde ce cabinet, et cette fenêtre qui donne vers l'extérieur ! Ne me dis pas que… »

Je devais en avoir le cœur net. D'un pas plus audacieux, je quittai la petite pièce, avisant au passage un escalier, et me retrouvai dans…

« C'est la chambre que nous avons vue tout juste avant !

— Quoi ? Je ne le crois pas ! Nous avons tourné en rond ?

— J'en ai bien l'impression, oui.

— Mais tu n'avais pas affirmé qu'il n'y avait pas d'escalier ? gronda la magicienne.

— J'ai dit que je n'en apercevais pas. Mais personne n'a alors jugé bon d'aller plus loin s'en assurer ! répliquai-je contrarié du sous-entendu.

— Attends une éphémérise. Si nous sommes ici, cela signifie que… »

Comme pour appuyer ses propos, un des orques-gardes du niveau se planta dans l'encadrement de la porte.

« … Ils sont là aussi ! »

D'un même mouvement, nous fîmes volte-face et partîmes en courant.

« Fuyez ! » hurlâmes-nous à l'unisson en rejoignant Blom, Mallirk et Darken.

Par chance, ils ne prirent pas la peine de nous interroger, et ensemble, nous disparûmes dans les escaliers, montant vers le prochain palier.

Grimpant les marches quatre à quatre, ou deux à deux dans le cas de la lutine et du gobelin, nous atteignîmes le pallier suivant. Là, une porte nous barra la route. Plus ouvragée que toutes celles que nous avions déjà franchies, elle avait été travaillée dans un bois clair et verni. Les planches qui la constituaient s'alignaient, parfaitement régulières. Ses gonds se poursuivaient de pièces métalliques aux formes végétales. Enfin, un arc brisé lui donnait ses contours si particuliers et son élégance distinguée.

Mais nous n'avions pas le temps de nous attarder face à cette merveille architecturale. Déjà, des bruits de pas lourds et des grognements furieux retentissaient derrière nous. Les deux orques ne tarderaient pas à nous rattraper.

Revigoré après notre courte pause, Mallirk empoigna son marteau et frappa de toute sa puissance au centre de l'ouvrage. Qui ne broncha pas.

Le front du nain se plissa. Il releva son arme au-dessus de sa tête, quand Blom l'arrêta d'un signe de la main.

« Peut-être pourrions-nous tenter une approche un peu moins… barbare. »

Il saisit la poignée et tourna. La porte n'émit pas un grincement tandis qu'elle s'ouvrait et nous laissait la voie libre sur un étage très lumineux.

« Comment savais-tu qu'elle ne serait pas fermée ? s'étonna le théurge.

— Nous n'en avions aucune idée, mais cela ne coûtait rien d'essayer, répondit simplement le gobelin.

— Hum… Elle aurait très bien pu être piégée ! insista le nain, un sourcil levé.

— Pas une telle porte. Cela aurait été criminel !

— Vous m'excuserez ! »

Je coupai net la discussion et me faufilai entre eux pour ne pas me retrouver le premier au contact des deux gardiens quand ils arriveraient. Les autres m'imitèrent sans tarder, et nous refermâmes en suivant. Avec des chaises, des commodes et divers meubles que nous récupérâmes autour de nous, nous condamnâmes l'entrée. Les orques eurent beau la marteler, ils ne réussirent pas à l'enfoncer. Après plusieurs éclires à s'acharner, ils lâchèrent l'affaire, et leurs grommellements se turent. J'imaginai qu'ils retournaient à leur poste.

« Il s'en est fallu de peu ! lançai-je soulagé.

— Vous avez remarqué que cet escalier descendait également ? demanda Séraphine.

— Effectivement, car il s'agit de celui de service, expliqua Blom. D'ordinaire, il est réservé au personnel du donjon, mais puisque nous n'avons pas repéré l'autre, nous supposons que rien ne nous empêche de l'emprunter.

— Quel autre ? l'interpellai-je.

— Et bien, il devait forcément se trouver un deuxième accès vers cet étage, plus officiel. Sans doute cette araignée géante était-elle chargée de le cacher sous ses toiles, et nous serons passés à côté sans le voir.

— Et comment sais-tu qu'il s'agit d'un escalier de service ? enchaîna Mallirk d'un ton que je sentis accusateur. Il a beau être plus étroit que ceux que nous avons gravis jusqu'à présent, rien n'indique que c'en est un. Surtout pas cette porte !

— C'est par là que nous sommes monté. Ou du moins, c'est le chemin que les deux brutes derrière, et leur copain grillé nous ont fait emprunter pour nous enfermer dans cette vilaine cage. L'avantage c'est qu'il permet d'éviter tous les pièges !

— Il existait un raccourci sûr ? fis-je. Alors que nous avons dû affronter bon nombre d'épreuves pour arriver jusque-là ! C'est bon à savoir ; je le note pour la descente.

— Ton histoire ne me plaît pas beaucoup, gronda le nain.

— Laissons-là cela ! » trancha soudain Darken.

Le mage, très silencieux depuis sa déconvenue, s'interposa entre le théurge et l'artimage. Il n'apparaissait plus diminué. Au contraire, il avait recouvré de sa superbe. Le dos droit, les épaules légèrement en arrière, la tête haute. Les bénéfices de notre court repos s'affichaient sur son visage déterminé. Je retrouvais l'homme rencontré à la taverne, sûr de lui.

« Je n'ai pas pour habitude de faire confiance à quelqu'un débarqué de nulle part, encore moins s'il s'agit d'un gobelin ! lâcha-t-il méchant sous le regard approbateur de Mallirk. Néanmoins, je ne suis pas ingrat, bien au contraire. J'ai conscience que sans vous, nous n'aurions pas cette discussion. Je conçois donc que vous nous assistiez dans notre quête. »

Je vis soudain l'incompréhension sur la figure naine. Il voulut protester contre cette décision, mais Darken le fit taire d'un claquement de langue intransigeant.

« Maintenant que cela est réglé, reprenons ! Nous nous situons au quatrième étage. Une fois celui-ci traversé, nous devrions atteindre le dernier. Vous trois, passez devant ! »

Là encore, pas question de s'insurger. Le ton se montrait ferme.

Je grommelai pour moi-même et, avec Séraphine à côté, Blom deux pas derrière, nous avançâmes.

« Je le trouvais plus sympa lorsqu'il venait juste de sortir de son cocon, raillai-je à voix basse.

— Parle moins fort, il pourrait t'entendre… Tiens, une porte. Alors maître-voleur, est-ce qu'elle est piégée ou pas ? »

À l'instar de la porte par laquelle nous étions entrés, et de tout l'étage, celle-ci arborait nombre décorations. Je pris quelques éphémérises pour l'observer avec attention. Elle ne possédait pas de serrure, seulement un bouton rond de couleur bronze. Les charnières semblaient solidement fixées dans le bois. Le pêne n'était pas enclenché dans la gâche…

« D'après mon expérience, arguai-je de façon pompeuse, rien ne va nous exploser au visage si nous ouvrons cette porte. »

Confiant, j'allai valider mes dires. J'entrebâillai la porte avec un œil à l'intérieur, et la refermai aussitôt. Mon corps tout entier se raidit. Pourtant, aucune attaque magique ne m'avait frappé. Rien de physique non plus.

« On peut savoir à quoi tu joues ? s'impatienta Séraphine.

— Si j'étais vous, je n'entrerais pas là-dedans ! fis-je la voix chevrotante.

— Pourquoi ? On croirait que tu as aperçu un fantôme !

— Si seulement ça n'était que ça…

— Qu'est-ce que tu as vu ?

— Un dragon !

— Un dragon, rien que ça ? Tu es certain que le saucisson que tu as mangé ne contenait pas une substance hallucinogène ? Ou bien, c'est la décharge de ce blob qui a dû te faire griller plus que les sourcils !

— Je t'assure que je n'ai pas rêvé ! m'entêtai-je. Il était énorme, rouge, allongé sur un monceau d'or… dis-je avec envie.

— Et alors, est-ce que tu pourrais m'expliquer comment un si gros lézard ailé se serait faufilé dans un si étroit espace ?

— Tu n'as qu'à voir par toi-même, puisque tu ne me crois pas ! »

Séraphine, quoique certaine qu'un animal de la taille d'un dragon ne pourrait jamais faire partie du bestiaire d'un donjon, hésita tout de même avant de tourner la poignée de la porte. Ils étaient bien parvenus à faire entrer un blob géant !

« Qu'est-ce que je te disais ! lâcha-t-elle d'un ton qui dénotait le soulagement.

— Quoi, mais… »

Je regardai dans la pièce, et me rejetai sur le côté.

« À quoi est-ce que tu joues ? Tu ne vois pas qu'il est juste devant toi !

— Nous craignons que messire Jaaranisson n'ait raison, nous coupa Blom. Il y a bel et bien un dragon rouge qui nous bloque le passage.

— Toi aussi tu t'y mets ? … Oh ! Ça y est, je comprends. »

La lutine qui avait retiré ses lunettes de vision dans le noir, enleva celles anti-illusions et me les tendit. L'explication commençait à se révéler à mon esprit et devint totalement limpide lorsque je vissai les objets sur mon nez.

« Il a disparu ! m'exclamai-je en proposant à son tour à Blom les bésicles. Dommage, le trésor aussi…

— Intéressant, déclara le gobelin. L'illusion ne concerne pas uniquement le dragon et son tas d'or. Elle englobe l'ensemble de la pièce !

— On peut y aller ? demandai-je hésitant, malgré la preuve obtenue.

— Mais oui. »

Je dégainai mon épée. Même si je n'avais aucun doute sur le fait que je ne pouvais en aucun cas rivaliser face à n'importe quel reptile ailé. Avec circonspection, je posai un premier pied dans la salle. Le monstre ne broncha pas d'un pouce. J'avançai un peu plus. Toujours pas de mouvements ennemis.

« Est-ce qu'il y a un moyen de le faire partir ? Il me met mal à l'aise…

— Tout dépend du type d'illusion qu'il y a derrière, nous révéla Darken en pénétrant sans crainte à ma suite. Certaines sont conçues pour demeurer en place quoi qu'il arrive. D'autres n'ont pour but que de tromper de façon éphémère, et elles disparaissent sur simple toucher. »

Disant cela, il posa sa paume sur le museau du dragon endormi. Comme une bulle de savon, l'image éclata, et l'animal volant et son trésor se dissipèrent. Autour de nous, la place telle qu'elle était en réalité jaillit. Elle me fit penser à la salle de réception d'un château. De ma jeune existence, je n'en avais vu qu'une seule fois, à l'occasion de la venue d'un héros à Abrimos où je me trouvais avec mon père pour vendre ses créations. L'homme, dans son armure rutilante, s'était présenté en ville après avoir triomphé d'un ogre qui terrorisait la région. Il reçut sa récompense des mains du roi qui, pour fêter l'événement, avait offert un banquet et ouvert sa demeure aux nobles des environs. Je n'étais bien entendu pas invité. Mais l'idée d'assister et surtout de participer à un festin m'avait motivé à trouver un stratagème. Je m'étais ainsi faufilé en catimini dans une délégation naine admise aux festivités, et j'avais pu faire bombance jusqu'au petit matin. Et le lieu où le monde s'était réuni ressemblait à celui-ci : vaste, une longue table au centre pour les mets, des buffets contre les murs pour les éléments de décoration, des tentures de scènes de chasse qui montaient au plafond, et une immense cheminée.

« Cette pièce n'a aucun intérêt, déclara soudain Darken. Continuons !

— Attendez ! l'arrêtai-je. Il y avait un dragon quand même ici !

— C'était une illusion ! répéta Séraphine.

— Oui, mais ce que j'essaie de vous dire c'est que cela avait pour but d'éloigner tout intrus de ce lieu, non ?

— Où veux-tu en venir ? s'impatienta la lutine.

— C'est l'endroit parfait pour dissimuler un trésor ! »

J'eus soudain l'impression d'avoir proféré une ineptie. Mes compagnons ouvrirent tous de grands yeux où je pus lire l'incompréhension.

« Allons-y ! reprit le mage comme si je n'avais rien dit.

— Faites comme vous voulez, moi je reste ici ! »

J'espérais les amener à changer d'avis. Je ne reçus pas même un regard. Darken, Mallirk et Blom avaient déjà tourné les talons. Seule Séraphine demeurait, mais je voyais dans son expression qu'une profonde hésitation l'animait.

« Tu peux les rejoindre, bougonnai-je. Je le trouverai moi-même ce trésor. Mais n'espérez pas que je le partage avec vous !

— Même si tu possèdes une technique particulière, je dois bien admettre que tes intuitions s'avèrent souvent bonnes… »

Cet aveu de sa part provoqua en moi une joie intense. J'allais l'enlacer, mais elle arrêta mon geste.

« Hop là ! Pas d'effusion de sentiments tant qu'on n'aura pas trouvé ce qu'on cherche !

— Qu'est-ce qu'on cherche ?

— Quoi, qu'est-ce qu'on cherche ? C'est toi qui as décrété que cette pièce recélait un trésor. Alors on le déterre !

— Tu commences à réfléchir comme un nain, ris-je.

— C'est surtout qu'il y a une chance que la relique divine se cache dans les parages. Nous devons absolument la récupérer avant Darken !

— Hum, si tu le dis. Bon, par quoi on attaque ?

— Tu n'as qu'à fouiller à droite, et moi à gauche.

— Ça marche ! »

Je débutai mes recherches par les différents meubles de mon côté. Avec empressement, j'ouvris tiroirs, placards, vidai leur contenu par terre sans vergogne et passai au suivant. Des couteaux, des cuillères, des ronds de serviettes, tout l'attirail pour une parfaite réception se trouvait réuni. Mais rien qui en vaille la peine ; je ne repérai que du plaqué. Cependant, je n'abandonnai pas et enchaînai.

Le buffet connut des jours meilleurs. Car la vaisselle alignée proprement sur la partie haute termina sa course sur les dalles, en morceaux. Et l'immense vase reposant sur celle du bas faillit finir dans le même état. Mais quelque chose d'indescriptible dans la fleur qui y trempait me fit frémir et je me ravisai. Formée de lianes qui tombaient jusqu'au sol, de feuilles coniques et d'une urne rose mouchetée de parme aussi grande que mon bras et large que ma tête, elle me laissa une forte impression. Je m'éloignai sans la quitter des yeux.

J'allai examiner les torches qui brûlaient accrochées aux cloisons, sans succès.

La table, en dehors d'une nappe blanche aux motifs floraux qui rappelaient la plante sur le buffet, se présentait nue. Je m'accroupis pour vérifier que rien ne se cachait en dessous.

Je ne repérai rien non plus derrière les immenses tapisseries murales. Pendues depuis le plafond, trois enjambées plus haut, elles tombaient jusqu'à hauteur de genoux. D'une épaisseur d'un peu moins d'un pouce, elles servaient à conserver la chaleur dans la pièce. Mais elles ne dissimulaient ni cavité ni passage secret.

J'arrivai à la cheminée. Large de près de dix pieds, profonde de la moitié, elle me parut l'endroit idéal pour cacher un objet.

Surtout qu'elle fonctionnait. Trois énormes bûches presque aussi longues que l'âtre se consumaient à grandes flammes. À intervalles plus ou moins réguliers, elles craquaient, jetant de-ci, de-là, des étincelles qui s'éteignaient en quelques fragments d'éphémérises.

Je me tins le menton et réfléchis à un moyen de regarder dans le conduit sans me brûler. Je scrutai autour de moi, et découvris une solution.

Au trot, j'allai récupérer le vase sur la commode, et malgré mon appréhension, le vidai de sa fleur. Je le ramenai jusqu'à la cheminée. D'un ample geste, j'en déversai le contenu sur le feu. Soudain, un nuage de fumée épais et gris envahit l'espace. Il m'attrapa à la gorge me provoquant une violente toux. Mes yeux se mirent à piquer et des larmes à en couler. Je dus m'éloigner le temps que la masse se répande aux alentours.

Lorsqu'enfin je pus approcher, je repoussai du pied le bois encore chaud et m'installai dans le foyer. Au sol, rien qui sortit de l'ordinaire. Je levai la tête. La cheminée m'apparut noire de suie, ce qui rendit ma détection vaine. Incapable d'y voir, je m'extirpai de là. J'allai attraper une torche pour terminer mon inspection. Quand, au moment où je passai près de la plante, ses lianes se murent. Avec vigueur, elles s'enlacèrent autour de mon pied et s'élevèrent. Sans comprendre ce qui venait d'arriver, je me retrouvai la tête en bas.

« Séraphine, je crois que j'ai besoin d'un coup de main ! balbutiai-je.

— Qu'est-ce que c'est que cette horreur ? »

La lutine se hâta dans ma direction. Dans sa précipitation, elle ne prit pas garde aux tiges qui avaient envahi l'espace. Leur nombre et leur dimension avaient été démultipliés au sortir du vase. Peut-être celui-ci existait-il justement pour éviter une prolifération néfaste.

Plus vite et sûrement que moi, mon amie fut ligotée et immobilisée.

« Ça ne va pas encore recommencer…

— Plains-toi ! Au moins, tu es dans le bon sens !

— N'empêche que ce petit jeu de ficeler la lutine, cela devient lassant ! Euh, c'est normal qu'elle s'élargisse ?

— Quoi ? »

Avec les bras, j'imitai des mouvements de nage pour me tourner dans le bon sens. En effet, la fleur dont la forme me faisait penser à celle du bec d'un pélican, venait de doubler de volume. Et elle ne paraissait pas en avoir terminé.

« C'est moi, ou elle se rapproche ?

— J'ai l'impression que tu as dérangé une plante carnivore, Jason !

— Parce que tu crois que je ne m'en étais pas rendu compte ! hurlai-je. Trouve une solution ou nous allons tous les deux finir dans son estomac !

— Je ne vois pas très bien ce que je pourrais faire avec les mains liées… Est-ce que tu ne peux pas la couper avec ton épée ?

— Bonne idée ! »

Avec une frénésie mal contrôlée, je tentai de dégainer mon arme. À l'envers, le fourreau pointant vers le sol, j'eus toutes les peines du monde à m'en sortir. D'autant que la menace végétale approchait ; par chance, pas trop vite. Enfin, je parvins à la tirer, quand la liane qui enserrait ma cheville se mit à me secouer. Je laissai tomber mon fer.

« Bravo. Tu viens de lâcher notre seule échappatoire.

— Merci, je sais ! beuglai-je. Comment se fait-il que tu sois si calme alors que nous allons mourir, becquetés par une plante !

— Je crois que je me suis fait une raison, déjà avec l'araignée. En même temps, je suis contente ! Je n'aurais jamais imaginé arriver aussi loin dans un donjon.

— Il n'est pas question que notre aventure finisse comme ça ! fis-je en gigotant dans tous les sens, car la bouche végétale n'était plus qu'à un cheveu des miens.

— On se sera bien amusés en plus, poursuivit la magicienne comme si c'était le moment de se rappeler nos souvenirs. Je peux d'ailleurs t'avouer que, je suis heureuse d'avoir fait ta connaissance. Même si tu es un peu balourd…

— Mais oui !

— Ah, ben oui ! réaffirma-t-elle.

— J'espère que tu as attaché ta baguette à ta ceinture ?

— Ma baguette ? Évidemment, je n'allais pas la laisser derrière nous. Pourquoi ?

— Foudre ! »

Je criai simplement le mot de pouvoir, et la magie fit son œuvre. Aussitôt, un éclair zébra le long de la jambe lutine. À la manière d'une lame effilée, il sectionna d'un coup la tige qui emprisonnait mon amie la brûlant au passage.

« Non, mais ça va pas ? Un peu plus et c'est moi qui finissais grillée ! s'indigna Séraphine.

— Arrête tes jérémiades et aide-moi plutôt ! »

Elle se dégagea et après quelques pirouettes pour éviter les tentatives de reprise de la plante, ramassa mon épée et décapita la fleur. Cette dernière roula au sol. Elle émit un ultime râle et se rabougrit complètement avant de perdre sa teinte rosée.

La tête du monstre coupée, toutes les lianes retombèrent inertes, et je chutai avec.

« Tu aurais pu attendre qu'elle me repose par terre, gémis-je.

— J'aurais surtout dû attendre qu'elle te dévore !

— Pff ! En réalité, tu m'aimes bien, n'est-ce pas ?

— Oublie tout ce que j'ai pu dire, je me tenais face à la mort, et cela peut nous faire raconter n'importe quoi !

— Bien sûr…

— Bon, à part ça, je n'ai rien trouvé de mon côté. Et toi ?

— Ah oui ! J'envisageais encore de vérifier qu'il n'y avait rien dans le conduit de cette satanée cheminée. Mais j'ai besoin de lumière.

— Tu veux mes lunettes ? railla Séraphine.

— J'y vois très bien dans l'obscurité ! C'est juste que là, tout ressort noir… »

Je sautai sur mes pieds et attrapai la torche au mur. Qui resta inlassablement accrochée. Je la saisis à deux mains et enfin, elle bascula vers l'avant. À notre grand étonnement, un mécanisme se mit en branle qui ouvrit un passage derrière la cheminée. Un escalier apparut.

CHAPITRE 25 :
LE CŒUR DU COLOSSE

Darken

L'illusion m'avait subjugué. Des écailles aux teintes chatoyantes, allant du blanc au rouge en passant par le jaune et l'orange. Sa cage thoracique se gonflait même au rythme de ses respirations ! Ce dragon représenté, quoiqu'endormi, fleurait la vie. Il dégageait une chaleur et une odeur de brûlé caractéristiques de ces reptiles pyromanes. Plein de réalisme, parfait de détails, je m'y serais à coup sûr laissé prendre si cette lutine n'avait pas disposé d'une paire de lunettes faite pour repérer ce genre de mirage. Le mage derrière cette mise en scène possédait un niveau digne des plus grands. Parvenir à ce degré de précision, et surtout, le maintenir dans le temps, relevait de l'exploit.

Mais cela n'impactait en rien ma décision de poursuivre. La baguette solaire m'appartiendrait bientôt, j'en avais fait le serment.

Remotivé à l'idée que nous approchions enfin du but, j'abandonnai cet antre fictif et repris l'exploration. Mallirk et le gobelin m'accompagnaient. Je gardais ce dernier à l'œil. Malgré son aide à l'étage précédent et ses manières toutes humaines, je ne pouvais ignorer sa nature. Vile et mauvaise, voilà les termes qui définissaient sa race. Et jamais jusqu'à aujourd'hui je n'avais rencontré un gobelin dont le fond n'y collait pas.

Si je répugnais à le compter dans le nombre de mes alliés, sa présence ne pouvait s'avérer pour l'instant que bénéfique. Il avait endossé le rôle d'éclaireur et ne s'en tirait pas plus mal que les deux zigotos laissés derrière. Il avait passé dans son dos, en bandoulière, son instrument de musique, et avançait avec précaution, aux aguets.

En bon ordre de marche, nous traversâmes un salon, une bibliothèque richement ouvragée, une galerie où rivalisaient de splendeur statues, tableaux et étoffes. Après une fouille sommaire, rien dans ces pièces ne nous permit de découvrir d'accès vers le niveau supérieur. Au contraire, nous découvrîmes l'accès qui descendait vers la salle à l'araignée, comme nous l'avait annoncé le gobelin. Il ne nous restait plus qu'une chambre à coucher à visiter.

Blom, puisque tel était son nom, s'arrêta à quelques pas de la porte. Mallirk fronça les sourcils et se plaça à côté. Il conservait son marteau dans une main, pavois dans l'autre. Tous deux observaient une armure aux dimensions extraordinaires postée à l'entrée. Complète, elle comportait tout, des chausses jusqu'au casque. Une cotte de mailles dissimulait les rares zones qui n'étaient pas protégées par des plaques métalliques. Elle tenait entre ses gantelets le pommeau d'une épée longue de cinq pieds, qui lui arrivait tout juste à la taille.

Je n'avais pas eu besoin de poser mes yeux sur elle pour sentir son aura magique. Je l'avais flairée bien avant d'en découvrir la source. Le théurge et l'artimage, eux aussi versés en surnaturel, l'avaient perçue également.

Sans mouvement brusque, le gobelin transféra sa calebasse sur son ventre. Doigts sur les cordes, il se tint préparé. Le nain, lui, passa sa jambe droite sur l'arrière, bouclier devant, prêt à encaisser une éventuelle charge. Qui ne se fit pas attendre.

Derrière sa visière, les yeux du golem de fer s'allumèrent. Un bleu spectral les animait, glaçant. Ses bras s'élevèrent dans un grincement de métal, et l'épée un instant pointée vers le plafond s'abattit d'un coup.

Mallirk para de son pavois. Mais le choc fut tel que, malgré sa position, il mit un genou à terre. S'il pourrait encaisser une autre attaque, la troisième serait la dernière.

J'intervins avant. Alors que la lame au format aussi titanesque que son porteur se relevait pour la deuxième fois, je jetai un sort de toile. De la même manière que l'araignée géante s'en était servie contre nous, des fils de soie gluants enveloppèrent le colosse de métal. Certains l'enchaînèrent au mur dans son dos.

« Nous craignions que cela ne suffise pas. » Lança l'artimage.

En effet, la force surhumaine adverse commençait déjà à faire lâcher l'un après l'autre les filaments pourtant résistants. Pour le ralentir, Blom avait entamé une chansonnette, mais avait bien vite abandonné. Ses tentatives de le déstabiliser restèrent vaines, et il préféra se focaliser sur le théurge. Il entonna alors un air guerrier pour motiver ce dernier et raffermir ses actions.

Mallirk profita de cette nouvelle vigueur et de l'immobilité ennemie. Jetant son bouclier au sol, il frappa l'armure de toutes ses forces à deux mains. Incapable de se défendre, elle reçut l'assaut de plein fouet à l'avant-bras. Aucune plainte douloureuse n'émana de sa bouche, aucun signe de blessure n'apparut sur le membre touché, rien qui montrât qu'elle avait senti quoi que ce soit. Le brassard ressortit seulement bosselé.

Cela n'ébranla pas le nain. Il réitéra son offensive à maintes reprises. Plastron, cuissard, épaulière… tous en furent la cible. Les plaques de métal s'enfonçaient à droite et à gauche de plus en plus. Mais toujours rien qui n'entama l'intégrité du golem. J'en déduisis qu'il n'avait rien d'une créature physique. Car aucun être n'aurait pu subir de pareils assauts sans broncher, pas même le plus costaud ou enragé des orques.

Malgré la fatigue qui commençait à s'installer, le chant de l'artimage instiguait au théurge à poursuivre ses charges.

En même temps, l'armure arrachait tranquillement la toile. Soudain, elle retrouva la liberté de ses mouvements. Avec une fluidité surprenante, son coup partit. Sa lame atteignit le nain à la tête. Le heaume de Mallirk s'envola, ce dernier s'effondra. Elle ne s'arrêta pas là. Avec le dos de son gantelet, elle frappa le gobelin au visage. À son tour, il décolla du sol et atterrit plusieurs enjambées plus loin, assommé.

Je reculai d'un pas tandis que le casque possédé se tournait dans ma direction. Cette armure animée faisait montre d'une force surnaturelle. Le théurge pourtant à l'abri derrière sa cuirasse, et aidé de sa solide constitution naine, n'avait su y résister. Moi, simple humain vêtu d'un bout de tissu, je ne faisais pas le poids. Néanmoins, en tant que practomancien, je possédais diverses possibilités pour me défendre. D'un geste de la main circulaire, je créai autour de moi une bulle de protection. Juste à temps. Car le fer adverse s'y heurta dès son apparition. J'évitai ainsi de finir découpé en deux par le milieu. Mais ce stratagème ne durerait pas plus d'une ou deux éclires, surtout face aux coups redoublés encaissés. Je devais trouver une solution pour me débarrasser de ce terrible gardien, ou au moins pour fuir.

Bien qu'acculé, je pris le temps de la réflexion. Personne ne se tenait à l'intérieur de cette armure, je l'avais déjà deviné. L'unique façon pour que celle-ci bouge, admettait donc la magie. Elle ne constituait qu'un réceptacle. En détruisant la source de ce pouvoir, le golem cesserait d'exister. Encore devions-nous la repérer et la neutraliser. Une solution se profila dans mon esprit !

Ma protection n'allait plus tarder à exploser. Je repassai dans ma mémoire, la liste de mes sorts appris. Si je me spécialisais depuis plusieurs cycles vernaux sur les poisons, je possédais d'autres cordes à mon arc. Je connaissais par exemple quelques indispensables tels que les boules de feu, la spiragie, ou la lévitation. Il m'était également arrivé de renvoyer des morts-vivants dans leur tombe ou d'endormir des créatures. Néanmoins, pour contrer un rival ou dans ce cas, enrayer un golem de fer, la meilleure tactique résidait dans la zone d'anti-magie. Comme son nom l'indiquait, ce sortilège revenait à concevoir un espace où toute forme surnaturelle ne pouvait exister. J'espérais grâce à elle annihiler l'animation ennemie.

Soudain, mon bouclier enchanté explosa. La lame adverse venait d'y mettre un terme, et elle se relevait déjà pour m'achever.

Quand un furieux cri associé à un air combattant s'éleva. Mallirk était rétabli et, aidé du chant de Blom lui aussi réveillé, il fonça direct sur l'armure. De ses deux bras courts, il lui ceintura la jambe droite au niveau de la cuisse et, émettant un nouveau rugissement enragé, souleva le colosse. Son visage vira au rouge tant l'effort se révélait intense. Il se démena tandis que le géant restait sans réagir, sans doute pas instruit de la marche à suivre dans ce genre d'action. D'un coup, Mallirk le projeta violemment. Du fait du poids du titan articulé, il ne réussit qu'à le renverser, mais cela suffisait, et je pus réciter mon sort sans cette menace au-dessus de la tête.

Au terme de l'incantation, un glyphe pourpre se matérialisa sur le sol, juste sous la carcasse métallique. Mais ce sort, loin d'être simple, demandait une concentration extrême. Car la créature soumise, suivant sa puissance, pouvait résister. Et le golem ne s'en priva pas.

Dans ses yeux je pouvais voir l'intensité de sa force varier selon s'il reprenait le contrôle ou le perdait. Il lutta à tel point que je le sentis prêt à se remettre sur ses pieds. Car malgré un court repos, la fatigue des épreuves passées ressurgissait en moi. Tous les muscles de mon corps se crispèrent. Un mal de crâne m'assaillit. Et en dépit de tous mes efforts, je cédais.

Le colosse de fer releva un genou. Une main sur les dalles grises, il allait se redresser comme en l'absence totale d'entrave.

Soudain, son heaume se décolla de ses épaules. Il vola plusieurs enjambées plus loin, sous un coup terrible du théurge. Même si je savais que l'armure ne protégeait aucun corps physique, la voir se mouvoir alors qu'elle se trouvait étêtée était une chose curieuse. Heureusement, cela ne dura pas. Déconcentrée, elle perdit sa capacité à se défendre face à mon sort et finit par s'immobiliser totalement. Je pus moi aussi relâcher la pression sans plus aucun risque.

« Cette boîte de conserve nous aura donné du fil à retordre ! lança Mallirk en se frottant le crâne.

— Avant de crier victoire, fis-je, nous devons trouver la source qui l'anime et la neutraliser. Sans cela, elle pourrait à nouveau se réveiller.

— Et à quoi ça ressemble ?

— Il peut s'agir de n'importe quoi qui soit accroché à elle. Un médaillon, une boucle de ceinture…

— Un cœur ? » questionna Blom.

Il venait d'arracher de la poitrine du golem, une sphère métallique brillante. Constituée d'un alliage de métaux capables de contenir et de libérer une immense quantité d'énergie, elle était protégée d'une coque épaisse, avec des symboles magiques gravés à sa surface.

Je déchiffrai les différentes runes.

« Voilà donc l'origine de son pouvoir. De quoi l'activer à la moindre présence inconnue et le faire fonctionner de façon autonome. Un magnifique travail, là encore…

— Qui ne représentera pas une grande perte pour nous ! » conclut Mallirk.

D'une main ferme, il saisit la sphère bleutée. Entre ses doigts, elle émettait une douce chaleur presque enivrante. Mais le nain ne se laissa pas piéger par la magie tentatrice. Il posa l'objet à terre et l'écrasa sous son large marteau. Tout pouvoir s'échappa, et il ne resta plus qu'un ensemble de pièces métalliques tordues.

Après quelques éclires pour souffler, nous pénétrâmes dans une vaste chambre lumineuse, remplie de mobilier et accessoires classiques pour une telle pièce.

Je parcourus des yeux le lieu, me rendis dans les recoins sombres et cherchai à repérer une source quelconque de magie. La baguette solaire se cachait peut-être ici. Sinon, à quoi bon poster un pareil gardien à cet endroit ?

Mallirk, quant à lui, s'approcha d'une petite table en pierre, sur laquelle se trouvaient des cristaux et des bijoux étincelants. Il les prit un par un, les examinant attentivement avant de les remettre sur le plateau. Même si sa profession de théurge restreignait les possessions matérielles, sa nature naine ne pouvait disparaître totalement. Certains réflexes avaient la vie dure.

Le gobelin, qui avait l'air plus intéressé par les draps et les tentures que par la recherche de trésors, sautait joyeusement d'un coin à l'autre de la pièce, faisant tournoyer son kamele et fredonnant des chansons incompréhensibles.

Je délaissai mes compagnons dans leur exploration et me dirigeai vers un grand coffre en bois, orné de motifs complexes. J'y reconnus des runes mystiques mêlées à divers symboles ésotériques. Je posai ma main sur le dessus et murmurai une incantation magique. Le couvercle de la malle s'ouvrit lentement, révélant un tas de livres anciens et de parchemins jaunis. Malgré leur valeur, cela ne m'intéressait pas ; je n'étais pas venu pour cette bagatelle.

Pendant ce temps, Blom avait trouvé une vieille harpe voilée d'une couche de poussière. Il la prit entre ses mains et commença à gratter les cordes, produisant un son discordant qui nous fit sursauter. Soudain, il disparut.

Mallirk et moi nous précipitâmes à l'endroit où s'était tenu le gobelin. L'instrument n'avait pas bougé, seul l'artimage s'était évaporé.

« Par la barbe de mes ancêtres, où est passé ce maudit gobelin ? »

Le théurge était sur le point de poser la main sur la harpe, mais je l'arrêtai.

« Il ne faut surtout pas la toucher ! Un sort d'éthération a probablement été jeté à cette harpe, qui envoie tous ceux qui la caressent au loin.

— Oh ! Au moins, je n'aurai plus à surveiller cette créature à l'accoutrement ridicule ! Savoir ce gobelin avec nous me mettait mal à l'aise…

— Sortons d'ici, fis-je peu concerné par le destin de l'artimage. Je ne vois rien d'intéressant et pas trace d'un accès vers le prochain niveau. »

Nous fîmes volte-face.

Nos pas résonnaient sur les dalles en pierre tandis que nous retournions vers l'entrée de l'étage. Nous pénétrâmes dans la salle où l'illusion du dragon avait bien failli nous berner. Là, le chaos régnait. Les meubles et leur contenu avaient été renversés et jonchaient le sol comme après le passage d'une tempête. De longues racines d'une plante maintenant desséchée avaient envahi l'espace. Cette pièce ne ressemblait plus à celle que nous avions quittée un asthor plus tôt.

C'est alors que nous entendîmes des bruits venant de la cheminée. Nous nous approchâmes, prêts à en découdre à tout moment.

« Ah, vous voilà ! »

De façon tout à fait inattendue, l'empoté nain-voleur sortit de l'intérieur de l'âtre, aussitôt rejoint par sa complice lutine.

« Vous tombez bien, reprit Jason, nous avons trouvé un passage avec un escalier pour grimper au dernier étage ! Tiens, Blom n'est pas avec vous ?

— On était ensemble à l'instant, et puis il a touché à un grand machin plein de cordes et "pouf" ! Il a disparu, leur raconta Mallirk.

— Comment ça "pouf" ? Un gobelin, ça ne se volatilise pas comme ça ! grommela d'un air méfiant l'elfe-nain.

— Oui, bah ! C'est pas ma faute s'il a été éthéré ! S'il n'avait pas approché ce truc, là… »

Je vis les sourcils de Jason se froncer. Étant donné notre sentiment à l'égard de la créature, je comprenais qu'il pensât que nous nous étions débarrassés de lui.

« Blom ? hurla-t-il en gardant sur nous un regard soupçonneux. Je vous préviens, s'il lui est arrivé quoi que ce soit, vous aurez affaire à moi ! »

Sur cette menace, il s'éloigna.

« Euh… Je ferais peut-être mieux de le suivre ! compléta Séraphine, et elle partit après lui.

— Que fait-on Darken ?

— Nous continuons !

— On ne devrait pas les attendre ? Nous aurons sans doute besoin de toute l'aide possible…

— Ces deux vermisseaux ne nous sont d'aucune utilité.

— Si vous le dîtes, acquiesça le théurge, un œil sur le passage secret découvert par eux.

— Allons-y ! »

*
**

Jason

Déterminé à retrouver Blom, j'abandonnai l'empoisonneur et son acolyte théurge sans plus de cérémonie.

« Jason ! Attends-moi !

— Je savais bien qu'il n'aurait jamais dû partir avec ces deux hypocrites ! maugréai-je. Depuis le début, ils n'avaient qu'une idée en tête, qu'il s'en aille. J'espère qu'il n'est pas trop tard…

— Jason, tu veux bien ralentir deux éphémérises ?

— Pas le temps, nous devons retrouver Blom !

— Tu ne crois pas qu'il aurait réellement pu être éthéré ailleurs ?

— Quoi, tu fais confiance à ces deux énergumènes maintenant ? grondai-je en arrêtant ma course.

— C'est-à-dire que…

— … Que toi aussi tu es ravie de t'être débarrassée du gobelin ?

— Mais non, je n'ai pas dit ça ! … Mais nous n'avons pas le loisir de nous préoccuper de lui, l'avenir des Royaumes est en jeu !

— Tu n'as qu'à aller sauver le monde, moi je vais sauver mon ami ! »

Je repris ma marche rapide, signifiant à la magicienne que la discussion était terminée. Elle ne chercha pas à parlementer davantage, et partit à ma suite.

Nous visitâmes plusieurs salles sans ralentir. S'il y avait eu des pièges, Darken et Mallirk les auraient désamorcés à leur passage. Enfin, nous atteignîmes la dernière chambre de l'étage. À l'entrée, une armure gigantesque gisait sur le sol, démembrée. En dehors de cela, pas de trace du gobelin.

Ensemble, la magicienne et moi pénétrâmes dans la pièce. Comme les précédentes, elle avait déjà été fouillée. Des objets traînaient par terre, le mobilier avait été bougé, les tiroirs ouverts…

« Viens voir, vite ! »

Séraphine se tenait penchée au-dessus d'un coffre suffisamment grand pour contenir un corps. Je me précipitai vers elle et découvris avec horreur ce qu'il renfermait.

« Tu me déranges pour des bouts de papier ?

— Ce ne sont pas de simples bouts de papier ! Ce sont des parchemins de formules magiques ! Là, c'est un sort pour transformer de l'alcool en eau potable…

— Pourquoi quelqu'un voudrait faire ça ? m'étonnai-je, mais elle ne releva pas ma remarque, trop absorbée par ce qu'elle avait sous les yeux.

— Un enchantement d'amitié ! Tiens, il y a même un parchemin d'éthération ! »

Tout en disant cela, elle ouvrait sa besace et y déversait les feuillets aux pouvoirs extraordinaires.

« Qu'est-ce que tu fais ?

— Je ne peux pas laisser ça ici !

— C'est pathétique…

— Pas plus que de remplir son sac de boudins et saucissons !

— Au moins, on ne mourra pas de faim. Alors que tes bouts de papier, hormis peut-être allumer un feu, ne servent pas à grand-chose.

— Je crois que tu ne te rends pas compte de la valeur inestimable de toutes ces formules !

— Parce que ça vaut de l'argent ?

— Tu te souviens du prix d'un parchemin d'éthération ?

— Emmène tout ! »

Une fois tous les manuscrits et un ancien grimoire rangés dans ses affaires, nous reprîmes notre exploration. Si nous avions oublié un instant le but de celle-ci, elle nous revint en mémoire quand Séraphine aperçut une harpe dans un coin.

« Mallirk a parlé d'un instrument avec des cordes. Je suppose qu'il faisait allusion à cette vieille harpe. »

J'avançai la main.

« Qu'est-ce que tu fabriques ? m'arrêta la lutine.

— Ben quoi ? Je voulais simplement voir si ce que ce magot de malheur nous a raconté est vrai.

— Tu as bien conscience que si ce qu'ils nous ont dit s'avère exact, si cette harpe éthère réellement ceux qui la touchent, tu risques toi aussi d'être envoyé loin d'ici ?

— Pas bête, je n'y avais pas pensé ! Comment on fait ?

— Il faudrait trouver un moyen de la toucher sans la toucher…

— Hein ? Attends, j'ai une idée ! »

J'allai ramasser l'épée lourde de l'armure. Elle pesait plus que l'enclume qu'utilisait mon père pour forger et mesurait autant que moi. Je la tirai et me positionnai à trois enjambées de l'instrument.

« Attention Séri ! »

Mon amie, pas rassurée en me voyant commencer à tournoyer avec l'épée en main, fila se cacher derrière le lit. Après deux ou trois tours, je lâchai l'arme qui fondit en ligne droite sur la harpe. L'instrument s'effondra dans un bruit de cordes qui cassent.

« Ah bravo ! gronda la magicienne en me rejoignant. Tu l'as mise en pièces !

— Oui, mais regarde !

— Quoi ? Qu'est-ce que je suis censée voir ?

— L'épée a disparu.

— Donc ce qu'ils nous ont dit était vrai. Maintenant que nous en avons le cœur net, retournons nous assurer que la baguette solaire ne tombe pas en de mauvaises mains.

— Et que fait-on pour Blom ?

— Nous ne pouvons pas faire grand-chose, tu as détruit notre seul moyen de le rejoindre ! »

Tout penaud, je suivis Séraphine et nous regagnâmes la salle du dragon. Lorsque nous y pénétrâmes, Darken et Mallirk ne s'y trouvaient déjà plus.

CHAPITRE 26 :
LE VIEIL HOMME ET LA TOUR

Azlan

Je levai les yeux vers la tour. Le soleil terminait sa course à l'horizon. Après être monté haut dans le ciel, il avait entamé sa descente. Maintenant, caché derrière le donjon, il l'entourait d'un halo de lumière donnant ainsi l'impression d'une apparition d'un autre plan. D'ici peu, Lunaé prendrait la place de son jumeau dans la voûte céleste.

« Je crois bien qu'il est temps que je me mette en route », dis-je d'une voix de vieil homme.

Comme d'habitude, je posai mes mains sur le pommeau de ma canne et poussai sur mes bras. Avec lenteur, je portai tout mon poids sur mes frêles jambes. Les fibres de mon corps se tendirent et mes articulations craquèrent légèrement.

Une fois debout, je pris encore plusieurs éphémérises pour étirer chacun de mes muscles. Une longue immobilité me causait toujours des maux au bas de la colonne vertébrale. À plus forte raison quand mon siège se révélait être une pierre.

Mes membres réveillés, je me mis en marche. Alors, mon dos voûté se redressa, mon torse se bomba. Je me sentis grandir en taille et en force, et les sillons profonds de mon visage s'effacèrent lentement pour dévoiler une peau moins ridée. Mes rares cheveux blancs se transformèrent en une tignasse plus touffue et grisonnante, et je souris, heureux de retrouver un peu de ma jeunesse et de ma vitalité.

« Ah, voilà qui est mieux ! murmurai-je satisfait. Allons-y. »

Sans empressement, je descendis la corniche en empruntant le même chemin que les aventuriers croisés plus tôt dans la journée. Mes genoux n'émirent pas la moindre plainte, la pente se révélant suffisamment douce.

J'atteignis la plaine encerclant le donjon des mystères. À nouveau, je l'observai, et souris. C'était décidément un bien bel ouvrage, même s'il manquait quelques ouvertures à mon goût. Il s'inscrivait en outre merveilleusement dans le paysage alentour. Le désert d'Ecroth qui s'étendait en contrebas lui offrait un cadre hostile, parfait.

Je ne m'aventurai pas à traverser la zone à l'air empoisonné. Je poursuivis ma marche et contournai l'édifice, puis longeai la corniche. Je m'immobilisai pour contempler l'immensité vide et aride.

Chaque fois, la même impression de solitude, mais aussi de beauté, me sautait aux yeux. Ces étendues de sable à perte de vue, où les dunes ressortaient sculptées par le vent. Et les changements de température, créant des formes étranges et hypnotiques.

Plus loin, j'apercevais encore des plateaux stériles, et des collines rocailleuses. J'imaginais des canyons profonds, quelques oasis verdoyantes et des formations rocheuses modelées par l'érosion. Le ciel me semblait immense, presque écrasant, avec un soleil ardent qui brillait impitoyablement et une lumière blanche éblouissante qui rebondissait sur le sable et les pierres.

Mais à ce moment avancé de la journée, Nouraël et sa chaleur laissait sa place à Lunaë, et un froid mordant viendrait bientôt figer l'atmosphère et s'insinuer dans les os de ceux qui y voyageaient.

J'abandonnai là ma méditation et atteignis une porte qui donnait à l'arrière de la bâtisse.

Un basajaun vêtu d'une armure de cuir et muni d'une masse cloutée montait la garde. Son air revêche aurait effrayé même un guerrier aguerri, mais je me plantai devant lui sans manifester la moindre crainte. Au contraire, je souris, et la créature ne fit pas un geste pour tenter de m'arrêter.

« Gardien, vous êtes seul ? m'étonnai-je, fronçant les sourcils.

— Gruh, maugréa le monstre.

— Combien de fois faudra-t-il vous répéter de ne pas quitter votre poste ? soupirai-je. Enfin, laissez-moi entrer. »

Le basajaun hocha la tête et s'écarta pour actionner la lourde chaîne qui maintenait les portes closes. Elles s'ouvrirent lentement, grincèrent sur leurs gonds, m'offrant l'accès au donjon.

« Comment se sont passées les choses en mon absence ? demandai-je en avançant vers l'intérieur.

— Rien n'être arrivé, maître, grogna le gardien à l'air bestial d'une voix grave et chevrotante.

— Parfait, lançai-je, satisfait. Et qu'en est-il du ravitaillement ? Les provisions sont-elles suffisantes pour tous nos amis ?

— Nous avoir nourriture pour demi-cycle lunaire, maître, gronda le basajaun en crachant au sol. Mais courtaud être voleur, avoir pris nourriture.

— Oh, je vois ! souris-je. Très bien, gardien… Continuez de surveiller les alentours et tenez-moi informé de toute activité suspecte », conseillai-je avant de pénétrer dans la tour.

Dans le silence feutré de la bâtisse, je traversai la grande porte de bois massif de mon antre et me faufilai dans les couloirs labyrinthiques. J'avais passé de nombreux cycles vernaux à construire cette forteresse, à la fois comme un moyen de protéger le puissant artefact magique que j'avais collecté et comme une source de pouvoir et de prestige.

Dès l'entrée, je me retrouvai confronté à Gorgul. Le gobelin que j'avais embauché à mon service au moment de l'édification de la tour, se planta devant moi, et à grand renfort de gestes, me détailla qu'il n'avait pas signé pour se faire maltraiter à coups de jambon.

« Un aventurier… Il vouloir voler toute nourriture et moi ne pas vouloir donner. Il frapper moi avec jambon », gémit-il de sa voix criarde.

Je soufflai d'impatience. Je pris néanmoins le temps d'expliquer à nouveau à mon petit ami :

« Tu sais très bien que tu ne dois pas provoquer les aventuriers, Gorgul. Ils viennent ici pour tester leur courage et leur force ! Ils ne réfléchissent pas à l'utilité de votre présence en ces lieux. S'ils voient un être, quel qu'il soit, ils l'attaquent ! D'abord, que fabriquais-tu là en même temps qu'eux ? Ne t'avais-je pas conseillé de rester caché ?

— Aventuriers passés, alors moi vouloir ranger nourriture. Mais autres arriver après et taper moi ! lança-t-il en montrant l'arrière de son crâne.

— Je comprends. Et as-tu vu Spouk ?

— Moi venir chercher lui, il partir après aventurier voleur.

— Je lui avais pourtant sommé de ne pas quitter son poste devant la porte ! … Comment se portent les kappas ?

— Méchants aventuriers, tuer ils !

— Tous ? le questionnai-je affligé.

— Que un vivant.

— Hum… Il va falloir que je déniche de nouveaux œufs pour repeupler la caverne… Bien, la nuit va bientôt tomber, nous ne devrions pas avoir d'autres visites aujourd'hui. Commence à nettoyer l'entrée et à remettre de l'ordre. Je viendrai repositionner les pièges, dès que j'en aurais fini avec nos hôtes actuels. »

Au terme d'un long et lamentable palabre, et moyennant une pièce de cuivre, je parvins à me défaire du petit être vindicatif. Si Gorgul retourna à son travail, je continuai de l'entendre râler à l'égard de ces « maudits aventuriers, pas savoir comporter correctement ». Je comprenais d'ailleurs son irritation, mais préférai ne faire aucun commentaire pour ne pas relancer le débat.

Je connaissais tous les chemins et toutes les cachettes, et j'avançai en toute confiance jusqu'à l'escalier de service. Celui-ci, tout en colimaçon, se révélait raide et difficile à gravir, mais je n'en avais cure. Au contraire, l'utiliser me maintenait en forme. Je n'étais plus le vieillard courbé et assis sur mon rocher. En outre, j'avais l'habitude de grimper ces degrés depuis des cycles.

Bien avant d'atteindre le premier niveau, et longtemps après l'avoir dépassé, je fus confronté à la détresse de la nymphe. À l'origine, chassée de son marais par un groupe de trolls à la conquête d'un territoire, j'avais offert à cette créature féerique un nouveau cadre de vie, artificiel, qu'elle avait pour mission de protéger.

Malgré la plainte surnaturelle qui me saisit aux tripes, je ne m'arrêtai pas. Mes visiteurs ne tarderaient pas à atteindre leur but, je devais me hâter.

En montant au deuxième étage, je sentis l'atmosphère se modifier. Mais les monstres tapis dans l'ombre et les sorts ne m'effrayaient pas. Les premiers habitaient la tour selon mon bon vouloir, et les seconds avaient été posés par mes soins.

Je rejoignis le troisième et rencontrai deux de mes orques-gardiens dans les escaliers. Incapables d'arrêter les intrus, ils s'étaient également montrés incompétents dans leur tâche de surveiller un prisonnier.

« Que s'est-il passé ici ? demandai-je d'une voix grave en fixant les deux orques du regard.

— Des aventuriers entrés dans le donjon et réussi à nous échapper, maître, répondit le premier orque en baissant les yeux.

— Nous avons fait de notre mieux, mais étaient plus forts que nous, ajouta le second d'un ton hésitant.

— Plus forts que vous ? répétai-je, incrédule. Vous êtes censés être les gardiens de cet édifice, et vous laissez des intrus s'enfuir ? »

Les deux orques baissèrent la tête en signe de honte et de regret. Ils savaient qu'ils avaient failli à leur tâche.

J'avançai dans l'étage. J'aperçus deux cadavres. L'un n'était autre que Spouk, le basajaun supposé défendre l'entrée. L'autre, le troisième orque chargé d'empêcher tout indésirable d'aller plus loin.

« Je suis déçu de vous, grondai-je, toisant de mon regard perçant les deux survivants. Vous avez mis en danger la sécurité de ce donjon et de ses occupants. Si ce qu'il contient venait à être découvert, c'en serait la fin du monde tel que nous le connaissons ! Comment vais-je maintenant pouvoir réparer les dégâts causés par votre incompétence ? »

Les orques ne répondirent pas. Ils sentaient la colère qui m'animait. Ils n'avaient pas été à la hauteur de mes attentes.

« Je vais devoir prendre des mesures pour que cela ne se reproduise plus, lançai-je d'un ton ferme. Mais pour l'instant, je vais devoir m'occuper de ces aventuriers moi-même. Je vais les trouver et m'assurer qu'ils ne posent plus jamais un pied dans ce lieu, pestai-je d'une voix sombre. Et si jamais je vous surprends à faillir à votre devoir à nouveau, vous en subirez les conséquences. »

Je répugnais à menacer. Cela allait à l'encontre de mon caractère. Cependant, certaines créatures ne comprenaient que les intimidations pour obéir aux ordres. Les orques en faisaient partie. Sans une main ferme pour les tenir, ils demeuraient oisifs et insubordonnés. D'autres comme le blob ou l'araignée géante posaient moins de difficultés. Tout ce qu'ils demandaient, c'était le gîte et le couvert.

« Je suppose que notre monstrueuse invitée à huit pattes n'en a pas réchappé non plus ?

— Non, répondit simplement le premier orque.

— Mais bébés grouillent partout ! compléta le second.

— Des bébés ? Il va falloir que je vienne gérer cette progéniture trop nombreuse avant qu'elle ne s'étende trop… »

Je ne savais que penser de tout cela. Mes monstres étaient-ils tous trop faibles pour arrêter quelques aventuriers ? Ou ces derniers se montraient-ils particulièrement brillants ? Ceux parvenus jusqu'au quatrième niveau se comptaient jusqu'à présent sur les doigts de la main, et ils reculaient tous en découvrant qu'un dragon rouge y avait élu domicile. Mais ce groupe-là se révélait différent. Est-ce que je devais me faire du souci pour l'artefact ?

J'avais longtemps cherché un endroit sécurisé pour protéger l'objet divin en ma possession. Les villes et les châteaux n'étaient pas assez sûrs, car ils étaient régulièrement attaqués par des bandits et des ennemis qui essayaient d'en dérober les trésors. Au hasard d'une rencontre, j'avais entendu parler de la construction de donjons, des lieux profonds et inaccessibles où les embuches et les gardiens dissuadaient les voleurs les plus téméraires. J'avais donc décidé d'élever ma propre bâtisse, un dédale complexe de pièges et de couloirs, protégé par des êtres impitoyables. Je savais que la réalisation de cette bâtisse se révélerait difficile et coûteuse, mais j'étais prêt à tout pour défendre cet artefact magique des êtres malintentionnés.

L'érection de la tour avait représenté un travail titanesque. Plusieurs points vernaux s'étaient écoulés avant la fin de son édification. Tout d'abord, j'avais recruté une équipe d'architectes et d'ingénieurs nains pour concevoir les plans du labyrinthe. Ils avaient dessiné en détail chaque niveau, en tenant compte des monstres qui viendraient y loger et des dispositifs de sécurité à intégrer. Ensuite, j'avais engagé des ouvriers pour monter les murs et agencer l'ensemble des espaces.

Une fois les accès principaux construits, j'avais fait appel à des artisans pour mettre en place les pièges et les mécanismes de défense. Des serruriers avaient créé des portes en acier épais avec des serrures complexes pour empêcher les intrusions dans les salles les plus précieuses. Des embûches à pointes et des trappes avaient été dissimulées dans les passages, prêts à se déclencher à la moindre détection de présence. Des mages avaient été embauchés pour jeter des sorts de protection et de camouflage sur les murs et les portes. Moi-même, j'avais ajouté ma touche personnelle avec plusieurs illusions dont je me sentais plutôt fier.

Finalement, j'avais sélectionné des gardiens pour préserver le donjon. J'avais pris soin de les choisir parmi les meilleurs de leur espèce. Des monstres terribles, des orques féroces et des créatures malines, désignés pour patrouiller dans les passages et attaquer les intrus. J'avais également placé des pièges mortels dans les couloirs, tels que des boules de feu et des flèches empoisonnées, pour éliminer les indésirables les plus téméraires.

Après des cycles vernaux de travail acharné, l'édifice avait été terminé. J'avais caché mon artefact magique au dernier niveau de la tour, confiant dans le fait que personne ne serait jamais capable de le voler ni même simplement de l'atteindre.

Mais depuis quelque temps, le bâtiment était devenu une légende parmi les aventuriers, qui le considéraient comme le plus grand défi qu'ils ne pourraient jamais affronter. Que personne n'en soit jamais sorti vivant pour témoigner des épreuves qui s'y trouvaient lui avait également valu le nom de « donjon des mystères ». Cela avait pour inconvénient d'attirer de plus en plus de monde, et menaçait la sécurité de mon trésor divin. Si pour l'instant personne n'en avait réchappé, il viendrait un jour où la donne pourrait changer.

Je laissai les deux orques après leur avoir donné des instructions pour nettoyer les lieux, et allai jusqu'au palier suivant.

Là s'arrêtait l'escalier de service.

Je trouvai la porte d'accès fermée et bloquée de l'intérieur. Je posai mes doigts sur le bois, fermai les yeux et récitai un sortilège de mon répertoire. Tel un passe-muraille, ma main, mon bras, puis mon corps tout entier traversèrent la matière comme s'il s'agissait d'une simple illusion.

Je me dirigeai vers le passage qui menait au dernier étage, le niveau le plus secret et le plus privé de tout le donjon des mystères. Là s'étendait la salle qui renfermait mon trésor le plus précieux. Là-haut m'attendaient ces quatre aventuriers, les premiers à se rendre aussi loin dans la tour. Je les imaginais déjà entrant dans la pièce, scrutant les murs et les objets à la recherche de richesses. Ils seraient confiants, croyant pouvoir déjouer les pièges dissimulés. Mais ils ne se douteraient pas que les obstacles les plus redoutables se trouvaient justement là où ils les espéraient le moins. Je souris en pensant à leur surprise lorsqu'ils déclencheraient une série d'événements fatals, inventés pour empêcher quiconque d'atteindre mon précieux butin.

Je soupirai profondément, désolé pour ce groupe d'intrépides, mais en même temps satisfait de mon œuvre. Je me préparai à observer la scène, confortablement installé dans un recoin de la pièce.

J'avais conçu cet endroit moi-même avec soin, passant des cycles lunaires à imaginer les dispositifs mortels les plus insidieux, à dissimuler les mécanismes les plus astucieux et à tapisser les murs d'enchantements psychotiques. Les aventuriers qui entreraient dans cette pièce penseraient probablement qu'ils avaient tout vu, qu'ils avaient déjà déjoué les traquenards les plus vicieux et que rien ne pourrait plus les empêcher d'atteindre leur butin. Mais ils ignoraient l'ampleur de ce qui les attendait pour cette ultime épreuve.

J'avais placé des obstacles dans des endroits qu'ils ne soupçonneraient pas, des embûches qui se déclencheraient à la moindre erreur et des sorts qu'ils n'avaient jamais rencontrés auparavant. Je me réjouissais à l'avance de leur surprise lorsqu'ils seraient confrontés à mes créations les plus complexes, et m'attristais de la terreur qu'ils ressentiraient face à la mort qui les guettait à chaque pas. Au moins, jamais mon trésor d'une valeur inestimable ne serait leur.

Je récitai une formule magique qui me rendit invisible aux yeux de tous. Puis je montai les marches qui menaient au dernier étage de mon œuvre. Je me déplaçais avec aisance, familier des lieux que j'étais. Une fois arrivé, je pris quelques instants pour observer autour de moi. Les aventuriers se tenaient devant moi, inconscients de ma présence.

Je demeurai là, scrutant les explorateurs à travers les ombres, attendant avec impatience de découvrir comment ils se sortiraient des épreuves qui leur restaient encore.

Je souris.

CHAPITRE 27 :
PIÈGES MORTELS

Jason

Nous nous avançâmes avec précaution dans le dernier niveau du donjon, les yeux rivés sur les murs, les dalles du sol et les plafonds, en quête du moindre signe de danger. Comme à l'étage précédent, nous avions atterri sur un palier avec pour unique accès une porte massive et imposante.

Darken et Mallirk se tenaient devant, l'air embarrassé.

La porte paraissait faite de pierre noire, lisse et sans jointure visible. Au centre, une grande serrure en fer rouillé semblait le seul point de faiblesse. Des symboles étranges et des runes gravées sur toute la surface formaient un motif qui n'avait ni queue ni tête. Cette porte représentait le dernier obstacle entre nous et le trésor le plus inestimable des lieux, et de tous les Royaumes. Mais j'espérais que d'autres qu'un bout de bois, aussi puissant soit-il, s'étaleraient et scintilleraient aux quatre coins de la salle.

Mon cœur émit plusieurs battements d'excitation. J'imaginais toutes les richesses qui nous attendaient sans doute derrière cette cloison. Je visualisais des coffres en bois rares ornés de métaux raffinés, des pierres précieuses étincelantes, des armes et armures de qualité supérieure, et peut-être même quelques artefacts légendaires.

En même temps, je me méfiais. Après ce que nous avions déjà enduré, je savais que le maître du donjon se montrait rusé et qu'il avait placé de nombreux pièges et dangers mortels pour défendre sa relique divine.

Prenant une profonde inspiration, je me préparai mentalement à faire face à tout ce qui pourrait se dresser sur notre chemin.

« Ouvrez cette porte ! ordonna Darken impérieux en nous voyant arriver.

— Il n'y a pas de poignée, objectai-je.

— Et bien, faites fonctionner votre tête !

— Non, surtout pas ! … Ce sigle me semble familier… intervint Séraphine en pointant du doigt le dessin sur la porte. J'ai trouvé ! »

La lutine fit passer sa besace devant elle et se mit à fouiller dedans. Au milieu des parchemins, elle récupéra le grimoire volé à l'étage du dessous.

« Je le savais ! lança-t-elle en nous en présentant la couverture. Ce dessin m'a sauté aux yeux, donc j'ai décidé d'emporter le livre.

— Attends, les deux ne se ressemblent pas du tout, m'offusquai-je.

— C'est justement là que réside l'astuce ! C'est comme un puzzle. Pour ouvrir la porte, nous devons probablement replacer chaque composante du motif au bon endroit. »

Alliant le geste à la parole, elle posa ses doigts sur la pierre noire et appuya sur le cinquième inférieur droit du symbole.

Le mécanisme se mit à l'œuvre qui illumina la case avant de la faire sortir de l'amas rocheux.

Séraphine la retira, puis poussa sur une deuxième qui brilla et qu'elle put extraire à son tour. Dans cet interstice, elle inséra la première partie du motif. Et ainsi de suite. Elle réitéra l'opération jusqu'à ce que tous les blocs soient installés de telle sorte qu'ils reproduisaient fidèlement le dessin du grimoire.

« Et maintenant ?

— Je ne sais pas, avoua la magicienne dont le sourire satisfait avait cédé la place à la déception. J'ai sans doute manqué quelque chose…

— Il faut une clef, annonça Darken en indiquant de l'extrémité de son bourdon un minuscule trou du côté de la serrure.

— Pour ça, laissez-moi faire ! lançai-je.

— Tu es sûr de toi ?

— Mais oui, et j'exhibai mon trousseau devant les yeux de mon amie.

— Tu ne ferais pas mieux d'essayer avec des outils de crochetage ?

— Je n'en ai pas.

— Tu sais qu'il y a de grandes chances pour que cette porte soit piégée ? Si tu n'introduis pas la bonne clef dans la serrure, tu risques de nous tuer tous ! »

La remarque de mon amie me laissa un instant pensif, mais je ne me dégonflai pas. Si je voulais devenir un voleur digne de ce nom, je devais passer ce genre d'épreuve.

Je me penchai en avant, fermai un œil et observai par le trou du dispositif. Soudain, tout m'apparut clairement.

Sans hésiter, je fouillai dans mon trousseau et attrapai une clef que j'insérai dans le trou. Je la tournai et d'une main assurée, j'appuyai sur le pan de pierre noire. Je n'eus pas à forcer. Le premier mouvement donné, il pivota comme s'il ne pesait pas plus lourd qu'une simple porte, sans le moindre grincement.

« Et voilà ! Et c'est grâce à mes clefs que je l'ai ouvert ce passage ! » Repris-je fier de moi.

D'un geste triomphant, je présentai à Séraphine la menue tige en fer qui m'avait permis d'arriver à mes fins. Argentée avec un point d'interrogation sur la tête, elle s'était malheureusement cassée au moment où je l'avais tournée dans la serrure.

« Tu te souviens de cette clef Séri ? C'est celle que j'ai piquée au marchand de fromages, qui n'en vendait pas d'ailleurs…

— Mais quel nigaud ! réagit soudain Darken. Il a utilisé une clef qui ouvre tout !

— Une clef qui ouvre tout ? m'étonnai-je en observant le bout de métal désormais inutilisable entre mes doigts.

— Oui ! Ces clefs sont des objets magiques extrêmement rares et ultras puissants ! Elles permettent de déverrouiller n'importe quelle serrure sans en recevoir les conséquences d'un piège ou sort potentiel. Malheureusement, elles sont à usage unique. Et vous venez de le gâcher !

— Vous devriez être content, c'est vous qui m'avez dit de l'ouvrir ! »

Séraphine poussa un profond soupir de soulagement, et elle ne fut pas la seule.

Une fois la porte ouverte, nous pénétrâmes dans une grande salle circulaire ornée de pierres précieuses étincelantes et de statues que j'imaginais de héros anciens. Au centre de la pièce, un coffre en bois massif reposait sur un piédestal en marbre, protégé par un champ de force magique qui brillait d'une lueur spectrale. Les parois apparaissaient envahies de runes étranges, dont la signification m'échappait. Le lieu s'avérait inhabité.

Je progressai d'un pas dans la salle au trésor, les yeux écarquillés d'émerveillement devant les murs couverts de gemmes scintillantes. Je les contemplai pendant quelques éphémérises, ébloui par leur beauté. Absorbé par tant d'éclat, je tendis la main pour en saisir une, mais je me renfrognai lorsque mes doigts entrèrent en contact avec leur surface lisse et glacée. Quoiqu'en dise mon paternel, je ne m'y trompai pas. Ces « pierres » n'étaient rien de plus que des bouts de verre grossier peints pour ressembler à des joyaux exceptionnels. Je laissai aussitôt échapper un soupir de déception en me rendant compte que ces richesses tant convoitées n'étaient encore qu'une illusion.

« Elles sont où les pièces d'or et les pierres précieuses ? » bougonnai-je.

Personne ne fit attention à moi. Darken, Mallirk et Séraphine se tenaient tous tournés vers le socle surplombé d'une cassette à peine assez grande pour contenir quelques piécettes. Ils n'avaient pas avancé, et demeuraient à plusieurs enjambées, conscients qu'une multitude de pièges les séparaient encore de leur objectif.

Cachant mal son excitation, le practomancien récita une formule. Le champ de force mystique, mais aussi un cercle de six pieds de diamètre autour du coffre scintillèrent d'une lueur blanchâtre.

« Qu'est-ce que c'est ?

— C'est un sort qui permet de mettre en lumière les zones de magie, m'expliqua la magicienne. Donc interdiction de pénétrer dedans tant que nous n'aurons pas déterminé comment neutraliser les pièges qui s'y trouvent !

— Bah ! Pour qui me prends-tu ?

— Et interdiction de toucher à quoi que ce soit d'autre ! » Insista-t-elle.

Je haussai les épaules. De toute façon, cette baguette machin ne m'intéressait pas.

Avec une prudence exagérée, je m'avançai un peu plus dans la salle. Je scrutai chaque recoin avec attention. Les gemmes factices qui avaient d'abord suscité mon émerveillement se montraient maintenant bien moins passionnantes et ternes. En dehors de cela, des symboles recouvraient les parois ; de vulgaires hiéroglyphes pour moi. Pourtant, à y regarder de plus près, je finis par repérer des fresques. Agrémentées de bouts de verre coloré et entourées de ces runes dont la signification m'échappait, elles représentaient des scènes de batailles face à des êtres à l'aspect trapu, et qui semblaient dominer leurs adversaires. Ces guerriers pygmées ne tenaient aucune arme, mais levaient les poings en l'air. Ils n'arboraient pas non plus d'armure, seulement un pagne autour des hanches. Malgré la simplicité de leurs attributs, ils piétinaient là un humain, battaient ici un elfe et surpassaient tous leurs opposants.

Des yeux, je suivis la scène qui n'apparaissait pas des plus glorieuse pour aucun des peuples d'Ohorat, mais m'amusait. Même un groupe d'orques, avec leur taille et leur carrure supérieures, ne parvenait pas à mettre à mal ces combattants à mains nues.

Mais que représentaient donc ces petits êtres ?

« Je n'aimerais pas les rencontrer ceux-là, fis-je en souriant.

— Chut ! On essaye de réfléchir ici ! » me houspilla la practomancienne.

Je me retournai. En effet, elle et les deux autres semblaient particulièrement concentrés. J'imaginai d'ailleurs Darken bouillir intérieurement à l'idée de ne se situer plus qu'à un pas de son bout de bois et ne pas pouvoir le prendre. C'est alors que je fis une découverte.

« Dis Séri ! Tu ne trouves pas que ces petits bonshommes ressemblent étrangement à ces statues ?

— Chut ! Je viens de t'expliquer que j'essaye de repérer un moyen de nous éviter de finir désintégrés !

— N'empêche qu'ils leur ressemblent beaucoup ! »

Ayant constaté cela, je m'approchai de la figurine la plus près de moi. Elle, et les autres, mesuraient un pied de moins que moi, un peu plus que mon amie lutine. Elles se montraient à l'image de ces personnages dessinés sur les murs, dans une position des plus étranges, puisqu'elles portaient toutes leurs bras tendus au-dessus de leur tête, paumes de mains tournées vers le plafond. J'allais approcher mes doigts de la sculpture quand, la porte d'accès à la pièce claqua dans mon dos.

« Jason ! Qu'est-ce que tu as encore touché ? rouspéta Séraphine.

— Mais rien !

— Alors comment expliques-tu que cette porte se soit fermée tout d'un coup ?

— Ça n'est pas moi le spécialiste des affaires étranges ! Je me contentais d'observer ces curieuses statues ! »

Tandis que je disais cela, les sculptures en question se mirent à bouger.

Des bruits de frottement s'élevèrent et de la poussière tomba des jointures des bras et des jambes. Avec une pesante lenteur, elles se tournèrent vers nous et entamèrent leur approche. Même taillées en pierre, une profonde hostilité émanait d'elles qui me fit sursauter. Je reculai, et mes compagnons m'imitèrent.

À côté de moi, Mallirk brandit son marteau à deux mains. Il ne prit pas le temps de la réflexion, s'élança sur la plus proche statue et frappa de haut en bas sur son crâne chauve.

Elle ne stoppa pas sa progression. Toute autre créature aurait probablement succombé sous ce terrible coup, mais elle ne parut même pas le sentir et, poings levés, s'avança, vindicative.

« J'ai bien peur que la force ne soit pas la solution ! me lamentai-je.

— C'est quoi alors ? » demanda le théurge en réitérant ses martèlements.

Devant mon mutisme, il se tourna vers Darken qui avait lancé un sort de toile pour ralentir la progression ennemie.

« Ne pouvez-vous pas refaire votre zone d'anti-magie ?

— Avec un seul adversaire, je pourrais, mais avec quatre il n'y a aucune chance que cela réussisse.

— Comment va-t-on faire pour se débarrasser de ces choses ? grogna Mallirk en nage à force de s'acharner sur la statue, qui demeurait inébranlable.

— On pourrait creuser un trou vers l'extérieur et les jeter dans le vide ! suggérai-je.

« — Qu'est-ce que c'est que ces bêtises encore ? soupira Séraphine cachée dans le dos du nain.

— C'est pourtant comme ça qu'ils ont fini par gagner ! fis-je en pointant du doigt la dernière scène de la fresque murale. Là, l'homme est en train de pousser la statue dans un trou et il a l'air tout content.

— Ça n'est pas un trou ! jubila soudain mon amie. C'est un portail !

— Je ne suis pas certain qu'on ait le temps d'ajouter un portail à notre trou…

— Je te parle d'un portail magique ! C'est un passage qui peut être ouvert pour voyager entre différents lieux ou plans.

— Parfait ! Enfin, je crois… Tu peux nous en ouvrir un ? Et on les pousse dedans !

— C'est-à-dire que… bredouilla la magicienne.

— Laissez-moi faire ! » gronda Darken.

Darken se concentra, fermant les yeux et répétant une formule mystique à voix basse. De petits éclairs bleus surgirent alors de ses mains, tourbillonnant autour de lui tandis qu'il canalisait la puissance nécessaire à la matérialisation du portail. Puis, comme s'il avait atteint un point critique, il ouvrit les yeux, révélant des pupilles bleues incandescentes. Il éleva ses mains et les étendit devant lui.

Une lumière éblouissante et bleutée jaillit d'un coup. D'abord à peine plus large qu'une pomme, elle s'agrandit jusqu'à mesurer deux enjambées de haut et une de large. Elle émettait une forte vibration, comme animée d'une vie propre, et exhalait une aura mystique qui me fit frissonner.

L'air se mit à trépider et à frémir, comme s'il se trouvait soumis à une pression invisible. L'apparition du portail attira tout ce qui se tenait à proximité, y compris nous, qui devions lutter pour ne pas être entraînés dans l'embrasure. Les couleurs de l'environnement autour de l'ouverture se fondaient et se mélangeaient, formant un kaléidoscope de teintes étranges et surnaturelles.

« Dépêchez-vous de les faire passer à travers, ce sort me demande beaucoup d'énergie et je ne tiendrai pas longtemps. »

Nous nous mîmes en position. Les statues avaient repris leur progression lente, mais pesante et solide, délivrées de la toile de l'empoisonneur.

Soudain, Mallirk abandonna son marteau et se rua sur le personnage de pierre insensible à ses coups. Il percuta l'idole avec une force terrible, et malgré son poids parvint à l'obliger à reculer jusqu'à la faire disparaître à travers le disque lumineux.

Déjà une menace en moins.

Je tentai de l'imiter. Les deux mains en avant, je chargeai la statue la plus proche de moi, qui ne broncha pas d'un pouce au moment de l'impact. Elle se contenta de lever vers moi en grinçant son regard inexpressif et figé.

Je n'eus pas le temps de m'écarter. Je reçus son poing en pleine pommette et m'étalai sur les dalles froides, partiellement assommé. Je ne compris pas tout de suite ce qui m'arrivait.

La statue, poursuivant son action tandis que je demeurais étourdi et à terre, me saisit d'une main au col, de l'autre à la ceinture, et me souleva au-dessus de sa tête avant de me jeter violemment plus loin. Mon vol se termina contre le mur, et je retombai pesamment.

Profitant de la lenteur ennemie, je cherchai à retrouver mes esprits. Une main sur le sol pour ne pas basculer, je clignai des yeux avec l'espoir que ma vision redevienne claire. J'aperçus alors mes compagnons. Le théurge luttait épaule contre épaule avec un nouvel assaillant. Le mage concentré pour garder le passage ouvert tremblait comme une feuille sous l'effort. Des gouttes de sueur dégoulinaient le long de ses tempes pour aller se mêler à sa barbe blanche. Quant à Séraphine, elle se tenait à un pied du portail, acculée par une figurine.

Je voulus me remettre debout et m'élancer à son aide, mais la torgnole encaissée m'avait sérieusement ébranlé, et je ne réussis qu'à tituber et retomber à genoux. Et l'impensable se produisit.

La statue, à son allure pesante, entraîna mon amie dans le passage et elles disparurent, happées par la lumière, à jamais perdues.

« Non ! » hurlai-je.

Toujours mal assuré, je me campai sur mes jambes, et laissai le désespoir m'envahir. Il se traduisit par une furieuse montée d'adrénaline qui neutralisa aussitôt ma fatigue temporaire.

Je me jetai à nouveau sur mon adversaire, et s'il ne recula pas autant que celui du nain, au moins fit-il un pas en arrière. Et je ne m'arrêtai pas là. Sans faiblir, je continuai de le pousser avec une vigueur décuplée, esquivant au passage ses assauts. Un pas après l'autre, je le conduisis vers le portail qui avait vu disparaître mon amie.

Soudain, il me colla son pied dans l'estomac avec une telle violence, que je fus contraint de me replier, honteux, et déçu de constater l'anéantissement de tous mes efforts. Car la statue quitta la zone de l'ouverture pour venir m'assaillir à nouveau.

« Jason ! »

Séraphine se pencha vers moi.

« Séri ? Mais, je t'ai vue pénétrer dans le portail !

— Ça n'était pas moi, simplement une illusion pour attirer cette maudite statue ! Allez, lève-toi ! »

Aidé de la lutine, et soulagé, je me redressai.

« Comment va-t-on faire pour venir à bout de celle-là ? Mon petit tour a fonctionné une fois, mais cela m'étonnerait qu'il marche à nouveau.

— J'ai peut-être une idée, tu permets ? » fis-je en attrapant la baguette de foudre à la ceinture de mon amie.

Je m'écartai de la lutine et pointai le bout de bois en direction de la statue.

« Foudre ! » hurlai-je alors.

Un puissant éclair s'échappa de l'arme magique et s'écrasa sur la poitrine de pierre ennemie qui recula de plusieurs pas. Je réitérai l'opération une deuxième, puis une troisième fois. Le menu colosse se tenait maintenant à nouveau au bord du passage.

« Foudre ! criai-je encore… Foudre ! »

Malgré mes gesticulations, la baguette n'émettait plus de décharge électrique. J'étais pourtant si proche du but ! Je ne pouvais pas laisser filer cette occasion !

Je jetai le bout de bois par terre, pris mon élan et me ruai vers l'ennemi. Mais au moment du choc, elle me contra et je perdis l'équilibre pour finir à ses pieds. Au même moment, Mallirk poussa la dernière statue qui tomba à la renverse sur moi et entraîna dans sa chute la troisième à travers le portail. Elles disparurent dans un éclair de lumière.

Enfin, Darken épuisé put relâcher sa concentration et l'ouverture se referma brusquement, nous laissant seuls dans une pièce silencieuse.

« C'était moins une ! soupirai-je la sueur perlant sur mon front à l'instar du théurge.

— Je ne te félicite pas ! m'accusa la magicienne.

— Quoi ? Je t'assure que ça n'est pas moi qui ai donné vie à ces statues !

— Tu as forcément touché à quelque chose, sinon comment expliquer qu'elles se soient soudain réveillées ?

— Je n'ai touché à rien, comme tu me l'avais dit !

— Si tu n'as touché à rien, qu'est-ce qui les a déclenchées ?

— Sans doute pas quoi, mais qui ! s'interrogea à voix haute Darken dont le visage trahissait une fatigue extrême.

— Vous croyez que quelqu'un nous surveille ? » questionna Mallirk en jetant des coups d'œil autour de nous.

Le mage à la figure pâle et creusée haussa les épaules. J'échangeai avec Séraphine un regard inquiet. Cette insinuation venait de nous replonger dans un état de tension alors que nous sortions tout juste d'un combat éprouvant.

La main sur le pommeau de mon épée, je me tenais prêt à agir au moindre signe de danger. Ma pommette espérant ne plus être prise pour cible…

CHAPITRE 28 :
LA CLEF DE LA RÉUSSITE

Jason

« Que faisons-nous ? » questionna Mallirk en se tournant vers le mage.

Darken haussa les épaules.

« S'il y a bien quelqu'un qui nous espionne, nous ne pouvons de toute façon pas faire grand-chose. Occupons-nous plutôt de ce qui nous a amenés là ! »

À ces mots, j'entendis un regain d'énergie dans les vibrations de sa voix. L'excitation de la découverte à venir reprenait le dessus sur sa fatigue. Mais son corps le trahit lorsqu'il pointa un doigt tremblant vers nous.

« Vous, le voleur néophyte, et Mallirk, cherchez un moyen d'ouvrir cette porte.

— De quoi il me traite, là ? murmurai-je à l'oreille de Séraphine.

— L'apprentie magicienne et moi, poursuivit l'empoisonneur en me jetant un regard irrité, nous nous chargeons de neutraliser le glyphe magique et le champ de force. Des questions ?

— Oui ! fis-je, mais ses yeux froncés me dissuadèrent d'aller plus loin. Non…

— Alors au travail ! »

En compagnie de Mallirk, je retournai près de la porte. De la même manière qu'à l'extérieur, elle ne présentait pas de poignée. Cependant, au contraire, aucun puzzle ne se trouvait gravé dans la pierre ni aucun symbole. Le battant fabriqué d'un seul bloc apparaissait de ce côté tout à fait lisse, comme un pan de mur classique. Je ne distinguai pas non plus de trou de serrure.

Mallirk à son tour examina minutieusement la porte, cherchant des indices qui pourraient nous aider. Aussi déconcerté que moi, le théurge prit un moment pour s'adresser à son dieu. Paumes tendues en direction de l'accès, il marmonna une prière naine que je ne connaissais pas.

Mon père, Dudur Tête d'enclume n'était qu'un forgeron. Il ne pratiquait les rites religieux qu'en de rares occasions. Il ne se rendait d'ailleurs jamais dans les lieux de culte. D'abord parce que les temples nains s'avéraient soit absents selon les régions d'Ohorat, soit d'une extravagance et d'une opulence telles qu'elles lui faisaient honte. (La raison de cela résidait dans la mentalité de ce peuple : certains pensaient que le meilleur moyen pour satisfaire leurs dieux était de leur élever des édifices dont la splendeur n'aurait d'égal que leur puissance, d'autres au contraire trouvaient scandaleux de gaspiller autant de richesses et en faire étalage, alors que des nains trimaient partout pour survivre. Mon père appartenait à cette seconde catégorie.)

Ensuite, il ne pouvait se rendre au temple parce que, ayant lié sa vie avec celle d'une elfe, et conçu un rejeton métis, sa présence n'était plus tolérée. Pour contrer cette interdiction, il avait alors érigé un tabernacle sans prétention à côté de la grotte qui nous servait d'habitation et accomplissait les cérémonies lui-même. Car même s'il n'observait pas tous les protocoles monastiques, il ne manquait jamais de célébrer Adrin, le dieu des forgerons, et m'avait enseigné les oraisons les plus courantes pour, disait-il, « les cas où la force ne suffisait pas. »

Mon ignorance en matière religieuse était donc grande et je ne m'étonnai pas de ne pas connaître la supplication du théurge.

À travers cette récitation, il espérait certainement recevoir l'inspiration divine qui lui soufflerait le moyen de sortir de la pièce. Néanmoins, après plusieurs éclires nous dûmes nous résigner : nous ne trouvions pas de solution. Acceptant l'évidence, nous retournâmes vers les deux practomanciens pour leur partager notre déconvenue.

*
**

Séraphine

Jason et Mallirk s'étaient éloignés pour nous trouver une issue. Pendant ce temps, avec Darken, nous nous penchâmes sur le glyphe dessiné au sol et qui enfermait le coffre. Apparu grâce au sortilège du mage, il avait été tracé directement sur les dalles de pierre et se composait de symboles entrelacés dans un cercle. Gravés dans une langue à jamais oubliée et mystique, seuls les initiés pouvaient les déchiffrer.

Je connaissais ces caractères. Si maître Firzin ne se révéla pas le meilleur des professeurs, au moins sa bibliothèque bien remplie me permit de poursuivre mon apprentissage. J'y découvris nombre de bestiaires qui répertoriaient les créatures surnaturelles, avec des renseignements sur leurs habitudes, leurs pouvoirs et leurs faiblesses, de livres qui se penchaient sur des objets magiques, en expliquant leurs propriétés et leur fonctionnement, de traités philosophiques ou d'ouvrages sur l'histoire de la sorcellerie et de ses praticiens au fil des cycles vernaux, qui contenaient notamment des informations sur les anciennes civilisations aux capacités incroyables et leur système d'écriture.

J'essayai de me remémorer le sens des différents signes, mais les sons étranges qui émanaient du glyphe m'empêchaient de me concentrer correctement. Je tendis l'oreille. Je discernai des bruits sourds et lointains, des murmures et des chuchotements, comme si des voix distantes cherchaient à communiquer avec nous. Accentués par l'aura lumineuse du cercle, ils créaient une atmosphère à la fois impressionnante et inquiétante qui me fit frémir.

« Que savons-nous ? lança Darken.

— Je vous demande pardon ? fis-je surprise, et j'oubliai d'un coup toutes les rumeurs qui s'immisçaient insidieusement dans ma tête.

— Je disais, que pouvez-vous me dire du maître du donjon ?

— Que c'est, ou qu'il a fait appel à un puissant mage pour installer tous ces pièges dans les différentes salles.

— Oui, mais plus précisément. Qu'est-ce qui ressort particulièrement dans tous les étages ?

— Les illusions ! C'est un expert en illusions !

— C'est exact. Alors qu'est-ce que cela nous révèle à propos de ce glyphe ?

— Que tout n'est pas toujours réel… »

Depuis le niveau précédent, bien éclairé, j'avais abandonné mes lunettes de vision dans le noir. De la même manière, j'avais délaissé celles d'anti-illusion quand le dragon avait disparu. Avec vivacité, je plongeai ma main dans mon sac et les en retirai pour les replacer sur mon nez.

J'observai le glyphe. Toujours présents, les symboles avaient néanmoins totalement changé. D'une écriture inusitée, ils redevinrent classiques, du moins pour des pratiquants des arts occultes.

« Le nom du poison vaincra la magie, déchiffrai-je. Je ne comprends pas…

— J'aurais dû m'en douter ! s'emporta le mage. Darken ! mugit-il encore en approchant dans le cercle, sans que rien ne se produise. Depuis le début, il se moque de nous ! »

Il avait prononcé son nom à haute voix, et le glyphe avait aussitôt disparu. Irrité, il n'attendit ensuite pas de savoir si le champ de force était aussi un mirage. Il tendit le bras et le toucha. Soudain, il fut propulsé avec une violence inouïe contre le mur du fond de la salle qu'il percuta avant de tomber sur les dalles.

« Darken ! »

Le théurge se jeta auprès de l'empoisonneur pour lui prendre le pouls.

« Comment se fait-il que ce soit son nom qui ait neutralisé le cercle de protection ? » lâchai-je.

Je n'eus pour seule réponse qu'un haussement d'épaules de Jason, Mallirk se tenant à côté du mage.

« Il est simplement assommé, nous annonça-t-il. Qu'est-ce que c'est que ce truc ? Ça l'a envoyé valser comme un pantin ballotté par des forces invisibles !

— C'est une barrière de défense, expliquai-je. Elle a pour but d'empêcher toute intrusion. L'unique moyen pour atteindre le coffre est donc de réussir à la neutraliser.

— Et comment fait-on ? demanda Jason.

— Hum… Cela dépend. Si le champ de force a été invoqué par un objet magique ou par une créature, nous devrions pouvoir le désactiver en trouvant et en anéantissant la source du sort.

— Sauf qu'en dehors des statues démoniaques qui se baladent très loin maintenant, et de nous, il n'y a rien dans cette salle.

— Dans certains cas, repris-je, l'écran magique peut être programmé pour s'ouvrir avec un mot de passe ou une phrase spécifique. Il suffirait donc de trouver ce mot pour lever le sort.

— Autant chercher une fée dans une tempête mystique, gronda l'elfe-nain. Quoi d'autre ?

— Une zone d'anti-magie ?

— À moins que vous ne soyez capable de la créer, il faut abandonner cette idée, lança Mallirk avec un geste du menton en direction du practomancien sonné.

— Alors… Je ne vois plus qu'une solution : utiliser la force brute ! Nous pourrions essayer de briser ou de détruire le champ de protection à l'aide d'une énergie physique ou magique suffisamment puissante.

— Ah ! Voilà qui est dans nos cordes ! » sourirent les deux êtres aux gènes nains.

Dans un mouvement commun, ils empoignèrent leur arme. L'un son épée courte, l'autre son lourd marteau. Sans précipitation, ils approchèrent du bouclier enchanté. Constitué d'une aura surnaturelle transparente qui scintillait et bougeait, il semblait à la fois solide et immatériel. On pouvait voir à travers lui comme à travers du verre, à la différence qu'il émettait également une faible lueur, donnant à la pièce une ambiance mystérieuse et féerique.

Mallirk et Jason levèrent à l'unisson leur arme et ensemble, ils frappèrent la barrière de protection. À l'instar de Darken, ils furent aussitôt projetés au loin. Je pus alors sentir l'intensité de la magie qui animait ce mur défensif, confirmant mon impression qu'elle ne pouvait être brisée que par un practomancien ou un éthérien particulièrement puissant et habile.

Mais tandis que mes compagnons se remettaient sur pieds, visiblement moins secoués que Darken, je plongeai ma main dans ma poche. Au moment de l'impact, une autre vibration que celle du champ de force avait attiré mon attention.

« Encore ! » gronda le théurge déjà en place et prêt à retenter sa chance.

Accompagné de mon ami, moins enthousiaste, ils se repositionnèrent. J'aurais pu leur dire que leurs efforts étaient vains, mais la curiosité m'en empêcha. Une seconde fois, ils frappèrent la zone de protection et à nouveau, ils se retrouvèrent rejetés. Et le même frémissement se produisit dans ma poche.

Je tirai de mon vêtement le petit objet qui semblait réagir au champ de force. La bague récupérée dans la mare des kappas scintillait dans le creux de ma main, et pour la première fois, je pris le temps de la détailler. Dorée et finement ciselée, elle s'ornait de motifs complexes qui formaient des symboles ésotériques. À l'intérieur, les inscriptions étaient gravées dans la même écriture ancienne et mystique que le glyphe, donc difficiles à déchiffrer pour quiconque n'avait pas étudié les langues antiques. Elles brillaient légèrement lorsque le bijou se trouvait exposé à une source de lumière.

« Je doute qu'on y arrive comme ça ! s'exclama soudain Jason en venant se planter à côté de moi. Si tu as une autre idée… Tiens, c'est l'anneau que tu as repêché en bas ? Je n'y pensais même plus à celui-là ! Tu crois qu'il sert à quelque chose ?

— Je me demande… »

Je me passai la bague au doigt. Trop grande, une magie spéciale la fit s'adapter à la perfection à mon annulaire. Puis, à pas lents, j'approchai de la barrière magique.

« Euh, Séri ? Tu es sûre de toi ? » bredouilla Jason dans mon dos.

Je ne l'écoutai pas et, même si en effet je ne me sentais pas sereine, j'avançai le bras. Plus que quelques pouces avant de toucher le mur scintillant et… ma main passa au travers sans rencontrer la moindre résistance.

« Ça fonctionne ! exultai-je.

— Vite, donnez-moi ça ! »

Je me retournai vivement et vis se précipiter vers moi Darken. Sorti de son étourdissement, il s'était relevé juste à temps pour participer à ma démonstration. Sans me demander mon avis, il me saisit avec vigueur le poignet de ses doigts squelettiques, et retira la bague de mon annulaire pour la mettre au sien. Puis, tout aussi pressé, il pénétra dans le champ de force.

« Enfin ! Après tous ces cycles vernaux, tu es à moi ! » clama-t-il sur un ton triomphal.

Darken attrapa le coffret entre ses mains. La barrière protectrice disparut aussitôt.

Mal à l'aise parce que le mage avait été le premier à récupérer la baguette solaire, j'avançai néanmoins pour apercevoir à mon tour l'objet divin.

Pas très grande, la boîte avait été fabriquée dans un bois noir poli et orné de motifs en relief représentant des serpents entrelacés. Il était parsemé d'une mince couche de poussière, signe qu'il n'avait pas été touché depuis longtemps. De chaque côté du couvercle se trouvaient des poignées en métal doré ciselé dans un style floral, ajoutant une pointe de sophistication à l'ensemble. Les bords du couvercle étaient finement gravés de symboles mystiques et de runes magiques, indiquant clairement qu'il renfermait un objet d'une puissance inégalée.

Mes compagnons et moi avions les yeux rivés sur ce qui représentait l'écrin de l'artefact le plus redoutable des Royaumes. Pour le bien des créatures les peuplant, je savais que j'aurais dû l'arracher des mains de l'empoisonneur et partir le plus loin possible pour qu'il ne le retrouve jamais. Mais le désir impérieux de voir la baguette s'imposait à mon esprit et m'interdisait tout bonnement de bouger. Et même sans cela, où aurais-je pu aller ? La seule issue demeurait pour l'instant toujours close. Je me contentai donc d'observer, brûlant intérieurement d'une envie malsaine.

Avec d'infinies précautions, Darken examina le coffre, tournant et retournant l'objet dans ses mains. Il le tapota, le secoua légèrement, essayant de sentir une quelconque vibration ou de déceler un mécanisme caché. Il en scruta chaque détail, cherchant une ouverture ou un point faible dans l'armature métallique. Le mage passa ses doigts sur les bords du couvercle, tenta de le soulever en le tirant, mais rien ne bougea. Son regard plein de désespoir se posa sur la serrure qui semblait être le seul moyen d'accéder à l'intérieur. De taille intermédiaire, elle paraissait avoir été forgée à la main avec précision. Elle était entourée d'un liseré doré qui ressortait sur la teinte plus sombre de l'acier. J'imaginai les pièces qui la composaient, nombreuses, mais qui s'emboîtaient parfaitement les unes dans les autres. Les goupilles, de dimensions et de formes différentes, compliquaient sans aucun doute la tâche de qui voudrait la crocheter. Les rainures profondes laissaient entendre que cette serrure avait été conçue pour résister aux tentatives de forçage. De plus, elle était ornée de symboles gravés dans l'acier, de ces mêmes motifs complexes et anciens déjà rencontrés.

« Vous le voleur, ouvrez-moi ce coffre ! Avec délicatesse ! »

La demande du mage nous surprit Mallirk et moi. Lui-même ne semblait pas revenir de ce qu'il venait de demander, mais sa fatigue l'avait plongé dans un état d'abattement tel qu'il n'avait plus les idées claires.

Comme s'il se réveillait, mon ami elfe-nain occupé à se curer les oreilles leva vers nous des yeux interrogateurs. Avec une lenteur qui exaspérait le practomancien d'après ses sourcils froncés et sa lèvre supérieure tremblotante, il nous regarda l'un après l'autre avant de se fixer sur l'écrin. Il demeura de longues éphémérises immobile. Il ne cilla pas, comme s'il se trouvait dans un état de concentration extrême. Enfin, un sourire ravi apparut sur son visage. La perspective de mettre à profit ses dons de crochetage, dont il n'avait pas encore apporté la preuve, semblait l'enchanter et il déclara :

« Laissez-moi faire ! »

Au contraire du temps d'appréhension qu'il venait de prendre et qui avait été trop lent au goût de tous, il arracha le coffret des mains de Darken avec une vigueur étonnante. À son tour, il se lança dans l'étude de l'objet avec attention : dessus, dessous, devant, derrière, sur les côtés… Darken serrait les dents, imaginant sûrement déjà une catastrophe avec mon ami un peu gauche. Néanmoins, l'examen visuel passé, la boîte restait entière et ce qu'elle renfermait caché.

« Alors ? questionnai-je. Comment comptes-tu t'y prendre ?

— Très simplement ! Je vais utiliser une clef ! »

Tout en disant cela, il attrapa à sa ceinture, son trousseau qu'il avait agrandi avec les clefs des orques-gardiens.

« Tu n'es pas sérieux ? fis-je, mais je connaissais déjà la réponse. Tu ne crois quand même pas que l'une de tes clefs va réellement ouvrir ce coffre ?

— Et pourquoi pas ?

— Mais oui, pourquoi pas ? Peut-être parce qu'il contient un artefact divin qui ne devrait pas être mis entre les mains de tous les crétins en mal de pouvoir ! » fustigeai-je.

Je stoppai net mes remontrances, et jetai un œil à Darken. Il conservait son air hautain et mes paroles ne semblaient pas l'avoir affecté.

« Qu'est-ce que c'est que cette histoire, Darken ? gronda soudain le nain. Je croyais que ce donjon regorgeait de richesses ? Pour le moment, nous n'avons rien trouvé qui justifie notre investissement. Et n'oublions pas Roldo, Sylorin et aussi Broc, qui ont tous laissé la vie dans ces couloirs, et tout ça pour quoi alors ? »

Darken serra les poings. A priori, nous n'étions pas les seuls à qui il avait dissimulé le but réel de cette expédition. Le fait que j'aie divulgué ses intentions fit vibrer une petite veine juste au-dessus de son œil gauche, et il finit par admettre la vérité.

« C'est exact, je ne suis pas là pour l'or ni pour les joyaux. J'ai passé des cycles vernaux à chercher, parcouru des contrées lointaines pour finalement arriver ici, car j'ai enfin appris que la baguette solaire se trouvait cachée dans ce donjon. Cet artefact divin m'appartient ! Je suis le seul à pouvoir l'utiliser correctement et à…

— Attendez un instant, l'interrompit le théurge. Vous avez bien dit baguette solaire ? Vous voulez parler de l'arme du dieu Nouraël ? Celle dont on raconte qu'elle peut faire lever ou coucher le soleil, sortir des volcans de terre, tomber des boules de feu du ciel ? Si cette boîte renferme vraiment une telle relique, il n'est pas question que nous y touchions ! Et nous devrions tout mettre en œuvre pour que personne ne la trouve !

— Voilà, c'est ouvert ! »

CHAPITRE 29 :
LA BAGUETTE SOLAIRE

Jason

Les paroles de celui que l'on pouvait désormais appeler « voleur », moi en l'occurrence, résonnèrent aux oreilles de mes camarades et occultèrent totalement la discussion en cours. Ils avaient tous tourné la tête vers moi, et leurs yeux fous du désir de découvrir l'arme d'un dieu, restaient figés sur le coffre dans mes mains.

Le mage tremblant d'excitation et sans doute en train de réaliser qu'il arrivait au terme de sa quête ne bougea pas. À la place, Séraphine s'avança, sourcils froncés.

« Qu'est-ce que tu as encore fait, Jason ? dit-elle d'un ton agacé.

— Quoi ? C'est vous qui m'avez demandé de l'ouvrir, non ? grondai-je en retour.

— N'as-tu donc pas écouté ce que nous venons de dire ? Cette baguette n'est pas une arme ordinaire, c'est celle sacrée du dieu de l'aube et du renouveau. Elle ne doit pas tomber entre les mains de n'importe qui ! »

À côté d'elle, Mallirk hocha la tête d'un air sombre et déçu.

Ils ne savaient vraiment pas ce qu'ils voulaient. Un coup, j'étais sommé de déverrouiller cette boîte, un autre, il ne fallait absolument pas. Que mon acte soit bien ou pas, ils auraient au moins pu applaudir mon succès !

« En attendant, c'est grâce à mes clefs que je l'ai ouvert ce coffre ! » Repris-je fier de moi.

Je présentai à Séraphine celle qui m'avait permis cet exploit. Menue, dorée, elle affichait une tête sculptée aux formes de lianes végétales. Il s'agissait de la clef du coffre à bijoux de ma mère.

« Pas besoin d'outils de crochetage quand on sait forger une clef, souris-je satisfait de mon travail.

— J'avoue que je serais très impressionnée, commença mon amie, si seulement tu ne venais pas de donner la possibilité à quiconque de s'emparer de la baguette solaire !

— Oui, et d'ailleurs, donnez-moi ce coffret ! »

Sans ménagement, Darken m'arracha l'écrin des mains, souleva le couvercle et regarda dedans. Son expression changea en une poignée d'éphémérises. Ses yeux s'écarquillèrent et il resta bouche bée devant un coffre… vide ! Pendant quelques instants, le silence l'envahit ; il était comme sidéré. Puis, lentement, sa bouche se tordit en une moue de colère et de frustration. Il serra les poings et hurla :

« Maudit sois-tu ! Nous avons risqué nos vies pour rien !

— Bien sûr que non, pas pour rien !

— Euh, qui a parlé ? »

J'interrogeai mon amie du regard, mais elle semblait aussi perplexe que moi. Mallirk, habitué des situations étranges, raffermit sa prise sur le manche de son marteau.

« Je suis là ! »

Quelqu'un souffla à mon oreille, et je bondis de côté, surpris. Mais personne ne se tenait près de moi, et je ne distinguai personne d'autre que mes compagnons dans la salle.

« Rassurez-moi, vous l'entendez aussi cette voix ?

— Tu vas te montrer à la fin ? maugréa Darken.

— À qui vous parlez ? »

Je tournai la tête en tous sens, sans comprendre à qui s'adressait le mage, quand une faible lumière dorée scintilla devant moi. Lentement, elle grandit et prit la forme d'un homme. Enfin, elle disparut complètement, mais l'homme demeura visible.

« Vous ? s'exclama Séraphine.

— Quoi, tu le connais ? la questionnai-je.

— Toi aussi. C'est le vieux monsieur qui était assis dehors et à qui nous avons parlé en arrivant au donjon !

— Qu'est-ce que tu racontes ? Il ne lui ressemble pas du tout !

— J'avoue que j'ai eu du mal à le reconnaître. Mais je suis catégorique, il s'agit bien d'une seule et même personne !

— Vous avez l'œil, jeune demoiselle ! lança l'homme âgé qui ne l'était plus tant. Laissez-moi me présenter. Je me nomme Azlan.

— Azlan, Azlan… Pourquoi ce nom me dit quelque chose ?… Se creusa la tête la magicienne. Non, Azlan ? Vous êtes Azlan, le maître des illusions ?

— Sans vouloir me vanter, je dois bien avouer que je suis plutôt doué dans ce domaine.

— Je comprends mieux !

— Moi, je ne comprends rien du tout ! lançai-je.

— Mais si, voyons ! Le mur dans la grotte des kappas, la porte dans le couloir, et le dragon ! C'était lui !

— Oh… Mais d'abord, comment vous êtes arrivé jusque-là ?

— J'ai simplement emprunté l'escalier de service.

— Vous saviez pour l'escalier de service ? m'étonnai-je.

— Je crois que tu n'as toujours pas compris que, c'est lui le maître du donjon ! Il connaît tout des pièges, des monstres et de son architecture.

— Oui ben, vous auriez pu nous dire qu'il y avait une autre entrée sans pièges ! Ça nous aurait évité pas mal d'ennuis !

— C'est vrai. Mais alors, vous n'auriez pas suivi toutes les épreuves et je n'aurais pas su si votre cœur était pur.

— Qu'est-ce que c'est que cette histoire de cœur pur ?

— Bah, s'esclaffa le maître du donjon, j'ai lu ça dans un livre et je trouvais que ça faisait bien !

— Tu es en train de te payer notre tête ? nous coupa soudain Darken devenu rouge d'exaspération.

— Oh, mon cher ami ! Je vois que même après tous ces cycles tu n'as toujours aucun humour.

— Cesse un peu ces pitreries et donne-moi la relique !

— Quoi, tu es toujours là-dessus ?

— Bien sûr ! Pourquoi crois-tu que je sois ici sinon ?

— Je pensais que tu venais tester mes illusions. Je n'ai construit cette tour que pour y installer mes créations les plus parfaites.

— Pardon, mais, vous vous connaissez ? interrogea Séraphine, visiblement autant perdue que moi.

— Il y a déjà plusieurs dizaines de points vernaux, entama le vieil homme, Darken et moi étions inséparables…

— Pitié ! l'interrompit aussitôt le practomancien. Tu ne vas pas raconter cette histoire !

— Et pourquoi pas ? Si tu veux l'objet, tu vas devoir attendre que j'aie terminé !… Je disais donc… Ah oui ! Darken et moi étions inséparables. Ensemble, nous courions de cryptes en donjons à la recherche d'artefacts mystiques toujours plus puissants. C'est ainsi que nous acquîmes la baguette solaire.

— Alors vous avez réellement récupéré la baguette solaire, l'arme ultime du dieu de l'aube et du renouveau ? fit mon amie de grands yeux pétillants d'admiration.

— C'est quoi ? m'enquis-je.

— Mais ! On n'arrête pas d'en parler depuis des asthors ! C'est juste l'objet le plus puissant des Royaumes, gronda la lutine indignée par ma mémoire.

— Ah oui, l'allume-broche !

— … Ne faites pas attention à lui, reprenez !

— Un jour, tandis que nous parcourions une galerie souterraine où avaient jadis logé des colosses de pierre, à la poursuite d'un gantelet censé donner la force d'un géant à quiconque le porterait, nous nous sommes trouvés nez à nez avec des troglodytes.

— Des quoi ? le coupai-je sans vergogne.

— Des troglodytes. Ce sont des créatures humanoïdes aux allures bestiales, qui vivent dans les profondeurs des grottes et des cavernes. Leur corps est recouvert d'une peau épaisse et rugueuse, qui rappelle celle des rhinocéros ou des éléphants. Elle se montre particulièrement résistante aux attaques physiques et aux températures extrêmes ; très pratique pour survivre dans les environnements les plus hostiles. Elle est grisâtre, comme si elle avait été tannée par les éléments de la terre. Les spécimens adultes présentent même de petits piquants d'où émane une odeur musquée qui sert à dissuader les prédateurs potentiels de les prendre pour cible. Ils ont aussi de grands yeux lumineux, tout à fait adaptés à la faible visibilité des souterrains. Leur musculature est puissante, capable de soulever des charges incroyables et de se mouvoir rapidement dans les tunnels étroits. Enfin, leurs mains et leurs pieds sont pourvus de griffes acérées, utiles pour la chasse et la défense.

— Pas le genre de créatures avec qui prendre une bière, quoi ! raillai-je, et Séraphine me lança de gros yeux, offusquée que j'aie interrompu sa nouvelle idole dans son récit.

— En soi, leur présence ne posait pas réellement de problème, poursuivit le mage, même s'ils s'avérèrent nombreux. Mais ils comptaient dans leurs rangs un spirite… »

Azlan me regarda en levant un sourcil interrogateur. Il comprit à mon sourire que je n'avais pas la moindre idée de ce qu'était un spirite et repartit donc dans ses explications, au grand dam de mon amie et Darken.

« Un spirite est un personnage qui possède des pouvoirs magiques liés à la nature et aux esprits. Dans le cas des spirites troglodytes, ils sont très respectés par leur communauté, car ils sont considérés comme les gardiens des secrets des profondeurs de la terre et des mystères qui s'y cachent. Ils détiennent des capacités telles que celle de communiquer avec les esprits des souterrains, de lancer des sorts de terre ou de pierre, ou encore de se camoufler dans leur environnement naturel. En l'occurrence, celui-ci déclencha sur nous une pluie de stalactites. Par chance, Darken réagit en un quart de tour et créa un bouclier de protection qui nous évita de finir assommés…

— Oui, bon, on ne va pas y passer la journée ! éclata l'empoisonneur.

— Mais je veux connaître la suite, moi !

— Nous nous sommes retrouvés ensevelis sous une montagne de rochers, pour nous en sortir nous avons fait appel au dieu de l'aube et il nous a libéré et donné sa baguette. Voilà, fin de l'histoire ! conclut Darken.

— Quoi, comme ça ? Un dieu vous a refourgué son arme ultime, et c'est tout ?

— Non, mon vieil ami Darken a sauté quelques passages… En effet, quoique vivants, nous nous trouvions prisonniers de tonnes de pierre et n'avions aucun moyen de nous extirper de là. Alors, après des asthors, puis des jours complètement bloqués, nous nous sommes mis à implorer les dieux. C'est ainsi que Nouraël a répondu à nos prières. En échange de la promesse d'ériger pour lui le plus magnifique temple des Royaumes, il s'engageait à nous libérer de notre cellule et à nous fournir une relique si merveilleuse qu'elle ne manquerait pas d'attirer des centaines voire des milliers de nouveaux partisans dans son église.

— Étrange, je n'ai pas entendu parler d'un tel temple, l'arrêta Séraphine d'un air dubitatif.

— Parce qu'il n'a jamais été construit ! révéla Darken. Une fois sortis de la grotte, cet escroc a filé avec la baguette et je n'ai plus jamais eu de nouvelles de lui, jusqu'à il y a quelques cycles lunaires où j'ai découvert l'existence de ce donjon.

— Est-ce vrai Azlan ? » s'offusqua l'apprentie prestidigitatrice.

Le maître illusionniste ne répondit pas. Il se contentait de sourire. Pour une raison que je ne pouvais expliquer, malgré la tromperie odieuse dont on l'accusait, j'avais peine à le considérer comme un mauvais bougre.

« Mais alors où se trouve la baguette ? reprit Séraphine.

— Je vais vous le dire : elle n'a jamais existé !

— Quoi ?

— Du moins, elle n'a jamais été en notre possession.

— Allez, encore cette histoire, marmonna Darken furieux.

— Ce n'est pas une histoire, c'est la réalité, mon cher ami. Ce récit comme quoi Nouraël serait descendu de son plan d'existence pour nous venir en aide et nous aurait confié sa baguette, est né de ton imagination.

— Comment cela ? demanda la magicienne.

— En vérité, lorsque le plafond rocheux de la grotte nous est tombé dessus, Darken a créé un bouclier de protection, mais uniquement sur moi. Comme nous étions trop loin l'un de l'autre à ce moment-là, il a dû choisir, et c'est moi qu'il a décidé de mettre à l'abri. Mais il a reçu une pierre sur la tête. Au moment où je suis enfin parvenu à le rejoindre, il se trouvait inconscient et il l'est resté de longs asthors encore. Alors, désespéré, n'ayant aucun moyen de porter assistance à mon ami, j'ai supplié les dieux de nous venir en aide.

— Et Nouraël s'est présenté à nous ! insista l'empoisonneur.

— Non ! S'il nous a bel et bien sauvés, ça n'est pas en dégageant lui-même un passage parmi les gravats, comme tu t'obstines à le croire. Il n'a pas eu à se déplacer. Il nous a simplement envoyé sa lumière pour nous indiquer la sortie.

— Tu racontes n'importe quoi ! Je l'ai vu !

— Non, tout ce que tu as vu en revenant à toi, c'est un halo lumineux tandis que je te traînais vers l'extérieur !

— Donc, si je comprends bien, intervint la lutine, la baguette solaire n'a jamais été en votre possession ?

— Pas une seule éphémérise.

— Explique-moi dans ce cas pourquoi tu as disparu sans laisser de nouvelles ? éructa Darken amer.

— Tu étais tellement exalté par l'idée que Nouraël nous ait offert son arme ultime, qu'il m'est apparu plus opportun de m'éloigner, fit Azlan à l'attention de son ancien compagnon d'aventure. J'espérais qu'ainsi tu finirais par oublier cet épisode malheureux et que tu renoncerais à ton obsession pour cette chimère.

— Mais pourquoi construire ce donjon alors ?

— Je te l'ai dit, ce donjon sert de toile à mes illusions les plus parfaites. Et j'avoue que, jouer les maîtres du donjon, cela me plaît assez. J'étais loin d'imaginer qu'il deviendrait une destination prisée pour tous les aventuriers qui souhaitaient mettre leur courage et leur habileté à l'épreuve. Et surtout, que tu réussirais à rassembler une équipe aussi habile pour atteindre le dernier niveau. »

À ces mots, je bombai le torse. Moi aussi, je faisais partie de cette « habile équipe ». Et c'était moi qui avais ouvert le coffre !

Mais soudain, je fronçai les sourcils. Quelque chose me chiffonnait dans cette histoire.

« Excusez-moi ! J'ai bien compris, votre bout de bois qui crache du feu...

— La baguette solaire ! souffla Séraphine.

— Oui, ça ! Elle n'existe pas ?

— C'est exact, confirma le maître illusionniste.

— D'accord, mais le trésor ?

— Quel trésor ? s'étonna Azlan.

— Ben le trésor ! L'or, les pierres précieuses, les bijoux... Il doit bien y en avoir quelque part ! On est dans un donjon, ici, non ?

— Oui. Mais je suis désolé, je n'avais pas prévu que quelqu'un arriverait jusqu'ici...

— Vous êtes en train de dire qu'on a dû combattre des grenouilles, des araignées, des orques, et j'en passe, manqué se faire embrocher par des flèches, dévorer par un gros poisson visqueux tout rose et encore failli mourir sous les coups de vos statues, tout ça pour rien ?

— Pour rien, non ! Vous êtes tout de même les premiers à atteindre le sommet de ce donjon, ce qui en soi devrait vous rendre fier. C'est un exploit !

— Parce que vous croyez que ça va me permettre de manger ?

— Jason, calme-toi, tempéra Séraphine.

— Quoi ? Tu ne vas pas me dire que ça ne te fout pas en rogne toi aussi ?

— Si, mais cela nous fera une bonne expérience pour nos futures aventures.

— Euh, pardonnez-moi, mais, vos futures aventures ? nous interrompit Azlan.

— Bien sûr ! Le donjon des mystères n'était que notre première, et nous comptons en mener bien d'autres encore !

— Pour cela, il faudrait déjà que vous parveniez à sortir de là ! rit le mage, et il disparut d'un coup.

— Il vient de se passer quoi, au juste ? fis-je.

— Azlan ! hurla Darken. Reviens ici tout de suite, je n'en ai pas fini avec toi !

— Vous pensez qu'il est redevenu invisible ?

— Non, il s'est éthéré, gronda l'empoisonneur.

— Et donc, qu'est-ce qu'on fait ? La porte ne s'est toujours pas ouverte…

— C'est justement ce qu'Azlan a voulu dire, m'expliqua Séraphine. Nous devons trouver un moyen de quitter cette pièce maintenant.

— Attends, je ne vais nulle part sans mon trésor !

— Tu es vraiment buté ! Puisqu'on te dit qu'il n'y en a pas !

— Dans ce cas… J'emporte ça ! »

À l'instant où je reprenais le coffret vide des mains de Darken, une secousse accompagnée du bruit métallique terrible d'un mécanisme qui s'actionne, nous jeta à terre.

« Qu'est-ce que tu as encore fabriqué, Jason ?

— Pourquoi faut-il toujours que j'aie quelque chose à voir avec les événements surnaturels ?

— Parce que tu agis toujours de façon irraisonnée. »

Le tremblement passé, nous nous remîmes sur nos pieds. Mais un grondement intense retentit, qui ne semblait pas vouloir s'arrêter.

« Qu'est-ce que c'est ? demanda Mallirk en observant la salle tout autour de nous. Et pourquoi toute cette poussière qui tombe du plafond ? »

Des quatre côtés du plafond, des gravats plus ou moins épais se détachaient et glissaient le long des murs jusqu'à atteindre le sol. Des angles, des fissures se mirent à courir au-dessus de nos têtes d'où s'échappèrent plâtre et débris de maçonnerie.

« Le plafond s'écroule ! hurlai-je. Vite, trouvez quelque chose pour vous abriter ! »

Tout en disant cela, je plaçai le petit coffret sur mon crâne, conscient qu'il ne me protégerait pas si le plafond nous tombait vraiment dessus.

« Non, c'est autre chose ! tenta de nous rassurer le mage, le nez en l'air. On dirait… Il veut nous écraser ! Le gredin ! vociféra-t-il. Chercher à me tuer ainsi, moi ? Tu ne t'en tireras pas ! Quand je t'aurai retrouvé, tu passeras un sale moment ! … »

Laissant Darken à sa colère, je rampai à plat ventre jusqu'à mon amie et Mallirk. À l'annonce de Darken, je m'étais précipité au sol. Eux se tenaient pour l'instant simplement à genoux, tandis que le plafond continuait de descendre lentement, mais sûrement.

« Que fait-on ? Nous questionna le théurge.

— Nous devons absolument trouver une voie pour sortir, ou nous allons mourir ici.

— Est-ce qu'il ne pourrait pas ouvrir un portail pour nous emmener ailleurs, fis-je en montrant le practomancien du doigt.

— Un portail demande une grande quantité d'énergie, et je doute qu'il en ait encore. Sans compter que dans son état actuel, je ne pense pas que nous pouvons nous fier à lui. »

Je levai les yeux vers Darken. Fou de rage il gesticulait en tous sens et lançait injures et noms d'oiseaux sans discontinuer. Par moment, il se mettait à crier et tendre les poings ou taper du pied sur les dalles.

Exaspéré, je fouillai dans ma poche et sortis le foulard qui s'y trouvait. Je le dénouai et d'un mouvement vif, balançai la langue de kappa que j'y conservais, à la figure du mage. Les effets du poison ne se firent pas attendre. Darken se figea d'un coup et tomba à la renverse, les yeux grands ouverts, mais incapable de bouger.

« Pourquoi lui as-tu jeté ça ?

— Il me cassait les pieds à s'agiter comme ça !

— Et comment fait-on maintenant pour stopper le mécanisme qui va bientôt nous écraser, si notre mage ne peut même plus parler ?

— Quoi ? C'est toi qui as dit qu'il ne nous servait à rien dans cet état !

— Oui, mais nous aurions pu essayer de le calmer !

— Ah, mais il est calme, là !

— Rrrrr ! grogna Séraphine.

— Euh, peut-être pourrions-nous remettre cette discussion à plus tard, et nous concentrer sur une solution pour partir ? suggéra Mallirk.

— Mais oui, suis-je bête ! » Lâcha soudain Séraphine en plongeant sa main dans sa besace.

Pressée par la situation, elle attrapa l'un après l'autre les bouts de papier récupérés dans la chambre au niveau inférieur, les déchiffrait rapidement et les laissait tomber à terre négligemment jusqu'à enfin dégoter celui idoine.

« Un parchemin d'éthération ! Il me semblait bien en avoir vu un dans le lot ! Mince…

— Pourquoi "mince" ? Un parchemin d'éthération, c'est parfait, non ?

— Sauf qu'il s'agit d'une formule mineure.

— Qu'est-ce qu'un mineur vient faire dans l'histoire ?

— Je vais finir par croire que tu le fais exprès… Je veux simplement dire qu'avec cette formule, nous ne pourrons pas tous sortir d'ici. Tout au plus, nous pourrons nous en servir pour deux.

— J'ai une idée !

— Surprenant…

— Je ferai comme si je n'avais rien entendu… Deux d'entre nous peuvent utiliser le parchemin pour s'éthérer de l'autre côté de la porte et comme ça, ils ouvrent aux deux autres !

— Pour une fois, je dois admettre que ta suggestion n'est pas complètement nulle ! Qui est-ce qui s'en charge ?

— Vous, allez-y ! trancha le théurge. Je reste avec Darken en attendant.

— Vous êtes sûr Mallirk ?

— Oui. Vous êtes la seule à savoir déchiffrer ce charabia, et le jeunot pourra ensuite déverrouiller la porte. Dépêchez-vous, il n'y a pas une éclire à perdre !

— Bien… »

La magicienne leva devant ses yeux le bout de papier. De sa main libre, elle saisit mon poignet, et se mit à réciter. Au fur et à mesure qu'elle lisait, je pouvais voir les caractères sur la feuille disparaître, comme cela avait été le cas lorsque nous avions effectué une première tentative chez maître Firzin. En même temps, un cercle lumineux scintilla autour de nous, qui grandit et nous engloba totalement, avant de tout d'un coup rétrécir, nous avec, comme si nous étions aspirés avec lui. Le monde commença à se brouiller et à se dissoudre, quand une lumière vive et aveuglante m'obligea à fermer les yeux, et je perdis pied. J'eus alors l'impression de me retrouver plongé dans une immense marmite que l'on mélange avec un mouvement circulaire. Incapable de me raccrocher aux bords, je flottais dans un tourbillon magique qui me donna bientôt le tournis. Et soudain, j'atterris. Mes pieds sentirent un support sur lequel se poser et je cessai d'être ballotté à droite, à gauche.

J'ouvris les yeux. Séraphine se tenait à côté de moi.

« Ici ? Mais pourquoi ? »

La porte à côté de nous s'ouvrit.

« Séri ? Et vous ? Oh, vous tombez bien ! Je viens d'acheter de merveilleux petits biscuits aux raisins de mer qui accompagnent le thé à la perfection ! Vous m'en direz des nouvelles, fit maître Firzin en nous poussant à l'intérieur de son domicile. Au fait, je voulais vous demander. Vous n'auriez pas trouvé ma pierre du donjon des mystères par hasard ? Depuis que je vous l'ai montrée, je suis incapable de remettre la main dessus… »

Mallirk se tenait au côté de Darken, étendu. Le théurge qui ne voyait ni n'entendait aucun signe de Séraphine et Jason en provenance de l'extérieur de la salle s'était fait une raison. Il connaissait les parchemins d'éthération et les aléas de leur utilisation, même pour lui qui en avait pourtant déjà employé un certain nombre. Il se doutait que personne ne viendrait à leur aide.

Le mage paralysé conservait les yeux ouverts et observait impuissant le plafond se rapprocher peu à peu du sol et d'eux. Le théurge lui aussi voyait la fin arriver.

Tandis que le plafond n'était plus qu'à deux pieds d'eux, Mallirk avisa des traces de mains qu'il n'avait pas notées jusque-là. Il en distinguait à quatre endroits précis, apparues sur la pierre maintenant que tout le plâtre avait craquelé et était tombé du fait des tremblements subis. Le nain comprit que ces marques devaient avoir un rapport avec les statues tueuses. Il se souvint qu'à leur entrée dans la pièce, elles maintenaient leurs bras tendus au-dessus de leur tête, les paumes tournées vers le haut. Il fit alors le lien et réfléchit que les petits colosses avaient probablement pour mission de retenir le plafond quand il se mettait en mouvement. Mais Mallirk et ses compagnons les avaient envoyés fouler un autre plan.

Plus qu'un pied. La pression devenait insupportable. Les derniers présents commençaient à suffoquer.

Finalement, en désespoir de cause, Mallirk leva les bras pour tenter de ralentir l'inéluctable. Soudain, comme le dragon plus tôt dans la journée, le plafond éclata telle une bulle de savon, et retrouva sa place deux enjambées plus haut. Le grondement qui accompagnait sa descente stoppa également.

Le théurge, soulagé, mais choqué, recouvra son souffle et se releva timidement. La porte par laquelle ils avaient pénétré dans la pièce était ouverte. Il prit le temps de se remettre de ses émotions, puis saisit Darken sous le bras et le souleva. Tranquillement, ils quittèrent le donjon par l'escalier de service.

ÉPILOGUE

Blom avait atterri dans un marais. Sombre et humide, avec une épaisse couche de brume qui flottait au-dessus des eaux stagnantes dans lesquelles il pataugeait. L'air était chargé d'une odeur de végétation en décomposition, de vase et de moisissure.

Des arbres tordus et noueux s'élevaient de manière menaçante tout autour de lui, avec de longues racines qui pendaient comme des serpents enchevêtrés dans l'eau. Le sol était mou et boueux, et le son de ses pas résonnait dans tout le marais. Des cris d'animaux nocturnes émergeaient par moment, et il pouvait entendre le battement d'ailes de chauves-souris qui volaient à travers les branchages. Des nuées de moustiques et de mouches pullulaient aussi dans l'air, ajoutant à la sensation oppressante de l'endroit. Par chance, ces insectes ne s'attaquaient jamais à lui. Il y avait bien d'autres créatures plus appétissantes qu'un chétif petit gobelin.

Il chercha un moyen de s'extraire de cette fange et retrouver un sol plus ferme. Car chaque pas représentait une épreuve. Avec une lenteur exaspérante, il piétinait dans une eau vaseuse et gluante. Chaque mouvement s'accompagnait d'éclaboussures, et il devait prendre garde de ne pas glisser et s'étaler dans ce bourbier. Les bottes en cuir qu'il portait produisaient en outre un bruit de succion en se retirant de la boue. De temps en temps, il marchait sur une branche pourrie qui se brisait sous son poids, émettant un craquement sec et cassant qui se mélangeait au clapotis de l'eau. Le son de ses pas était ponctué par le coassement inquiétant de crapauds et le bourdonnement des moustiques. C'était un environnement sonore peu accueillant, qui renforçait le sentiment d'isolement et de danger de Blom.

Le gobelin se démenait pour sortir de cette situation pour le moins humide, quand l'impression de ne pas être seul lui chatouilla l'esprit. Il regarda autour de lui. Mais en dehors d'un corbeau qui croassa du haut d'un arbre mort et d'un crapaud aux yeux globuleux qui émergeaient de l'eau, il ne distinguait personne.

Blom dévisagea avec plus d'attention la créature presque complètement immergée. Elle lui parut bien grosse pour un simple crapaud. Il l'estimait de la taille d'un chat. Elle se dévoila totalement, permettant au gobelin de découvrir un kappa, qui n'arrivait pas seul. Au total, quatre de ces amphibiens sortirent de l'eau pour l'affronter.

Sans gestes brusques, l'artimage saisit son kamele et le positionna sur son abdomen, quand une longue langue s'accrocha au manche de l'instrument et l'emporta avec elle. Blom sentit qu'il était temps de fuir.

Avec autant de prestesse que la vase le lui permettait, il fit volte-face et s'élança à l'opposé des kappas. Mais les créatures évoluaient dans leur environnement et ne se trouvaient pas entravées par le sol boueux. En quelques sauts, elles le rattrapèrent et s'apprêtaient à fondre sur lui. Quand, comme par magie, une épée gigantesque apparut entre les batraciens et le gobelin. Elle tomba lame vers la fange et trancha au passage une langue avant de s'enfoncer dans la terre.

Les kappas bondirent en arrière.

Blom reconnut l'arme immense du golem de fer et, sans attendre que ses adversaires se remettent de leur surprise, il en saisit la poignée à deux mains. L'ensemble était lourd et le gobelin n'était pas entraîné à son maniement. Mais il allait devoir pallier ce manque s'il ne voulait pas terminer son aventure dans ce marais lugubre.

Blom souleva l'épée et accompagna son mouvement d'un hurlement furieux qui fit reculer un peu plus les kappas.

« Approchez, je vous attends ! » éructa-t-il…

Isabelle Allègre

LEXIQUE

Artimage : mage qui utilise sa magie intérieure à travers son art (exemple : chant, danse, peinture)

Asthor : une heure

Battement d'ailes de griffon : environ cinq cents mètres

Cycle lunaire : un mois

Cycle vernal/point vernal : une année

Démoniste : mage qui tire son pouvoir d'un démon

Éclire : une minute

Enjambée : un mètre

Éphémérise : une seconde

Éthération : téléportation

Éthérien : mage qui tire son pouvoir d'une force extérieure (exemple : dieu, nature). Cette classe de mages comprend les naturiens et théurges

Mage absolu : mage qui maîtrise à la fois sa magie interne et la magie externe

Naturien : mage qui tire son pouvoir de la nature

Pas de titan : un kilomètre

Pied : environ trente centimètres

Pouce : environ trois centimètres

Practomancien : mage qui utilise sa propre magie interne pour jeter des sorts

Quart-lunaire : une semaine

Spiragie : transmission de pensées, télépathie

Spirite : éthérien dont les pouvoirs proviennent des esprits

Temps : un siècle

Théurge : mage qui tire ses pouvoirs d'un dieu

MERCI !

Chers lecteurs et lectrices,

Vous voilà arrivés à la fin du *Donjon des mystères*, et je tiens à vous remercier. Votre exploration des couloirs du donjon en compagnie de Jason et Séraphine a été pour moi une source inestimable de satisfaction. Votre intérêt pour leur quête, vos émotions partagées et votre immersion dans ce monde fantastique ont été les moteurs qui ont donné vie à cette histoire.

Si vous avez trouvé dans ces pages de quoi nourrir votre imagination, je vous invite chaleureusement à laisser un commentaire, une réflexion ou simplement vos impressions. Vos retours sont pour moi une lumière dans l'obscurité de l'écriture, et ils encourageront d'autres explorateurs de l'imaginaire à se joindre à notre aventure.

N'hésitez pas à partager ce récit avec vos amis, vos proches, et même ceux qui rêvent encore d'embarquer dans un monde où la magie et l'amitié forgent le destin. Votre partage peut être le portail qui conduira de nouveaux voyageurs vers *Le donjon des mystères*.

Merci du fond du cœur pour votre soutien, votre lecture et votre présence à chaque page tournée. Et pour que notre aventure ne s'achève pas ici, vous pouvez suivre mon actualité en vous rendant sur https://isabelle-allegre.com/.

Que la magie des mots vous transporte,

Isabelle Allègre